朱 伟 明 自 选 集

中国古典小说戏曲研究存稿

朱伟明 著

中国社会科学出版社

图书在版编目（CIP）数据

中国古典小说戏曲研究存稿：朱伟明自选集／朱伟明著．—北京：中国社会科学出版社，2015.6

ISBN 978－7－5161－6393－1

Ⅰ.①中…　Ⅱ.①朱…　Ⅲ.①古典小说—小说研究—中国②古代戏曲—文学研究—中国　Ⅳ.①I207.41②I207.37

中国版本图书馆CIP数据核字(2015)第146985号

出 版 人　赵剑英
责任编辑　刘志兵
责任校对　周　昊
责任印制　李寡寡

出　　版　中国社会科学出版社
社　　址　北京鼓楼西大街甲158号
邮　　编　100720
网　　址　http://www.csspw.cn
发 行 部　010－84083685
门 市 部　010－84029450
经　　销　新华书店及其他书店

印刷装订　北京君升印刷有限公司
版　　次　2015年6月第1版
印　　次　2015年6月第1次印刷

开　　本　710×1000　1/16
印　　张　22.5
插　　页　2
字　　数　380千字
定　　价　76.00元

凡购买中国社会科学出版社图书，如有质量问题请与本社营销中心联系调换
电话：010－84083683

目　　录

上　编

中　编

下　编

自　序

如果从我 1983 年读研究生时发表第一篇学术论文算起，至今已经整整 30 年过去了。这 30 年，正是人生最好的年华，也是中国学术界发生巨大变化的时期。30 年来，在课堂教学的同时，我也不断地思考并探索相关问题，并记下自己的点滴心得，这就是文集中多数文章产生的背景。

说到背景，还应该特别提到 80 年代的时代氛围。80 年代初期，我读研究生和刚参加工作之时，正是新时期中国思想界和学术界最为活跃、也最有生气的时期，百废待兴，百家争鸣，百花齐放……那时的我们，在物质上并不富裕，但是在精神上却拥有快乐和自由。从学术史的角度看，80 年代的学术或许也不无可检讨之处；但从精神史的角度来说，80 年代应该是一个值得特别推崇的时代。怀念 80 年代，也成为我们这一代学人的一种情感的共鸣。

几年前，我曾在《文学史：问题、现状与思考》一文中，针对当下的文学研究现状指出：

> 一方面，在日益物质化、功利化的时代，不仅年轻一代美感缺失，语言、文化感悟力缺失，我们的研究者们也由于情感的匮乏，审美感觉正变得越来越粗糙，审美经验也越来越贫乏。枯燥的说教、空洞的话语，充斥着我们的教材与课堂。另一方面，日益细密琐碎的专业分化使得文学成为“拆碎的七宝楼台”，生命的精华与人生的丰富在技术化的考据与模式化的话语中被肢解得支离破碎。人们在不断刷新的论文与专著数字中，却难觅思想的锋芒与创造性的灵光。

或许可以说，一直以来，思想的锋芒与创造的灵光，对我而言，是一种虽不能至，却心向往之的境界。在人生的不同阶段，个人的学术兴趣并不完全相同，学术水平亦不完全相近，但表达自己真实感觉与思想的追求却是始终一致的。

清代嘉庆年间，章学诚先生在谈到治学之道时，曾经强调指出：

> 学必求其心得，业必贵于专精，类必要于扩充，道必抵于全量，性情喻于忧喜愤乐，理势达于穷通变久，博而不杂，约而不漏，庶几学术醇固，而于守先待后之道，如或将见之矣。（《文史通义·博约》）

对于普通学者而言，“博而不杂，约而不漏”的学术高度，并不是轻易能够达到的，而“学术醇固”与“守先待后之道”的学术传统，则应该成为学者一种始终不渝的坚守。

收录在这部文集中的文章，共分为上、中、下三编。上编主要是研究中国古代小说文本的文章；中编主要是研究中国古代戏曲作品与戏曲理论的文章；下编则主要是关注戏曲学术史、文学史等相关问题的文章。这些文章写作的时间跨度较大，如发表在1983年的《关羽形象悲剧美初探》，文后还注明“作者为古代文学专业81级研究生”；最近的文章，如《〈牡丹亭〉文本阅读与接受的特点与意义》，则已是2011年了。其中的一些文章，如今读来，真有一种沧海桑田之感……还记得刚开始写文章的时候，常常既写小说的，也写戏曲的，只要兴趣所致，有感而发即可，并无厚此薄彼的倾向。大约在90年代末期以后，学术兴趣开始变化，主要致力于戏曲研究，这部文集也体现出个人学术经历变化的轨迹。

需要说明的是，收录在这部文集中的部分戏曲研究论文，曾于2006年在台湾结集出版，书名为《中国古典戏曲论稿》。当年之所以在台湾出版，是因为对方不仅提供出版经费，而且还付稿费。而如果在大陆出版，则需自筹经费。尽管多年前我曾出版了自己的学术论著，但我一直十分希望能在中国大陆出版自己的论文集。2014年湖北大学文学院的学术著作出版资助计划，使论文集的出版成为可能。应该说，重新整理出版这部文集，并不只是为了给自己的人生与学术留下一点“雪泥鸿爪”，更重要的是希望得到更多学界同人的批评指正。

光阴似箭，日月如梭，在熟悉的校园里，在三尺讲台之上，我已经走过了整整30个春夏秋冬。此刻，在三月明媚的阳光下整理眼前的这部文集，正如同重新翻检自己曾经的人生……

是为序。

上　编

关羽形象悲剧美初探

《三国演义》中的关羽，是一个颇具影响的艺术形象。长期以来，围绕这个形象的思想意义，曾经有过充分的讨论，但这个形象本身的美学意义，却一直没有得到应有的重视和研究。本文试图对关羽形象的悲剧美进行一些初步的探索，以期说明关羽形象艺术魅力的一个重要方面。

如果我们把杂剧、评话中的关羽形象和小说中的关羽形象作一比较，就会发现，虽然杂剧中的个别关于关羽的剧作曾经点染过这个人物的悲剧色彩，但总的来说，杂剧和评话中的关羽是一位传奇式的英雄，而小说中的关羽则是一位悲剧式的英雄。罗贯中塑造关羽形象的一个十分重要的贡献，是他赋予了人物性格以悲剧的美，把关羽的形象升华到一个更高的艺术境界，从而使这一人物具有了更大的艺术魅力。

罗贯中从正史和民间文学中吸取了丰富的营养，同时进一步挖掘了这一形象深刻的悲剧性。让人物在激烈的外部冲突和内在冲突的过程中，显示出自身强烈的悲剧美。

罗贯中笔下的关羽性格的悲剧性，首先在于他带有明显的社会和时代烙印的压抑性。

在《三国演义》中，我们看到的关羽是一个自幼知书识礼，且武艺超群绝伦，衷心希望能够报效国家的人。但朝廷的腐败、社会的动乱，却迫使他杀了仗势欺人的权豪，“逃往江湖，五六年”，郁郁不得其志。桃园结义后，虽然刘、关、张三人情同手足，但在群雄角逐中由于刘备没有地盘，没有实力，只好在夹缝中过日子。关羽虽然战功显赫，然因出身低微，不能得到朝廷的重用，且受尽豪门士族的白眼。“温酒斩华雄”是长期为评论者们称赞不已的情节，透过“小将愿往斩华雄头，献于帐下”的疾呼，透过袁术“量一弓手，安敢乱言，与我打出”的无理呵斥，透过“如不胜，请斩某头”斩钉截铁、掷地有声的壮语，和“鸾铃响处，马到中军，云长提华雄头，掷于地下——其酒尚温”惊人场面的描写，与其说是表现了关羽过人的武艺和勇敢，不如说是更多地表现了关羽寄人篱下的悲剧处境和不甘受制于人的性格。“世胄蹑高位，英俊沉下僚”(左思《咏史》)，这正是关羽前期悲剧性的写照。频繁的战乱，又造成了他颠沛流离的生涯。刘、关、张三人几度失散，关羽始终忠于刘备。关羽对刘备和张飞的尽忠尽义，更多地被作者用内在性格压抑的形式表现出来。“屯土山关公约三事，救白马曹操解重围”，“袁本初损兵折将，关云长挂印封金”，“美髯公千里走单骑，汉寿侯五关斩六将”历来被认为是最能表现关羽忠义之气的章节。正是在这里，关羽内在性格的压抑性和浓郁的悲剧色彩，得到充分的体现。

刘备兵败投袁之后，徐州、小沛接连失守，关羽仍然死守下邳，保护刘备妻小。但不幸误中程昱调虎离山之计，被夏侯惇、徐晃围困在土山，曹操趁机取了下邳。“关公见下邳火起，心中惊惶，连夜几番冲下山来，皆被乱箭射回。”就在进退维谷之际，曹操派张辽劝降来了。张辽抓住关羽的特点，初以三罪责之，继以三利劝之，不断激化关羽思想上的矛盾：如果凭他高超的武艺，浴血奋战冲出重围并不是不可能的；即使战败身亡，也仍然可以保全英雄美名，但却无法保护刘备妻小的安全；如果答应了张辽的条件，固然可以保护刘备家小，但却不可避免地会使人产生误解，给自己的英名抹黑。最后，关羽终于以“约三事”为条件而暂时归曹。这显然是不得已而为之的。对一个叱咤风云的英雄来说，这不能不说是一种悲剧性的行为。这种悲剧色彩，在关羽进入曹营之后，仍然明显地表现着。尽管曹营三日一小宴，五日一大宴，上马一提金，下马一提银，又是封爵，又是赐袍，又是送美女，又是送战马，但这一切优厚的物质待遇并没有减轻他内心的矛盾和痛苦。虽然“操笑而宽解之，频以酒相劝”，然关羽醉后自绰其髯说道：“生不能报国家而背其兄，徒为人也。”酒后吐真言，他确乎是“身在曹营心在汉”。但事实上，尽管关羽早已申明“降汉不降曹”，他又何尝不知道这只是一句自欺欺人的空话呢！为了刘备的妻小，他不能不委曲求全，甚至不能不斩颜良、诛文丑，为他人做嫁衣裳，报答曹操，以便早日得到解脱。然而，他所做的这一切，他内心的矛盾和痛苦，并不被人理解，甚至遭到结义兄弟的一再误解。刘备致书指责他“中途相违，割恩断义”，“欲取功名，图富贵”。关羽忍辱负重，得到的却是这样的谴责，难怪关羽这个刚烈的好汉，看毕不能不“放声大哭”了。《三国演义》中描写刘备哭的地方倒是不少，但大都没有什么特色，而写关羽哭的地方，这是独一无二的一次。“英雄有泪不轻弹”，关羽的放声大哭之中，包含了多少难言的苦衷，多少悲凉感慨之情！“千里走单骑”，“五关斩六将”是千古传颂的英雄壮举，但究其根本，这原不是关羽的初衷，而是险恶的环境使之不得不为也。关羽当时面对的局势之险，处境之难，正如前人评点所说：“关公此行，其难有三，保二嫂车杖而行，必须缓辔相随，非比独行可以驰骋，虽有千里马，无所用之，一难也；自许昌出，关隘重重，非止一处二处，可以儌幸而越，二难也；又所投之处，乃曹操之仇，守关将士，防御甚严，非比别处，可以通融，三难也。”（毛评本第二十七回回评）① 关羽虽无意厮杀，但沿途守将或以力敌，或以计害，关羽只得夺关斩将而去。事后，他曾不无感慨地说：“吾非欲沿途杀人，奈事不得已也。曹公知之，必以我为负恩之人矣。”在英雄壮举的背后，埋藏着的却是沉重的心灵的暗影。而当关羽终于遇见了失散多时的张飞时，却又被张飞不容分说地拒之城门之外，要和他拼个你死我活。关羽有苦难言，有口难辩，不得不以斩蔡阳来替自己辩冤了。蔡阳迅速地成为刀下鬼，这与其说是关羽高超的武艺使然，不如说是关羽受尽委屈，急于辩冤的心情所驱使。关羽这种内在性格的压抑性，使他的许多英雄行为都显现出一种悲壮色彩，使整个关羽形象呈现出苍凉悲愤的特点。

罗贯中笔下的关羽形象悲剧性的另一方面，在于他是一个由于“坚持善良的意志和性格的片面性而遭到毁灭或者被迫退让罢休，做出从实体性观点看是他们自己所反对的事”② 的人物，在于他的失败和毁灭，并不是偶然的。

关羽是刘备集团的一名重要成员，“誓扶汉室”是他们共同的政治思想，他历尽坎坷，身经百战，为蜀汉王朝的建立立下了汗马功劳。他和刘备集团的关系，可以说是休戚相关，生死与共。他对蜀汉王朝的耿耿忠心，是不容怀疑的。然而，正是这个蜀汉王朝的忠臣良将，由于自身性格的弱点，加速了蜀汉王朝的灭亡。“真正悲剧的灾难，却完全作为本人行

---

① 罗贯中著，毛宗岗评：《全图绣像三国演义》，内蒙古出版社 1981 年版，第 260 页。
② ［德］黑格尔：《美学》第 3 卷（下），朱光潜译，商务印书馆 1981 年版，第 290 页。

动的后果，落在了积极参与者的头上。”① 赤壁战争以后，鼎足三分之势已定，蜀汉集团已经有了立身之地。刘备的节节胜利，使关羽也开始由逆境转入顺境。也就是在这样的条件下，关羽“刚而自矜”的性格弱点，随着擒于禁、斩庞德、取樊城等日益显赫的军功逐渐发展并日益凸显起来。骄傲轻敌，刚愎自用，终于导致了失荆州、走麦城的悲剧结局。这个一心要对蜀汉王朝尽忠尽义的叱咤风云的好汉，令人惋惜地踏上了“英雄末路”。关羽的失败，不仅造成了自身的毁灭，还加速了蜀汉政权的灭亡，而这正是他所反对的。关羽悲剧的深刻性就在于，他所做的并不是他所企图的，而他所企图的却没有做到。尽管关羽所做的那些违反自己初衷的事是不自觉的，但他的失败却并不是偶然的，而是有着它自己的因果关系，有它自己的必然性。这种必然性就包含在他激烈的性格、他的教养和整个生活环境之中。早在这个悲剧结局到来之前，作者就曾充分地描写了一开始就潜在于人物性格中的多方面复杂因素，在表现关羽正面品质的同时，也表现了和他的正面品质一道生长着的性格弱点。“关云长义释黄汉升”是颇能表现关羽英雄特色的举动，前人读此段曾有评曰：“云长不杀黄忠，是好胜处，不是慈悲处，以为杀堕马之人，不足为勇故。”② 的确，罗贯中笔下的关羽是一个骁勇的将军，一个胸怀坦荡的好汉，然而，他的骁勇中已包含着骄横，坦荡的胸怀中已滋长着自负。关羽的刚烈正直一直是为人所共称的正面品质，他的骄傲、自负、轻敌也正是和这种正面品质一道孪生出来，共同滋长着的。至于上书孔明，欲入川与马超比武，直待孔明美言相赞之后，方“将书遍示宾客，遂无入川之意”，则更突出地表现了他不可一世的骄横。在关羽身上，有勇敢的一面，也有偏执的一面；有英雄的自信，也有常人的虚荣；有理智的委曲求全，也有一意孤行的莽撞。“失荆州”的悲剧结局，正是人物性格弱点发展到顶点的结果。尽管关羽的主观愿望是善良的，但是他自身难以克服的性格弱点，却把他和悲剧的必然性联系在一起了，这正是他的可悲之处。作者通过突出关羽主观愿望和客观效果之间的矛盾，通过对人物行为不自觉性和悲剧必然性联系的揭示，使关羽形象染上了浓郁的悲剧色彩。

---

① ［德］黑格尔：《悲剧、喜剧和正剧的原则》，见《古典文艺理论译丛》第6辑，人民文学出版社1963年版，第108页。

② 罗贯中著，毛宗岗评：《全图绣像三国演义》，内蒙古出版社1981年版，第525页。

对于关羽这样一个有着明显缺点的失败英雄，作者毫不掩饰地描写了他对蜀汉集团灭亡的不可推卸的责任，但并没有因此而否定他的正面品质，使他失去英雄的本色，而是在悲剧结局中使英雄的人格得到进一步深化，从而唤起人们的深刻同情和崇高敬意。麦城被围，是关羽悲剧的高潮，也是他英雄本色最集中的表现。面对诸葛瑾的劝诱，关羽大义凛然，义正词严："吾乃解良一武夫，蒙吾主以手足相待，安肯背义投敌乎？城若破有死而已，玉可碎而不改其白，竹可焚而不可毁其节，身虽殒，名可重于竹帛……"关羽刚烈正直、矢志不移的性格特点，又一次在这里迸发出耀眼的火花。关羽终于遇害而死，他是不幸的，但不是渺小的。他的死之所以会强烈震撼我们的心灵，是因为在他的悲剧结局中，被否定的只是他的性格的片面性，而他的善良的意志，他的英雄本色，在这里仍然闪烁着夺目的悲剧美的光芒，产生着扣人心弦、感人肺腑的艺术效果。

罗贯中笔下的关羽形象强烈的悲剧性，还在于他所处的悲剧冲突的具体完整性。悲剧艺术的美学效果，常常是和具体的、生动的、真实的悲剧冲突的发展过程联系在一起的。没有一系列完整事件的具体描绘，是很难实现悲剧的美学效果的。因为人们对悲剧的关心，并不仅仅限于被毁灭的是什么，还关心它为什么毁灭、是怎样毁灭的。而这一切，在艺术中，只有靠具体完整的矛盾冲突发展过程的描写才能回答。"一个个别的事件，无论它多么含有悲剧性，还不能构成悲剧。"① 罗贯中对关羽悲剧结局的描写，并没有超出历史提供的范围，但二者的悲剧色彩和激动人心程度却大不相同，就在于历史只限于记载事件的结果，而小说则用许多精彩的细节和具体可感的形象，描绘了悲剧的全过程。同是悲剧人物，《三国演义》中的关羽形象比张飞更为悲壮和扣人心弦，在很大程度上也是取决于这种具体的完整性的描写。罗贯中不仅充分表现了关羽悲剧的深刻内容，而且以他精细的艺术表现力，描写了关羽悲剧性格产生、发展的全过程。最能集中地体现这种具体的完整性描写的艺术魅力的，是"失荆州"这一情节的安排。

孔明入川前，将镇守荆州的重任委托给关羽，郑重嘱咐："云长想桃园结义之情，可竭力保守此地，责任非轻，公宜勉之。"并留下了"北拒

---

① ［德］席勒：《论悲剧艺术》，见《古典文艺理论译丛》第6辑，人民文学出版社1963年版，第99页。

曹操，东和孙权”的战略方针。但是，由于骄傲自大，关羽没有理解吴蜀联盟的重要性，初以“吾虎女安肯嫁犬子”的骄横态度，侮辱性地拒绝了孙权的求婚和解之意，埋下了不和的种子；继之又以极端骄傲自信的态度，拒绝了司马王甫之谏，用糜芳、傅士仁、潘璿镇守隘口，留下了隐患。尤其是当他擒于禁、斩庞德之后，就更加骄纵起来，一面派人到成都为诸将请功，一面竟“亲自到北门，上披掩心甲，斜坦着绿袍，立马扬鞭”地去嘲骂敌人。东吴方面正是利用了关羽的骄傲和轻敌，一方面假称都督吕蒙病危辞职，使关羽更加不注意东吴，另一方面又以卑辞厚礼麻痹关羽。关羽终因轻视“孺子”之将，误中陆逊之计，撤荆州大半兵力赴樊城，使吕子明得以白衣渡江，趁机袭了荆州。麦城突围之时，王甫谏曰：“小路有埋伏，可走大路。”关羽不听，曰：“虽有埋伏，吾何惧哉！”恃勇贸然出城。终于酿成了彻底失败的悲剧结局。罗贯中通过一个又一个细节的描写，深入刻画了关羽的悲剧性格，详尽地表现了他所处的悲剧冲突，使人们从悲剧情节的逐渐推进和层层加深之中，获得强烈具体的悲剧印象。人们因目睹失败而同情、而赞美关羽的勇敢、善良，人们也因目睹失败而震惊而畏惧，认识到必须从悲剧中吸取教训。它所引起的痛苦中包含了伟大感，感伤中包含了惊羡。这种情感的强烈感动和理智的认真思索交错融合，产生震撼激荡的审美愉悦，正是关羽形象的巨大艺术魅力所在。

文学发展的历史告诉我们：一个能够长期拥有许多观众和读者的艺术形象，除了政治和伦理的意义之外，它所吸引读者的最直接的因素，是它的艺术魅力。同是作者心目中封建阶级的理想人物，刘备的形象在政治和伦理意义上都远远超过关羽，而其影响却远不如关羽，这不能不认为是艺术魅力上的差距。我们认为，关羽形象的巨大艺术魅力，在很大程度上来源于作者赋予他的悲剧美。人们热爱关羽，固然是因为他在走麦城悲剧中表现的英雄本色。但这种热爱中包含着更多的是同情和惋惜，是感叹和思索，是心灵深处的颤抖……没有这种悲剧美，关羽形象的艺术魅力无疑将大为减色。“美学家把悲剧性看作是最高的一种伟大（即崇高）”①，正是在这样的意义上，我们说，罗贯中把关羽的形象升华到了一个更高的艺术境界。

应该指出，罗贯中笔下关羽形象强烈悲剧性的形成，一方面是由于历

---

① ［俄］车尔尼雪夫斯基：《美学论文选》，缪灵珠译，人民文学出版社1957年版，第98页。

史人物自身固有的悲剧因素，另一方面也有着时代的原因。作者生长在元末汉族人民深受民族压迫和阶级压迫的年代，当时人的那种“英雄在何处？气概属山家”（王冕《村居》），“投至狐踪兔穴，多少豪杰”（马致远《夜行船套·秋兴》），“醅渰千古兴亡事，由埋万丈虹霓志”（白朴《寄生草·劝饮》）的悲凉感慨，不能不给他以潜移默化的影响。沉重的时代阴影，使他无法唱出“宁为百夫长，胜作一书生”建功立业的感慨高歌，而只能借助他心爱的英雄人物唱一曲“时运不济，命途多舛”英雄末路的悲壮之歌。关羽形象的悲剧美，深深地刻上了时代的印记。

纵观中国古典小说人物形象的画廊，我们可以看到，关羽形象是我国古代长篇小说中最早的悲剧英雄形象。这个悲剧形象的成功塑造，不仅标志着我国古典小说人物塑造艺术已经发展到相当成熟的水平，而且对后来古典小说英雄人物的塑造，产生了深远的影响。无论是从落卖刀、京城斗武的杨志身上还是从流落异乡、性刚气烈的武松身上，乃至途穷卖马的秦琼和忠贞报国的岳飞身上，人们都可以感到关羽形象悲剧美的余韵。认真研究关羽形象的悲剧美及其艺术魅力所在，对我们认识我国古典小说人物形象多样化塑造的丰富经验，提高当前文学创作的水平，都是不无裨益的。

原载《武汉师范学院学报》1983 年第 3 期

从诸葛亮的形象看罗贯中的审美理想

《三国演义》第二十一回（“曹操煮酒论英雄”）中，曹操有一段名言：“夫英雄者，胸怀大志，腹有良谋，有包藏宇宙之机，吞吐天地之志者也!”刘备问：“谁能当之?”曹操以手指刘备后自指曰：“天下英雄，惟使君与操耳!”论者往往以此讥笑曹操过于自负，笔者则以为，三国时期曹操在历史上确实起过相当的作用，对此足以当之；而刘备则愧领了。实际上，在《三国演义》中，真正能够推动历史长河中的波澜、左右历史风云变幻的是曹操和诸葛亮。然而，“论英雄”之时，诸葛亮尚未出山，曹操还无法认识这位“卧龙先生”的真面目。

在《三国演义》中，第三十七回（“刘玄德三顾草庐”）之前，作者重点在写曹操，曹操是历史舞台的真正主角；从第三十七回开始，作者则重点写诸葛亮。诸葛亮成为政治历史舞台的真正主角。可以说，没有曹操，“天下不知几人称王，几人称帝”，而没有诸葛亮，也就没有刘备集团的历史地位，“三国鼎立”的历史也将是另一种面貌。尤其值得强调指出的是，在《三国演义》的人物形象系列中，作者对这两个人物的描写，集中地体现了他的审美意识和审美理想。在罗贯中笔下，曹操不可谓不“雄”，讨董卓、擒吕布、灭陶谦、平袁绍、击乌桓、收刘琮，所向披靡，得天下三分之二。然而，曹操的“英雄大志”始终与强烈的权势欲混合在一起，表现出浓郁的贪婪、奸诈、冷酷的色彩，实为“奸雄”。罗贯中对曹操那种“宁可我负天下人，不使天下人负我”的剥削阶级极端利己主义人生哲学的概括和描写，充分显示了他对现实生活的深刻认识和把握；而他对诸葛亮形象的塑造，则表现了他所积极追求的一种真善美的理想。二者互相参照，强烈对比，显示了罗贯中对“美”与“丑”的明确判断。在《三国演义》宏伟的艺术构思中，诸葛亮的形象最重要的意义，就在于他是作者审美理想的结晶和化身。惟其如此，这一形象才显得那样光彩照人；也惟其如此，在他夺目的光彩中，才不时闪现出神秘的光环。认识作者在这一形象塑造中所表现的审美理想，正是我们正确把握这一形象的关键所在。

在《三国演义》中，诸葛亮的形象从人生理想、道德理想和智慧理想等方面，集中而又充分地体现了作者的审美意识。

罗贯中笔下的诸葛亮的一生，可以说是千百年来中国封建社会知识分子理想的人生模式。关于这一点，《三国演义》的评点者毛宗岗概括得十分清楚：

> 历稽载籍，贤相林立，而名高万古者莫如孔明。其处而弹琴抱膝，居然隐士风流。出而羽扇纶巾，不改雅人深致。在草庐之中，而识三分天下，则达乎天时；承顾命之重，而至六出祁山，则尽乎人事。七擒八阵，木牛流马，既已疑神疑鬼之不测。鞠躬尽瘁，志决身歼，仍是为臣为子之用心。比管、乐则过之，比伊、吕则兼之，是古今贤相中第一奇人。

隐士风流加功昭青史，这正是封建时代士大夫的人生目标。而这一点，在诸葛亮这一形象中得到了完美的表现。

罗贯中笔下的诸葛亮，是一个现实与超现实因素化合的产物。他既是一个“夙兴夜寐，罚二十以上皆亲览”“谨慎小心、日夜操持军务、鞠躬尽瘁”的军师；同时他又飘逸超脱，“飘飘然有神仙之概”。这一形象，融赤胆忠心与仙风道骨于一体，而最终仍然体现着儒家入世的基本精神。可以说，在罗贯中对诸葛亮形象的描写中所渗透着的，正是那种对儒家的“达则兼济天下，穷则独善其身”的人生哲学的赞美和追求。“兼济天下”的入世精神和“独善其身”的潇洒超脱风度，是作者心目中完美人生的极致。

无论从哪一个角度来分析，“刘玄德三顾草庐”都不是作者故弄玄虚的闲笔。在我们看来，它的重要性在于显现着作者人生理想的一方面的内容。罗贯中极力渲染的环绕在卧龙岗的宁静、幽雅、淡泊、飘逸的氛围，都是作者审美理想的物态化结果。卧龙岗上的一山一水，一草一木，一人一物，都达到了一种古典式的静穆和谐、超然潇洒的境界，充满了独善其身的满足和怡然情致。诚如毛宗岗评点所说："且孔明未得一遇，而见孔明之居，则极其幽雅；见孔明之童，则极其古淡；见孔明之友，则极其高超；见孔明之弟，则极其旷逸；见孔明之丈人，则极其清韵……而孔明之为孔明，于此领略过半矣。"（毛宗岗第三十七回回评）孔明离开卧龙岗前叮咛其弟诸葛均的话，则更为直接地道出了他平生志向所在："吾受刘皇叔三顾之恩，不容不出。汝可躬耕于此，勿得荒芜田亩。待我功成之日，即当归隐。"在罗贯中看来，单有独善其身还远远不够，独善其身只有和功成身退联系在一起，才能闪现出耀眼的光芒，成为人生最好的美妙归宿。

因此，"兼济天下"的入世精神，便成为作者通过诸葛亮的形象所显示出的人生理想的更为重要的内容。人们不难发现，在《三国演义》中，博学多才的诸葛亮，并不是以学者身份出现的。在诸葛亮这一形象中，作者突出描写的是他以天下兴亡为己任的献身精神和经世致用的实践精神。正是在这样的意义上，"诸葛亮舌战群儒"，不仅是具有纵横家风格的对东吴文官的游说，同时，更可以看作是诸葛亮一生事业的宣言。

在东吴群儒一片"治何经典"，有何实学的质问声中，诸葛亮明确指出："寻章摘句，世之腐儒也，何能兴邦立事?"反对"区区于笔砚之间，数黑论黄，舞文弄墨而已乎"。并且提出："儒有君子小人之别。君子之儒，忠君爱国，守正恶邪。务泽使及当时，名留后世。——若夫小人之儒，惟务雕虫，专工翰墨；青春作赋，皓首穷经；笔下虽有千言，胸中实无一策。……虽日赋万言，亦何取哉!"在诸葛亮眼里，"青春作赋，皓首穷经""舞文弄墨"的腐儒是不屑一顾的。他所向往的是智慧的较量、力量的竞争，用知识和智慧去开创功业。因此，诸葛亮形象虽然以代表儒家基本精神的面貌出现，但他却能博采百家之长，杂王霸之术而用之。诸葛亮的这种以天下兴亡为己任的献身精神和经世致用的实践精神，正是他的人生理想中最引人注目的因素，也是罗贯中着力表现和极力赞扬的内容。它体现了我们民族文化精神中最积极的一面。也正因为如此，诸葛亮的形象才能在如此众多的谋士和军师形象系列中显现出独特的风姿而令人心往神驰。

如果说在诸葛亮这一艺术形象中作者所表现的人生理想，对封建时代的知识分子具有更大的吸引力的话，那么，在这一形象中所表现的道德理想和智慧理想的追求，则拥有更为广大的读者群。

毋庸置疑，道德内容是诸葛亮的形象，也是整部《三国演义》的一个重要组成部分。罗贯中所描写的诸葛亮的道德力量，无疑是十分出色的。诸葛亮对刘备集团的忠义，对蜀汉事业的忠诚，以及严于律己的清廉公正、谦虚谨慎，构成了这个人物的一身浩然正气，而使一切奸雄小人相形见绌。

“五丈原诸葛禳星”，“陨大星汉臣相归天”是诸葛亮生命之曲的最后乐章，也是作者极力渲染的重要部分。在这里，诸葛亮的各种优秀品质都得到了集中的、淋漓尽致的表现，从而获得了一种令人回肠荡气的艺术效果。在生命的最后一刻，诸葛亮所萦萦于怀的仍然是蜀汉集团的事业，他谆谆地叮咛好用人之策，周密地安排下退兵之计，安详地走完了他生命的最后里程。罗贯中用饱含深情的笔墨，为我们描绘了诸葛亮生前最后的动人形象：

> 孔明强支病体，令左右扶上小车，出寨遍观各营，自觉秋风吹面，彻骨生凉。孔明泪流满面，乃长叹曰：“吾再不能临阵讨贼矣！悠悠苍天，曷我其极。”叹息良久。

这位两朝开济的忠臣，终于“出师未捷身先死”，带着他对未竟事业的无限遗憾，离开了人世。他所留下的，只有成都家中“桑八百株，薄田十五顷”。而他自己“随身衣食悉仰于官，不别治生，以长尺寸”。这位为蜀汉王朝立下汗马功劳，呕心沥血，鞠躬尽瘁27个年头的朝廷重臣，临终之时仍是“不使内有余帛，外有赢财”。如此清廉简朴，如此耿耿忠心，如此肝胆照人。这正是作者所追求的道德理想。

这种道德理想，集中地体现了我们民族的传统美德，同时也反映了中国传统文化中以伦理原则作为绝对价值尺度的价值观。诸葛亮的形象数百年来始终活跃在中国人的精神生活中，在很大程度上，正是依赖于建立在伦理价值观基础上的道德力量。正如有的同志已经指出的那样，诸葛亮的形象问世以后，“他几乎得到所有阶级和阶层的人们的肯定和赞赏——一般说来，统治阶级的当权者要的是他的忠心。士大夫文人向往的是他的得遇‘明主’，建功立业。人民大众更多的是颂扬他那过人的智慧和难能可贵的美德”①。“百行德为首”，诸葛亮的形象及其影响，充分体现了中国人传统的思维模式和审美心理特点。

事实上，最使诸葛亮的形象充满勃勃生机而具有永恒魅力的，是罗贯中对诸葛亮超人智慧的充满理想色彩的描绘。尽管这些描写不时笼罩着神秘的色彩，但我们却从中感受到作者企图超越自然王国而达到自由王国的强烈意识。在这种强烈的意识中，充满了人对把握自己命运，征服社会和自然的渴望。

在《三国演义》中，诸葛亮的惊人智慧，作者主要是通过他对复杂的社会生活的惊人的预见性和策划的准确与周密，以及他驾驭自然的能力的描写来实现的。在这些描写中，始终贯穿着的是作者的那种“谋事在人”“事在人为”的强调人谋的朴素唯物主义思想。强调人的能量，歌颂人的力量，在征服客观世界的过程中追求人的智能的完善，罗贯中在他的智慧理想中留给我们无限的启迪。

赤壁之战的精彩描写，实在可以说是诸葛亮以其智慧与胆略谱写的一部交响乐。面对曹操八十三万大军水陆并进、重兵压境的严峻形势，诸葛亮头脑十分冷静清晰，坚持联吴抗曹的方针。他只身冒险前往东吴，舌战群儒，说服孙权，最终建立了孙刘联盟，导演了赤壁之战雄伟壮丽的一幕。在这场战略大决战中，诸葛亮竭尽辛劳，一面“借箭”“借风”协调周瑜火攻，一面还要时时提防周瑜的暗害。凭着他惊人的胆略和智慧，他终于既粉碎了周瑜的预谋，又维护了孙刘联盟。保证了赤壁之战的顺利进行，一把火烧得曹操焦头烂额、一败涂地。从而使刘备集团转危为安，化险为夷，实现了蜀汉集团历史命运的转折，形成了“三国鼎立”的局面。这一切正是诸葛亮依靠自己的智慧和胆略，强调“人谋”的结果。正如毛宗岗所指出的：“本是玄德求助于孙权，却能使孙权反求助于玄德；本是孔明求助于周瑜，却能使周瑜反求助于孔明。孔明之智真妙绝千古。”（毛宗岗第四十四回回评）“孔明用计之妙，善于用‘借’。破北军者，即‘借’江东之兵，而助江东者，即‘借’北军之箭。是‘借’于东又‘借’于北。取箭者，既‘借’鲁肃之舟，而疑曹操，复‘借’一江之雾。是‘借’于人，又‘借’天也。兵可‘借’，箭可‘借’，于是乎东风亦可‘借’，荆州亦无不可‘借’也。”（毛宗岗第四十六回回评）正

---

① 邱振生等：《万古云霄一羽毛》，《文学评论》1985 年第 1 期。

确地分析客观形势和估计主观能力，善于利用一切可以利用的有利条件，使不利因素朝有利的方向转化，变被动为主动，变劣势为优势。正是在这里，诸葛亮显示了他超群绝伦的才能。

在罗贯中笔下，诸葛亮的惊人智慧，不仅表现在复杂的社会生活中，同时也表现在人与自然的关系中。诸葛亮在大自然或客观事物面前所表现出来的神奇力量，是诸葛亮形象的组成部分，也是历来常常受到非议的部分。实际上，这一部分描写，无论是“用奇谋孔明借箭”“七星坛诸葛亮祭风”，还是“孔明巧布八阵图”“诸葛亮造木牛流马”“出陇上诸葛亮妆神”，作者都是为了表现诸葛亮广博的知识和作为军事将领的卓越才能。“为将而不通天文，不识地利，不知奇门，不晓阴阳，不看阵图，不明兵势，是庸才也。”诸葛亮的这一段话，实际上代表了封建时代人们对合格的军事将领的一般要求。《三国演义》中的诸葛亮，不仅有着丰富的社会生活知识，同时也掌握了广泛的自然科学知识。而这正是与他建功立业的人生理想、经世致用的学问主张分不开的。事实上，在这一部分描写中，有些是具有科学根据的，如“用奇谋孔明借箭”中诸葛亮所凭借的是他丰富的天文学知识，造木牛流马所依据的是力学方面的知识；有些则是作者想象和夸张的，如“七星坛诸葛亮祭风”；有些则是带有封建迷信色彩的。然而，所有这些描写，都体现了一种共同的倾向，即人对自然的驾驭和征服，体现了一种超自然的力量。而这正是作者的审美理想的一个重要内容。总之，依靠人类的智慧来改变社会、驾驭自然，这便是作者通过诸葛亮的形象所表现的智慧理想的全部内涵。

简而言之，在诸葛亮这一形象中，人生理想、道德理想、智慧理想三者互相交融，相得益彰，构成了这一形象的鲜明的理想色彩，体现出作者的审美理想。这种审美理想，对《三国演义》的成功创作产生了重要而深远的影响。

《三国演义》是我国古代小说史上第一部“演义体”的历史小说，同时也是成就最高的一部历史小说。明清两代的历史小说创作，其数量不可谓不多，而其质量则鲜有能与之匹敌者。究其原因，除了作者对历史真实与艺术真实的成功把握外，罗贯中的审美理想无疑是一个十分重要的因素。罗贯中通过诸葛亮的形象所表现出来的审美理想，集中地体现了我们民族文化心理结构中的一些最积极的因素，体现了一种积极进取的人生态度。因而数百年来，诸葛亮的形象始终是千千万万正直的中国人心目中的一面旗帜、一种楷模，成为我们民族的一份珍贵的精神遗产。

人生应当追求不朽，艺术应当追求不朽。诸葛亮的形象便是人生与艺术不朽的结晶。

原载《湖北大学学报》（哲学社会科学版）1988 年第 3 期

《三国演义》"天命观"的文化心理透视

长篇历史小说《三国演义》，描写的是三国时代错综复杂的政治和军事斗争，但作品本身的意义却远远超过了它所描写的范围，具有更为广泛和深刻的意蕴。《三国演义》普及的程度和影响的深远在中国小说史上是首屈一指的。后来的模仿者虽然众多，然正如鲁迅先生所说，"都没有一种跟得住《三国演义》，所以人都喜欢看它，将来也仍能保持相当的价值的"①。《三国演义》究竟是靠什么吸引着数百年来不同阶层的众多读者，并在今天仍能保持住自身价值的呢？在过去的研究中，人们企图从多方面寻找这一问题的答案，却往往忽略了文学作品中的一个十分重要的因素："艺术作品的本质在于它超越个人生活的领域而以艺术家的心灵向全人类的心灵说话。"② 荣格的话给我们提示了认识文学作品价值的一个新的观照面。

毫无疑问，中国是一个具有悠久历史并极为尊重历史传统的国家。然而，并不是所有的历史事实都能引起人们的强烈兴趣。正如黑格尔老人所说："我们对于过去事物之所以发生兴趣，并不只是因为它们有一度存在过。历史的事物只有在属于我们自己的民族时，或是只有在我们可以把现在看作是过去事件的结果，而所表现的人物或事迹在这些过去事件的联锁中，形成主要一环时，只有在这种情况下，历史的事物才是属于我们的。"③ 严格地说，《三国演义》的成功创作，并不仅仅是因为作者所取材的三国时代，故事不繁不简，人物智勇动人，适于作小说。这些只是问题的一个方面；而更重要的方面则在于，小说的作者是"以艺术家的心灵

---

① 鲁迅：《中国小说的历史变迁》，《鲁迅全集》第 9 卷，人民文学出版社 1981 年版，第 324 页。

② ［瑞士］荣格：《心理学与文学》，冯川等译，三联书店 1987 年版，第 140 页。

③ ［德］黑格尔：《美学》第 1 卷，朱光潜译，商务印书馆 1979 年版，第 346 页。

向全人类的心灵说话”，通过对三国历史和人物的描述，小说表现了我们民族在漫长的历史过程中所形成的共同文化心理，也就是说，它表现了一些至今仍活在每个中国人灵魂中的根深蒂固的内容。一部《三国演义》，充满了人类心灵的古老回声。“纷纷世事无穷尽，天数茫茫不可逃”，便是这古老的回声中首先唤起我们注意的声音。

翻开《三国演义》，我们不难发现：对历史兴亡规律的痛苦思索，是全书的一个十分重要的内容。从开篇的“话说天下大事，分久必合，合久必分”到篇尾的“纷纷世事无穷尽，天数茫茫不可逃”，整部小说所描写的是三国历史发展的进程，也是三国人物在历史舞台上表演的过程。然而，无论是对整个三国历史进程的描写，还是对具体历史人物的描写，都充满了浓郁的宿命论的色彩。“天命”“天意”“天时”像一朵阴云，无处不在，笼罩在所有三国人物身上。江东俊杰周瑜，在生命结束之时，不无感叹地对部下表白：“吾非不欲尽忠报国，奈何天命绝矣。”然后仰天大叹：“既生瑜，何生亮!”作者也不禁为此感叹道：“苍天既已生公瑾，当世何须出孔明!”周郎怀着未竟的抱负，离开了人世。一代奸雄曹操临死之前，臣下曾向他建议“命道士设醮荐新”，曹操叹一口气说：“圣人有云：‘获罪于天，无所祷也’，孤天命将尽，虽日用万金，安能救也?”最后“长叹一声，气绝而亡”。刘备为替关羽报仇，一意孤行，亲自率军攻打东吴，诸葛亮劝说无效，不由感叹“蜀汉之运穷矣”。而诸葛亮本人在六出祁山之时曾将司马懿引入上方谷，指望烧死司马懿父子，谁知突然天降大雨，火被浇灭，司马氏父子死里逃生。诸葛亮不由仰天长叹“谋事在人，成事在天，不可强也”，深感天命难以逆转。诸葛亮的一生都充满了这种悲剧的色彩，在生命的最后一刻，虽然经过种种努力，然终因“生死有常，难逃定数”，不得不在“悠悠苍天，曷我其极”的不平声中，饮恨逝去。所有这一切描写，都体现了小说作者对三国历史演变规律的一种理解：“谋事在人，成事在天”，天命不可违背。罗贯中对历史规律的这种解释，在今天看来也许过于陈旧了，然而，它的出现，却凝聚着我们民族古老的情感和独特的思维方式。

《三国演义》中“天命”与“人事”的关系，是一个比较复杂的问题，作者对这一问题的理解，在各个部分的描写中重点不尽一致。总的来说，当作者笔下的人物处于顺境时，他们大都是不信天命而强调人谋的。诸葛亮未出山之前，在“隆中决策”之时，对当时的形势曾有十分精辟的分析："曹操势不及袁绍，而竟能克绍者，非惟天时，抑亦人谋也。"这里，我们不难看出诸葛亮对待天命的基本态度。可是，当他身处逆境而又无力回天之时，对于无法改变的现实力量，他却往往归之于天命。曹操、周瑜等人亦是如此。曹操指挥官渡之战和周瑜指挥赤壁之战的时候，谁也不曾坐等"天命"，而是努力发挥"人谋"，结果都获大捷。而一旦他们失去优势的时候，"天命"的阴云便出现在他们的脑海中。罗贯中是了不起的，在"天命"与"人事"的天平上，他努力探索着二者的平衡与统一；但是尽管如此，历史宿命论的色彩也始终无法从他笔下消除，这是一种无须回避的事实。

尤其耐人寻味的是，这种历史宿命论的色彩，并不是一种孤立的历史现象。早在罗贯中之前，具有"天命"倾向的记载和描述，就存在于许多史籍中。还在《左传》作者的笔下，我们就看到，晋文公建立霸业的过程中，作者就曾借他笔下人物之口，不止一次地突出"天命"。当重耳逃亡到郑国时，郑文公"不礼"，他的臣下便进谏曰："臣闻天之所启，人弗及也。晋公子有三焉，天其或者将建诸？"到了楚国，楚子决定帮助重耳时，亦发表了类似的看法："天将兴之，谁能废之？违天必有大咎。"① 在这里，《左传》的作者实际上是在暗示我们：晋文公终成霸业，实乃天意也。在《史记·项羽本纪》中，司马迁描写项羽被围垓下之时，面对失败的结局，项羽曾痛苦地感叹道："此天之亡我，非战之罪也。"而当乌江亭长劝项羽渡江时，项羽又一次说道："天之亡我，我何渡为？"项羽的话，曾受到司马迁的猛烈批评，可是司马迁本人也未能摆脱"天命论"的影响。《高祖本纪》以刘邦拔剑斩蛇的神秘故事开始了刘邦的政治生涯，无疑是在暗示读者，汉灭秦亦是天意。尽管在今天上述所谓"天命"现象都不难找到历史现实的根由，然而在古代社会，我们的祖先似乎更愿意选择"天命"的答案。面对历史，究竟是什么力量促成了我们祖先这种一次又一次共同的选择呢？任何历史现象的大量积累都隐藏着一种确定的无意识结构。在这种独特的历史现象背后，无疑存在着深刻的文化背景。

究其根本来说，历史宿命论的"天命观"与中国古代"天人合一"的观念有着极为密切的联系。众所周知，"天"在汉语中通常包含了两种

---

① 杨伯峻：《春秋左传注》，中华书局1981年版，第408页。

意义：一种是作为命定和主宰的意义，即所谓“天命者”；另一种是自然的意义。在我们的祖先看来，除了命定和主宰的特点之外，天也具有人的一些特征：“天有风雨寒暑，人亦有取与喜怒。”（《淮南子·精神训》）“献岁发春，豫悦之情畅……”（《文心雕龙·物色》）“天”如果不调顺，人可以通过“阴阳之调”的“乐”，“以遂八风”“以来阴气”“以定群生”（《吕氏春秋·大乐》）。这就是我们祖先祭天的由来。正如费尔巴哈曾经指出的：“自然界的变化，尤其是那些最能激起人的依赖感的现象中的变化，乃是使人觉得自然是一个有人性的、有意志的实体而虔诚地加以崇拜的主要原因。”① 这种“天人不二”的文化心理，是基于最起码的生存需要，在长期的农业社会生产过程中逐渐形成的。建立在小农生产基础上的农业经济，其主要的生产，是以土地自然物为限，而其年成收获的丰歉，很大程度上是以水、土、风、雨、阳光等自然条件是否调顺为决定因素的。这种“靠天吃饭”的客观存在，决定了我们祖先对天的崇拜和依赖，形成了他们独特的感知认识世界的方式：“自天佑之，吉，无不利”（《周易·上九爻辞》），只要得到天的帮助，就吉利而没有不吉利的。“有命，无咎，畴离祉”（《周易·否卦九四爻辞》），只要天命有归，不但自己无咎，而且连朋友（畴）都可以得到好处（离祉）。在科学不发达的古代，“天人合一”的“天命观”，明显地表现了人对天的依赖、顺从和认同。这种人类社会最初的农耕生活的经验，后来则极大地影响了中国人认识世界的方式，形成了一整套独特的思维方式和思想体系。“天人合一”的观念一经产生，便在封建社会的社会生活中起到了复杂的作用。对于统治者来说，一方面他们常常利用“天人合一”的观念作为统治人民的工具，他们以“天子”自居，打出君权神授、“代天牧民”的旗号，来证明自己统治的合理性、神圣性；另一方面，他们也像常人一样对天命无常有一种畏惧感，“我生不有命在天”，一般他们都震慑于“天降威”“天降灾”“天降法”。而对于普通人来说，“天人合一”的“天命观”更多的往往是对已经发生的、不可理解的遭遇和结果的神秘解释。这种解释，表现在对历史兴亡的看法上就是“气数”。对于国家兴亡、王朝更替这一类直接关系到自己生存环境的历史事件，普通老百姓往往感到神秘莫测，难以理解。于是他们便在“天命”

① ［德］费尔巴哈：《费尔巴哈哲学著作选集》下卷，商务印书馆1984年版，第459页。

“气数”中找到了圆满的答案。无论是霸王别姬，还是高祖兴汉灭秦，或是诸葛亮“出师未捷身生死”，一言以蔽之曰“天命”也。可以说，在长期的历史发展过程中，“天人合一”的“天命观”实际上已经积淀成为我们民族的一种原始意象。这个意象，“凝聚着一些人类心理和人类命运的因素，渗透着我们祖先历史中大致按照同样的方式无数次重复产生的欢乐与愁伤的残留物。”①

罗贯中的《三国演义》正是这种传统历史文化心理的产物，他的杰出贡献就在于，他在秉承传统的“天命观”的基础上，以其独特的艺术手法，找到了历史与民族共同心理的融合点。小说以宏大的气势、悲凉的笔调，在叙事过程中不断渲染笼罩在三国历史和人物身上的“天命”的阴云，在这片阴云之下，尽管没有多少复杂的逻辑因果分析，也没有多少深刻的理性概括与总结，有的只是人类最古老的认识方式——人对于自然的认同，人对命运的认同。但它却为古往今来的历史提供了一条永恒的答案，人所不能理解的一切历史现象，在这里都得到了心平气和的解释；人世间的一切懊恼、不平、痛苦的感情都消融在天命无常的感叹声中，成为一种可以接受的现实。“天命观”在这里发挥了异乎寻常的功能，它调节了人与现实不和谐的对立关系，成为医治人的内心痛苦的一剂良药。如果说，原型意象正是以意象的方式传达人类的某些共同的情感体验，那么，在《三国演义》的“天命观”中，我们感受到的正是华夏民族古老心灵的回声，她特殊的禀赋和气质。

不仅如此，《三国演义》中的“天命观”除了具有特定的民族共同心理的内涵之外，它还具有丰富的情感的内容。“纷纷世事无穷尽，天数茫茫不可逃”，表现的不仅是一般的“天命无常”感叹，而且它也表现了对历史长河中群体生命的无限惋惜之情、伤逝之情。所谓“滚滚长江东逝水，浪花淘尽英雄。是非成败转头空，青山依旧在，几度夕阳红”。在这一点上，《三国演义》唤起了读者更为广泛的心灵共鸣。

任何审美经验都是以审美直觉为基础的。《三国演义》中的“天命观”所引起的读者的心灵共鸣，也是以个体生命的体验为基础的。在我们的生活中，人生与历史实在有太多的相似之处。由人事代谢所形成的历史长河，正如同由春秋代序所形成的岁月长河。人生是个体生命的过程，

① ［瑞士］荣格：《心理学与文学》，冯川等译，三联书店 1987 年版，第 120—121 页。

历史则是群体生命的过程。人生难以把握自身的命运，因而也极易理解并接受历史兴亡不定的“天命”。“可怜赤壁争雄渡，唯有蓑翁坐钓鱼。”“到如今不独三国乌有，魏、晋亦安在哉？种种机谋、种种算计，不足供老僧一桀也。哀哉，哀哉！”（李贽《三国演义》第一百二十回总评）透过《三国演义》所描写的历史画面，人们唏嘘感叹，对现实人生与古老历史的痛苦思索错综交融，借“天命观”的外壳，表现了一种普通意义上人生之悲哀。在这里“天命观”除了它本身的意义之外，又具有了另一种功能，即成为表达人们情感的一种符号。人们在对“天命无常”的感叹之中，宣泄了他们无数痛苦的人生经验和“悲吾悲以及人之悲”的情感体验，从而形成了一种深刻的审美情感。正是在这里，作者的心灵与读者的心灵达到了一种微妙的契合，产生了动人的艺术魅力。

原载《社会科学动态》1991 年 8—9 合刊

英雄史诗与史诗英雄

——关羽形象漫议

被称为《三国演义》人物“三绝”之一的关羽，历来是《三国演义》研究的“热点”人物。这一人物身上，不仅具有丰富的民族文化心理内涵，而且这一形象的塑造，也体现了《三国演义》在人物塑造上的总体倾向与特征。而这两者都与作品的某些文本特征有着密切的联系。

尽管黑格尔曾经断言：“中国人却没有民族史诗”①，然而，应该说，无论是从题材的宏伟或史诗精神的实质来看，《三国演义》都可以说是一部当之无愧的史诗性的作品。因为史诗性作品与非史诗类作品的区别就在于，“史诗世界还不应局限于只在一个既定场所发生的特殊事迹的有限的一般情况，而是要推广到包括全民族见识的整体。”② 史诗精神的实质，即在广阔的历史背景中展示民族精神的深刻内容。《三国演义》是以三国时期的政治军事斗争为题材的，然而，它的意义却远远超过了具体时代的具体政治军事斗争的描写，具有更为广泛和深刻的意蕴。它从封建时代的政治哲学、军事哲学、历史哲学、道德哲学、人生哲学等多方面为我们提供了研究的素材并给我们以深刻的启示。正是在这样的意义上，我们说《三国演义》是一部史诗性的作品。《三国演义》的这一文本特征，在某种程度上决定了《三国演义》人物的总体面貌和作者所采用的具体的形象塑造方法。

由于史诗作品所要表现的是一个民族作为整体的民族精神特色，因此，史诗中的英雄人物往往具有不同于其他类型文学作品中人物的鲜明特

---

① ［德］黑格尔：《美学》第3卷（下），朱光潜译，商务印书馆1981年版，第170页。

② 同上书，第121页。

征。具体地说，这种鲜明特征包括了传奇性、典范性与悲剧性三个方面。《三国演义》中的关羽形象正是如此。

作为史诗英雄，关羽形象的显著特征之一是这一人物的传奇性。传奇性是与史诗英雄非凡经历相联系的共同特色，也是古代作者热衷于表现的重要内容。在《三国演义》中，作者以崇敬的笔调描绘了关羽不同凡俗的仪表，他的美髯、他的魁伟的体态和威武的神姿，还有他那把神奇的青龙偃月刀，并且浓墨重彩地着力渲染了关羽的一系列英雄壮举：温酒斩华雄，斩颜良、诛文丑，千里走单骑，过五关斩六将，怒斩蔡阳、义释黄忠、刮骨疗毒、单刀赴会、水淹七军，可谓勇猛刚烈、威震天下、所向无敌。关羽传奇式的英雄经历和英勇品质，奠定了他作为史诗英雄的基础。同时也是数百年来人们热爱关羽这一人物的重要原因。关羽形象连同伴随这一形象所产生的英雄崇拜心理，寄托着中国古代人们对于力量、勇敢和气魄的向往，表现了人对把握自身命运、征服客观对象的强烈自主意识。正是人类这一永恒的心灵追求，使关羽这一传奇人物的勇武和神威具有了动人的魅力。

史诗中的英雄人物，不仅大都具有传奇色彩，同时，他们往往还具有高度的典范性。“他们都是些完整的个体，把民族性格中分散在许多人身上的品质光辉地集中在自己身上，使自己成为伟大、自由，显出人性美的人物……”① 关羽这一形象的重要价值和永久魅力，在很大程度上来自这一形象所具有的高度的道德典范性。这一形象，熔铸着我们民族的最高道德规范和崇高人格理想。

罗贯中笔下的关羽，并不仅仅是所向无敌的一介武夫，而是一个从外表到内在气质都极其儒雅的英雄，是“古今名将中第一奇人”（毛宗岗《读三国志法》）。长期以来，人们对关羽这一形象所津津乐道的，并不仅仅是他的超群武艺，他的赫赫战功，更重要的还是他的那种“贫贱不能移，富贵不能淫，威武不能屈”的伟大的人格和崇高的精神世界，以及“作事如青天白日，待人如霁月光风”（毛宗岗《读三国志法》），光明磊落，一身浩然正气。正是这种伟大的人格力量和崇高的精神世界，使关羽这一形象在《三国演义》的英雄画廊中放射出独特的光彩，并获得了高度的典范意义。

---

① ［德］黑格尔：《美学》第3卷（下），朱光潜译，商务印书馆1981年版，第137页。

最能集中体现关羽形象典范性的是贯穿这一形象始终的忠义精神。《三国演义》中的关羽，始而“随先主周旋”，不畏艰险；继而降汉不降曹，挂印封金，千里独行，矢志不移，追随刘备；最后兵败麦城，拒绝了东吴方面的劝降，坚贞不屈，从容就义，完成了道德上的自我完善。可以说，“忠义”之气作为一股强大的精神力量，贯穿于关羽的一生，达到了一种常人难以企及的至善至美的境界。

作为关羽形象突出特征的忠义精神，不仅是关羽个体的精神面貌和行为方式，同时也是我们民族精神的重要伦理范型。关羽的忠君，显示的是封建人际关系中具有特殊性的一面；而关羽的重义，则展示了封建人际关系中具有普遍性的一面。忠君与重义互相交织，构成了封建道德规范的最高境界。关羽形象的成功塑造，既是长期民族理想层积的产物，也是罗贯中以艺术的手段概括和再现民族精神的结果。无论是关羽的忠义品质还是他的儒雅风采，以及由此而产生的巨大的人格力量，都深深地植根于民族文化心理的深厚土壤中。从这一人物身上，我们可以“见出一般心灵的各个方面，特别是全民族已发展出来的思想和行动的方式”①。正因为如此，关羽这一形象才能获得普遍的认同与广泛的共鸣，进而成为民族精神与道德的楷模。

除了传奇性与典范性之外，悲剧性常常是史诗英雄的又一显著特征。史诗人物的悲剧性，往往来自客观环境与主观性格的双重制约。正如黑格尔所说：“在史诗中，人物性格和客观事物的必然性二者是以同等重要性而并列在一起的……不像在戏剧体诗里那样，只有人物性格起主导作用。”② 关羽形象的悲剧性，既有他自身性格弱点的因素，同时又和整个蜀汉集团的悲剧命运密不可分。一方面，关羽的悲剧是他自身“刚而自矜”的性格弱点发展的必然结果。如前所述，罗贯中笔下的关羽是一个骁勇的将军，一个胸怀坦荡的好汉，然而，他的骁勇中已包含着骄横，坦荡的胸怀中已滋长着自负。关羽的刚烈正直一直是为人所共称的正面品质，而他的骄傲、自负、轻敌也正是和这种正面品质一道孪生出来、共同滋长着的。关羽身上，有勇敢的一面，也有偏执的一面；有英雄的自信，也有常人的虚荣；有理智的委曲求全，也有一意孤行的莽撞。“失荆州”

---

① ［德］黑格尔：《美学》第3卷（下），朱光潜译，商务印书馆1981年版，第136页。

② 同上书，第155页。

的悲剧结局，正是人物性格弱点发展到顶点的结果。另一方面，关羽的悲剧也是整个蜀汉集团政治悲剧的一部分。在三国纷争、群雄角逐的历史形势中，以刘备和诸葛亮为代表的蜀汉集团，企图以儒家传统的“仁政”理想来统一天下。然而，在整个封建体制开始走向衰败的时候，对封建社会政治生活起决定作用的，不是正义，而是邪恶；不是道德，而是权诈。即使没有关羽“大意失荆州”的过失，蜀汉集团的失败也将是一种历史的必然。因为他们所从事的事业不是个别人所能胜任的，他们的悲剧是“历史的必然要求和这个要求的实际上的不可能实现”的历史悲剧。正因为如此，不仅关羽的一生充满了悲剧的色彩，《三国演义》全书也笼罩着“天数茫茫不可逃”，人和难以回天的浓郁的悲剧气氛。关羽形象的悲剧性，正是全书悲剧精神的浓缩。

作为史诗英雄的关羽形象的上述特征，不仅与小说作者的创作思想息息相关，同时也决定了作品人物形象塑造方法的特征。

首先，作者在塑造关羽这一形象时，通常是以粗线条的大笔勾勒见长，而不是以工笔描绘著称。这种重在写意的人物形象塑造方法，吸取了戏曲与雕塑艺术的成分，抓住人物的主要特征极力渲染，突出了人物的传奇色彩，往往能够使人产生深刻的印象。

其次，为了表现史诗英雄的传奇性与典范性，作者常常把原来许多不同的人创造的奇迹和功勋集中在一人身上，使其成为“伟大、自由、显出人性美的人物”。在关羽形象的塑造中，作者将历史上孙坚之枭华雄，刘备之斩文丑、杀蔡阳，鲁肃的单刀赴会，都移植到了关羽身上，改造成“温酒斩华雄”的情节来突出关公之勇，诛文丑的情节表现关公之义，杀蔡阳表现关公之忠，而单刀赴会则突现关公之胆识和神勇。需要指出的是，《三国演义》作者采用的这种人物形象塑造方式，与现代小说家所采用的典型化的艺术方法，既有联系也有区别。后世小说家在塑造人物的时候，有意识地运用典型化的方法，把散布在现实中许多人身上的特征，在一个形象上集合起来。这种典型化的方法是为刻画人物性格服务的。而在《三国演义》中则不同，作者将历史上不同人物所创造的奇迹和功勋集中在一个人身上，是以塑造理想中的英雄为目的的。前者是作家个人对客观生活进行艺术概括的产物，后者则是整个民族理想层积的结果。

最后，突出人物主导性格的特征，是作者在塑造关羽形象时运用的另一重要方法，也是《三国演义》人物形象塑造的共同特征。刘备的仁，关羽的义，诸葛亮的智，张飞的莽，曹操的奸，无一不是以单纯、明确的特点凸显于读者眼前。作者在塑造关羽形象的时候，往往通过许多不同的事件反复表现其主要特征，而由于每次事件的环境、对象、情节的不同，其主要特征也得到了多方面的表现，给人以深刻的印象。可以说，《三国演义》在人物形象的塑造上，坚持重在整一的原则，体现了古代审美意识所要求的单纯、崇高、整一与和谐，而与近代文学创作中性格典型化所要求的性格的复杂性、多样性有着明显的区别。

原载《古典文学知识》1994 年第 10 期

《三国志通俗演义》叙述视角简论

《三国志通俗演义》（罗贯中著，上海古籍出版社 1980 年版。以下简称《三国志演义》）作为中国文学史上第一部长篇小说，它不仅为我们展示了丰富的历史内容与深厚的文化积淀，同时也奠定了中国古代长篇小说叙事方法的基础，形成了中国古代小说特有的风格与面貌。《三国志演义》在叙事方法方面的突出成就，构成了这一作品鲜明的文本特征。《三国志演义》所建立的叙事模式，无论是叙述视角的运用、叙事结构的选择，还是叙事节奏的变化等诸因素，都对后来中国古代小说艺术形式的形成与发展产生了深刻的影响。从这一侧面出发研究《三国志演义》的艺术特质，将进一步深化我们对作品艺术价值的理解，从而认识并把握中国叙事文学发展的某些特征和规律。

一

在现代叙事学中，叙述视角（观点）的运用被一些学者认为是整个复杂的小说技巧中最主要的、起着决定作用的因素。正如英国作家、文学评论家珀西·卢伯克所说："小说技巧中整个错综复杂的方法问题，我认为都要受角度问题——叙述者所站位置对故事的关系问题——调节。"①叙述视角的选择不仅与作品的题材、作者的态度有关，同时还决定着作品的总体面貌与风格。研究《三国志演义》的叙事艺术特征，我们不妨从这一点开始。

《三国志演义》是一部"陈叙百年，赅括万事"的长篇历史演义小

---

① ［英］珀西·卢伯克：《小说技巧》，载《小说美学经典三种》，上海文艺出版社 1990 年版，第 180 页。

说，它广泛地描写了三国时期近百年的政治、军事、经济、文化、风俗等各方面的内容，包括了征战厮杀、帷幄谋划、欢宴豪饮、款语家常等各种不同的场面，塑造了上至帝王将相，下至村野小民，美丑善恶、智愚贤不肖等形形色色的人物。作为叙述内容的“三国”题材本身所具有的空间的广阔性和时间的漫长性，决定了《三国志演义》的作者在总体上选择运用全知叙述视角，来表现这一特定历史时期的历史画面的全景性，再现历史的整体性与立体感。

所谓“全知叙述视角”，即非限制叙事。叙述人可以任意选择讲述的方式和观察的角度。叙述者无所不知，无所不晓，无处不在。既可以通晓各种复杂事件的来龙去脉，又能洞察人物内心的各种隐秘。全知叙述视角的成功运用，是《三国志演义》叙事方法的重要特征。为了获得叙述的整体性与宏观性，《三国志演义》的作者采用了全知叙述视角与连贯叙述时间相结合的叙述方法。一方面，作者立足于东汉末年错综复杂的政治背景，以刘、关、张桃园三结义为起点，以刘备同各个政治集团之间的关系变化为轴心，从横向空间上展开了三国时代波澜壮阔的历史画卷；另一方面，从纵的方向来看，作者基本上是按照历史编年的顺序来叙述三国的兴亡。从汉灵帝中平元年（184）张角领导黄巾起义，到晋武帝太康元年（280）灭吴，小说几乎是逐年地演述历史（局部也有跳跃），给人以酷似历史的感觉。这种线性时间顺序的描写，不仅可以产生层层相因、环环相扣的效果，而且我们看到，随着时间的推移，作者以高屋建瓴、鸟瞰全局之势，为我们展开了多层次、全方位的三国历史全景图。从后宫到朝廷，从外戚到宦官，从农民起义到军阀混战，从群雄逐鹿到鼎足三分，作者的叙述由远而近，由一般到具体，由分散到集中，最后把叙事焦点集中在刘备集团这一边。作者以刘备集团的兴亡描写为中心，辐射出三国时代错综复杂的政治、军事、外交斗争。作者穿梭于各路军阀、各个政治集团之间，时而向我们展示宫廷斗争的内幕，时而向我们告知“青梅煮酒论英雄”鲜为人知的生动细节。其中既有粗线条的大笔勾勒，也不乏具体场面的细致描写。作者以他如椽的巨笔生动地描绘出多姿多彩的历史画卷。

在《三国志演义》中，最能充分体现全知叙述视角功能、表现历史画面全景性的，是作者对重大历史事件和场面的描写。“赤壁之战”是形成三国鼎立局面的关键战役，整个战役所牵涉的人物关系和情节线索错综复杂，各种场面转换频繁。如何成功地完成这一战役的描写，无疑是对作者实力的一次检验。在《三国志演义》中，作者以将近两卷的篇幅，充分发挥全知叙述视角的优势，精心构思：一方面，作者以时间为线索，按照线性顺序系列推进情节的发展，把整个战役分为决策、备战、决战三个不同的阶段进行描写；另一方面，为了表现发生在同一时间不同方位上的种种事件，作者则灵活而频繁地移动叙述视角，一笔并写几面，交叉描写了交战各方不同态势的种种变化，使整个战役的过程获得了全方位的、立体的和多层次的表现。“赤壁之战”精彩纷呈的描写历来为人们所津津乐道，然而，没有广阔的艺术视野、笼括全局的艺术功力和成功而灵活的全知叙述视角的运用，是不可能产生如此的艺术魅力的。

全知叙述视角与连贯叙事时间的结合运用，不仅在宏观上有助于读者把握和认识三国历史的全貌，而且在微观叙事上，灵活移动全知叙述视角，还成为揭示人物性格特征的重要手段，有助于加深读者对具体人物和具体场面的认识与体验。小说卷之一中的“曹孟德谋杀董卓”写曹操谋刺董卓未遂，仓皇出逃，途中得遇陈宫相救并使其弃官而随。及至曹操杀了吕伯奢一家及吕伯奢本人之后，陈宫对曹操的真面目开始有所了解。因此，当他与曹操在客店中投宿时，内心展开了激烈的斗争。小说写道：“陈宫寻思：‘我将谓曹操是好人，弃官跟将他来，原是狼心狗行之徒。今日留之，必为后患。’便欲拔剑来杀曹操。临欲动手，又思曰：‘我为国家，跟他到此，杀之不义，不若弃之。’”于是不等天明，便离开曹操而去。曹操醒后，不见陈宫，“寻思：‘此人见我说了这两句（指“宁使我负天下人，休教天下人负我”——引者注），疑我不仁，弃之而去。吾当急往，不可久留。’”曹操和陈宫早已作古于地下，他们当时的内心活动是难以为人所知的。这里，无论是陈宫的内心活动，还是曹操的内心独白，都是作者运用全知叙述视角进行微观描写的结果。前者表现出陈宫正直的为人和重视品行节操的性格特征，后者则体现出曹操反应的敏捷和机警。

运用全知叙述视角，作者不仅能随时洞察人物内心的隐秘，表现人物的性格特征，同时还可以通过人物内心活动的描写，揭示出人物之间的微妙关系，构成极富戏剧性的场面。小说卷之十一中的“刘玄德娶孙夫人”写东吴孙权等密谋以假招亲除掉刘备，刘备到东吴后，于甘露寺拜见了吴国太，随后更衣出殿前，见庭下有一块石，“玄德拔从者所佩之剑，仰天祷告曰：‘若刘备能够回荆州，成王霸之业，剑挥石为两段；如死于此地，剑剁不开。’言讫，手起剑落，火光迸溅，砍石为两段。忽然孙权后面而言曰：‘玄德如何而恨此石？’玄德曰：‘备年近五旬，不能与国家剿除贼党，心尝恨焉；今蒙国太招为女婿，此平生之际遇也。却才问天买卦，如破曹兴汉，砍断此石。今果然如此。’权暗思：‘刘备莫非用此言瞒我？’亦掣剑与玄德曰：‘吾亦问天买卦，若破得曹贼，亦断此石。’却暗暗祝告曰：‘如再取得荆州，兴旺东吴，石亦为两半。’手起剑落，巨石亦开。至今有十字纹‘恨石’尚存。”这里，刘备与孙权各怀异志的神情，以及刘备的图王之志和孙权对刘备的戒备之心，都在全知全能的作者的微观叙述中，得到了清晰而深刻的表现。在《三国志演义》中，正是全知叙述视角在宏观和微观方面的交叉运用，构成了小说鲜明而突出的叙事特色，使作品呈现出多维的、立体的形态。

与小说的全知叙述视角运用紧密相连的，是《三国志演义》作者对概括叙述方法的把握。如前所述，我们所说的全知叙述视角在宏观方面的运用，指的是作者运用全知叙述视角描绘重大历史事件，而全知叙述视角在微观方面的运用，则指的是运用全知叙述视角描绘个人的情绪或内心活动。无论是宏观还是微观方面的全知叙述，都包括了概括叙述和详尽叙述两种不同的手段，来实现并完成叙述任务。在这两种叙述手段中，对概括叙述的把握，直接体现着作者的总体艺术构思的倾向。尽管作者在小说作品中是无所不知的，但他的描写却是有目的，有倾向的。历史事实没有必要也不可能在一部作品中全部罗列出来，而读者也不愿意看到一大堆散乱的事实。因此，在叙述的过程中必须围绕艺术构思的中心，经常给读者把事实概括一下，提供一系列事件的印象，这也是全知叙述者的重要职能。在《三国志演义》中，出色的概括叙述为全知叙述视角的运用提供了坚实的基础和重要的保证。概括叙述在《三国志演义》中的功能主要体现在提供叙述背景、规定叙述方向和交代叙述结果三个方面。

提供叙述背景是《三国志演义》的概括叙述最主要的功能。作者常常对已叙述过的事实进行简要的概括，并为即将进行的新的叙述作一铺垫和交代。如在曹操兴兵击张绣之后和击袁术之前，作者在“袁术七路下徐州”中写道：“却说袁术在淮南，地广粮多，克取于民，仓库盈满；又有孙策所当玉玺，遂议称帝，宫室、车辇、冠冕已办，大会群下。”这里作者扼要地介绍了袁术方面的主要情况，暗示曹操后来击袁术的根本原因。而在“曹操会兵击袁术”中，作者进一步写道：“却说曹操至许都……忽报孙策使至，贡献礼物尤多，操观其书，遂要南征。人探得袁术乏粮，劫掠陈留，操遂点兵出师。此时，操自专权而行大事，然后启奏，无有不从。操令曹仁守许都，其余皆跟操出征，起兵三十万，粮食辎重千余车。”这里作者再次用概括叙述交代了曹操击袁术的具体背景，使读者对这一事件的来龙去脉有清晰的了解。类似的叙述在《三国志演义》中随处可见，成为作者重要的叙述手法。在提供叙述背景的同时，概括叙述有时也起着规定叙述方向的作用。如“曹操官渡战袁绍”开篇便写道：“却说袁绍起兵五十余万，望官渡进发。夏侯惇发书告急。曹操急引文武等官，尽数起兵，得七万人，投官渡来迎敌。留荀彧守许都。”这一段文字，实际上是官渡之战的总起，规定了下文的叙述方向，紧接下来作者便从袁绍、曹操两个方面分别具体描写了两军对垒、瞬息万变的战争进行情况。再如卷之七“曹操决水淹冀州”，作者落笔便写道：“建安八年冬十月，曹操引兵弃西平，径取冀州。”① 在这一叙述方向的明确规定之下，作者紧接下来叙述了曹操平定河北的一系列战役，显示出曹操势力的不断发展和壮大。不仅如此，在《三国志演义》中，概括叙述还经常承担着交代事件结果的功能。小说在卷之九、卷之十、卷之十一浓墨重彩地描写了赤壁之战之后，又集中笔力描写了早先处于次要地位的东吴与刘备集团的矛盾，直到卷之十二中的“曹操大宴铜雀台”，才交代赤壁之战之后的曹操集团的状况：“却说曹操自离荆州，心中尝欲雪赤壁之恨，为军兵未曾严整，又疑孙、刘并力，因此不敢轻进。时建安十五年春，造铜雀台成，操大会文武于邺郡，设宴庆贺。”这一段概括叙述，既是对魏、蜀、吴三方赤壁之战结果的交代，同时也暗示出三方之间即将开始更为激烈的争夺。

需要指出的是，在小说中，概括叙述的各种功能既各有所侧重，又彼此不无联系。只是为了论述的方便，我们进行了分别论述。总的说来，作为全知叙述视角的有机组成部分，概括叙述具有一般具体叙述难以替代的功能。很难设想，如果抽掉《三国志演义》中成功的概括叙述，作品还能获得艺术上的完整、统一与和谐。

《三国志演义》在叙述视角的运用方面所取得的成就是引人注目的。

① 罗贯中：《三国志通俗演义》，上海古籍出版社1980年版，第319页。

然而，小说在总体上运用全知叙述视角的同时，还在部分章节中采用了视点转换的手法——运用内视角来描写人物和场景。这是《三国志演义》叙事艺术成熟的另一显著标志。所谓内视角，即把叙述的角度从局外的叙述人转移到作品中的某个或某几个人物身上，以作品中人物的眼光进行叙事和描写。《三国志演义》的作者进行视点转换，采用内视角的手法常常是从表现叙述内容的需要出发的。如长坂坡一战，场面甚为阔大，人物头绪繁多，中间还夹杂着数十万百姓，令人难以理清头绪。正如后来毛宗岗评点所说："凡叙事之难，不难在聚处，而难在散处。如当阳、长坂一篇，玄德及众将二夫人并将阿斗，东三西四，七断八续，详则不能加详，略亦不可偏略。庸笔至此，几于束手。今作者将糜芳中箭在玄德眼中叙出，简雍著枪，糜竺被缚在赵云眼中叙出，二夫人弃车步行在简雍口中叙出，简雍报信在翼德口中叙出，甘夫人下落则借军士口中详之，糜夫人及阿斗下落则借百姓口中详之，历落参差，一笔不忙，一笔不漏。"（毛宗岗《读三国志法》）最后作者让曹操站在景山顶上俯瞰战场，"望见一大将军横在征尘中，杀气到处，乱砍军将；所到之处，威不可当。操急问左右是谁"。从曹操眼中写出赵子龙奋勇拼杀的情景。在这一部分叙述中，作者以赵子龙的行动为线索，不断地变换叙事视角，描写整个战斗的进行情况，不仅突出地表现了赵子龙的英勇无畏和忠诚，同时也从多方面立体地再现了整个战斗的壮阔场面和激烈程度。又如张飞大闹长坂坡一段：

> 却说文聘引一枝军到长坂桥，撞见张飞，飞取盔挂于马鞍前，横枪立马于桥上，倒竖虎须，睁圆环眼。又见桥东树木背后尘头大起，又见树影里有精兵来往，文聘勒住马，不敢近前。俄尔魏将曹仁、李典、夏侯惇、夏侯渊、乐进、张辽、张郃、许褚等都至，见张飞瞋目横枪独立在桥上，又恐是诸葛亮之计，皆不敢近前，扎住阵脚，一字儿摆在桥西，使人飞报曹操。操闻知，火急上马，从阵后来。
>
> 却说张飞睁圆环眼，隐隐见后军青罗伞盖招飘之势，白旄黄钺，戈戟旌幢来到，料得是曹操其心生疑，亲自来看。张飞厉声大叫曰："吾乃燕人张翼德在此！谁敢与吾决一死战？"声如巨雷。曹军闻之，尽皆战栗。……曹操闻之，乃有退去之心。飞见操后军阵脚挪动，飞挺枪大叫曰："战又不战，退又不退！"说声未绝，曹操身边夏侯霸

惊得肝胆碎裂，倒撞于马下。操便回马，诸军众将一齐望西奔走。正是黄口孺子，怎闻霹雳之声；病体樵夫，难听虎豹之吼。弃枪掷地者不计其数。人如潮退，马似山崩，自相踏践者大半逃命而走。

在这一片段描写中，作者交替使用了内外叙述视角。先用内视角从文聘眼中写张飞，从曹仁、李典诸将眼中写张飞，又从张飞眼中写曹操，再从曹操眼中写出张飞的气概，最后则用全知叙述的外视角，写出夏侯霸肝胆碎裂，曹操与众将落荒而去的狼狈结局。作者巧妙地变换叙事视角，将分写与总写有机地结合在一起，既表现出张飞与曹操等人各自不同的性格特征，又推动情节不断向前发展。叙事手法的灵活变换，显示出作者叙事功力的深厚与叙事技巧的娴熟。

二

毋庸置疑，在文学创作中，任何形式都是一种“有意味的形式”，纯粹的形式是不存在的。也就是说，艺术形式的价值存在于它和内容的密不可分的联系之中。在《三国志演义》中，全知叙述视角为主的叙述视角与连贯叙事时间相结合的叙述方法，不仅保证了小说艺术形式的完整，同时也深化了作品叙述内容的表达。《三国志演义》的作者在广阔的空间和漫长的时间内井井有条地展开自己的历史画卷，但他本人却超越于时间与空间之上，把握着小说叙述内容的发展方向，使其不至于在时间与空间的合力作用下，成为断线的风筝，或者成为一部索然无味的历史流水账。正因为如此，《三国志演义》便获得了一种深刻的、总体上的历史感——自始至终，历史感控制了小说的全貌。这种历史感首先表现在作者不是单纯的、机械的、纯客观的逐年敷演历史，让历史的本质淹没在历史事实的叙述之中，而是随着时间的推移和空间的拓展，逐步深入地展示历史发展不可避免的规律和趋势。罗贯中选择“三国”这一特定的历史时期作为自己的表现对象，但他的目光并没有仅仅局限于这一对象本身，而是站在历史发展的高度，赋予这一特定的历史题材以深刻的意义。一部《三国志演义》，用全知叙述视角和连贯叙事时间融合所表现的三国兴亡史，正是中国古代历史发展的缩影。作者在相对完整的历史阶段中，以完整的历史事件和真实的历史人物描写为基础，在展开历史发展面貌的同时，也进行着对历史发展规律的探索。尽管这种探索还带有更多的感性认识的色彩，在现代人的眼中未免不够成熟，然而，它却是我们古老民族心灵的回声，是传统历史文化心理的产物，也是《三国志演义》内容的丰富浑厚所在。

其次，小说的历史感不仅表现在作品的客观描写中，同时也体现在作者的主观感情色彩中。全知叙述视角的运用并不等于作者对题材采取纯客观的、冷漠的态度。恰恰相反，随着作者叙述焦点的出现，我们可以强烈地感受到作者的主观感情和明显的伦理倾向。同时，在小说中我们还看到，随着历史风云的变化，一个又一个叱咤风云的英雄相继登上三国历史舞台，而随着岁月的流逝，当年的英雄人物又相继成为匆匆的历史过客，消失在历史的帷幕之后。在《三国志演义》中，笼罩于整部作品的“纷纷世事无穷尽，天数茫茫不可逃”的悲剧基调，表现的不仅是“天命无常”的历史沧桑之感，还有对历史长河中群体生命的无限伤逝之情。理解了这一点，我们就不难理解作者在诸葛亮出山的精心描绘中和诸葛亮临终之时的极力渲染中所流露出的浓烈的感情色彩，也就不难理解周瑜“既生瑜，而何生亮”的沉重感叹。《三国志演义》所表现的历史感情是丰富而复杂的，而所有这些丰富复杂的历史感情，都是作者站在全知叙述视角的制高点，以洞察一切的观察力，对历史进行了全方位、多层次和完整过程的体认之后获得的。可以说，没有全知叙述视角的运用，就难以产生历史作品的宏观性、历史画面的全景性和历史情感的深刻性。因此，尽管现代不少小说家和小说批评家都对全知叙述视角提出了苛刻的批评，然而，无论是托尔斯泰的《战争与和平》，还是罗贯中的《三国志演义》，以及后来曹雪芹的《红楼梦》都堪称运用全知叙述视角创作的杰作。毫无疑问，不同的叙述内容需要不同的艺术表现形式，而相同的叙述内容也可以用不同的表现形式来表达。只有内容与形式的完美契合，才是成功作品的唯一标志，才是艺术作品的生命力所在。《三国志演义》正是在这样的意义上，堪称古代长篇小说的杰作。

三

从某种意义上来看，《三国志演义》选择全知叙述视角，也是一种历史的必然。如果说一种叙事模式的诞生，必然有其相适应的心理背景和文化背景的话，那么，全知叙述视角在中国古代小说中的普遍运用，便是以读者对于作者的依赖心理和明清小说中的市民文化背景为基础的。在中国小说史上，《三国志演义》是最早的长篇章回小说，而严格地说，它是口头文学向书面文学过渡时期的作品。因此，作者和读者的关系，还没有完全摆脱说书人和听众关系的制约。“在传统的说话艺术中，到勾栏瓦肆听说书的，多半是一些文化水平不高的市民，而说书人则多半是有一定文化水平的知识分子。”① 听众对故事的理解，常常离不开说书人的解释和帮助，说书人扮演的是无所不知、无处不在的全知叙述者的形象，因此，他所选择的只能是全知叙述视角。到了《三国志演义》，作为书面文学作品，作者和读者的素质都有所提高。作者是通晓古今的叙事者，读者则多是粗通文墨的市民群众。然而，他们对于奇幻诡谲的故事情节的爱好没有变，读者对于作者的依赖关系也没有发生实质性的变化。虽然现代人常常认为全知叙述者是一位令人厌倦的向导，而对于最初步入历史迷宫的读者来说，向导却是必不可少的。《三国志演义》的全知叙述视角，便是建立在这样一种平民化、大众化的审美活动特征基础之上的。

《三国志演义》的全知叙述视角不仅是市民审美心理的产物，同时也是作者继承史传散文传统的结果。作为中国古代叙事文学最高典范的历史散文，其叙述者从来就是无所不知、无处不在的。他们不仅能在同一时间内掌握不同空间中的各种事件的发展，如《左传·成公十六年》所叙晋楚鄢陵之战，反复在晋、楚两方面记述。在两军对垒之际，时而镜头摇向晋军，写晋侯及其部属的活动；时而镜头摄入楚师，写楚子及其部属的言行；而且能够洞隐烛幽，掌握个人的隐秘。又如《左传·僖公二十二年》：“晋太子圉为质于秦，将逃归，谓嬴氏曰：‘与子归乎？’对曰：‘子，晋太子，而辱于秦，子之欲归，不亦宜乎？寡君之使婢子侍执巾栉，以固子也。从子而归，弃君命也。不敢从，亦不敢言。’遂逃归。”② 这是怀嬴与晋公子圉夫妻间的体己话，不可为外人道及，外人也不可得知，但《左传》的作者却知道，这正是运用全知叙述视角的结果。不仅《左传》如此，史传散文的作者往往都深谙此道。这是因为中国古代的历史散文，“史家追叙真人真事，每须遥体人情，悬想事体，设身局中，潜

① 胡士莹：《话本小说概论》，中华书局 1980 年版，第 86 页。

② 杨伯峻：《春秋左传注》，中华书局 1981 年版，第 394 页。

心腔内，忖之度之，以揣以摩，庶乎入情合理。盖与小说院本之臆造人物，虚构境地，不尽同而可相通”①。中国史传散文与戏剧小说创作中的这种会通现象，不仅使历史散文获得了丰富的文学色彩，同时也给后来的叙事文学以深刻的影响。正是史传散文中最普遍的视角类型——全知叙述视角，奠定了《三国志演义》叙事模式的基础。不仅如此，作为史传文学与说话艺术融合的产物，《三国志演义》在继承前人传统的基础之上，在叙事视角的运用方面达到了一个新的水平。正如后来毛宗岗《读三国志法》所说：“三国叙事之佳，直与《史记》仿佛，而其叙事之难，则有倍难于《史记》者。《史记》各国分书，各人分载，于是有本纪、世家、列传之别。今《三国》则不然，殆合本纪、世家、列传而总成一篇，分则文短而易工，合则文长而难好也。”正是由于成功地选择和灵活运用了全知叙述视角，《三国志演义》才能“合本纪、世家、列传而总成一篇”，对社会生活进行整体性的审美观照，形成具有小说家特色的叙事模式，成为中国古代叙事文学的新起点，开始了中国古代长篇小说创作的新纪元。

原载《湖北大学学报》1994 年第 3 期

① 钱钟书：《管锥编》第 1 册，中华书局 1979 年版，第 166 页。

《三国志通俗演义》叙事结构简论

《三国志通俗演义》作为中国小说史上长篇小说的开山之作，其结构形态及其审美特点无疑是值得我们特别重视并认真研究。一方面，从作品本身来看，小说的叙事结构是作家审美心理结构的对应物，是作家的情感与经验节奏的表现形式，也是小说艺术形式中与内容关系最为密切的部分。另一方面，《三国志通俗演义》在继承史传文学叙事传统的同时充分表现了小说家的叙事智慧，为我们展示了从讲史话本到长篇章回小说的历史演变轨迹，并奠定了中国古代长篇小说以情节为中心的基本结构方式。因此，要完整地把握《三国志通俗演义》文本的内容，准确评价其在小说史上的地位，就不能不对小说的结构形态及其特征有充分、深入的认识。

一

《三国志通俗演义》的总体叙事结构，是一种以事件为中心来组织情节发展的网状结构。它以桓、灵二帝失政为总起，以晋统一天下为总结。其间以纵向时间为线索，逐步敷演各种历史事件，并由各种历史事件的描写，引出形形色色的历史人物和不同的政治集团。由各种不同的历史人物和政治集团之间纵横交错的复杂关系，进一步敷演出各种历史事件，从而推动情节连续不断地发展。各个部分的描写既自成段落，又有密不可分的联系。正如毛宗岗《读三国志法》所云：

> 《三国》一书，总起总结之中，又有六起六结。其叙献帝，则以董卓废立为一起，以曹丕篡夺为一结；其叙西蜀，则以成都称帝为一

起，而以绵竹出降为一结；其叙刘、关、张三人，则以桃园结义为一起，而以白帝托孤为一结；其叙诸葛亮，则以三顾草庐为一起，而以六出祁山为一结；其叙魏国，则以黄初改元为一起，而以司马受禅为一结；其叙东吴，则以孙坚匿玺为一起，而以孙皓衔璧为一结。凡此数段文字联络交互于其间，或此方起而彼已结，或此未结而彼又起。读之不见其断续之迹，而按之则自有章法之可知也。

在纷纭的历史事件和众多的历史人物中，小说作者建构了自己独特而完整的结构体系。具体地说，在《三国志通俗演义》的结构体系中，无论是在群雄逐鹿之时，还是在三国鼎立之后，处于结构中心位置的，始终是以刘备为代表的蜀汉集团。它或明或暗地制约着整个小说情节发展的方向或过程。尽管在汉末军阀混战、角逐中原之时，刘备的力量还不足以与任何势力抗衡，但作者却毫不犹豫地在卷首以“祭天地桃园结义”的显著篇幅，用刘、关、张桃园结义的故事，拉开了三国历史描写的序幕。结构上的这种精心安排，无疑是意味深长的：它暗示着这部长篇巨著的真正主角，作者心目中的理想英雄已经诞生，即将在历史舞台上大试身手，一显风采。然而，随之而来的讨董卓、讨袁术、讨吕布，投刘恢、投公孙瓒、投陶谦、投曹操、投袁绍、投刘表，刘、关、张三人转战南北，东奔西走，其间虽不乏英雄气度，然终未能成大气候。其实，这也没有什么可奇怪的，“天将降大任于斯人也，必先苦其心志，劳其筋骨，饿其体肤，空乏其身，行拂乱其所为，所以动心忍性，曾益其所不能”（《孟子·告子下》）。刘备固然是英雄，然而，真正的英雄常常是在磨难中产生的。历尽艰辛，创立基业，获得成功的英雄，才是最受人们推崇的。刘备前期的南征北战、东投西奔，正是他的政治生涯的有机组成部分，是他后来成功的必要铺垫和准备。因此，即使在小说的前半部分中，刘备也不是一个勾连作品主要情节的无关紧要的人物，而是一个不可忽视、举足轻重的人物。对于这一点，不可一世、老谋深算的曹操比谁都看得清楚，因而，才在“青梅煮酒论英雄”之时，直言不讳地说道：“天下英雄，唯使君与操耳。”围绕刘备与众多军阀的各种关系，作者广泛描写了汉末军阀混战、群雄并起的广阔历史画面，详尽地描写了在强手如林的环境中脱颖而出、后来居上的刘备集团的创业过程。可以说，十八路诸侯的逐鹿中原，既是刘备集团产生、活动的历史环境，同时也是它的铺垫。正如毛宗岗在第五回总评中所说："董卓不乱，诸镇不起。诸镇不起，三国不分。此一卷，正三国之所自来也。故先叙曹操发檄举事，次叙孙坚当先敢战，末叙刘备三人英雄无敌。其余诸人，纷纷滚滚，不过如白茅之藉琬琰而已。"作者写十八路诸侯是为了衬托出三国鼎立之必然，而在三国之中，作者又将刘备集团置于作品结构的中心位置。

如果说诸葛亮出山之前，刘备集团的中心地位还只是处于暗线发展中的话，那么诸葛亮出山之后，在小说的描写中，便开始真正确立了刘备集团的中心地位。诸葛亮"定三分隆中决策"，为刘备集团制定了兴复汉室具体的政治、军事战略目标与战略原则，而孙刘联盟与曹操八十万大军的"赤壁之战"，则从根本上改变了孙、刘、曹三方力量的对比。"赤壁之战"之后，围绕刘备集团与孙权、曹操的不同关系，作者展开了一系列精彩的描写。首先是在"赤壁之战"中，因共同抗曹而退居次要地位的孙、刘之间的矛盾，由于各自急于发展自己的势力逐步成为主要矛盾；随后是占据西蜀的刘备集团为削弱曹魏集团的势力，统一天下，开始了一系列的北伐战争。在各种不同矛盾的描写中，作者始终以蜀汉集团的形成、发展、失败的命运制约并决定小说情节发展的方向。从全书的整体描写来看，小说以二十四卷的篇幅叙写近百年的历史，但作者既没有在三方政治力量的描写中平均使用力量，也没有简单地将历史时间作为常量来划分。而是紧紧围绕作品中心的内容，在篇幅的长短、虚写和实写、详写和略写的关系处理上，都向刘备集团方面倾斜。关于这一点，只要将《三国志通俗演义》与陈寿的《三国志》稍加对照，便不难看出。陈寿《三国志》共六十五卷，其中魏占二十卷，蜀占十五卷，吴占二十卷。而在《三国志通俗演义》中，这种情形却有了意味深长的巨大变化：全书二十四卷二百四十则中，就有一百二十余则是直接描写蜀主、蜀将和蜀事的，占百分之五十左右。其中所表现出的作者意图与倾向是显而易见的。

二

如果说以蜀汉为中心的结构体系是《三国志通俗演义》结构的总体特征的话，那么编年体、纪事本末体与纪传体的有机结合，则是小说结构的具体构成形态。

作为中国古代最早的长篇章回小说，《三国志通俗演义》不仅在叙述内容上受到古代历史著作的深刻影响，而且在叙述方法、结构技巧等方面有着一脉相承的血缘关系。尤其难能可贵的是，小说在继承史传文学叙事传统的基础上，进一步发展、完善并超越了这种传统，将叙事文学水平提高到了一个新的水平。正如毛宗岗评点《三国演义》时所指出的："《三国》叙事之佳直与《史记》仿佛，而其叙事之难，则有倍难于《史记》者。《史记》各国分书，各人分载，于是有本纪、世家、列传之别。今《三国》则不然，殆合本纪、世家、列传而总成一篇。分则文短而易工，合则文长而难好也。"（《读三国志法》）一部《三国志通俗演义》，既不是一本简单的以时间为线索的历史流水账，也不是随意连缀的个人传记的组合，而是呈现出内在有机性与生命力、浑然一体、严整有序的叙事结构。

首先，在整体结构上，小说借鉴了史书编年体的结构方式，作为全书结构的框架。作者正是在编年体的基础上，以时间为线索，勾勒出历史发展的基本进程与整体面貌。如卷首的"祭天地桃园结义"，开篇作者便用编年体的笔法，概括介绍了东汉末年天地异变、天灾人祸的情形。"后汉桓帝崩，灵帝即位，时年十二岁"，由此进一步引出了朝廷之上十常侍掌权的具体背景，随后作者将笔锋一转，仍用编年体的结构方式将叙事焦点转向了黄巾起义："却说中平年甲子岁，巨鹿郡有一人，姓张，名角。一个兄弟张梁，一个兄弟张宝……"而在小说的结尾处，东吴的灭亡标志三国纷争时代的最后结束，小说写道："咸宁五年冬十一月晋帝降诏，分道伐吴。"在具体描写了东吴灭亡的过程之后，作者仍用编年体的笔法，给三国纷争的历史打上了最后的句号："后主刘禅亡于晋泰始七年，魏主曹奂亡于太安元年，吴主孙皓亡于太康四年，三主皆善终。"

编年体的结构方式不仅在展示历史的整体进程方面提供了极大的方便，而且在局部的具体描写中的运用也相当引人注目。小说卷之八"刘玄德三顾茅庐"："时建安十二年冬十一月，徐庶临别玄德，故荐诸葛亮有王佐之才，自趱程回武昌。""刘玄德风雪访孔明"："建安十二年冬十二月，天气寒冷，彤云密布，玄德同关、张引十数人，前赴隆中，求访孔明。""孔明遗计救刘琦"："时建安十二年春正月，东吴诸将见甘宁成功，各自抖擞威风，来捉黄祖。""诸葛亮博望烧屯"："时建安十三年夏六月，夏侯惇欲领兵南征。"同卷孔明出山前后的描写中，作者反复借用编年体的结构方式，连贯地、集中地、逐年甚至逐月写来，叙事节奏明显加快，意在显示出孔明出山使刘备集团发生的明显变化，并对各种势力产生的不同影响。可以说，正是作者对编年体结构方式的灵活运用，奠定了小说结构坚实的基础。

《三国志通俗演义》在总体上采用编年体的框架中，还吸收纪事本末与纪传体的特点，根据内容的不同需要，选择不同的结构方式。作为一部历史演义小说，历史事件与历史人物无疑是作者的叙述重点所在。作者在描绘历史事件时，首先借鉴了纪事本末体。

纪事本末的形式，由来已久。我国最早的史籍《尚书》就有若干篇是记事之首尾的。自《左传》以后的编年体史书，多以纪事本末作为补充形式，以弥补编年体史书过于简略的不足。而纪事本末成为一种独立的体裁，是从宋人袁枢的《通鉴纪事本末》开始的。清人章学诚曾以“文省于纪传，事豁于编年”① 来概括纪事本末这一体裁的特点。在《三国志通俗演义》中，罗贯中继承了以事为纲，每事脉络清晰、首尾分明的特点，精心构思，巧妙布局谋篇，充分表现了作者叙事的智慧。

在小说中，官渡之战是作者着力描写的重大事件。从中不难发现，作者在描写重大事件时，常常是仔细交代事件的前因后果，并详叙其始末的。在官渡之战的描写中我们看到，作者首先具体交代了战争的起因：袁绍派人结交孙策，共伐曹操。不料孙策身亡，孙权继位，被曹操封为将军，结为外应。袁绍闻之大怒，遂起冀、青、幽、并等处人马七十余万，复来收许昌。战斗开始之后，袁军势如破竹，曹军奋力抵抗，两军相持不下。而许攸截获曹操的信使，献计袁绍，不为袁绍所用，遂投奔曹操，则使整个战局急转直下。最后以曹操乌巢劫粮，袁绍中计分兵救邺郡、黎阳，兵败而逃达到高潮并宣告结束。在整个战役的描写中，作者借鉴纪事本末的笔法，简洁、明快、粗线条地勾勒出整个战役的进行情况。而最能体现《三国志通俗演义》作者纯熟的结构艺术深厚功力的，当推“赤壁之战”的描写。

在“赤壁之战”长达两卷的描写中，人物关系错综复杂，事件发展瞬息多变，作者以时间为线索，以孔明为中心，分为决策阶段、备战阶段、决战阶段三个大部分进行描写，将战争的起因、发展、变化、结局及尾声写得有条不紊，脉络清晰。与此同时，作者还充分发挥了小说家的艺

---

① 章学诚：《文史通义》，叶瑛校注，中华书局1985年版，第51页。

术想象，渲染创造出蒋干中计、苦肉计、连环计、诸葛亮智算华容道等一系列精彩的情节，情节的一波三折与结构的摇曳多姿互为表里，在严谨而富于变化的结构中，叙述内容被表现得淋漓尽致、精彩纷呈、魅力无穷。

可以说，借鉴史家纪事本末的笔法，充分发挥小说家艺术想象的特长，是《三国志通俗演义》成功地表现纷纭复杂的历史事件的奥妙所在。

如前所述，历史事件与历史人物是《三国志通俗演义》的描写重点，小说中的主要人物大都是在事件的描述过程中涌现出来的。但这并不意味着小说的作者是就事论事、重事轻人的。恰恰相反，作者始终把丰富多彩的历史人物，置于历史事件的中心。在小说中，作者充分吸收运用了纪传体人物形象塑造方法，无论是人物处在相对集中的描写形式中，还是处在分散描写的状态中，都让人物在历史事件中处于主动的、活跃的位置，充分显示出人物鲜明的性格特征。被人们称为《三国演义》人物“三绝”之一的关羽，是作者倾注了极大的热情精心塑造的人物。在对这个人物的描写过程中，作者调动了多种艺术手段。其中一个很重要的方面，就是借助纪传体的叙事方式，对人物进行相对集中的着力刻画。关羽这一形象，我们虽然早已在“桃园结义”中初识其面貌，在“温酒斩华雄”中领略了其超人的武艺与风采，而真正给我们以深刻印象的，则是在“张辽义说关云长”“云长策马刺颜良”“云长延津诛文丑”“关云长挂印封金”“关云长千里独行”“关云长五关斩将”“云长擂鼓斩蔡阳”以及“关云长威震华夏”“庞德抬榇战关公”“关云长水淹七军”“关云长刮骨疗毒”“关云长大战徐晃”“关云长夜走麦城”“玉泉山关公显圣”等章节中，作者以纪传体的笔法为我们集中刻画了关羽独特的行为特点和英雄气概。可以设想，如果抽掉了上述这些相对集中的、以人物为中心的纪传体形式的详尽而精彩的描写，关羽这一形象的魅力和影响都将大大减色。

与关羽不同，从卷之八的“徐庶走荐诸葛亮”，到卷二十一的“孔明秋风五丈原”，诸葛亮一生的事迹，分散在全书不同部分的叙事过程中。作为三国时期的主要政治人物，诸葛亮一生的活动既关系到三国之间微妙复杂的关系，同时也具有独特的个性特点。罗贯中紧紧抓住上述两个特点，在纪事本末的大框架之下，借助纪传体塑造人物的方法，对这一人物进行了多方面的描写。“诸葛亮舌战群儒”不仅拉开了“赤壁之战”的序幕，同时也让我们领略了作为政治家、外交家的诸葛亮不同凡俗的气质和风度。而“孔明秋风五丈原”既是诸葛亮“鞠躬尽瘁，死而后已”个体生命的中止，同时也意味着蜀汉集团从此步入低谷，一蹶不振。历史是一座舞台，而人物则是舞台的灵魂。一部《三国志通俗演义》，如果抽掉了诸葛亮、曹操、关羽、张飞等人物的生动描写，必将索然无味。从某种意义上可以说，《三国志通俗演义》的成功，在很大程度上是作者将纪事本末体与纪传体二者进行有机结合，并充分发挥小说家的想象的结果。

三

《三国志通俗演义》在叙事结构上借鉴了史书的具体形态，但这种借鉴既不是简单的模仿，也不是机械的移植，而是一种创造性的继承、发展与超越。因而在具体的运用中显示了显著的审美特点，从而使作品结构获得了内在的有机性与完整性，完成了从历史到小说的质的变化。

小说的艺术结构，通常并不仅仅是艺术形式的问题，它同时也体现着作者对生活规律的认识与理解，体现着作者对美的规律的理解。罗贯中所表现的是一个风云多变的时代的政治和军事斗争，小说自始至终都充分体现了作者对于历史生活的丰富性与复杂性的深刻认识。而小说情节结构的富于变化与跌宕错落，便是这种丰富性与复杂性的艺术再现。三国时代最复杂而又最富于变化的，莫过于各个不同的政治集团之间的人物关系。罗贯中清醒地看到了这一点，并紧紧地抓住这一点，做出了一系列精彩的文章。正如毛宗岗《读三国志法》所说：“本是关公寻昭烈，又弄出张飞欲杀关公，则一变；本是关公许田欲杀曹操，又弄出华容道放曹操，则一变；本是曹操追昭烈，又弄出昭烈投东吴以破曹操，则一变；本是孙权仇刘表，又弄出鲁肃吊刘表，又吊刘琦，则一变；本是孔明助周郎，却弄出周郎欲杀孔明，则一变；本是周郎欲害昭烈，却弄出孙权结婚昭烈，则一变……”凡此种种，不一而足。人物关系的错综变化，既在意料之外，又在情理之中。充分写出了政治斗争和军事斗争中的必然性与偶然性的联系，写出了对立面的互相渗透和互相转化。正所谓“论其呼应有法，则读前卷定知其有后卷；论其变化无方，则读前文更不料其有后文。于其可知，见《三国》之文之精，于其不可料，更见《三国》之文之幻矣。”（《读三国志法》）正因为如此，《三国志通俗演义》的叙事结构，既不是单线发展，也不是直线发展的。在三国历史的大树上，作者常常节外生枝，枝外生节，摇曳多姿，变化无方。作品的这种结构特点，正是为了表现三国时代风云突变、动荡不安的时代特点。历史的发展并不仅仅是单纯的因果关系的呼应，而是各种复杂力量间相互作用的结果。罗贯中的深刻，在于他看到了这一点，写出了这一点。因此，尽管小说的情节变化多端，结构摇曳多姿，但所有这一切，都是建立在历史发展的可能性与必然性的基础之上，建立在人物性格发展的基础之上的，万变不离其宗，而不是单纯地追求情节的离奇或是炫耀写作的技巧，因而能够产生引人入胜的艺术魅力。

《三国志通俗演义》的结构的魅力，不仅来自情节的丰富多变，而且还在于它的跌宕错落的情节安排。小说的作者特别擅长于巧妙运用数字来安排情节，于散篇中显示其连贯，于连贯中见出其变化，跌宕起伏，错落有致。正如毛宗岗所指出的："《三国》一书，有横云断岭、横桥锁溪之妙。文有宜于连者，有宜于断者。如五关斩将、三顾草庐、七擒孟获，此文之妙于连者也；如三气周瑜、六出祁山、九伐中原，此文之妙于断者也。盖文之短者，不连叙则不贯串；文之长者，连叙则惧其累赘，故必叙别事以间之，而后文势乃错综尽变。后世稗官家鲜能及此。"（《读三国志法》）在《三国志通俗演义》中，以数字来贯串情节，并不是一种毫无意义的文字游戏，而是作者用来安排情节的一种手段。"三顾草庐"于连贯描写中反复突出刘备求贤若渴的心情，强化诸葛亮超凡脱俗、不同凡响的风度气质。而"三气周瑜"则以似断实续的写法，在不同的时间、地点、情境中，对周瑜与孔明的关系进行多角度、多侧面的描写，既写出两人的气质、气度及智慧的对比，又显现出情节的错落与变化。而无论是情节的连贯还是中断，都与作品的整体构思密切相连，这不能不说是罗贯中的过人之处。

如果说《三国志通俗演义》的结构摇曳多姿、富于变化，更多体现了作者对历史生活规律的认识的话，那么，小说结构的自然巧妙、均衡匀称则更明显地表现了作者对美的规律的理解。

在小说中，尽管情节的发展瞬息多变，往往出乎读者的意料，但作者取得这一效果的方式，却是自然巧妙的。众所周知，官渡之战曹操的最后取胜，从表面上看，主要是由于一种偶然的机遇：许攸的到来。但许攸的叛袁降曹，则是袁绍的"多疑"与优柔寡断性格使然，也是曹操任人唯贤、广纳群才的名声使然，因而也是一种必然。同样，"赤壁之战"中的

“草船借箭”也是如此。周瑜因嫉孔明之才，令孔明十日内造箭十万，企图借造箭之机除掉对手。孔明毫无准备，却同意以三日为限。三日之后，果然兑现了其诺言。从表面上看，孔明的脱险似乎十分离奇，然而，以孔明之奇谋，“破北军者，即借江东之兵；而助江东者，即借北军之箭，是借于东又借于北。取箭者，既借鲁肃之舟，而疑操者，复借一江之雾，是借于人又借于天”（毛宗岗第四十六回总评）。因而草船借箭的成功，形式固然出人意料的巧妙，而对诸葛亮来说，这却是一种必然，是他的智慧的结果。寓偶然于必然之中，借偶然的形式表现必然的内容，艺术辩证法的成功运用正是《三国志通俗演义》的魅力之所在。

与小说情节结构的自然巧妙相连的，是布局的均衡匀称。从总体上看，《三国志通俗演义》全书共二十四卷，其中第八卷“定三分亮出草庐”以前，主要写群雄逐鹿中原；而第八卷到第十六卷的“废献帝曹丕篡汉”“汉中王成都称帝”则着重描写刘备蜀汉集团的逐步强大，以及三国鼎立局面形成。从第十七卷到全书结束，则集中描写三国之间错综复杂的斗争，以及三国归晋的过程。整个布局条理清晰，中心明确，结构匀称，真实地再现了三国鼎立局面形成的历史渊源、具体形成过程以及最后的结果，避免了头重脚轻和虎头蛇尾的现象。从布局的具体描写来看，作者常将“此篇所厥者补于彼篇，上卷所多者匀于下卷，不但使前文不拖沓，而亦使后文不寂寞；不但使前事无遗漏，而又使后事增渲染，此史家妙品也”（《读三国志法》）。从而实现作品均衡匀称的审美效果。

综上所述，不难发现，《三国志通俗演义》的叙述内容本身具有时间上的漫长性和空间上的广阔性，“陈叙百年，赅括万事”，人物形象众多，人物关系复杂，而作者却能使作品获得高度的完整与统一，不能不说是得力于其对小说结构的巧妙运用。应该说，罗贯中对中国古代长篇小说结构艺术的贡献是不应低估的。尽管在小说史上还有比罗贯中更伟大的作家，但罗贯中是不可代替的。

原载《湖北大学学报》（哲学社会科学版）1998 年第 1 期

历史意识与史传传统

——《三国志通俗演义》的历史文化心理背景

当《三国志通俗演义》以历史小说的面貌首先出现在中国长篇章回小说的艺术世界中的时候，这一文学现象本身已经给了我们许多关于小说观念的暗示与启迪：中国古代长篇小说与历史意识和历史内容有着一种天然的血缘关系。罗贯中选择历史题材作为建构小说世界的起点，无疑有着深刻的文化背景和具体的审美需要。

一

从某种意义上可以说，罗贯中选择历史题材来揭开中国古代长篇小说的第一页，乃是一种历史的必然。文明古国的强烈的历史意识、悠久的史传传统以及与之相适应的审美需要，都为罗贯中的审美选择作出了必然的规定性。

中华民族是世界上少有的历史意识早熟的民族。尽管中国没有出现早期的史诗，但是这并没有影响中国人历史意识的充分发展。大约在战国初期就出现了相当成熟的编年体史著《左传》，西汉时，司马迁又创作了第一部纪传体通史《史记》。长久以来，国人对历史始终保持着一种惊人的热情，“法先王”不仅是儒家思想的重要内容，同时也积淀成为一种民族思维定式。历代不绝的形形色色的复古运动，便是历史热情的典型例证。历史本身的魅力不仅在于它是对过去的回忆、怀念与敬畏，更重要的还在于，它通过“述往事”而“思来者”，“究天人之际，通古今之变”（司马迁《报任少卿书》），从对过去历史的观照中，人们获得了对于现实的判断和选择。中国人深厚而强烈的历史意识，事实上是根植于“祖先崇拜”的古老的民族心理。

在浓厚的历史意识的基础之上，不仅产生了大量的历史著作，而且形成了史学在中国文化中不可动摇的崇高地位，产生了悠久而丰富的史传传统，并直接影响了中国叙事文学自身特征的形成。

所谓“史传传统”，是指国人对“史”的追求和对“传”的爱好。在中国，唐代以前除历史著作之外，几乎别无其他规模较大、完整统一的叙事文学。可以说，中国的叙事艺术是由历史学家建立起来的。在古代，人们通常把叙事才能称作“史才”，便足以说明二者之间的密切关系。早期历史著作的高度发达，一方面使历史著作成为早期叙事性作品的最高典范，进而取代了叙事文学的应有地位（故而中国的叙事文学小说与戏剧相对成熟较晚）；另一方面，这种典范意义也使史传著作成为后来叙事文学唯一可以效仿的榜样，成为后世小说作者和评论者瞩目的中心，直接影响了中国古代叙事文学的产生和发展。具体地说，它主要影响了中国古代小说叙事内容的选择和叙述方法的形成。即从内容与形式两个方面影响并规定了古代小说的发展轨迹。

纵观中国古代小说的发展历程，我们不难发现，在古代小说发展的初期，历史著作对小说创作在题材上曾经起着一种哺乳作用。在文学创作中，小说家本来应该主要是到现实生活中去提炼创作，创造丰富多彩的艺术形象。然而，当小说还是一种被排斥在正统文学之外的一种不受人重视的体裁的时候，当人们还不愿意以主要精力从事小说创作的时候，小说创作采用史书中现成的材料做素材，就不是什么值得大惊小怪的事情了。因为从题材本身的特征来看，历史著作中记载的历史事件，已经过了历史学家的挑选、剪裁，呈现出一种有序的状态；同时历史事件因其实际发生过并对历史进程产生影响而易于引起普通人的兴趣；并且历史事件本身也有不少曲折变幻，适宜做小说的材料。如果再从小说作者的角度来看，无论是早期的民间艺人，还是后来在民间传说的基础上再创作的士大夫文人，他们长期接受的是封建正统教育，经史子集是他们多年来反复揣摩、烂熟于心的内容，相对于五花八门、变化多端的现实生活，历史题材在他们手中甚至更为驾轻就熟、游刃有余。题材的独特性与小说作者自身的知识结构相契合，在这种特殊的人文背景之下，便产生了早期古代长篇小说史上的一大奇观。《三国志通俗演义》的诞生，正是这种独特的文化现象最集中和深刻的表现。

如果说对于“史”的追求给中国古代小说的叙述内容以巨大的影响的话，那么，对于“传”的爱好则对古代小说的叙述方法产生了更为深刻和具体的影响。早期小说作者之所以热衷于历史，除了因为内容的熟悉之外，还有写作手法的便利。如前所述，中国的叙事文学小说和戏剧都成熟较晚，在其发展的初期，是以早已高度发达的历史著作作为学习模仿对象的。而在叙事写人的方法上，史传著作与小说作品确实存在着一些一脉相通的因素。对于这一点钱钟书先生曾经有过十分精辟的论述：

> 上古既无录音之具，又乏速记之方，驷不及舌，而何其口角亲切，如聆謦欬欤？或为密勿之谈，或乃心口相语，属垣烛隐，何所据依？如僖公二十四年介之推与母偕逃前之问答，宣公二年鉏麑自杀前之慨叹，皆生无傍证，死无对证者……盖非记言也，乃代言也。如后世小说剧本之对话独白也。左氏依傍性格身份，假之喉舌，想当然耳……史家追叙真人实事，每须遥体人情，悬想事势，设身局中，潜心腔内，忖之度之，以揣以摩，庶几入情合理，盖与小说院本之臆造人物，虚构境地，不尽同而可相通……《左传》记言实乃拟言、代言，谓是后世小说、院本中对话宾白之椎轮革创，未遽过也。①

历史著作不仅在代言这一点上为后世小说戏剧之草创，更重要的还在于其结构方式与技巧也给小说创作提供了极大的方便。作为中国小说史上第一部长篇章回小说，《三国志通俗演义》的结构不仅受到历史著作以事情为中心的特点的影响，同时还直接借鉴运用了历史著作中编年体、纪传体和纪事本末体等具体的结构形态。可以说，史传传统对古代小说创作产生的影响是巨大而深刻的。中国优秀的史传著作从内容到形式都给第一代小说作者提供了一种天然的营养。

由于古代史传著作与小说作品之间存在的这种千丝万缕的联系，也由于中国古代史传著作不可动摇的崇高地位，因而中国古代小说评论家往往十分热衷于用“史”的标准评判小说作品。金圣叹《读第五才子书法》赞《水浒传》方法，都从《史记》而来；毛宗岗《读三国志法》说“《三国》叙事之佳，直与《史记》仿佛”；张竹坡《批评第一奇书金瓶

---

① 钱钟书：《管锥编》第1册，中华书局1979年版，第166页。

梅读法》则直呼“《金瓶梅》是一部《史记》”；但明伦评《聊斋志异》更说：“笔笔凌空，字字脱化，展百回读，乃叹左氏遗笔犹在人间”；至于卧闲草堂本评《儒林外史》、冯镇峦评《聊斋志异》，也都大谈吴敬梓、蒲松龄如何取法《史记》《汉书》。总而言之，作小说借鉴“史传”笔法，读小说借用“史记”眼光，已成为中国文人的一种根深蒂固的传统。

二

尽管历史著作对古代小说创作的影响是深刻而具体的，但是历史著作本身并不能等同于文学作品。历史著作给人们带来的更多的是一种理性的思考，而并不是审美愉悦。以《三国志通俗演义》为代表的历史小说的诞生，既是人们不断发展的审美需要，也是社会意识形态分工逐步细密的结果。

考察中国古代小说的产生和发展过程，我们不难以发现，在中国，与人们对历史的热情不相上下的，是人们对故事的兴趣。从远古时代围坐在篝火旁讲说新奇见闻的原始公社成员，到宋元之际于勾栏瓦舍中品茶听书的市民，再到近代持卷终日乐而不疲的小说读者，人们对故事的爱好与兴趣是始终不渝的。这种对故事的兴趣与对历史的热情相结合，便产生了国人对历史小说的偏爱。同历史书籍相比，历史小说的情节夭娇多变、紧张惊险、动人心魄，具有更强的故事性和可读性。当人们的审美需要发展到一定水平的时候，他们便不再满足于实录式的史书，而需要一种新的艺术形式——历史小说。这种情形在明代修髯子的《三国志通俗演义引》中有一段详尽的论述：

> 客问于余：“刘先主、曹操、孙权各据汉地为三国，史已志其颠末，传世久矣。复有所谓《三国志通俗演义》者，不几近于赘余?”余曰：“否！史氏所志，事详而文古，义微而旨深，非通儒夙学，展卷间鲜不便思困睡。故好事者以俗近语隐括成编，欲天下之人，入耳而通其事，因事而悟其义，因义而兴乎感。不待研精覃思，知正统必当扶，窃位必当诛；忠孝节义必当师，奸贪谀佞必当去。是是非非，了然于心目之下，裨益风教，广且大焉，何其病其赘焉?”客仰而大

嚱曰："有是哉，子之不我诬也，是可谓羽翼信史而不违者矣！"①

在优秀的历史小说中，小说家不仅要做通俗化的历史知识的解说，更主要的是要进行审美对象的创造。简单平淡的历史记载，到了小说家笔下，常常被赋予新的面貌。人们所熟悉的《三国志通俗演义》中的诸葛亮挥泪斩马谡的故事其原始材料是散落在《三国志传》中的几条零散的记载。《三国志·马谡传》记载，街亭兵败之后，马谡被囚死于狱中，传文中提到诸葛亮为他流泪，并没有斩首之说；裴松之注引《襄阳记》说，蒋琬后业同诸葛亮谈及此事，曾慨叹"天下未定而戮智计之士，岂不惜乎！"文字间透露马谡是被处死的；《三国志·诸葛亮中传》说亮"戮谡以谢众"，又都没有说到流泪。小说家把这些材料集中起来，并把蒋琬到汉中的时间提前，安排他刚好遇见将斩马谡，便力劝诸葛亮不要斩马谡。又让诸葛亮流着眼泪说明"若复废法，何以讨贼"的道理。这样，散落于史料中的零散的记载，便被写成了一个尖锐激烈、扣人心弦的有头有尾的故事了。因此历史小说的独特魅力，正如清人金丰《说岳全传》序所言："故以言乎实，则有忠有奸有横之可考；以言乎虚，则有起有伏有变之足观。实者虚之，虚者实之，娓娓乎有令人听之而忘倦矣。"可以说，在优秀的历史小说中，人们不仅能拓展关于历史宏观发展的广阔视野，同时，通过小说家对历史人物与历史事件的艺术化处理，还能获得更多的审美愉悦。接受者的这种艺术消费的需要，是历史小说长期流行、经久不衰的重要原因。

与此同时，国人对历史小说的这种审美需要也是社会意识形态分工逐步细密的必然产物。如果说在《左传》《史记》的时代，历史写作与文学创作还没有完全分离，历史学家不自觉地担负着文学的功能，人们还能从史书中得到文学的欣赏的话，那么，至唐以后，这种情形就出现了变化。唐代刘知几《史通》的出现，表明了历史学家分式意识的高度自觉。《史通·叙事》中明确指出："夫国史之美者，以叙事为工；而叙事之工者，以简要为主。"同时，刘知几还反对"虚加练饰，轻事雕彩"，反对"润色之滥"，以为"置于文章则可，施于简册则否矣"。因此，唐以后的史书，逐渐退出文学领域。历史著作只以材料丰赡准确为贵，以文字简要明

① 修髯子：《三国志通俗演义引》，载曾祖荫、黄清泉、周伟民、王先霈选《中国历代小说序跋选注》，长江文艺出版社 1982 年版，第 23 页。

确为贵，不再追求艺术的形象性，不再讲究叙事的技巧。于是，人们从历史著作中得到的是一种更为纯粹的历史知识，是历史发展的因果联系，而难以一睹历史人物的风神气韵和历史故事的惊心动魄。从历史著作中逐渐消失的这些文学成分，便由历史小说悄悄地担负起来，从而满足了人们对历史的热情与对故事的热情相融合的一种独特的审美需要。以《三国志通俗演义》为代表的历史演义小说便在这种背景下应运而生，迅速发展起来。

三

当《三国志通俗演义》终于带着它与历史的千丝万缕的联系出现在读者面前的时候，中国古代长篇小说便开始了它不同寻常的发展流程。于是，我们很快就发现了一个十分耐人寻味的现象：一方面，以史官文化为代表的正统观念历来瞧不起小说，视小说为无稽之言；另一方面，众多的小说家和小说评论家却执着地与史传认宗叙谱，正本清源，以抬高自己的地位与身价。这一事实告诉我们，在中国古代小说发展的漫长过程中，历史意识与史传传统一方面为小说的叙述内容和文体的形象提供了天然的营养和现成的经验，但另一方面也造成了小说对史传的长期依恋，形成了一种附庸史传的自卑心理，从而制约了小说家独立意识的成熟，影响了小说家艺术想象力的充分发挥。

尽管作为一部历史演义小说，《三国志通俗演义》的成功早已超出了历史通俗化的范围，具有了明显的审美特征与显著的文学成就，然而也应该看到，作为历史小说，它又不能不受到历史事实的局限或牵制，终如鲁迅在《中国小说史略》中所说是“据旧史而难以抒写”。具体原因，则如郑振铎先生当年所说：

> 因为讲史或演义，只是据史而写，不容易凭了作者的想象而驰骋着；又其时代也受着历史的牵制，往往少者四五十年，多者近三五百年，其事实也多者千百宗，少者也有百十宗；作者难于收罗，苦于布置，更难于件件细写；而其人物也往往为历史所拘束，不易捏造，而不易尽量的描写着。以讲史而写到《三国志演义》的地步，已是登峰造极的了。这样的左牵右涉，如何会写得好？此讲史之所以决难有

上乘创作的原因也。①

古代小说家在相当长的一段时期内独立意识的淡薄，其根源正在于根深蒂固的依附史传的心理。

可以说，历史意识与史传传统哺育了第一代小说家，而只有当小说家们完全克服了对史传传统的依恋，摆脱真人实事的束缚，自觉开始有意识的艺术虚构之时，小说才开始具有了真正独立的品格，才能逐步走向成熟，正如明绿天馆主人序《古今小说》所谓“史统散而小说兴”。这一历史的发展过程，从“羽翼正史”的《三国志通俗演义》开始，直到将“真事隐去”，用“假语村言”的《红楼梦》的出现才最后完成。

原载《三国演义新论》，华中科技大学出版社 1999 年版

① 郑振铎：《插图本中国文学史》（四），人民文学出版社 1957 年版，第 721 页。

李逵模式与《水浒传》的文化精神

一

文学是忌讳模式的，但在对民族文化心理的考察上，模式却意味着一种稳定性结构的存在，即一种文化积淀的存在。对于中国古代小说的研究来说，模式的抽样分年，一方面可以揭示作品深层所蕴含的民族心理的共同内容，另一方面亦可发现审美过程中的永恒艺术魅力之谜。《水浒传》的艺术是卓越的，而《水浒传》的作者在他的艺术描写中所表现出来的深刻的文化精神，更对普通的中国人的心理结构产生过广泛而深刻的影响。认真探求这部文学巨著的文化精神及其魅力所在，将为我们深刻认识这部文学巨著提供另外一个观照面。

熟悉《水浒传》的读者不难发现，在《水浒传》中，最富有文化意蕴的人物莫过于宋江与李逵。可以说，宋江与李逵是作者笔下两个具有象征意义的形象。从作品的总体结构来看，在小说的情节发展中，宋江的作用要比李逵大得多，而从小说的影响来看，李逵的魅力却远远超过宋江。这两个人物互为补充，保证了小说主题的完整性与丰富性。关于宋江，近年来学术界已经有了充分而具体的讨论，恕不赘述。至于李逵，则往往只是在论述小说的其他人物或问题时被一笔带过，语焉不详。事实上，探讨《水浒传》的创作思想，既不能回避宋江的形象，同样也无法回避李逵的形象。与宋江形象的强烈思辨色彩形成鲜明对比的，是李逵形象所充满的感性与直观性。可以说，《水浒传》写得最成功的，不是以宋江为代表的忠义精神，而是以李逵为代表的农民文化精神与侠义精神。尽管《水浒传》所体现的文化精神是多元的，而不是单一的，但《水浒传》的巨大而深远的影响，主要仍来源于以李逵为代表的独特的文化精神。

从某种意义上来看，普通的中国人熟悉和喜爱李逵式人物的程度，远远超过后来的《红楼梦》中的贾宝玉和林黛玉（后者毕竟太精美亦太高深了，有另外的读者群）。早在《水浒传》成书之前，在元杂剧中，以黑旋风李逵为主角的剧本，就有十几种之多，足见当时人喜爱李逵的程度。在小说创作中，在李逵之前有张飞，在李逵之后有程咬金、牛皋。这些人物，从性格类别、思维方式或人生态度、人格操守方面来看，他们都属于一个类型，即性格莽撞刚烈，艺高胆大，仗义疏财，路见不平即拔刀相助等。我们姑且把这一类人物称作李逵模式。这里，所谓模式，即指一种典型的、反复出现的形象。概括地说，重义与尚力，构成了这一模式的基本特征。在中国文学史上，艺术家们不遗余力地创造这一类人物，不仅没有引起读者的反感，反而赢得了大多数人的欢迎，这种独特的文学现象是颇耐人寻味的。

二

众所周知，在梁山义军中，李逵可以说是一个相当特殊的人物。他出身雇农，是梁山头领中唯一称得上农民的人，但他又很早就离开了故乡，成了游民。在他身上，既有宗法式的农民的传统特征，又有绿林好汉的显著特点，集中体现了古代下层劳动者的文化心态。这种文化心态，表现在道德价值取向上，就是重“义”。

李逵这一形象的性格魅力，在很大程度上正是来源于他的这种重义的品格。《水浒传》的作者在不少地方都极力渲染了李逵之勇，但我们不难发现，作者写李逵之勇多半是和李逵之义联系在一起的：江州城独身一人，两把板斧劫法场，勇猛过人，为的是与宋江的兄弟之义；一拳打死殷天锡，更是路见不平，拔刀相助，见义勇为；历经艰辛救柴进，则是好汉做事好汉当，“重然诺，轻生死”。至于李逵义释李鬼（假李逵），又是何等的仁义之举；一听说李鬼家中有八十老母无人奉养，莽撞的李逵不仅饶过了李鬼的该杀之罪，还倒送银两，便其养家，堪称仁义之至。重“义”是李逵们的基本道德标准，也是贯穿整部《水浒传》的伦理精神。李逵模式，正是这种伦理精神的结晶。

值得指出的是，“重义”作为一种伦理精神，虽然在江湖上、在绿林好汉中得到了更多的张扬，但究其根本来说，它实际上是小生产劳动者交换关系观念的扩大化，是农耕文化的产物。生活在农业经济基础之上的农民，在艰苦的农业生产劳动中，往往需要互相帮助以战胜各种天灾人祸。因此，他们的道德标准，常常是建筑在现实生活的功利的基础之上的，是讲求实际的。早在春秋战国时期，墨子就曾对这种典型的农民文化心态作了如下的描述："投我以挑，报之以李，即此言爱人者必见爱也，而恶人者必见恶也。"（《墨子·兼爱（下）》）李逵们"重义"的道德标准正是与墨子这种"兼相爱，交相利"的思想一脉相承的。在漫长的历史发展过程中，它逐渐成为一种历史的积淀，不仅是绿林好汉们的一种道德标准，也成为普通的中国人处理人际关系的准则。

毋庸置疑，李逵与宋江的关系，是《水浒传》的作者描写得最多，也是一般读者印象最深的内容。李逵是崇拜宋江的，而造成这种崇拜的主要原因，无疑是宋江义重如山和仗义疏财的品格。然而细心的读者亦不难发现，李逵与宋江的关系，不仅表现了梁山义军内部讲义气、重然诺、共患难、称兄弟等人际关系平等的一面，同时也表现了梁山义军内部仍然承认，甚至强调等级、上下的差别，强调服从。细而言之，李逵之于宋江，明知御酒有毒，仍然遵从宋江的命令，一饮而尽，跟随宋江做了小鬼。大而言之，整个梁山泊的组织结构亦是如此，梁山好汉排座次，依然要重官职，要讲身份。因此，李逵们的重义，不仅包括了平等、兼爱的追求，同时也包括了服从的内容。而在梁山之外，不必讳言，梁山好汉们的确是拥戴"好官家""好皇帝"的。而这一切，正是源于农业氏族社会宗法传统的"家长制"的遗迹。李逵们生活的时代，虽然早已进入了阶级社会，经历了各种政治制度的变迁，但是，以血缘宗法纽带为特点，以农业家庭小生产为基础的社会生活和社会结构，却很少变动。讲究老幼尊卑秩序的农民，往往以氏族家庭的模式来认知、建构社会组织形式。作为分散的、脆弱的小生产劳动者，在观念上，他们需要有人成为他们实际和精神上的依赖与寄托。了解了这一点，我们便不难理解，李逵与宋江之间，以及梁山义军内部，一方面追求平等，"四海之内皆兄弟"，另一方面又强调服从这样一种独特的关系；也就不难理解，曾经声势浩大的梁山义军，为什么会在宋江的领导下，最终走上了招安的道路——小生产劳动者的认知结构，像幽灵一样困扰着世世代代的中国农民，使他们难以走出历史循环的怪圈。正是在这样的意义上，我们说，李逵们"重义"的伦理精神背后，存在着深刻的文化背景——农民文化背景。

如果说“重义”的共同价值取向，形成了李逵模式的显著特点，那么“尚力”“崇武”则构成了这一类人物共同的行为标准。

和江湖上许多好汉一样，李逵具有非同一般的勇猛和武力，视冒险为生活的最大乐趣，“若要闲时，便要生病”。在现实生活中，他从不把任何法令、条例放在眼里，他的逻辑是，“条例、条例，若还依得，天下就不乱了，我只是前打后商量”（第五十二回）。在他眼里，“打”就是力量的表现，而他那两把板斧，即是他的力量的外化。手持两把板斧的李逵，无论作善作恶，都是无所顾忌、勇往直前、置自身的生死于度外的。现代文明社会的读者，往往都难以接受李逵手刃黄文炳、取李鬼肉下酒的野蛮残忍的情节。然而，在绿林好汉们眼中，敢于复仇，亦是一种有力的表现。刚直、豪爽、疾恶如仇的古代好汉，不仅从正义的伸张中得到快感，而且从邪恶的被惩处中得到更大的快感。而在惩处邪恶的过程中，李逵们杀人饮血的残忍因其与正义的融合，亦成为一种力的表现与象征。透过李逵们的冒险生涯，我们看到的是一个刚毅、蛮勇、有力、有血性的世界。

热爱《水浒》的读者不难发现，在作者的笔下，李逵不仅敢打敢拼，而且能吃，食量过人。施耐庵对英雄们的食量似乎有特殊的兴趣，小说中的许多艺高胆大的英雄，都有过人的酒量与食量。武松打虎之前，喝了十八碗酒，吃了几斤牛肉；鲁智深大闹五台山，喝了二十碗酒，又加一桶，还有半只狗。李逵在这方面也不比任何人逊色。仅第三十八回“及时雨会神行太保，黑旋风斗浪里白条”一回中，李逵一出场，作者便反复写到李逵的吃喝。李逵一开口便是“酒把大碗来筛，不耐烦小盏价吃”（第三十八回），接下来便风卷残云般地吃完了自己的一份酒菜，又吃了宋江和戴宗不吃的两份，然后宋江又叫人送了一盘羊肉上来，李逵见了，“也不更问，大把价揸来只顾吃，撚指间这二斤羊肉都吃了”（第三十八回）。宋江见了李逵的这般食量，不禁脱口赞叹道：“壮哉，好汉也。”在梁山英雄眼里，一方面，过人的食量总是和过人的体力、过人的勇猛联系在一起的，正如鲁智深所说：“洒家一分酒，只有一分本事，十分酒，便有十分气力。”（第五回）可以说，对“力”的崇拜，正是作者极力描写英雄们过人食量的重要原因。而另一方面，大碗酒和大块肉，在李逵们眼中，不仅是一种口腹之欲的满足，一种物质的享受，更重要的还在于：它意味着一种平均主义的平等。在梁山泊，正像吴用劝阮氏兄弟入伙时所描绘的那样，好汉们共同过着“论称分金钱，异样穿细锦，成瓮吃酒，大块吃肉”（第十四回）的原始共产主义的生活。因此，大碗喝酒，大块吃肉，既是梁山好汉的重要标志，也是梁山好汉的一种生活理想。

与李逵们“尚力”的行为标准相联系的，是这一类人物简单的直线型思维方式。

如前所述，李逵出身雇农，受封建教育影响极少，因此，《水浒传》中的李逵，一方面反抗性强，斗争坚决，耿直、勇猛，头脑中条条框框少，敢说敢干，爱打抱不平，讲义气，而另一方面，他的反抗斗争又存在着破坏性和盲目性，粗鲁暴躁，头脑简单，很少考虑后果，易轻信，易受骗。在梁山义军的历次战斗中，李逵无疑立下了不少功劳，但与此同时，因为他的鲁莽，也滥杀了许多无辜。在梁山泊，李逵可以说是反对招安态度最坚决的一个，然而，他的反对招安，并不是因为对朝廷的本质有清醒的认识，而是因为不愿受朝廷的约束，唯恐失去了自由自在、无拘无束的生活。过去的研究者通常把李逵当作性格莽撞的典型。实际上，这种莽撞的性格，正是简单的直线型思维方式的表现。而这种思维方式出现在李逵这一类人物身上，并不是偶然的。这是一种典型的农民式的思维方式。长期的农业社会中的简单再生产，使后人仅仅依靠前人的经验便足以生存。春播秋收，秋收冬藏，周而复始，年复一年。这种简单的再生产方式，直接影响着中国农民感知、认识世界的方式，形成了他们注重经验、注重事物之间直接因果关系的直线型思维方式。这种思维方式，一旦与个人的某些气质相结合，便极易形成莽撞直率的性格。可以说，农民式的直线型思维方式，正是培植李逵们性格大树的土壤。耐人寻味的是，这种莽撞的性格，在我们古代的许多小说家笔下，似乎不是人物的缺点，而是构成人物性格力量的一个方面。他们似乎有意摒弃了精细和谨慎，来突出人物的力与勇——只有天不怕、地不怕的人才敢莽撞，才能莽撞，并且常常轻而易举地化险为夷。于是，在古代小说中，莽撞便成了“尚力”的李逵们的专利。

从以上的分析中我们不难看出，作为李逵模式的基本特征的“义”与“力”，在内容上，同传统的农民文化心态有着千丝万缕的联系，而在形式上，则更多的是以江湖文化的面貌存在的。二者互相依存，互为衍生，在中国历史上凝聚为一种独特的文化现象和深刻的文化精神，李逵模式正是这种文化精神的象征。

三

《水浒传》问世之后，立即受到了读者的普遍欢迎，这不是偶然的。早在明代胡应麟的《少室山房笔丛》中就曾记载："今世人耽嗜爱《水浒传》，至缙绅文士亦有好之者。"又云："嘉、隆间，一钜公案头无他书，仅左置《南华经》，右置《水浒传》各一部。"国人嗜爱《水浒传》，恐怕并不仅仅是明代特殊情形。民间长期流传的"少不看《水浒》，老不看《三国》"的俗语，意即血气方刚的年轻人看了《水浒》，容易模仿书中人物的行为，干出一些无法无天的事来。这也从另一个角度说明了《水浒传》的巨大影响。而小说中的李逵更是一个为民间津津乐道、家喻户晓的人物。金圣叹称他为"上上人物"，以"富贵不能淫、贫贱不能移、威武不能屈"为他的"好批语"。从某种意义上来说，数百年来，《水浒传》之所以为许许多多不同年龄、不同地位、不同文化修养的中国人所喜爱，主要是来源于李逵模式所代表的文化精神。也就是说，"重义"与"尚力"不仅构成了李逵们独特的人生态度与人格操守，并由此而产生了特殊的魅力，得到了数百年来许多普普通通的中国人的认同。

这种认同，首先是对共同生活经验的一种认同。"任何一个民族的艺术都是由它的心理决定的，它的心理是由它的境况造成的，而它的境况归根到底是受它的生产力状况和生产关系制约的。"① 艺术创作是如此，艺术欣赏与接受亦不例外。在传统的中国社会中，农民一直是以农业自然经济为核心的社会的主要成分。对于千千万万受尽各种压迫和欺凌，长期挣扎在饥饿线上，缺吃少穿的中国农民来说，李逵模式无疑具有一种极大的魅力与诱惑力。他们的人生阅历与生活经验，使他们很容易从李逵们身上找到共鸣。李逵的经历吸引着无数曾经有过类似经历而如今却远不如他幸运的普通的中国封建社会的下层老百姓。他们在现实生活中难以实现的愿望，在李逵们身上得到了满足，找到了补偿，获得了直接的愉悦和快感。

如果说，对共同经验的认同，是《水浒传》在民间极受欢迎的主要

---

① ［俄］普列汉诺夫：《没有地址的信——艺术与社会生活》第1封，曹葆华译，人民文学出版社1962年版，第53页。

原因，那么，对李逵们精神面貌的心理认同，则可以说是《水浒传》在封建士大夫阶层中备受青睐的重要原因。

严格地说，大多数读者以及旧中国文人之嗜爱《水浒》，赞赏李逵一类的绿林好汉，并不是真正企羡他们杀人越货的勾当，也不仅仅是欣赏作者有《史记》司马迁之文才，而主要是重视这一类人物在他们的行动中表现出来的那种强烈的主观能动精神，那种为了一个目标赴汤蹈火、粉身碎骨在所不辞的精神。在他们看来，李逵这个人物身上，最令人赞叹不已的就是他那种天不怕、地不怕，敢说敢干、为所欲为，好汉做事好汉当、不为利所诱、不为威所屈的正义豪爽的性格。在现实生活中难以挣脱各种精神束缚的人，尤其对李逵这一类英雄豪杰的人生态度、人格操守心醉神迷，他们将自身对社会现实的不满以及改造社会的抱负，寄托在这种精神活动上。因此，读这一类英雄豪杰的故事，往往有“拍案称快之乐，无废书长叹之时”（问竹主人《忠烈侠义传序》），“虽不能至，心向往之”。随着时间的推移、社会的变迁，人的生活经验也会发生相应的变化。然而文明的进步常常带来对主观能动精神更强烈、更自觉的追求。应该说，《水浒》的经久不衰的魅力，正是来源于此。

除了读者对共同生活经验的认同和心理精神的认同之外，李逵模式的产生及其巨大影响，还有更为深刻的文化结构上的原因。

众所周知，儒家学说中是尚德不尚力的。孔子云：“骥不称其力，称其德也。”（《论语·宪问》）骥是千里马，日行千里是其力，但孔子认为，骥的价值更在于它的性情善良。孟子则更进一步明确指出：“以力假仁者霸，霸必有大国；以德行仁者王，王不待大——汤以七十里，文王以百里。”（《孟子·公孙丑（上）》）。儒家是忽视力的价值，而注重德的价值的。与儒家学说不同，墨家强调“竭力从事”（《墨子·天志（上）》），把力看作是实行道德的一个条件，认为德与力是统一的。在这一问题上，显然墨家是正确的。但是，秦汉以后，墨学中绝，墨家尚力的学说也没有得到发展，而儒家崇德轻力的思想则影响深远。因此中国的传统文化，历来偏重道德的提高而忽视力量的培养。这种文化上的特征，也深深浸透在古代文学思想和文学作品的创作中。

儒家历来倡导“哀而不伤”“怨而不怒”的文学风格，因此，在古代文学创作中长期以来形成了一种以“温柔敦厚”为正宗的文学传统。在传统的正宗文学中，虽然诗人也有过一些“金刚怒目”式的愤愤不平，有过“大道如青天，我独不得出”的呐喊，有过“天生我材必有用”的力量的自信，然而，在文学发展的漫长历史长河中，我们看到的、读到的更多的是征夫思妇的眼泪、感士不遇的悲叹、隐士风流的飘逸、离愁别绪的抒发、求而难得的追求……所有这一切，既构成了非常浓郁的、优美的东方人的艺术氛围，也演绎出了一种大致相同的文学品格。因此，“温柔敦厚”、含蓄蕴藉不仅仅是儒家的一种诗教，也是古代诗歌创作的实践性特点。

然而，社会总有黑暗，人间总有不平，“温柔敦厚”、含蓄蕴藉往往不足以抵抗黑暗现实对心灵的冲击，人与自然和谐相处的意境亦难以长久地保持住精神的平衡，于是“胸中小不平，可以酒消之，世间大不平，非剑不能消之”（明·张潮《幽梦影》）。随着人与社会现实矛盾的不断深化，随着人的意识的日益觉醒，对于“力”的崇拜与呼唤，便成为人们精神生活中的一种新的需要与追求。这种倾向，越到封建社会的晚期，表现得越为明显和突出。虽然《水浒传》的文本中“德”与“力”的描写仍然是以前者为中心、为重点的，后者只是前者的一种铺垫、一种补充。但是，在文学欣赏的过程中，“作品呈现在读者心目中的实际意义，并不是作者给定的原意，而总是由解释者的历史环境乃至全部客观历史进程共同作用的结果”（伽达默尔《真理与方法》）。从某种意义上来说，《水浒传》之类的英雄传奇小说的普遍流行与大受欢迎，正是由于人们对于“力”的崇拜与呼唤这种新的精神需要。也正是基于这一点，我们说，李逵模式中所体现的“重义尚力”的价值观念以及人们对这种价值观念的认同，是对崇德轻力的传统文化结构的一种补充，表现了中国文化的另一侧面。

原载《文学与语言论丛》，中国社会科学出版社 1991 年版

两种生命的存在方式
——林黛玉、薛宝钗形象及其文化意义

在中国小说史上，曹雪芹是一位具有诗人气质的小说家。《红楼梦》本身即是一首优美悲哀的诗。它不仅记载着我们民族历史生活的风貌，更是人类心灵情感的艺术结晶。而林黛玉和薛宝钗这两个《红楼梦》中塑造得最为成功的女性形象，不仅融入了作者“半世亲闻亲见”的切身感受，同时也渗透着作者对人生的痛苦思考和执着追求。在《红楼梦》中，这两个人物同贾宝玉一起，共同成为作者思想与情感的载体。因此，这两个人物在小说中具有具体和抽象的双重意义。在小说情节的发展中，她们具有不可或缺的作用，而在作品的整体构思中，她们又具有各自不同的象征意义。这种象征意义，已经远远超出了这两个贵族少女自身的地位、遭遇和命运，具有一种普遍性和共同性，体现着作者对人的存在方式的思考与选择。

一

人的存在首先是一种社会性的存在，即与群体相关性的存在。人与人之间的相互关系是人与现实最直接的联系。因此，在传统的儒学理论中，人际关系历来被放在首要位置，成为儒家伦理人格必不可少的因素。从这一视点出发来观照薛宝钗这一形象，或许能给我们有益的启示。

从本质上说，薛宝钗这一形象正是以她对伦理人格的自觉追求和认同，确定了她在《红楼梦》人物体系中独特的地位和价值。

无论你把它视为正面品质还是负面品质，薛宝钗这一人物身上最突出的特点都是“会做人”。薛宝钗初到荣府的时候，人们对她最初的印象

就是：

> 年纪虽大不多，然品格端方，容貌丰美，人多谓黛玉所不及。而且宝钗行为豁达，随分从时，不比黛玉孤高自许，目下无尘。故比黛玉大得下人之心，便是那些小丫头子们，亦多喜与宝钗去顽。（第五回）

这个少女不仅善于待人接物，还善于理财治家，通晓庶务，并且“轻言寡语，端庄凝重”，生活上也自甘淡泊，“从来不爱这些花儿粉儿的”（第七回）。她的为人不但受到贾母等人的称赞，就连那个心地鬼祟，几乎对一切人都怀着嫉恨的赵姨娘，也不由得对她衷心称赞：“怨不得别人都说那宝丫头会做人，很大方，如今看起来，果然不差。”（第六十七回）正是这种会做人的处世之道，形成了这一人物贤淑的特点，成为一种她自己也未必认识到的自然习惯，在不同的场合，以不同的方式表现出来。

宝钗过生日，唱戏摆酒，众人都来祝贺，贾母问她爱听何戏，爱吃何物，她“深知贾母年老人，喜热闹戏文，爱吃甜烂之食，便总依贾母往日素喜者说了出来”，于是，当然“贾母更加欢悦”（第二十二回）。替史湘云安排螃蟹宴，宝钗曾一语道破了自己的处世之方：“又要自己便宜，又要不得罪了人，然后方大家有趣。”（第三十七回）天真的史湘云顿时佩服得五体投地。至于宝钗和黛玉的关系，虽然平日里这两个贵族少女免不了唇枪舌剑的摩擦，但黛玉生病之时，宝钗却表现得十分大度。不仅带着补品亲自前去探望，而且在黛玉面前说了一番推心置腹、十分体贴的话。终于使得一向孤高的林黛玉也不由不为之感动，向她掏出了一颗赤诚的心。（第四十五回）

总之，在薛宝钗身上，无论是她的自甘淡泊、宽以待人、善解人意，还是她的大智若愚、大巧若拙、以退为进、可退可进，都可以概括为一句话：“会做人。”值得指出的是，薛宝钗身上所表现出来的上述为人处世之道，已经远远不是封建正统所能概括得了的。可以说，薛宝钗这一人物自身的复杂性，在于她凝聚着传统文化的深厚积淀；同时，这一形象的塑造，也是作者对现实人生深刻概括的结果。

应该说，在薛宝钗这一人物身上所体现出来的精神气质，她独特的生存方式，正是儒家传统的伦理人格所要求的内容。在传统的儒家文化中，其伦理人格模式，是一个以“仁”为核心、以礼为规范的独特的结构体系。孔子以“仁”为“至德”，认为“仁”是人性的最高表现，是人的美德的最高概括。而所谓“仁”，从人从二，讲的正是如何处理人与人之间的关系。在“仁”的统帅下，儒家提出了忠、孝、节、义等伦理规范，规定了恭、宽、信、敏、惠和温、良、恭、俭、让等德目，具有丰富的、多层次的伦理体现：“己所不欲，勿施于人”（《论语·颜渊》），“居处恭，执事敬，与人忠”（《论语·子路》），“恭则不侮，宽则得众，信则人任焉，敏则有功，惠则足以使人”（《论语·阳货》）。在传统的儒家学说体系中，个体的修养是整个社会安定和谐最根本的保证。只有达到个人的“诚意”“正心”“修身”，才能“齐家”“治国”“平天下”。而薛宝钗性格中的安分守己、随分从时、识大局、顾大体的成分，以及为人处世的理智、冷静，自觉地协调人际关系的才能，正是儒家伦理人格精神的具体化、市俗化的体现，也是她自觉追求儒家伦理人格的必然结果。因此，薛宝钗这一形象的独特价值就在于，她以一种感性的、多维的方式实践了伦理人格，同时也就具有了这种伦理人格的全部复杂性。

如果说“会做人”、自觉地以儒家伦理原则协调人际关系，还仅仅是薛宝钗这一人物的表层次的存在特点的话，那么，这一形象最本质的特征，则是对现实社会中伦理原则的自觉认同。对于传统的伦理原则、现实社会的秩序，以及现存的人际关系，薛宝钗都不是一个被动的接受者，而是一个积极主动的认同者。尽管这个人物本身有时也许并不缺乏人性的优美之处，她自身也是一个有血有肉的活生生的人物，然而，当自然人性与伦理原则发生冲突的时候，她总是自觉地依附原则而压抑感情。对薛宝钗来说，封建的伦理原则也就是她的生活准则。第四十二回黛玉因行酒令无意中提到《西厢记》和《牡丹亭》中的曲词，被宝钗抓住，趁机教训了一顿。宝钗自称，自己年幼时也曾一度热衷于读《西厢》《琵琶》以及《元人百种》之类的“闲书”，而怕读“正经书”的，而一旦成人之后，在封建家长的管束之下，她不但自觉地放弃了自己过去的爱好，而且以一副正人君子的面孔教训黛玉：“所以咱们女孩儿家不认得字的倒好……既认得了字，不过拣那正经的看也罢，最怕见了些杂书，移了性情，就不可救了。”长期的封建正统教育和家庭环境的熏陶，已经使抽象的伦理原则变为了这个贵族少女的自觉行动，而使她逐渐失去了一个少女的天真、稚气和单纯。青春的热情正在她的身上收缩，退却为一种成年人的稳重和世故。平心而论，作为一个青春少女，宝钗对宝玉并不是没有感情的，这一点，连愚蠢的薛蟠也看得十分清楚。然而，在宝钗看来，婚姻大事完全要听命于封建家长，青年男女谈情说爱是一种不道德的行为。因此，为了维护封建的伦理原则，不做贾母所指责的那种“人不人，鬼不鬼”的人，她把自己的真情掩藏起来，而且还故意“远着宝玉”。虽然最后得到贾府最高统治者的首肯，她终于成为“宝二奶奶”，然而“纵然是齐眉举案，到底意难平”（《终身误》，第五回），始终没有能得到宝玉的心。对薛宝钗来说，伦理原则永远比真实的生命更为重要，而这正是宝钗一生的悲剧根源。

正因为宝钗形象的实质特征是对封建伦理原则的自觉认同，所以我们说，曹雪芹笔下的薛宝钗并不是一个“有心藏奸”的小人。曹雪芹平生最反感那些由作者“故假捏出男女二人名姓，又必傍出一小人其间拨乱，亦如戏中之小丑”（第一回）的才子佳人小说，断然不肯步其后尘。在第四十五回“金兰契互剖金兰语，风雨夕闷制风雨词”中，作者专门借林黛玉之口，澄清了钗黛二人的误会。有些研究者由此便认为这是黛玉思想由叛逆走向妥协的转折，实在是误解了曹翁的深意。在《红楼梦》中，钗黛二人的对立，并不仅仅是个人恩怨的对立，也不仅仅是爱情关系上的对立。也就是说，宝、黛爱情的不能实现，并不仅仅是因为宝钗的存在。宝钗也并不像我们有些人所想象的那样，整天窥视着宝二奶奶的宝座——那实在是一种小家子气，而不符合宝钗一贯的性格。以宝钗的道德修养和她的处世哲学，如果得到贾府最高统治者的同意，即使宝玉最后娶的是林妹妹而不是宝姐姐，她也绝不会因此而气急败坏，更不会寻死觅活。她会一如既往地保持她们往日的情谊，并仍然孜孜不倦地用自己的那一套人生哲学教诲那一对执迷不悟的人，使他们迷途知返。可以说，曹雪芹笔下的薛宝钗，并不是一个圆滑世故、满心奸诈的小人。她只是十分自觉地按照礼教的规范律己处世，她的存在是一种伦理人格的存在。然而正是在这一点上，使她成为宝、黛二人精神上的对立面，也酿成了她自身的悲剧。

概而言之，薛宝钗这一形象的深刻意义在于，她不仅是旧时代女性的风范，而且也是作者对现实人生深刻概括的结果。这个人物身上所体现的伦理人格精神，正是中国古代知识分子传统的生存方式。这一形象的塑造中，凝聚着作者对现实生活冷峻的审视和深刻的反思。

二

如果说薛宝钗对现实社会伦理原则的自觉认同，构成了这一人物生存方式本质特点的话，那么，恣情任性、孤标傲世则是林黛玉作为个体存在的明显特征。

曹雪芹笔下的林黛玉，是一个具有独特艺术魅力的女性形象。正如西园主人在《红楼梦论辩》中所云：

> 处姐妹丛中，宝钗有其艳而不能得其娇；探春有其香而不能得其清；湘云有其俊而不能得其韵；宝琴有其美而不能得其幽；可卿有其媚而不能得其秀；香菱有其逸而不能得其文；凤姐有其丽而不能得其雅，洵仙草为前身，群芳所低首者也。[①]

林黛玉与薛宝钗不仅属于不同性格类型的人物，而且也属于选择了不同的生存方式的两类人。在薛宝钗身上，我们看到的更多的，是伦理人格精神的表现，而在林黛玉身上，我们看到的更多的，则是对自主人格的追求。

在《红楼梦》众多的女性形象中，能够被主人公贾宝玉在精神上引为知己的，唯黛玉而已。正如脂砚斋所指出的，宝玉“恰恰只有一颦儿可对，令他人徒加评论，总未摸着他二人是何等脱胎（何等心臆），何等骨肉”。[②] 平心而论，在林黛玉所处的时代，她并不是什么深刻的思想家，更不是一个有意识的造反者。她只是崇尚自然，要求个性得到发展，厌恶封建势力和一切虚伪的东西，她的良知与她所生活的封建环境格格不入。也正是在这一点上，她和宝玉产生了心灵的共鸣，达到了一种精神上的契合。在礼教森严的生存环境中，他们没有屈从，更没有逢迎，没有把灵魂交出来任人宰割，而是恣情任性，不失其赤子之心。唯其如此，曹雪芹笔

---

① 西园主人：《红楼梦论辩》，载《古典文学研究资料汇编·红楼梦卷》第 1 册，中华书局 1963 年版，第 198 页。

② 曹雪芹著，脂砚斋评点：《脂砚斋重评石头记（一）》双行夹批，人民文学出版社 1975 年版，第 417 页。

下的多愁善感、爱流眼泪、爱使小性子的林黛玉，才赢得了数百年来无数正直善良人的心。

“恣情任性”的林黛玉虽然初到贾府时，时刻记着母亲的教诲，“步步留心，时时在意，不肯轻易多说一句话，多行一步路，惟恐被人耻笑了他去”（第三回）。但天长日久，终究禀性难移，依旧爱说就说，爱恼就恼，至于谁该得罪谁不该得罪，她似乎从来没有考虑过。林黛玉的所作所为，只是为了她的那颗真挚的心。对于贾府上下错综复杂的利害关系，以她的聪明灵性未必看不出，只是不屑于卷入其中罢了。

奉行伦理人格精神的薛宝钗，得到的是贾府上下的一致好评；而“恣情任性”的林黛玉给人留下的是“孤高自许、目下无尘”的印象和“尖刻”“刀子嘴”的名声。林黛玉的所作所为，与她的生存环境是那样的格格不入。生活终于使她认清了环境和人心的险恶。在大观园中，她虽然在物质上享受着主子的待遇，但她的心却是孤独的。“一年三百六十日，风刀霜剑严相逼”（《葬花吟》），寄人篱下、孤若伶仃的生活，使这个贵族少女过于敏感，易于感伤。孤独像一片难以驱散的乌云，始终笼罩在她的心头。平日里“无事闷坐，不是愁眉，便是长叹，且好端端的，不知为了什么，常常的便自泪道不干的。先时还有人解劝，怕她思父母，想家乡，受了委屈，用话自得宽慰解劝。谁知后来一年一月的竟常常的如此，把这个样儿看惯了，也都不理论了”（第二十七回）。黛玉“有时闷了，又盼个姐妹来说些闲话排遣，及至宝钗等来望候她，说不得三五句话，又厌烦了”（第四十五回）。而在“金兰契互剖金兰语”之后，黛玉从内心消除了对宝钗的戒心。因此，宝钗临走之时，黛玉特别叮咛：“晚上再来和我说句话儿。”她的心实在太孤独了，哪怕任何一点温情和理解她都十分珍视。然而，宝钗终于没有来。于是，有了黛玉“风雨夕闷制风雨词”。应该特别强调的是，曹雪芹所描写的林黛玉的孤独，并不是封建时代常见的少女伤春的孤独，而是一种青春的孤独，一种生命的孤独，一种人的存在的孤独。“侬今葬花人笑痴，他年葬侬知是谁”，“一朝春尽红颜老，花落人亡两不知”（《葬花吟》）。《葬花吟》所表现的正是一种生命孤独的深沉感叹。这种植根于人物心灵深处的深刻的孤独之感，正是个体的存在与他的生存环境严重脱节或对立的结果。古人所谓“贤者孤特自伤”（《诗经·小雅·正月》，郑玄笺），屈子所谓“终危独以离异兮”（《九章·惜诵》），“幽独处乎山中”（《九章·涉江》），“既惸独而不群兮”（《九章·抽思》），唐人所谓“念天地之悠悠，独怆然而泣下”（《登幽州台歌》），都是在这样的基础上产生的。而到了曹雪芹笔下，林黛玉的这种孤独之感则染上了更为浓郁的感伤色彩。

在林黛玉的生活中，她和宝玉之间的纯真爱情，是她唯一的心理慰藉。这种真挚的感情虽然给她暗淡的生活带来一丝亮色，但是，爱情并不能从根本上战胜孤独。在封建礼教森严的环境中，她和宝玉的爱情只能以一种曲折的、微妙的方式进行和发展，心与心之间的交流并不可能畅通无阻，其中还不时受到“金玉良缘”之类的困扰。虽然“两个人原是一个心”，但是在现实的环境中，却“都多生了枝叶，反弄成两个心了”（第二十九回）。对黛玉来说，一种无家可归、无可依傍的孤独感，一种人不能掌握自己命运的绝望与悲哀，并没有因为爱情而减轻，而是使她承受了更多的生命与情感的痛苦。曹雪芹的深刻之处在于，他没有让黛玉的孤独消融在儿女痴情中，而是在宝黛爱情的发展过程中来展示黛玉的孤独感。其目的正在于显现出人与人之间、人与社会之间的深刻隔膜，揭示出自主人格与封建礼教的尖锐对立，表现一种人的普遍的生存悲剧。

在现实环境中，黛玉的心是孤独而痛苦的。在孤独中，她选择了自己的生存方式：内心化、情感化。在物质社会中，黛玉是一个弱者，而在精神王国中，她却是一个强者，她要以自己的存在，重建一个同现实相对抗的世界，哪怕这个世界只能在幻想中存在，她也仍然执着地追求：“天尽头，何处有香丘？未若锦囊收艳骨，一抔净土掩风流；质本洁来还洁去，强于污淖陷渠沟。”（《葬花吟》，第二十七回）林黛玉这一形象，正是通过内心化、情感化的方式，完成了她在现实环境中难以彻底实现的自主人格的追求。

纵观曹雪芹笔下的林黛玉形象，我们不难发现，作者似乎有意安排了两条线索来表现这一形象的丰富内涵。这两条线索就是：外部行动线索和内心情感线索。一边是黛玉在大观园中与众姐妹的日常交往：“林黛玉俏语谑娇音”，“秋爽斋偶结海棠社”，“林潇湘魁夺菊花诗”，“潇湘子雅谑补余音”，“琉璃世界白雪红梅，脂粉香娃割腥啖膻”，“芦雪庭争联即景诗，暖香坞雅制春灯谜”，“寿怡红群芳开夜宴”，“林黛玉重建桃花社”。另一边则是林黛玉敏感、细腻、丰富的内心世界：“意绵绵静日玉生香”，“《西厢记》妙词通戏语，《牡丹亭》艳曲警芳心”，“潇湘馆春困发幽情”，“埋香冢飞燕泣残红”，“多情女情重愈斟情”，“诉肺腑心迷活宝玉”，“情中情因情感妹妹”，“风雨夕闷制风雨词”，“幽淑女悲题五美吟”，“凹晶馆联诗悲寂寞”。大观园表面上的花簇似锦、温柔富贵与林黛玉内心的孤独寂寞形成了一种强烈的反差对比，而人物自身外部行动与内心世界相辅相成的描写，更产生了一种强烈的立体效果。正是通过这种强烈的反差对比和相辅相成的描写，透过大量的人物内心世界的细腻表现和深刻揭示，作者为我们具体展示了林黛玉内心化、情感化的生存方式，以及这种生存方式所具有的浓郁的感伤悲剧色彩。

尽管林黛玉这一形象具有一种难以代替的独特的性格表现形式，然而应该指出的是，在曹雪芹笔下，无论是林黛玉的恣情任性、孤标自傲，还是她的内心化、情感化的生存方式，以及环绕着这一形象的浓郁的艺术氛围，都并不仅仅是一种纯粹的个人的气质和特点，而是凝聚成为一种超越形象自身的文化精神。可以说林黛玉这一形象独特的审美价值在于，她不仅是封建时代名门闺秀悲剧命运的历史缩影，同时也是中国古代士大夫文人执着于个体内心自觉与自主人格精神的写照。从本质上说，林黛玉的恣情任性、孤标自傲，是中国古代知识分子自屈原、陶潜、李白以来追求自由和独立人格精神的继续；而她那种内心化、情感化的生存方式，更在很大程度上表现了相当一部分中国古代文人共同的心灵历程。在现实生活中难以用自身的力量同世俗社会抗衡、较量而又不肯丧失良知、放弃理想的人们，正是通过内心化、情感化的途径，度过了漫漫的历史长夜，在现实与理想的夹缝中生存。

如果说林黛玉以其自身独特的生存方式的选择，完成了她对自主人格的追求，那么通过林黛玉这一形象的塑造，曹雪芹也完成了他本人对自主人格理想的追求，完成了他对一种人的生存方式的肯定与选择。

三

“回到人类的而不是个别作家的生活经验上，我们才能够发现艺术创作和艺术效果的秘密。”[①] 作为成功的艺术形象，无论是薛宝钗还是林黛玉，之所以至今仍然吸引并激动着我们，是因为她们超越了个人的命运而

① 荣格：《心理学与文学》，转引自江西省文联文艺理论研究室编《外国现代文艺批评方法论》，江西人民出版社 1985 年版，第 115 页。

表达了人类的一些共同的情感与生命的体验，表现了我们民族文化心理的特定内涵。

概而言之，曹雪芹笔下的薛宝钗和林黛玉形象，实质上象征着中国古代士大夫的两种不同的文化传统以及与之相适应的两种不同的生存方式。以薛宝钗为代表的伦理人格的存在，具有儒家文化实践理性的鲜明色彩，是群体意识的产物；以林黛玉为代表的自主人格的存在，在很大程度上体现了中国古代文人追求独立人格理想的传统，是一种个体意识的产物。在薛宝钗身上，充分体现了作者对儒家文化传统的深刻理解和冷静审视，以及或多或少的惋惜、依恋之情；而在林黛玉身上则流露出作者更多的对美好人性的呼唤，对人生理想的执着。在这两个人物身上寄托着作者对现实世界的探索和对理想世界的追求。可以说，这两个人物既是中国古代文化的产物，也是中国古代文化的载体。二者分别体现了中国古代文化精神的不同侧面，她们各自以其独特的风神韵貌，吸引了一代又一代的读者。而这两个人物独特的艺术魅力也正来自她们各自所体现的中国文化的丰富内涵。尽管因为“尊林抑薛”的分歧“几挥老拳，誓不共论《红楼》”的趣闻早已成为历史，然而，任何一个读过《红楼梦》的现代读者，仍然无法回避究竟是偏爱宝姐姐还是林妹妹这样一个困难的选择。如果将国人“娶妻当如薛宝钗”的现实功利目的排除在外，作为一种审美的观照和选择，应该说，尊林或是尊薛意味着的正是一种人生态度和人的存在方式的选择。

不仅如此，曹雪芹的深刻之处还在于，在他的笔下，无论是奉行伦理人格的薛宝钗，还是追求自主人格的林黛玉，最终都没有能够避免悲剧的结局：一个“纵然是齐眉举案，到底意难平”；一个“泪尽而夭”，以青春的生命去殉了自己纯真的爱情。尽管这是两种不同性质、不同形式的悲剧，然而在作者笔下，它们却表现了一种共同的悲剧心态——“生于末世运偏消”（第五回）。这是处于封建末世的士大夫阶层的一种痛苦挣扎、彷徨、寻觅而又无所适从的心态。这里，既没有了“天生我材必有用，千金散尽还复来”（李白《将进酒》）的人生自信，也没有了“莫等闲，白了少年头，空悲切”（岳飞《满江红》）的英雄壮怀，剩下的只是一种“好一似食尽鸟投林，落了一片白茫茫大地真干净”（《飞鸟各投林》，第五回）的落寞与迷惘，一种无材补天的感伤与悲哀。

严格地说，一部《红楼梦》，作者所要表现的，并不是个别的或偶然出现的具有戏剧效果的悲剧。作者精心描写了发生在日常生活中不同范围、不同层次和不同人物身上的悲剧，其目的正是显示其悲剧的共同性和普遍性，显示出一种人的存在悲剧。“千红一窟，万艳同杯”，“悲凉之雾，遍被华林”正是这种悲剧精神的深刻概括。通过《红楼梦》中众多的人物形象，尤其是通过贾宝玉、林黛玉、薛宝钗这几个主要人物形象的塑造，作者表现了他对封建末世人的存在的思考，留给我们一串凄婉的歌。

原载《红楼梦学刊》1944 年第 1 辑

一朝春尽红颜老　花落人亡两不知

——略论林黛玉的生命意识及其叛逆

作为《红楼梦》的主角，林黛玉不仅是小说中最重要的形象之一，同时也是小说中最为美丽动人的形象之一。多年来，学术界提到这一形象时，通常将宝、黛并举，认为他们是一对封建礼教叛逆者，他们的爱情则是叛逆者的爱情。然而，人们越是走近林黛玉就会越明显地感觉到，无论是从对现存封建秩序的否定程度还是从具体的行动上来看，林黛玉都不像贾宝玉那般激烈，那般惊世骇俗。贾宝玉明目张胆的离经叛道的言论和行动，不同寻常的人生价值观，构成了他区别于传统“士”形象的鲜明特征。而综观全书，我们不难发现，在林黛玉自己的时代林黛玉并不是什么深刻的思想家，更不是一个有意识的造反者，她只是崇尚自然，要求个性得到发展，厌恶一切封建势力和一切虚伪的东西。她的良知与她所生活的封建环境格格不入。也正是在这一点上，她和贾宝玉产生了共鸣，达到了一种精神上的契合，成为心心相印的知己。她与现实秩序的冲突，更多的是以一种隐性的、内心的形式表现出来的。可以说，林黛玉这一形象独特的艺术魅力和深远影响，并不在于其思想的深刻与独到，而在于其感性生命体验的丰富与深厚。敏感的生命意识是构成林黛玉感伤形象的基础，也是她区别于书中其他的女性形象最为鲜明的特征。

一

读完《红楼梦》，掩卷回想，林黛玉荷锄葬花的细节在脑海中总会显得格外清晰。的确，在曹雪芹笔下所有关于黛玉的描写中，最为传神的一笔无疑是“黛玉葬花”。只要看一看《红楼梦》人物组画中的黛玉形象或民间工艺品中黛玉荷锄葬花的独特造型，我们便不难发现，这一传神之笔得到了多么广泛的认同。可以说，黛玉之魂在葬花的细节及《葬花吟》中得到了最充分的体现。

《红楼梦》中具体写到黛玉葬花的地方有两回，即第二十三回“《西厢记》妙词通戏语，《牡丹亭》艳曲警芳心”和第二十七回“滴翠亭杨妃戏彩蝶，埋香冢飞燕泣残红”。曹雪芹似乎有意用浓墨重彩之笔精心描绘人物的这一传神之处。

第二十二回中黛玉葬花是与宝玉相伴的。小说先写宝玉在沁芳桥边桃花底下一块石头上坐着，从头细看《会真记》。因见风吹花落，遂兜了那花瓣抖到水中。回来只见地上还有许多花瓣，“宝玉正踟蹰，只听背后有人说道：‘你在这里作什么?’宝玉一回头，却是林黛玉来了，肩上担着花锄，上挂着行（花）囊，手里拿着花帚。宝玉笑道：‘好，好！来把这个花扫起来，撂在那水里。我才撂了好些在那里呢。’林黛玉道：‘撂在水里不好，你看这里的水干净，只一流出去，有人家的地方，脏的臭的混倒，仍旧就把花糟踏了。那畸角上我有一个花冢，如今把它扫了，装在这绢袋里，拿土埋上，日久不过随土化了，岂不干净。”接下来，在插入两人因看《西厢记》斗嘴的妙趣横生的描写之后，才又写道：“宝玉一面收书，一面笑道：‘正经快把花埋了罢，别提那些个了。’”

这一段描写是极富诗情画意的。二知道人曾叹道：“黛玉……荷锄葬花，开千古未有之奇，固属雅人深致，亦深情者有托而然也。”① 在曹雪芹笔下，宝、黛二人不约而同的惜花怜花之举，正是他二人热爱生命、热爱美好事物的心灵的流露，而对《西厢记》的由衷赞美，正暗示出他们对纯真爱情的肯定和向往。

而尤其耐人寻味的是，就在这一回的结尾，曹雪芹又特地安排黛玉在读《西厢》葬落花之后，又来听牡丹亭的曲词，并做了细腻的心理描写，小说中写道：

（黛玉）正欲回房，刚走到梨香院墙角上，只听墙内笛韵悠扬，歌声婉转，林黛玉便知是那十二个女孩子演习戏文呢。只是黛玉素习

① 二知道人：《红楼梦说梦》，载《古典文学研究资料汇编·红楼梦卷》第1册，中华书局1963年版，第93页。

> 不大喜看戏文，便不留心，只管往前走。偶然两句，只吹到耳内，明明白白，一字不落，唱道是："原来姹紫嫣红开遍，似这般都付与断井颓垣……"林黛玉听了，倒也十分感慨缠绵，便止住步，侧耳细听，又听唱道是："良辰美景奈何天，赏心乐事谁家院……"听了这两句，不觉点头自叹，心下自思道："原来戏上也有好文章，可惜世人只知看戏，未必能领略这其中的趣味。"想毕，又后悔不该胡想，耽误了听曲子。又侧耳时，只听唱道："则为你如花美眷，似水流年……"林黛玉听了这两句上，不觉心动神摇。又听道"你在幽闺自怜"等句，亦发如醉如痴，站立不住，便一蹲身坐在一块山子石上，细嚼"如花美眷，似水流年"八个字的滋味。

这里，打动林黛玉的当然不只是《牡丹亭》动听的音乐，而是"良辰美景奈何天，赏心乐事谁家院"和"如花美眷，似水流年"的唱词中所表现出来的强烈的生命意识。正是这种生命意识和感伤情怀，在黛玉心中引起了强烈共鸣。黛玉内心感情是极为细腻而敏感的，"忽又想起前日见古人诗中有'水流花谢两无情'之句，再又有词中有'流水落花春去也，天上人间'之句，又兼方才所见《西厢记》中'花落水流红，闲情（愁）万种'之句，都一时想起来，凑趣（聚）在一处。仔细忖度，不觉心痛神痴，眼中落泪"。

从葬花到听曲，再到联想、落泪，这一切在曹雪芹笔下并不是偶然地在这一回一起出现的。正如庚辰本脂评所云："前以《会真记》文，后以《牡丹亭》曲，加以有情有景、销魂落魄诗词，总是急于令颦儿种病根也。"① 这里，作者显然着意强调的是它们之间的内在有机联系，是人物的一种精神特质。可以说，林黛玉对落花的特别关注以及她听《牡丹亭》所引起的强烈心灵震动，都是她生命意识的自然流露。自然界的花是美丽的，它既是美好事物的象征，也是大自然旺盛生命力的标志。然而美丽的花常常又是脆弱的。人的生命亦是如此，既是宝贵的，也是脆弱的。花开花落，物换星移，人的生命便交织在这春秋代序的岁月长河之中。生命的四季也同自然界的四季一样，节奏分明而又富于变化。人们从花开花落的

---

① 曹雪芹著，脂砚斋评点：《脂砚斋重评石头记（二）·回后朱批》，人民文学出版社1975年版，第527页。

自然时序变化中得到了对自身生命的观照。林黛玉正是以一种生命的眼光来看待自然界的变化，才会有那么多的感伤与忧愁。无论是贾宝玉还是林黛玉，对落花的关注正是一种对生命的关注。在“葬花”这一独特行为背后，蕴藏着的是一种热爱生命、珍惜生命、善待生命的美好情感。

二

如果说曹雪芹描写宝玉与黛玉共同的惜花、怜花、葬花之举着力表现的是他们热爱生命的共同特点的话，那么到了第二十七回“滴翠亭杨妃戏彩蝶，埋香冢飞燕泣残红”，当林黛玉因误以为宝玉故意不肯开门而伤心，独自去掩藏残花落瓣，吟出《葬花吟》之时，则更多地表现了林黛玉内在孤独的生命体验。

《葬花吟》是林黛玉自叹身世的哀音代表作，它倾诉的是黛玉独特的人生处境与人生感受。而其中最为引人注目的便是主人公孤苦伶仃、孤立无援、孤标傲世的深刻的孤独感。“花谢花飞飞满天，红消香断有谁怜?”“独把花锄泪暗洒，洒上空枝见血痕”，“侬今葬花人笑痴，他年葬侬知是谁？试看春残花渐落，便是红颜老死时；一朝春尽红颜老，花落人亡两不知”。每当我们读到这优美而哀伤的诗句时，便不能不为之动容。脂砚斋当年读至此处，曾有批语道：“余读《葬花吟》凡三阅，其凄楚感慨，令人身世两忘，举笔再四，不能加批。”[①] 这里，《葬花吟》所传达的是一种普遍的人生无常的悲叹，它的动人之处，正在于它是一曲生命的悲歌，是一个美丽而孤独的生命的内心独白。“伤心一首葬花词，似谶成真不自知。”[②] 可以说，对自身孤独命运的敏感与感伤，对人不能掌握自己命运的悲哀，是《葬花吟》也是黛玉生命之曲中的最强音符。

深刻的孤独感几乎在黛玉所有的以花为题的诗词中都有不同形式的表现。“娇羞默默同谁诉，倦倚西风夜已昏。”（《咏白海棠》，第三十七回）；“孤标傲世偕谁隐，一样花开为底迟”（《问菊》，第三十八回）；

---

① 曹雪芹著，脂砚斋评点：《脂砚斋重评石头记（二）·回后朱批》，人民文学出版社1975年版，第624页。

② 明义：《题红楼梦》，载《古典文学研究资料汇编·红楼梦卷》第1册，中华书局1963年版，第11页。

“满纸自怜题素怨，片言谁解诉秋心”（《咏菊》，第三十八回）；“醒时幽怨同谁诉，衰草寒烟无限情”（《菊梦》，第三十八回）。在这些清丽的诗句之中，黛玉抒发的正是生命中强烈渴求但又不能实现的向知音尽诉衷肠的内心呼唤与痛苦。随着小说情节的不断发展，这种痛苦也变得越来越强烈与沉重。“花绽新红叶凝碧”，春景桃花，丝毫没有给林黛玉带来喜悦、欢欣与生趣。在她的眼中只有“憔悴花遮憔悴人”，“帘中人比桃花瘦”，“泪干春尽花憔悴”，“寂寞帘拢空月痕”（《桃花行》，第七十回）。而一首《唐多令·咏絮》更把这种痛苦宣泄得淋漓尽致。柳絮的飘飞，在宝钗的想象中，是“好风凭借力，送我上青云”；而在黛玉的想象中，则是“漂泊亦如人命薄，空缱绻，说风流！草木也知愁，韶华竟白头。叹今生，谁舍谁收！嫁与东风春不管，凭尔去，忍淹留”（第七十回）。这里所流露的不仅是深藏于黛玉内心的幽怨与悲戚，更是她自身悲剧命运的写照。

在《红楼梦》中，林黛玉似乎与花结下了不解之缘。花与诗，构成了林黛玉精神世界、感情生活的重要内容，表现出林黛玉性格的突出特点。从自然界的花开花落现象中抒发生命的感伤，并不是从林黛玉开始的。唐代诗人刘禹锡的《代悲白头吟》中，就曾有“年年岁岁花相似，岁岁年年人不同”的著名诗句。但是，只有到了曹雪芹笔下，传统的伤春、悲秋题材中的惜花主题才被表现得如此充分，如此深刻，如此富有个性色彩。人之情与花之魂浑然一体，构成了一道美丽而独特的风景。

与上述诗词中的抽象情绪描写相映生辉的，是小说第三十五回中对黛玉内心世界的具体细致的描写：黛玉从怡红院探望宝玉回到潇湘馆，“一进院门，只见满地下竹影参差，苔痕浓淡，不觉又想起《西厢记》中所云：‘幽僻处可有人行，点苍苔白露泠泠’二句来。因暗暗地叹道：‘双文、双文，诚为命薄人矣。然你虽命薄，尚有孀母弱弟；今日林黛玉之命薄，一并连孀母弱弟俱无。古人云‘佳人命薄’，然我又非佳人，何命薄胜于双文哉！’”在林黛玉短暂的一生中，她一刻也不曾忘记，自己是“无依无靠，投奔来的”（第四十五回），寄人篱下、孤苦伶仃的遭遇，在她的心灵上留下了深刻的烙印。在贾府，虽然在物质生活上并不匮乏，但在精神上，她却时时感到压抑和痛苦，“一年三百六十日，风刀霜剑严相逼”，特别是当她与宝玉的爱情日益成熟的时候，更常常有“无人作主”之叹。一种无家可归、无所依傍、无可摆脱的深刻的孤独感，像沉重的阴云，始终笼罩在黛玉的心头。她的眼泪，她的伤感，她的内在孤独的生命体验，既来自她无依无靠、孤立无援的人生经历，也来自她与自身生存环境的格格不入。

特别值得指出的是，与传统的生命主题的文学作品相比，林黛玉的伤感没有仅仅沉溺于生命短促的悲哀，而是侧重于表现生命孤独的痛苦。与生命的短促相比，生命孤独的体验是一种更为内在也更为深刻的生命体验。因为生命短促并不是最可悲的，最可悲的是在短促的一生中却充满了那么多的孤独与不幸。在曹雪芹的笔下，林黛玉的“醒时幽怨同谁诉”的孤独之感，并不是封建时代常见的少女伤春的孤独，而是一种青春的孤独，一种生命的孤独、灵魂的孤独。正是这一点，把林黛玉与《红楼梦》中的其他女性形象明显地区别开来，使其具有独特的魅力。

曹雪芹笔下林黛玉的全部行为告诉我们，她其实无意充任那一时代的叛逆，只是任情任性地展示着生命的本色。她是以一种感性生命的形式打动着读者的心。

在黛玉短暂的一生中，最能体现她的生命本色的，无疑是她与宝玉心心相印的爱情。在人类文明史上，爱情从来就是生命力旺盛的标志。没有爱情的生命是黯然失色的。黛玉对生命的执着，集中地体现在她对爱情的执着。爱情是她生命的支柱。在小说中，黛玉的生命从一开始就是与爱情联系在一起的。三生石畔，“绛珠仙草”因得“神瑛侍者”的灌溉，“遂得脱却草胎木质，得换人形”，为酬报“神瑛侍者”的灌溉之德，雨露之惠，“绛珠草”投身为女人，愿将一生的泪水还给爱自己的“神瑛侍者”（第一回）。黛玉的生命就诞生在这个美丽动人的“木石前盟”的神话故事中。

黛玉是为爱情而生的，但爱情带给她的并不都是欢悦。宝玉与黛玉的爱情是在一个不允许爱情生长的土壤上，从石缝里生长出来的爱情。这种爱情便以一种特殊的方式表现出它的顽强与脆弱。在大观园中，黛玉尽管表面上享受着主子的待遇，其实是一无所有。真正属于她的，只有她对宝玉的一颗心。小说第二十回中，黛玉因为宝玉从宝钗处过来，随后又被宝钗拉走而生气流泪。宝玉回来后，见状心急，上前讲了一番“疏不间亲”的道理，第一次确认自己与黛玉的特殊关系，但黛玉却并不以为然地说道：“我难道为叫你疏她？我成了个什么人了呢！我为的是我的心！”宝玉道：“我也为的是我的心，难道你就知你的心，不知我的心不成?”在宝玉和黛玉的关系中，黛玉全身心地爱着宝玉，她也要求得到宝玉全身心的回报。这“两个人原本是一个心”，但在心与心的交流不能正常进行的时候，却是“都多生了枝叶，反弄成两个心了”（第二十九回）。生活在今天正常环境中的人们，常常不满于黛玉的小心眼与多愁善感，其实，黛玉对宝玉的无数次猜忌、误解，正是她特有的执着的爱情表达方式。因为黛玉对宝玉的爱越深，越专一，越成为一种生命与灵魂的寄托，也就越敏感，越强烈，越挑剔，越不能容忍对方的哪怕一时的疏忽与冷淡。为此，黛玉无数次折磨着自己，也折磨着宝玉，而这恰是她的痴情所致。

在经过了无数外界与内心的风波之后，宝、黛终于“人居两地，情发一心”（第二十九回）。但是，黛玉的痛苦并没有因此而消除。黛玉在听到宝玉与湘云在背后议论“经济”之事时，因宝玉说出“林妹妹不说这样混帐话，若说这话，我也和她生分了”而“又喜又惊，又悲又叹”。所悲者，“你我虽为知己，但恐自不能久待；你纵为知己，奈我薄命何！”（第三十二回）黛玉所担心与忧愁的，正是爱情的脆弱、生命的脆弱。

然而黛玉的可贵在于，尽管她清楚地知道，等待她的并不是一个美满的结局，但她并没有从此放弃爱情，也没有远离现实逃避爱情，而是始终不渝地执着于自己的爱情。小说第三十四回在宝、黛二人“诉肺腑”之后，宝玉派晴雯给黛玉送去两条旧绢子，以明心迹。黛玉收下这一定情之物后，作者写道：黛玉左思右想，一时五内沸然炙起，由不得余意绵缠，令掌灯，也想不起嫌疑避讳等事，便向案上研墨蘸笔，便向那两块旧帕子上写道：

> 眼空蓄泪泪空垂，暗洒闲抛却向谁？尺幅鲛绡劳解赠，叫人焉得不伤悲！

黛玉的眼泪是为宝玉而流的，她的心中只有宝玉，只有爱情。而一旦得知她的爱情被破坏以后，便不惜以生命去为她心中的爱情殉葬。黛玉的爱情是与生命缠绕难分的爱情。她是为爱情而生的，也注定要为爱情而死。对爱情的绝望带来的是对生命的绝望。黛玉终于情尽泪枯而逝，“质本洁来还洁去”。一个美丽的生命消逝了，生命的顽强与脆弱的本色，在这一爱情悲剧中得到了最集中的表现。正如蒋和森先生当年所说：“黛玉之死，才能说明她对现世人生之执着”①，才能说明她对爱情与生命之执着。

纵观黛玉的一生，我们不难发现，她并不曾从理性的角度清醒地认识或怀疑她所生存的社会的合理性，相反，她对自己的贵族小姐的身份是十分在意的，甚至对宝钗的那一套封建礼教的说教，也不但不生反感，而且还视为善意的关怀（第四十五回）。这与宝玉的态度是明显不同的。这固然说明黛玉的善良与单纯，却也不能不说明其认识的有限。无论从哪一个角度来看，她都不是一个有意识的、清醒的叛逆者。除了自己的爱情之外，她对生活中的其他内容似乎并未有过多的关注。但她却从感性直觉上与她所生活的社会格格不入。黛玉的魅力显然不是来自“叛逆者”的光环，而是来自她的生命的内在张力，来自她的生命的孤独与悲哀，来自她对爱情与生命的执着。正如王蒙在他的《红楼梦启示录》中所言：“把林黛玉的悲哀仅仅说成是父母双亡，寄人篱下，不善处世是不够的，林黛玉的悲哀更多的是一种超验的、原生的人的悲哀。”② 就是说，是一种普通意义上的生命存在的悲哀。

在黛玉短暂的一生中，曹雪芹为我们展现出丰富的生命形态与深刻的生命体验。我们在生命的深层与黛玉相对，这便是林黛玉形象的真正魅力所在。

原载《湖北大学学报》（哲学社会科学版）1999 年第 3 期

① 蒋和森：《红楼梦论稿》，人民文学出版社 1959 年版，第 68 页。

② 王蒙：《红楼梦启示录》，生活·读书·新知三联书店 1991 年版，第 91 页。

主题的严肃与结构的独特

——《儒林外史》解读

在中国古典长篇小说中，《儒林外史》的普及与流行程度，远不及《水浒传》等四大名著。《儒林外史》既没有英雄传奇的色彩，也没有情意缠绵的爱情故事，通篇渗透的是作者对生活的理性思考。正如鲁迅先生当年所说："《儒林外史》作者的手段何尝在罗贯中下，然而留学生漫天塞地以来，这部书就好象不永久，也不伟大了，伟大也要有人懂。"①《儒林外史》的作者吴敬梓是一个具有思想家气质的小说家。整部《儒林外史》都贯穿着冷峻的笔调，有一种将人生底蕴看透了的冷静。可以说，《儒林外史》的难以被人理解，主要原因在于其主题的严肃与结构的独特。

揭露八股科举的弊端，批判功名利禄观念，是《儒林外史》的中心内容。闲斋老人在《儒林外史序》中曾经指出：

> 其书以功名富贵为一篇之骨：有心艳功名富贵而媚人下人者；有倚仗功名富贵而骄人傲人者；有假托无意功名富贵，自以为高，被人看破耻笑者；终乃以辞却功名富贵，品地最上一层为中流砥柱。②

在小说中，与功名富贵观念相对立的，是作者所标举的"文行出

---

① 鲁迅：《叶紫作〈丰收〉序》，《鲁迅全集》第6卷，人民文学出版社1963年版，第176页。

② 吴敬梓：《儒林外史·闲斋老人序》（影印清嘉庆八年卧闲草堂刻本），人民文学出版社1975年版，第3页。

处”。在小说的开篇，作者曾借书中人物王冕之口，说出了作者的观点。王冕看了秦老带来的“一本邸抄”中有一条“便是礼部议定取士之法：三年一科，用《五经》、《四书》八股文”。王冕看了，不以为然地说：“这个法却定得不好！将来读书人既有此一条荣身之路，把那文行出处都看得轻了。”（第一回）热衷功名富贵还是推崇文行出处，是小说作者臧否人物的主要标准。正是按照这个标准，作者把书中人物分为真儒、假儒，真名士、假名士几大类型。

无论是热衷迷恋科举功名的范进、周进，还是科举出身的贪官污吏王惠之流，虽然并非没有读过“圣贤之书”，也不是没有听说过“先王之道”，然而，其所作所为，则是对儒家传统文化的最大嘲讽和背弃。如果说范进、周进等科举迷们“既没有‘修身齐家治国平天下’的理想抱负，又没有承担提倡礼乐仁义的责任意识，更没有先天下之忧而忧，后天下之乐而乐的志士情怀，变成唯八股是窥，唯功名是求的猥琐、麻木、病态的陋儒”①，那么，王惠与严监生和严贡生等人，“出仕则为贪官污吏，居乡则为土豪劣绅”，更是一批鲜廉寡耻、贪得无厌之徒，是彻头彻尾的假儒。至于那些科场败北、功名失意，却“假托无意功名富贵，自以为高”的假名士，则更是一些社会的废物。他们不学无术，而以风流名士自居，靠胡诌几句歪诗沽名钓誉。小说主要通过他们的诗酒风流的生活和招摇撞骗的行径，指出他们事实上是科举制度制造出来的败类和渣滓，揭露了科举制度给社会的不良后果。

简而言之，在小说中，吴敬梓从各种不同的角度剖析了形形色色读书人的灵魂，得出了前人没有得出的结论：八股取士制度和与之并生的功名富贵观念，是使儒士麻木、僵化、堕落的毒剂。因此，作者在讽刺儒林人物的同时，总是把矛头指向八股取士制度，指向八股制度所依附的程朱理学，指向封建的功名观念，指向制定八股取士的封建统治者。这正是作者的深刻之处。

像列夫·托尔斯泰为19世纪的俄罗斯贵族寻找出路一样，吴敬梓在《儒林外史》中也为中国18世纪的中国知识分子探索精神前途。在小说中，在揭露八股取士制度给封建士子带来灾难的同时，吴敬梓还希望为一代文人消灾解厄。因此，他为病态的社会开出了疗治的药方，为儒林人物

① 李汉秋：《〈儒林外史〉里的儒道互补》，《文学遗产》1998年第1期。

树立了楷模。这就是要求封建士子要讲“文行出处”，去实践“礼乐兵农”。所谓讲“文行出处”，就是要讲真才实学，讲道德的自我完善；讲“礼乐兵农”，就是要抛弃功名富贵观念，为国家、为社稷、为民众办实事。这两者都是针对八股取士的弊病提出来的。按照这样的标准，作者塑造了一批正面人物形象，即“真儒”和“真名士”及自食其力的市井小民的形象。以王冕、杜少卿为代表的独善其身、超脱世俗的“真名士”，以庄绍光、迟衡山、虞育德为代表的亲自实践“礼乐兵农”儒家传统的“真儒”和以“市井四奇人”为代表的自食其力、清白为人的市井人物，这些正面人物形象在小说中陆续出现，从不同的方面反映了作者探索理想的一种过程。从这些正面人物身上，我们不难发现，作者所追求的理想，既有儒家传统思想，也有初步民主思想的影响。

《儒林外史》的不能广泛地被理解，不仅在于其主题的严肃，还在于其结构的独特。初读《儒林外史》的时候，常常会有这样一种感觉：小说表面上浮动着嘈杂的人和事，人物像走马灯一样，各领风骚两三回，来来往往，此起彼伏。“整个生活都好象是一个不能理解的、没有目的的笑话。”（契诃夫语）事实上，《儒林外史》的艺术结构，充分体现了作者的艺术构思与小说的主题。

《儒林外史》的结构特点，用鲁迅先生的话来概括，就是：“全书无主干，仅驱使各种人物，行列而来，事与其来俱起，亦与其去俱讫，虽云长篇，颇同短制。”[①]《儒林外史》的这种结构特点，也曾被一些人视为缺点。因为按照通常的看法，长篇小说的结构应该有中心人物和中心事件。评价《儒林外史》的结构，不能仅仅从一般的标准出发，而应该从作品实际出发来考察小说的内容与形式的关系。

吴敬梓创作《儒林外史》，意在写出“一代文人有厄”的悲剧，（第一回）从不同的角度剖析形形色色的封建士子的灵魂，小说内容的特殊性，决定了小说结构形式的独特性。事实上《儒林外史》的结构仍然是具有有机性的。这种有机性，具体表现在作品内在思想逻辑的一致性上。鲁迅先生所说“全书无主干”是指小说没有贯穿全书的主人公和中心事件，但小说本身却有一条极为明确的思想线索，足以把全书复杂繁复的社会生活内容统摄起来，构成一个结构严谨的有机整体。这条思想线索就是

① 鲁迅：《中国小说史略》，上海古籍出版社 1998 年版，第 156 页。

“以功名富贵为一篇之骨”。

具体地说，《儒林外史》55 回，共由楔子、主体、尾声三部分组成。

1. 楔子：小说开篇便创造了一个从根本上鄙弃功名富贵的人物王冕，为全书树立起一面正面理想的旗帜。通过王冕对八股制度的直接否定批判，“敷陈大义”，“隐括全文”，（第一回标目）为全书提出总纲，并对作者的创作意图、全书的主旨进行形象化的概括，起着突出主题的作用。楔子在全书中的重要性，亦如卧闲草堂本评语所说：“借他事以引起所记之事”，使“全书之血脉经络无不贯穿玲珑”[①]。

2. 主体：这一部分最为庞大，共 53 回，时间跨度长达百余年，人物多达二百多人，其中包括儒者名士、官绅吏胥、娼妓劫窃、农工兵商、市井细民，形形色色，无所不有。而地域则几乎遍及全国。对于如此广阔的生活领域，只有运用高度概括的典型化的手法才能充分表现出来。小说的艺术结构便是适应表现上述丰富的社会生活内容而应运而生的。具体来看，主体部分从二进得官到名士的自我陶醉，再发展到真儒的祭祀大典，形成高潮。然后集中揭示出社会的千疮百孔，表现社会人心江河日下，无法挽回，从而反映出作者对以科举制度为中心的社会问题的系统认识和深刻见解。

3. 尾声：最后一回是尾声。作者理想的“真儒”“真名士”无法改变社会的黑暗，但作者并没有绝望。尾声中塑造的四个“市井奇人”，表明作者理想并未泯灭，开始到民间去寻找希望，已突破了本阶级的局限。它既可与楔子中的王冕形象相呼应，又体现了全书的主题与结构的密切联系。

全书思想一贯到底，构思严谨完整，布局和谐统一。这种结构形式既是对前人长短篇小说、史传文学结构艺术的继承，又是对自己所熟悉、理解的生活素材，进行艺术构思的结果。其审美效果亦如鲁迅先生所云：“如集诸碎锦，合为帖子，虽非巨幅，而时见珍异，因亦娱心，使人刮目矣。”[②]

《儒林外史》以独特的面貌出现在小说艺术舞台上。小说作者对艺术

---

① 吴敬梓：《儒林外史·闲斋老人序》（影印清嘉庆年卧闲草堂刻本），人民文学出版社 1975 年版，第 19 页。

② 鲁迅：《中国小说史略》，上海古籍出版社 1998 年版，第 156 页。

使命感的明确表现，小说接触的生活的方面和角度，以及表现人物手段直到小说的结构，在中国小说史上都是独树一帜的。可以说，无论是从内容上还是从艺术表现手法上，《儒林外史》所开拓的路子迅速引起了一些与现实生活接触密切、对社会崩溃较为敏感的作家的关注。晚清谴责小说的出现，便是《儒林外史》艺术精神的延续。《儒林外史》也因此而被视为近代社会小说的鼻祖。几部稍有特色的晚清小说如《二十年目睹之怪现状》《官场现形记》《孽海花》《老残游记》等，从撷取生活的方法到结构都无不深受《儒林外史》的影响。从某种意义上来看，鲁迅先生的冷峻的风格也不无《儒林外史》的痕迹。因此，可以说，《儒林外史》开拓的道路是直接通向和融入现代文学的。因为从艺术的实质来看，《儒林外史》与现代小说观念最为接近，它的出现，标志着中国小说古典型向近代型的过渡。

原载《湖北大学成人教育学院学报》1999 年第 6 期

中　编

孔尚任的传奇理论初探

在中国戏曲史上，以“南洪北孔”著称于世的孔尚任，不仅是一位著名的戏剧作家，同时也是一位杰出的戏剧理论家。他的戏剧理论，涉及内容相当广泛，从人物形象的塑造、戏剧结构的安排，到曲词、宾白、科诨的运用，以及戏剧的艺术特点和戏剧的社会作用等，均有所论述。而其主要理论建树则集中在传奇观、史剧观、结构论等方面。他的戏剧理论和他的戏剧创作，构成了一个有机的整体，体现了17世纪中国古典戏曲发展的成就。本文仅就他的“传奇观”作初步的探讨。

中国古典戏曲在自己的发展过程中，在创作题材和表现手法上，都形成了自己鲜明的特点，中国古代戏剧理论就是在阐述和总结这些特点的基础上产生与发展的。孔尚任的“不奇而奇”的传奇观，所体现的正是他对戏曲创作富有特色的认识。《桃花扇小识》云：

> 传奇者，传其事之奇焉者也，事不奇则不传。桃花扇何奇乎？妓女之扇也，荡子之题也，游客之画也，皆事之鄙焉者也。为悦己容，甘剺面以誓志，亦事之细焉者也；伊其相谑，借血点而染花，亦事之轻焉者也；私物表情，密缄寄信，又事之猥亵而不足道者也。桃花扇何奇乎？其不奇而奇者，扇面之桃花也；桃花者，美人之血痕也；血痕者，守贞待字，碎首淋漓，不肯辱于权奸者也；权奸者，魏阉之余孽也；余孽者，近声色，罗货利，结党复仇，隳三百年之帝基者也。帝基不存，权奸安在？惟美人之血痕，扇面之桃花，啧啧在口，历历在目，此则事之不奇而奇，不必传而可传者也。

通过对桃花扇故事“不奇之奇”的论述，孔尚任清楚地表明了他的传奇观。这里，孔尚任所谓的“不奇”，是指人物、情节像生活本身那样自然，没有离奇变幻的色彩；所谓的“奇”，则是指其中所包含的不同凡俗的深刻意义。在孔尚任看来，被人鄙焉、轻焉，视为不足道的桃花扇故事，之所以值得传写，就在于它在平凡的生活事件中，蕴含了丰富深刻的历史内容。那里的妓女、荡子、游客，既是普通的人，又是特定历史时期政治斗争中的成员。桃花扇上的血痕，不仅记录着男女主人公的特殊遭遇，同时也和权奸余孽兴风作浪、“帝基不存”的特定历史内容联系在一起。“桃花扇底系南朝”，此即所谓“不奇而奇，不必传而可传者也”。孔尚任从生活现象的自然形态中，发现了它们与历史的联系，从偶然的生活际遇中，看到了社会矛盾的必然结果。因此，他不仅把被人鄙之、轻之，视为不足道之事引入传奇创作，而且尤其强调从这些不奇之事中发现不寻常的意义。他提醒剧作家不但要注意生活中的“奇事”，还要善于从那些“不奇”之事中，提炼出“奇”的内容来，从而为戏曲创作开辟出一个新的、更为广阔的天地。

“不奇而奇”传奇观的提出，是孔尚任对中国古典戏曲美学的重要贡献。它既是对“非奇不传”的传统理论的补充和发展，也是对清初进步戏剧家成功创作经验的总结。它不仅标志着我国古代戏剧理论在创作思想方面的新成就，同时也体现了清代初年人们审美心理的更高层次的变化。

在中国古典美学中，“奇”是一个十分古老的观念。早在先秦时期，庄子就曾提出“其所美者为神奇，其所恶者为臭腐”（《庄子·外篇·知北游》）。把“神奇”视为肯定和赞美的对象。汉人王充更进一步提出“论以文墨验奇。奇巧俱发于心。其实一也”（王充《论衡·超奇篇》）。在古代文学发展的长河中，“奇”的概念被广泛地运用在诗论、文论、画论等各个方面。其内涵也十分灵活。《文心雕龙·体性》中所谓“新奇者，摈古竞今”，既是指内容而言，同时也包括了形式；而李商隐《李长吉小传》对杜牧关于李贺论述的评价“状长吉之奇甚尽”则是指诗人的创作个性和风格。宋人胡仔评“江西诗派”云“清新奇巧，是其所长”（《苕溪渔隐丛话》），则是指写作技巧。在叙事文学中，“奇”通常用来指内容和题材。“非奇不传”是中国古代戏曲的一种特定的美学标准。亦如李渔所说“古人呼剧本为传奇者，因其事甚奇特，未经人见而传之，是以得名，可见非奇不传”（李渔《闲情偶寄·词曲部·结构第一》）。“传奇不奇，散套成套”（冯梦龙《王骥德〈曲律〉叙》），曾经是明人对戏曲创作的严厉批评。作者以“奇”取胜，观者以“奇”论之，这也是中国古代叙事文学发展中的一个十分引人注目的现象。从以搜奇纪异为内容的汉魏六朝志怪小说，到“着意好奇，假小说以寄笔端”的唐人传奇，虽然“奇”的内容已有所不同（唐以后的作品增加了更多的社会内容），但以“奇”取胜始终是它们的显著特点。即使在反映时代风貌方面取得了巨大成就的元人杂剧中，也有不少偶然际遇、神仙道化等奇异内容，具有浓厚的传奇色彩。明传奇兴起之后，剧作家们更为明确地提出“传奇，纪异之书也。无传不奇，无奇不传”（倪倬《二奇缘小引》）。这一时期的戏曲作品，有意传奇的色彩更为浓厚。其中既有以汤显祖的《牡丹亭》为代表的浪漫主义优秀之作，也有一些刻意追求离奇巧合的传奇作品。

与此同时，值得注意的是，明代中叶以后，新兴市民阶层的兴起，在文学上也提出了自己的要求，“奇”的观念，逐渐出现了分化。一方面，随着《金瓶梅》、“三言”“二拍”等小说的相继问世，以写“世情”代替“搜奇纪异”的呼声开始出现。人们不再满足于以“耳目之外，牛鬼蛇神为奇”，而注意到“耳目之内，日用起居，其为谲诡幻怪，非可以常理测者固多也”[①]。并进一步认识到“天下之一真奇，未有不出于庸常者”[②]，提出了“无奇之所以为奇”[③] 的命题。另一方面，在戏曲领域内，以传奇观的讨论为中心的关于戏曲创作方法及其规律的探索，也得到了进一步深入。持不同艺术见解的人，从不同的方面，对“奇”的内容和形式作了新的解释。部分人认为：“传奇者，事不奇幻不传，辞不奇艳不传，其间情之所在，自无而有，自有而无，不魄奇愕胎者，亦不传”（茅瑛《题牡丹亭记》）。在他们看来，“奇”情，是戏剧所要表现的重要内容。另一部分人则在对当时的一些“无头无绪，只求闹热，不论根由，但要出奇，不顾文理”“怪幻极矣”的作品表示不满的同时，提出了新的创作主张。张岱以《琵琶》《西厢》为例，指出：“布帛菽菜之中，自有许多滋味，咀嚼不尽，传之永远，愈久愈新，愈淡愈远。他赞扬《西楼

① 空观主人：《〈拍案惊奇〉序》，载周伟民等《历代小说序跋选》，长江文艺出版社 1982 年版，第 111 页。

② 笑花主人：《〈今古奇观〉序》，载周伟民等《历代小说序跋选》，长江文艺出版社 1982 年版，第 129 页。

③ 睡乡居士：《〈二刻拍案惊奇〉序》，载周伟民等《历代小说序跋选》，长江文艺出版社 1982 年版，第 114 页。

记》“只一‘情’字，讲技、错梦、抢姬、泣试，皆是情理所有的，何尝不闹热、何尝不出奇”（张岱《琅嬛文集·答袁箨庵》）。张岱对《西楼记》的肯定，实则是对“情理所有”之奇的肯定。尤其值得注意的是，即使在创作上热衷于追求离奇巧合的李渔，在理论上也不得不承认，“凡作传奇，只当求于耳目之前，不当索诸闻见之外。……凡说人情物理者，千古相传；凡涉荒唐怪异者，当日即朽”（李渔《闲情偶寄·词曲部·结构第一·戒荒唐》）。在有关“奇”的论述中，对“情”和“情理”的探索，一时成为戏剧作家们共同关心的重要问题。从这里我们可以看到，从好奇转向求真，从单纯追求“事奇”到开始注重“情奇”，戏剧创作主张的这种变化，和小说理论中“奇”的概念的变迁，相映生辉，互相补充，代表了明代中叶以后的一种新的文学思潮。

正是在这样的背景下，孔尚任在继承前人观点中合理因素的基础上，为“奇”的内涵注入了新的血液，形成了自己独特的“不奇而奇”的传奇观。这一传奇观的深刻性就在于，它既不同于脱离生活，一味追求怪幻离奇的片面的戏剧主张，也不是明代中叶以后开始的以世情、常情为奇的传奇观的简单重复。孔尚任没有仅仅停留在把日常生活引入戏剧创作的认识水平上，而是强调从日常生活中概括深刻的历史内容，从普通人的遭遇中反映社会矛盾，从而把从明代中叶以后开始的以世情、常情为奇的传奇观，升华到一个新的理论高度，标志着戏剧文学中现实主义的深化。

任何一种戏剧理论主张，都是植根于戏剧创作的土壤的。“不奇而奇”的传奇观，也是总结清初戏剧创作的成功经验、突破传奇创作中专以离奇故事和生造关目取胜的才子佳人剧作俗套的产物。

清代初年的剧坛，戏剧创作是相当繁荣的。一方面，经过大规模战争动乱的洗礼，一大批不愿降清或被迫出仕的汉族知识分子，不约而同地以戏曲的形式来抒发他们的亡国之痛，创作了一大批富有时代精神、借古喻今的历史剧。吴伟业的《秣陵春》《通天台》，陆世廉的《西台记》，茅维的《秦廷筑》等，都在不同的程度上表现了他们的故国之思和不屈不挠的斗争意志。

另一方面，与这些充满时代精神的历史剧相辉映的，是以李玉为代表的苏州派作家直接从现实生活中吸取创作源泉、按照生活的本来面目表现生活的剧作。《清忠谱》《万民安》《十五贯》等，作品以敢于揭示社会矛盾、善于描写斗争生活的特点，第一次把市民的形象搬上舞台，并以戏曲的形式直接过问政治上的重大事件，表现出深刻的思想和成熟的技巧。他们的创作，扩大了剧本的题材，繁荣了当时的剧坛，对戏曲创作的发展起了积极的作用。但是对于他们这种积极的创作实践，在当时还没有相应的理论上的总结——几乎与他们同时的戏剧理论家李渔，主张“为圣天子粉饰太平”，以取悦于人为戏曲创作的目的，没有也不可能把他们的创作总结到自己的理论中去。

同样值得注意的是，随着清朝政权的逐渐巩固，战争的暴风骤雨过去了，朝廷上下又开始出现了歌舞升平的景象。剧坛上儿女风情剧的创作又开始多了起来。李笠翁的《十种曲》、万树的《拥双艳三种曲》、黄隽之的《四才子》、裘琏的《四韵事》都在这一时期出现在舞台上。这些作品，不仅大多数内容不甚可取，在艺术表现手法上也一味追求情节的离奇，文辞的华丽。这是清初传奇创作中的一种消极倾向，正如孔尚任在诗中所说“时人哪知兴亡愁，旋学软调夸指搏”“我求雅乐太古遗，吴丝越管厌轻薄”（《湖海集·曹郎弦索行》）。针对剧坛上的“轻薄”之作，孔尚任继承和总结了清初历史剧创作与苏州派作家现实题材创作的经验，一反轻靡绮丽之风，提出了要求戏剧面对现实生活、概括历史内容的“不奇而奇”的创作主张，为戏剧创作指明了一条更为广阔而深刻的表现生活的途径，在当时具有不可低估的现实意义。

不仅如此，“不奇而奇”的传奇观对我们了解清代初年人们的审美心理也有重要价值。清代初年，刚刚经历了改朝换代的大规模血腥动乱的洗礼之后，以黄宗羲、王夫之、顾炎武为代表的一批有识之士，在长歌当哭之余，开始了严肃的历史反思。他们意识到，清廷固然烧杀掳掠、惨无人道，但是如果没有明朝君王的昏庸无耻、横征暴敛，时局也不致败坏到如此地步。于是一时间，研究历史、总结历史的经验教训，探索社会改革的方案，蔚然成风。“明末野史，不下百家”（全祖望），而明史的研究尤其突出。与这种社会氛围相联系的，是历史剧剧本的大量涌现并受到欢迎，以至于出现了“家家‘收拾起’，户户‘不提防’的盛况”（按“收拾起”，出自《千忠禄·惨睹》全出第一句“收拾起大地山河一担装”，“不提防”出自《长生殿·弹词》“不提防余年值乱离”）。经历了血腥动乱巨大创伤的人们，痛定思痛，他们既不再追求那种单纯猎奇的刺激，也不仅仅满足于那种对身边琐事的反复咏叹，他们要求从更广阔的角度、更深刻的意义上表现自己的感情和生活。“幻想的虚构所产生的畸形结合可能由于新奇而暂时给人以快感……但是突然的惊讶所供给我们的快感不久就枯竭了。因此我们的理智只能把真理的稳固性作为自己的依靠。”① 从平凡的日常生活中概括深刻的历史内容的“不奇而奇”的传奇观的提出，正是从一个侧面反映了人们的审美心理趋向于更高层次的变化，具有明显的历史反思的内容和鲜明的时代特点。

在研究“不奇而奇”的传奇观的同时，我们还注意到，孔尚任的传奇观，实际上也是他的整个思想体系的一部分。历来人们在研究孔尚任的思想的时候，往往都只注意到了他的民族思想的有无及其程度，而较少注意他思想的其他方面。事实上，孔尚任的思想是有一个完整的体系的。他的思想曾经受到清初进步思想家顾炎武和“颜李学派”的“经世致用”思想的极大影响，他的“不奇而奇”的戏剧创作主张，正是这种“经世致用”思想在文学上的反映。孔尚任生活的时代，正是中国早期启蒙思想形成并发展的年代。以“经世致用”为旗帜的顾炎武和“颜李学派”，是中国早期启蒙思想的重要代表。在思想上，顾炎武主张“凡文之不关于六经之旨，当世之务，一切不为”（《与人书》三）。反对明末王学的空谈，认为“舍经学无理学”，企图通过经史的研究达到唤醒人心、复兴民族的目的，提出了“保天下者，匹夫之贱，与有责焉”。在文学上，他认为“文须有益于天下”。强调“诗主性情，不贵奇巧”。（《日知录》）这些思想和观点在当时曾产生过巨大的积极影响，孔尚任的思想和创作都与当时的这种进步思想有着深刻的联系。

孔尚任生前和当时“颜李学派”的主要人物，颜元的弟子李塨有着密切的关系。孔尚任曾为李塨的《大学辩业》题词，他还曾专门写诗记载了他和李塨的结识，诗云：“倾慕侠名无地寻，忽逢燕市喜难禁。谁知小学才开讲，管葛原来赤子心。”（《燕台杂兴三十首》二十九）孔尚任罢官后，李塨也曾有诗写道：“紫阳寻春无处寻，罢官堂上暮云屯。琅开藤老环三经，车笠人来共一尊。此日何方留圣裔，昔年遗事说忠魂。升沉今古那堪忆，只羡君家旧石门。”（《恕谷诗集》卷下）他们之间的关系和相互了解，以及感情上的共鸣，是显而易见的。此外，孔尚任和清初的进步学者费密，也有非同一般的交往。他们不仅一起商讨学术，还曾共同考订

① ［英］约翰逊：《莎士比亚戏剧集序言》，转引自易漱泉等《外国文学评论选》上册，湖南人民出版社1982年版，第5页。

乐律。[①] 当时的进步学者吴街南，也是孔尚任的朋友，孔尚任诗集中，保留了他们多次相聚唱和的诗篇。[②] 尤其值得我们注意的，是孔尚任对当时的进步思潮所表现出来的积极赞同的态度。康熙二十六年（1687），孔尚任路过泰州学派代表人物王艮的故里，作《告王心斋先生文》云："维先生继阳明之后，崛起东海，力倡圣学，能使顽廉懦立，教化大行。读先生语录，提诲来学，切近明白，虽日用平常，而至道显著，不似训诂家迂阔繁杂，徒启天下以辩论之端。"（《湖海集·告王心斋先生文》）表明了他对王学左派的赞同和肯定。也就在同一年，孔尚任有感于"去圣日远，圣道日微"，编辑了一本《圣贤事迹歌》，在这本书的序中，孔尚任写道："说者曰：六经皆载圣言，王制不习此者，不得与于仕进，岂非教人尊圣之良法哉？虽然，由仕进而习六经，则六经亦仕进之书已！讲义拟题，师传弟授，曾何补于人心世道之故？"[③] 孔尚任是反对把"六经"只当作仕进之书来读的，比起仕进之事来，他更注重的，是有"补于人心世道"。并特别强调从一点一滴的实处做起，《答费此度》在这方面提供了很好的材料。孔尚任在给他的这位老朋友的信中说：

> 昨晚快论，各发胸臆，虽不能不稍有异同，然皆真知确见，非依旁附和之谈，直、谅、多闻、正可彼此相借耳。归来细思先生之论，主于尊经，乃圣学之津梁。街南之论，主于诚意，亦人心之砥柱。而愚见主于格物者，乃小学末艺。譬诸洒扫应对，盖亦恐人驰骛高远，将耳目所及者，毫不经意，未免又趍于省事一路，故不惮于最粗于最浅者，触类旁通，必求无疑而始慊。此下学上达困知勉行之次第，况《大学》齐治均平，皆始于格物。愚何敢躐等以自谬于家学，且背两先生尊经诚意之旨也。[④]

---

① 孔尚任：《湖海集·成都费此度屡访论学》："同坐春风花好日，忘言却到古皇时"，汪蔚林：《孔尚任诗文集》第1册，中华书局1962年版，第69页；《答费此度》："乐律深邃精微，非狂鄙所能窥……新秋凉爽，肯命驾相商。期于尽是。"载汪蔚林《孔尚任诗文集》第1册，中华书局1962年版，第531页。

② 孔尚任：《湖海集·吴街南过访》，载汪蔚林《孔尚任诗文集》第1册，中华书局1962年版，第173页。

③ 汪蔚林：《孔尚任诗文集》第3册，中华书局1962年版，第442页。

④ 同上书，第570页。

这里，孔尚任所表述的观点，与颜元提倡的重习行和践履的思想，与颜元对“格物论”的朴素唯物主义解释有着惊人的相似之处。不仅如此，孔尚任在李塨《大学辩业》题词中更为明确地写道：“予自少留意礼、乐、兵、农诸学，亦稍稍见之施行矣。未敢自信，今读恕谷先生《大学辩业》，何其先得我心欤!”[①] 主张“经世致用”，提倡有利于国计民生的学问，在这一点上，孔尚任与“颜李学派”的观点是相当一致的。也正是这些进步观点，构成了孔尚任“不奇而奇”的传奇观的思想基础，使他能够从那些看似“鄙”“轻”“细”的平凡的生活事件中，发现具有深刻历史内容的“奇”的因素，并把表现这些“不奇而奇”之事作为自己的创作内容，以期达到用戏曲“惩创人心，为末世之一救”的目的。

事实上，孔尚任也正是用他的戏曲抒发了一代兴亡之感，用他的戏曲发出了对“天下兴亡，匹夫有责”的时代呼唤的回应。了解了孔尚任的“不奇而奇”的传奇观是他“经世致用”思想的一部分，我们也就可以更深刻地理解他对《桃花扇》创作所采取的极为严肃的态度，更全面地了解《桃花扇》的基本思想。也就是在这样的意义上，我们说“不奇而奇”的传奇观具有鲜明的时代色彩。

原载《文学与语言论丛》，湖北人民出版 1989 年版

① 汪蔚林：《孔尚任诗文集》第 3 册，中华书局 1962 年版，第 497 页。

孔尚任史剧理论简论

在中国戏曲史上，孔尚任是一位以历史剧创作见长的剧作家。梁启超先生曾评论说："云亭作曲，不喜取材于小说，专好把历史上实人实事，加以点染穿插，令人解颐。这是他一家的作风，特长的技术。这种技术，在《小忽雷》着手尝试，到《桃花扇》便完全成熟。"① 这段话确是一语中的。孔尚任不仅在历史剧的创作方面有很高的成就，同时，他还在自己的创作实践的基础上，为历史剧创作理论的发展做出了新的贡献。孔尚任以历史真实为中心，围绕历史剧创作中的艺术虚构、春秋笔法，以及历史剧的作用等问题，进行了一系列精辟的阐述，把我国古代戏剧理论中的史剧理论提高到一个新的水平。

一

历史剧作为一种独立的文学形式，既有和其他文学形式相同的一面，也有它自身的特点。否认或者忽视这种特点，历史剧也就失去了独立存在的价值。因此，如何把握历史剧的特性，一直是历史剧创作和史剧理论研究中人们关注的焦点。对于历史剧的特性，孔尚任的认识可以说是十分明确而深刻的。一方面，他对历史剧的历史真实给予了高度重视；另一方面，他也对历史剧的特殊艺术表现手法作了具体的阐述。

在孔尚任看来，历史真实是历史剧创作的基础。早在《小忽雷》剧本中，他就声称："传奇家强半是平空造，只此事班班可考，又当把天宝开元遗闻话一遭。"（《平章荐士》第四十出）在他眼里，历史题材的剧本

① 梁启超：《著者略历及其他著作》，载《饮冰室合集·专集之九十五·桃花扇注》，中华书局 1941 年版，第 7 页。

和一般传奇家“平空造”的作品是有区别的。历史题材的作品其史实应“班班可考”。这种认识，在《桃花扇》的创作中得到了进一步发展。孔尚任在叙述自己创作《桃花扇》的经过时说：“予未仕时，每拟作此传奇，恐闻见未广，有乖信史。”（《桃花扇本末》）在《桃花扇凡例》中，他又作了这样的说明：“朝政得失，文人聚散，皆确考时地，全无假借；至于儿女钟情，宾客解嘲，虽稍有点染，亦非乌有子虚之比。”在《桃花扇》中，他又通过老赞礼之口说：“借离合之情，写兴亡之感，实事实人，有凭有据。”（试一出《先声》）很明显，和西方古典文艺理论家把悲剧和史剧合为一体，更强调艺术的想象和虚构不同，孔尚任是更重视历史的真实性的。对历史真实的强调，在孔尚任的史剧理论中占有核心的地位，可以说是他的全部史剧理论的支撑点和基本点。那么，应该如何评价孔氏的这种观点呢？

首先，我们认为，孔尚任的这种主张是符合历史剧应有的特点的。历史剧独特的美学价值，就在于它能够通过对国家和民族命运具体的、形象化的描写，为我们揭示历史的客观规律，造成引人深思、发人醒悟的艺术效果（按：这里不包括“历史故事剧”）。历史剧的任务“是反映历史的实际情况，吸收其中某些有益的经验，对广大人民进行历史主义爱国主义教育”[①]。而剧作家的任务则是“通过艺术形象对此一历史事件还它个本来面目，而在此本来面目中，既有正面教训，也有反面教训”[②]。历史剧自身的审美价值和它的题旨，决定了历史剧和历史的规定性、客观性有着密切的、直接的联系。历史剧取材于历史上发生过的重大历史事件和历史上存在过的重要历史人物，它所反映的重大事件和主要人物都是实在的，而不是虚构的。历史剧的情节，不能由作者任意驰骋想象，而必须受到外界进展的一连串事件的制约。历史剧中的种种引人深思、发人醒悟的主题，也只有从纷纭具体的历史事件中生发。在这里，历史毫不推让地坐上了第一小提琴手的席位，给文学定好合奏的基调。正如英国戏剧理论家阿契尔所说：在处理历史题材或传说题材时，“剧作家应当清晰而有趣地发展他的故事这样一种必要性。……除此而外，他还增加了另外一种责任，那就是：

① 吴晗：《谈历史剧》，《文汇报》1960 年 12 月 25 日。

② 茅盾：《关于历史和历史剧》，《茅盾评论文集》（下），人民文学出版社 1978 年版，第 202 页。

不应公然违反或者无视那些家喻户晓的知识或成见"①。对历史剧的创作来说，故事的发展必须受制于人们熟知的历史真实。抽掉了历史剧与历史具体性、客观性的联系，否认历史对历史剧的制约，历史剧也就失去了独立的价值。孔尚任对历史剧创作中历史真实的强调，既是为了防止历史剧对历史的任意篡改和歪曲，也是为我们全面认识历史剧奠定正确的前提。

其次，我们认为，孔尚任关于历史真实的论述，对表现历史真实，实现历史真实与艺术真实的统一，也有十分重要的意义。历来关于历史题材作品的讨论，无论是历史小说还是历史剧，往往都集中在历史真实和艺术真实的关系上，但其中对历史真实的理解，又不尽相同。有人认为，历史真实要求有重大历史事实的真实性，而相当多的人则认为，如同其他以历史为题材的文学形式一样，历史剧所要达到的是历史本质真实和艺术真实，而不要求历史事实的真实，因为它是"剧"，而不是"史"。孔尚任所主张的历史真实，固然是指重大历史事实的真实，但这并没有妨碍他对历史本质真实的表现。我们认为，将历史事实的真实与历史本质真实割裂开来，以为二者只有对立，没有统一的观点，是一种形而上学的表现。因为任何事物的本质和现象的关系，总是相互渗透、显示的关系，历史事实本身固然不能直接等于历史的本质，但舍弃了历史本身同样也无法表现历史的本质。很难设想，失去了历史本来面目的历史剧所表现出来的历史本质，能使人信服，给人教益。至于艺术真实，它也离不开形象，离不开活生生的生活形态，抛弃了历史本身，也就抛弃了生活的全部复杂性、生动的形象性，最多也只能把历史剧变成某种历史规律的概念化图解，某种原理的化妆说教。总之，历史的本质或艺术的真实都离不开历史。历史剧作者的独特功力，就在于根据史实进行选择、概括和开掘，把"历史事件戏剧化，把历史人物性格化"，创造出艺术形象体系来表现历史真实，达到历史真实和艺术真实的统一。

在孔尚任的年代，他当然还无法提出历史真实和艺术真实统一的命题，但他却通过《桃花扇》的创作，为我们提供了实现历史真实与艺术真实统一的有效途径。《桃花扇》的历史真实和艺术真实，都是以重大历史事实的真实为基础而实现的，其中不少情节，甚至就是史实。《桃花扇》的成功创作表明，在历史剧的创作中，重大历史事实的真实性，是

① ［英］威廉·阿契尔：《剧作法》，吴钧燮等译，中国戏剧出版社1964年版，第130页。

不容忽视的，不应把重大历史事实的真实排斥在历史剧创作通向历史本质真实的康庄大道之外，重大历史事实既可以是史学研究的对象，也可以成为文学形象体系的一部分。这个经验，对纠正我们今天史剧创作中的某些胡编乱造倾向，提高历史剧创作的水平和质量，仍然是有益的。

尽管孔尚任对历史真实高度重视，但他对历史剧特点的认识，并非到此为止。他对历史真实的强调，虽然受到清代盛行的考据学风气的影响，但并不同于清代一般考据学家的做法，而是在强调历史真实的同时，并不排斥历史剧中的虚构。但他认为，这种虚构，又必须有所限制，这就是“至于儿女钟情，宾客解嘲，虽稍有点染，亦非乌有子虚之比”（《桃花扇凡例》）。这里，孔尚任实际上已经涉及了历史剧创作中如何进行虚构的问题。“稍有点染”和“非乌有子虚之比”是孔尚任提出的历史剧虚构的两条原则。如果用现代语言来解释，那就是：历史剧的虚构，只能在历史提供的事实和可能趋向的基础上进行，而不能由作者任意驰骋想象，更不能凭空杜撰。在这方面，《桃花扇》剧本提供了最好的注脚。《桃花扇》中的不少关目，都是孔尚任在历史提供的事实的基础上，“稍有点染”虚构的。以人们熟悉的表现香君性格的重场戏——“却奁”为例，我们可以清楚地看到这一点。从侯朝宗的《李姬传》中我们知道，当年为阮大铖拉拢侯朝宗的，并不是杨龙友，而是一位不知名的王将军，阮大铖也并不曾为侯方域赠送妆奁，香君当然也无“却奁”之举。但阮大铖自防乱公揭刊播之后，确实曾派人拉拢过侯朝宗，侯朝宗不为阮大铖所收买，也确实颇得“慧而侠”、见识过人的李香君的提醒。因此，在历史提供的事实的基础上，根据人物性格的逻辑，孔尚任把不知名的王将军换成了“善书，有文藻，好交游——以豪侠自喜，颇推奖名士”（《明史·杨文聪传》）的杨龙友，把阮大铖派人灌酒招舫拉拢侯朝宗之事，发挥为派杨龙友赠妆奁，把李香君劝侯朝宗择友之言改变为却奁之举，创造了“却奁”这一精彩的情节。这也就是“史学家搁笔的地方，便须得史剧家来发展”①。在孔尚任看来，历史剧的虚构，在内容上是以“稍有点染”为特点的。在虚构的表现形式上，则多以生活插曲的方式出现，即所谓“儿女钟情”“宾客解嘲”是也。因为在历史剧中，“由于时间的进程本身十

① 郭沫若：《历史·史剧·现实》，《沫若文集》第13卷，人民文学出版社1961年版，第16页。

分确定，以致机会、不确定的事件和自由只能以插曲的处理手法出现，以便保持平衡而使描写逼真”①。我国古代作家和民间艺人在处理历史题材时，也往往采用“善扣鼓者，多打鼓边；善说古者，多说别致”（清·纪堂《俗话倾谈》自序）的手法。

孔尚任是深得史剧创作之三昧的，他对在史实基础上进行虚构并以生活插曲形式出现的“却奁”，不仅有助于李香君这一形象的性格化、立体化，而且在戏曲结构上，也显示了十分重要的意义。正如“却奁”总评指出的：“秀才之打也，公子之骂也，皆于此折结穴。侯郎之去也，香君之守也，皆于此折生隙。”“逮社”中所表现的阉党阮大铖与复社文人尖锐冲突的根芽，也早在“閧丁”“却奁”“闹榭”这些虚构的插曲中就已萌发。孔尚任之所以把由吕大器等人首倡的“七不可立”之说，归诸史可法和侯方域，并不是随心所欲，而是因为“七不可立”之说，实际上反映了东林党人和复社文人对福王朱由崧的共同看法。作者通过侯方域、史可法之口道出“五不可立”之说，正是以历史根源为基础表现历史发展的可能性，“亦非乌有子虚之比”。此外，《桃花扇》还为我们提供了诸如挪动时间、移花接木、增事渲染等诸种虚构方式，从而进一步把史实的运用和艺术形象体系的创造紧紧结合在一起。在不改变基本历史事实的前提下，为了使戏剧矛盾更集中，戏剧性更强，孔尚任把福王弃城出逃后十二天发生的事情集中在两天之内叙述；并把史可法遇害的时间由福王出逃前挪在福王出逃之后。还把左良玉受监军御史黄澎之激，发兵“清君侧”之事，改为苏昆生为救侯方域而请左良玉发兵。同时，为了充分表现阉党余孽与复社文人的矛盾冲突，孔尚任还增加了侯朝宗下狱、柳敬亭下狱、三才子会狱等细节。

总之，在尊重历史实事的前提下，发挥一定程度的艺术虚构的作用，并把历史真实与艺术真实相统一的现实主义原则，独特、具体地运用到历史剧的创作中来，孔尚任在他的《桃花扇》中为我们做出了杰出的范例。

二

从历史剧的特点出发，孔尚任还对历史剧的倾向性和社会作用进行了阐述。

---

① ［英］埃德温·缪尔：《论历史小说》，《文艺理论研究》1983年第1期。

孔尚任主张写历史剧要和写历史一样，用“春秋笔法”。在《桃花扇·先声》中，他借老赞礼之口说：“从来填词家不著姓氏，但看他有褒有贬，作春秋必赖祖传，可咏可歌，正雅颂岂无庭训。”作为孔子的后代，孔尚任是颇以此为荣的，对家传的“春秋笔法”更是铭心不忘。在历史剧的创作中，对历史真实的反映是一种能动的反映，剧作家总是用一定的观点来评价历史事件和人物的。因而历史剧不仅能真实地反映历史事件，同时也反映出剧作家对这些事件和人物的态度。这种态度，在孔尚任看来，就应该用“春秋笔法”来表现。所谓“春秋笔法”是指以“一字为褒贬”，而含有“微言大义”。即在客观的叙述中表明作者的褒贬爱憎，这种褒贬爱憎，不是作者任意贴上去的，而是从作者的具体描写中自然流露的。中国古代史学家的这种“史笔”，被孔尚任引入了自己的史剧理论和史剧创作。在《桃花扇》中，除了“以一字为褒贬”的手法外，我们还看到，对倒行逆施的阮大铖，作者“俱从实录，又将阮胡子得意骄横之态，极力描出，如太史公志传，不加贬刺而笔法森然”（暖红室本《桃花扇》，《逮社》总评）。对飞扬跋扈的四镇之将，作者则从“各人心事，各人身份，各人见解”写来，并从中表现出作者“无伤人情、不妨天理”的“春秋之责”和“诛心之论”。（暖红室本《桃花扇》，《劫宝》总评）对正面人物史可法，作者既通过“誓师”“沉江”等关目写出他“忠义激发神气宛然”的民族英雄高大形象和作者的崇敬赞美之情，又通过“争位”“移防”等情节描写，表现出作为历史人物史可法的真正弱点。同样，对复社文人，作者既突出地表现了他们正直的品质和正义的斗争，同时也通过“访翠”“眠香”“闹榭”的描写，对这批贵族公子在国家兴亡的紧急关头，仍沉迷于声伎享乐之中，“不管风烟家万里”而流露出微词。孔尚任关于历史剧创作中“春秋笔法”的提倡之所以值得我们重视，就在于这种“春秋笔法”对事件和人物的评价，是从历史本身出发，并通过具体描写而表现的。它既反映了作者的思想倾向，也反映了历史的真实。认真研究并运用这种“春秋笔法”，对解决历史剧创作中的真实性与倾向性的关系，无疑有着十分积极的意义。

对历史剧作用的阐述，是孔尚任史剧理论的另一个十分重要的内容。孔尚任并不是一个单纯的怀古主义者，他的历史剧创作，不仅仅是为了发思古之幽情，“场上歌舞，局外指点”，而是为了让人们知道：“三百年基业隳于何人？败于何事？消于何年？歇于何地？不独令观者感慨涕零，亦可惩创人心，为末世之一救”（《桃花扇小引》）。可见，反映历史本身并不是目的。因为“我们对于过去事物之所以发生兴趣，并不是因为它们有一度存在过。历史的事物只有在属于我们自己的民族时，或是只有在我们可以把现在看作过去事件的结果，而所表现的人物或事迹在这些过去事件的联锁中，形成主要的一环时，只有在这种情况下，历史事物才是属于我们的”①。孔尚任对南明历史的兴趣正是由此产生的。他除了在对南明历史的描绘中寄托亡国之痛以外，还希望通过对南明历史的形象化的总结，通过对历史人物的褒贬，以达到用南明的教训去惩创人心、匡正时弊的目的。而他之所以选择戏曲的形式来表达自己的思想感情，也就是因为戏曲“于以警世易俗，赞圣道而辅王化，最近且切”（《桃花扇小引》），具有巨大的社会作用。

不难看出，对于历史剧的社会功能，孔尚任更重视的是它的认识教育作用。然而，这种认识教育作用，又不同于一般士大夫对戏剧有关风化的要求。孔尚任所强调的，是对历史兴亡规律的认识，即所谓“三百年基业隳于何人？败于何事？”他所要求的，是对人们进行历史经验的教育。为了正确评价孔尚任对历史剧作用的论述，我们有必要对历史剧的作用的理论进行一点扼要的阐述。在历史和文学的关系问题上，多年来我们一直十分强调二者的区别：前者所具有的是认识价值，后者所具有的是审美价值。这无疑是正确的。但如果因此而排斥它们之间的任何联系，认为剧和史是绝对对立的，则是一种形而上学的简单化的误解。历史剧之所以要把历史加以戏剧化，正是人们不能满足于把历史和戏剧分裂成为完全对立的两个领域的结果。历史剧所具有的那种真切感受和深刻理解之间的互相渗透的审美快感，是历史科学所没有的，而它在具体的艺术形象中更直接地带给人们以关于宏观世界发展规律的启示，又是其他文学形式很难代替的。这二者既是历史剧所能引起的最深切的效果，也是历史剧之所以产生、存在并继续发展的原因。在人类所进行的艺术欣赏中，感受与理解的彼此制约而又诱发的联系是具有必然性的。所以孔尚任在强调历史剧认识作用的同时，并没有忘记历史剧的艺术功能。他所说的“惩创人心，为末世之一救”的认识作用，是通过“场上歌舞，局外指点”的艺术方法和“令观者感慨涕零”的艺术力量来体现的（《桃花扇小引》），这就是

① ［德］黑格尔：《美学》第1卷，朱光潜译，商务印书馆1979年版，第346页。

孔尚任对历史剧作用的多层认识。

另外，孔尚任对历史和文学各自的特点以及二者的结合也表示了极大的兴趣和注意。康熙乙未年春，他在《在园杂志序》中评价友人刘廷玑的笔记时，曾经发表过这样的意见："古之秉史笔者，其体严，其书直。若野史杂记，又多恩怨好恶之口。今在园所著，潇洒历落，于人无嫌，于世无忌，读之者油然以适，跃然欲舞，且悉化其豁刻凌厉之气，不知何所本而变史笔为写心怡情之具，以感人若是耶？……其作史之笔，仍然作诗之笔也。古以太史采风，今以乐府演史，史与诗，盖二而一者也。"① 孔尚任对于史笔"其体严，其书直"的特点和诗笔"写心怡情"的特征，都有深刻的理解。他关于"写史之笔"与"写诗之笔"的论述，实际上也是他的史剧观的一个很好的补充。《桃花扇》便是"以乐府演史，史与诗，盖二而一"的杰作。它在严谨的"史"的框架中，容纳了丰富的、戏剧化了的"诗"的内容，在获得动人心魄的艺术效果的同时，充分显示了它的认识教育作用。

三

《桃花扇》的成功创作，标志着我国古代历史题材的戏曲创作达到了一个新的水平，孔尚任的史剧理论，则代表了我国古代史剧理论的新成就。回顾中国古代历史剧创作和史剧理论的发展脉络，我们可以看到，和中国古代小说一开始就和讲史说书有着血缘关系的情形不同，中国古典戏曲最初是取材于民间故事的。无论是南戏"荆、刘、拜、杀"四剧，还是高明的《琵琶记》，以及关汉卿的《窦娥冤》，都是如此。正如王骥德指出的："古戏不论事实，亦不论理之有无可否，于古人事多损益缘饰为之，然尚存梗概。后稍就实，多本古史传杂说略施丹垩，不欲脱空杜撰。迩始有捏造无影响之事以欺妇人、小儿者，然类皆优人及里巷小人所为，大雅之士亦不屑也。"② 也就是说，不同时期的不同作者，对待历史的态

① 孔尚任：《在园杂志序》，载汪蔚林《孔尚任诗文集》第3册，中华书局1962年版，第494页。

② 王骥德：《曲律·杂论三十九（上）》，载《中国古典戏曲论著集成》（四），中国戏剧出版社1980年版，第147页。

度是不尽相同的。在元杂剧中，大量取材于历史的作品，其主题大都是伦理性的“劝善惩恶”，或是间接的“借他人酒杯，浇自己块垒”。早期的杂剧作家们，更多的是从个人品质的角度出发来观察和表现生活的。因此，在他们的笔下，历史英雄超人的智勇，历代皇帝的风流逸事，文人学士的儒雅韵事，以及历史上的忠臣孝子、邪佞小人，便成了主要描写对象。剧作家们是要通过给“公忠者雕以正貌，奸邪者刻以丑行”[①] 来达到“寒奸雄之胆而坚善良之心”[②] 的目的。在这里，客观的历史事件和历史人物都只是人们借题发挥的影子，起决定作用的是作者的道德标准和感情色彩。人们根据自己的爱憎好恶，想象创造出许多历史上没有的故事，如杨门女将的故事和“三国戏”中刘、关、张的许多故事，这离历史剧的要求还相距甚远。

昆曲兴起之后，大批文人学士在诗文创作之余，纷纷投入戏曲创作，他们丰富的历史知识和审美趣味，使上述情形发生了变化。继《浣纱记》之后，出现了《精忠旗》《义烈记》《双忠记》《奇节记》《八义记》《鸣凤记》等一大批较为严格的取材于历史的剧本。这些作品，继承了元杂剧褒忠贬奸的主题，而在历史素材的处理上，则采取了比较严谨的态度。《浣纱记》以“不用春秋以后事”[③] 为批评家所称道，《精忠旗》的出现，则是由于人们不满于“旧作《精忠记》，俚而失实，于是西陵李梅实从正史本传，参以《汤阴庙记》，编成新剧”。（冯梦龙《精忠旗》序，见《墨憨斋定本传奇》）《义烈记》演东汉党锢事，“俱本汉书列传”[④]。《双忠记》演唐人张巡、许远事迹，“记中情节，均属史迹，大抵依附《唐书》编制而成”[⑤]。“就实”不仅成为一时戏剧创作之风气，而且也成为戏曲批评家评论戏剧曲的一个重要标准。祁彪佳在批评传奇《举鼎记》时，曾经十分尖锐地指出：“此古本也，词不大失，然终非深解音律者。

① 吴自牧：《梦粱录》，载《东京梦华录（外四种）》，上海古典文学出版社 1956 年版，第 311 页。

② 雪蓑渔者：《宝剑记序》，载马蹄疾编《古典文学研究资料汇编·水浒资料汇编·卷一》，中华书局 1980 年版，第 78 页。

③ 徐复祚：《曲论》，载《中国古典戏曲论著集成》（四），中国戏剧出版社 1980 年版，第 239 页。

④ 庄一拂：《中国古典戏曲存目考》中卷，上海古籍出版社 1982 年版，第 865 页。

⑤ 庄一拂：《中国古典戏曲存目考》上卷，上海古籍出版社 1982 年版，第 98 页。

史传所记伍员事绝不一及，惟以己意续之，真是点金为铁手。”① 在批评《金盃记》时，他又说：“于忠肃公昭代伟大，事功方勒钟鼎，而传之者乃掇拾一二鄙亵之事，敷以俚词，令人肌粟。”② 徐复祚评论《浣纱记》，既以“不用春秋以后事”为其优点，又以作者忘记了吴、越“称王已久”的历史事实，且称夫差、勾践为“主公”为其“最可笑处”。在他们看来，不依史实，而以己意续之，不取历史人物的主要英雄事迹而掇拾于鄙亵之争，忽视特定的历史背景，都是不足取的。他们的这些论述，虽然已经初步涉及历史剧创作的一些特点，但并没有很好地解决历史与文学的关系问题。因此，他们创作的剧本，往往由于过分拘泥于史实而丧失了文学性，因而也就不能不遭到另一部分人的反对。如谢肇淛在其《五杂组》中就说过：“凡为小说及杂剧戏文，须是虚实相伴，方为游戏三昧之笔。亦要情景造极而止，不必问其有无也。古今小说家如《西京杂记》、《飞燕外传》、《天宝遗事》诸书，《虬髯》、《红线》、《隐娘》、《白猿》诸传，杂剧家如《琵琶》、《西厢》、《荆钗》、《蒙正》等词，岂必真有其事哉！近来小说稍涉怪诞，人便笑其不经，而新出杂剧，若《浣纱》、《青衫》、《义乳》、《孤儿》等作，必事事考之正史，年月不合，姓字不同，不敢作也。如此，则看史传足矣，何名为戏？”应当指出：谢肇淛强调文学创作中的虚构是不错的，由于当时历史剧自身的不成熟，他对历史剧的特点和价值缺乏正确的认识，也是不足为奇的。

作为昆曲余势的清初传奇，在历史题材的戏曲创作中呈现出更为复杂的情形。一方面出现了一批如《千钟禄》《清忠谱》等“事俱案实”，“足补史传之阙”的作品，另一方面，也出现了一批如《秣陵春》《渔家乐》等事虽幻妄，但作者隐寓亡国之痛，“凿空撰出”的描写历史故事的作品。面对历史题材创作中的这两种分枝，清初戏曲批评家李渔提出了“虚则虚到底，实则实到底”③ 的创作主张。但他仍然是用历史学家的实录式的历史真实标准要求历史剧创作，同样没有从根本上解决历史和文学的关系问题。

---

① 祁彪佳：《远山堂曲品》，载《中国古典戏曲论著集成》（六），中国戏剧出版社 1980 年版，第 84 页。

② 同上书，第 105 页。

③ 李渔：《闲情偶寄 · 词曲部 · 结构第一》，载《中国古典戏曲论著集成》（七），中国戏剧出版社 1980 年版，第 21 页。

在历史剧的创作中，较好地处理了历史和文学的关系的是孔尚任。孔尚任继承了我国古代历史题材戏曲创作中褒忠贬奸的主题和明代以来史剧创作中“就实”的传统，并把褒忠贬奸的道德评价，发展成对历史兴亡规律的认识和总结，将“写史之笔”与“写诗之笔”紧密结合，在自己的创作实践的基础上，对历史剧的特点和作用作了较为完整的论述。无论是他对历史剧虚构的认识，还是他对“春秋笔法”的提倡，以及他对历史剧作用的论述，都强调了建立在历史真实基础上的历史真实与戏剧艺术的结合。孔尚任关于历史剧创作的这些精辟见解，不仅在当时是十分难能可贵的，即使在今天，也仍然有着重要的理论价值和借鉴意义。

原载《湖北大学学报》1987 年第 2 期

孔尚任戏剧结构理论初探

在中国戏曲史上，以“南洪北孔”著称于世的孔尚任，不仅是一位著名的戏剧家，同时也是一位杰出的戏剧理论家。他的戏剧理论不仅涉及的内容相当广泛，而且多有自己独特的建树。戏剧结构论是孔尚任戏剧理论的一个重要组成部分。对戏剧结构变化的强调和对戏剧结构完整统一的要求，以及对独特人物关系的高度重视，构成了孔尚任戏剧结构论的鲜明特色。

一

为了便于论述孔尚任戏剧结构理论的特点，我们有必要简略地回顾一下中国戏曲的发展和孔尚任以前的结构理论形态。戏剧发展的历史告诉我们：中国戏曲在其发展过程中，在结构形式上曾经经历了长期的探索。元杂剧以北曲四大套和一人主唱的音乐结构为基础的戏剧结构，虽然在高度集中地反映生活方面有某些便利，但由于声律和体制束缚过严，往往很难充分表现冲突。明传奇继承了宋元南戏的传统，具有容纳复杂的故事内容、细致地刻画各种不同人物，以及穿文武、冷热不同场子的优点，为戏剧创作开辟了新的更为广阔的天地，又一次繁荣了戏剧创作和演出。但因为传奇每出必须填满由引子、过曲、尾声组成的一套或两套以上的曲子，戏剧结构仍然受到音乐结构的限制，在表现冲突和刻画人物时又经常出现冗长和拖沓的毛病。如何解决传奇的结构问题，成为戏曲发展中一个十分突出的问题。这个问题，在当时引起了一代戏剧理论大师王骥德和他的同时代人的注意。王骥德看到了“剧之与戏，南北故自异体”的特点，指出传奇尤其要“贵剪裁、贵锻炼：以全帙为大间架，以每折为折落，以曲白为粉垩，为丹雘；勿落套、勿不经；勿太蔓，蔓则局懈，而优人多删削；勿太促，促则气迫，而节奏不畅达；毋令一人无着落，毋令一折不照应”①。祁彪佳也深有感慨地说：“作南传奇者，构局为难，曲白次之。”②凌濛初则更为直截了当地指出：“戏曲搭架，亦是要事，不妥则全传可憎矣。”③ 他们都明确地意识到了结构在传奇创作中的重要地位。为了解决传奇创作中的结构难题，王骥德提出：“作曲犹造宫室者然。工师之作室也，必先定规式，自前门而厅、而堂、而楼，或三进、或五进、或七进，又自两厢而及轩寮，以至廪、庾、庖、湢、藩、垣、苑、榭之类，前后、左右、高低、远近、尺寸无不了然胸中，而后可施斤斫。作曲者，亦必先分段数，以何意起，何意接，何意作中段敷衍，何意作后段收煞，整整在目，而后可施结撰。”④ 这个观点，到了李渔那里，便被发展成为一整套完整的结构理论：“立主脑”“减头绪”“密针线”，意在用结构的规范单一来实现戏剧结构的统一。王骥德和李渔的结构理论，对克服传奇冗长而枝蔓的缺点、促进传奇的发展起了积极作用，同时也对中国古典戏曲结构理论的建立做出了重要贡献。

在戏剧理论家的大声疾呼下，传奇的结构有了一定的进步，优秀的剧作家大都能够遵循固定的体制而又有所突破，创造性地根据塑造人物的需要，合情合理地安排情节、结构故事。但是，大量毫无才情、因袭雷同的传奇作品仍然存在。“游春”“庆寿”“家宴”“别情”“试学”“闺思”等固定的套子，绿林占山、两国兴兵之类的穿插，夫妇团圆、一门荣荫、表忠除奸、升仙入道的结尾，不仅带来了内容的驳杂和情节的拖沓、冗长，而且也造成了千篇一律的凝固化、公式化的倾向，严重地影响着戏剧艺术的健康发展。面对这种情形，孔尚任在戏剧结构理论领域内，提出了强调戏剧结构变化的“龙珠说”。《桃花扇凡

---

① 王骥德：《曲律·论剧戏》，载《中国古典戏曲论著集成》（四），中国戏剧出版社 1980 年版，第 137 页。

② 祁彪佳：《远山堂曲品》，载《中国古典戏曲论著集成》（六），中国戏剧出版社 1980 年版，第 102 页。

③ 凌濛初：《谭曲杂劄》，载《中国古典戏曲论著集成》（四），中国戏剧出版社 1980 年版，第 258 页。

④ 王骥德：《曲律·论章法》，载《中国古典戏曲论著集成》（四），中国戏剧出版社 1980 年版，第 123 页。

例》云：

剧名《桃花扇》，则桃花扇譬则珠也，作《桃花扇》之笔譬则龙也。穿云入雾，或正或侧，而龙睛龙爪，总不离乎珠；观者当用巨眼。

孔尚任以“神龙戏珠”的比喻，表明了他的戏剧结构观点。这里所谓“珠”，即戏剧结构的焦点；所谓“龙”，则是作者的铺演之笔，即围绕结构焦点而展开的情节内容。对于戏剧结构必须有自己的中心这一问题，孔尚任的观点与前人并没有什么大的区别；所不同的是，孔尚任是在强调戏剧结构变化的基础上，提出了“龙不离珠”的主张。也就是说，他所要求的戏剧结构的中心，是不断运动变化的动态的戏剧结构。而他所强调的戏剧结构变化，是一种“龙升潭底，虎出林中，稍试屈伸，微作跳掷，便令风云变色，陵谷迁形”（暖红室本《桃花扇》，《先声》总评）的艺术境界，用他自己的话来解释，就是“波澜好似从中变”，“大开大阖有聚散”①，“结构精神在笔致”②。强调戏剧结构的变化，这是孔尚任结构理论的一个显著特点，也是孔尚任的一个十分重要的美学思想。

从孔尚任关于戏剧结构的论述中我们可以看到，孔尚任戏剧结构理论的中心，不在于建立一些具体的、现成的法则，而在于探索一种能更灵活地反映生活的丰富性和复杂性的方法，追求一种错综变化的美。艺术实践的经验告诉我们，在戏剧创作中，按照布局的常规去做，并不一定能创作出优秀的剧作来。前人认为“吴江诸传如老教师登场，板眼场步，略无破绽，然不能使人喝彩”③ 便是这个道理，在艺术宫殿的建造中，必要的法则是不可缺少的，但对真正的艺术大师来说，仅有法则是远远不够的。正如孔尚任的朋友、著名的诗论家叶燮在谈到诗的结构时所指出的：“然自康衢而登其门，于是而堂、而中门，又于是而中堂，而后堂，而闺闼，

① 孔尚任：《舞灯行留赠流香阁》，载汪蔚林《孔尚任诗文集》第1册，中华书局1962年版，第40页。

② 孔尚任：《闵宾连寄所辑黄山志赋答》，载汪蔚林《孔尚任诗文集》第1册，中华书局1962年版，第48页。

③ 王骥德：《曲律·杂论（下）》，载《中国古典戏曲论著集成》（四），中国戏剧出版社1980年版，第159页。

而曲房，而宾席东厨之室，非不井然秩然也。然使今日造一宅焉如是，明日易一地更造一宅亦如是。将百十其宅，而无不皆如是，则可厌极矣。其道在于善变化。变化岂易语哉？终不可易曲房于堂之前，易中堂于楼之后，入门即见厨，而联宾坐于闺闼也。惟数者一一各得其所，而悉出于天然位置，终无相踵沓出之病，是之谓变化。"① 叶燮的话，是有感于诗的布局缺少变化而发的。同样，也正是因为不能满足于以往戏剧理论中凝固的、静止的结构论述，孔尚任才试图从变化的角度来论述戏剧结构，要求作者的敷演之笔，"穿云入雾，或正或侧，而龙睛龙爪，总不离乎珠"，灵活而多侧面地表现社会生活。在他的《桃花扇》中，我们看到的，时而是莫愁湖边，秦淮河上的浅斟低唱，时而是扬州城里的金戈铁马；"纪事处，忽尔钟情；情尽处，忽尔见道。战争付之流水，儿女归诸空花"（桃源逸叟黄元治《桃花扇跋》）；正在"眠香""却奁""闹榭"满心快意之时，作者突然切断人们正密切注视的情，而闪入"抚兵""修礼""辞院"等惊魂悸魄之变，正在"迎驾""设朝"的大典之后，国家兴亡的紧要关头，作者忽然又掐断原来的情节线索，插入"拒媒"的一组镜头；而正当人们对香君命运极为关注的时刻，作者又放下刚刚提起的线索，笔锋一换，转入对四镇之争的描写之中。在孔尚任笔下，戏剧冲突的发展"波澜开阖，如在江湖之中，一波未平，一波已起，如兵家之阵，方以为正，又复是奇，方以为奇，忽复是正。出入变化，不可纪极"②。这种变幻莫测、摇曳多姿的结构特点，正适合灵活地表现风云突变、动荡不安的时代背景和男女主人公漂泊流离、前途未卜的生活遭遇。尤其值得肯定的是，尽管孔尚任十分强调戏剧结构的巧妙变化，却绝无单纯炫耀技巧的意味。他的戏剧作品，既扑朔迷离，又不违背生活的逻辑，像生活本身那样丰富自然。在貌似寻常的生活场景中，一场场维系着时代风云和国家命运的戏剧冲突在酝酿着、发展着，令人目不暇接，惊叹不已。

《桃花扇》在艺术结构上大起大落、变化多端的高度成就，是和孔尚任注意到了生活的丰富性和复杂性，因而十分强调反映生活的形式要与之相适应分不开的。戏剧结构问题，通常并不仅仅是个艺术技巧的问题，它

---

① 叶燮：《原诗·内篇》，载郭绍虞《中国历代文论选》第3卷，上海古籍出版社1980年版，第342页。

② 姜夔：《白石道人诗说》，载何文焕《历代诗话》下册，中华书局1981年版，第682页。

同时也体现了作者对生活规律的认识与理解。只有深入细致地观察体验生活，对所要表现的题材理解得十分透彻，在组织戏剧结构时，才能灵活巧妙，跳跃变化，“穿云入雾，或正或侧”，获得结构上的最大自由。因此孔尚任对戏剧结构巧妙变化的强调，实际上也是对作者概括生活现象能力的更高要求。而这正是孔尚任以强调戏剧结构变化为中心的“龙珠说”的深刻之处。如果说，在孔尚任之前，人们熟知的王骥德和李渔的戏剧结构理论，把中国戏曲从只重词曲、不重结构的洼地中解脱出来，那么，孔尚任对戏剧结构变化的强调，则可以说是我国古代戏剧结构理论发展到更高层次的标志。

用“龙”来比喻艺术创作，并不是从孔尚任开始的，但是把“神龙戏珠”的比喻引入戏剧结构的论述，则是孔尚任对中国戏曲结构美学的一个新贡献。中国古代的文学家和艺术家在论述艺术表现手法的时候，他们的目光往往在“龙”的形象上不期而遇。《文心雕龙·序志》篇云：“古来文章，以雕缛成体，岂取驺奭之群言雕龙也。”① 这里“雕龙”是文采的同义词。到清代初年，以“龙”论诗、以“龙”论画的风气更为盛行。清初诗人赵执信，把自己评论诗歌创作的集子命名为《谈龙录》，其中关于洪升、王士祯、赵执信三人以“龙”论诗的记载，在当时亦颇有影响。《谈龙录》云：“钱塘洪昉思，久于新城之门矣，与余友。一日并在司寇宅论诗。昉思嫉时俗之无章也，曰：‘诗如龙然，首尾爪角鳞鬣，一不具，非龙也。’司寇哂曰：‘诗如神龙，见其首不见其尾，或云中露一爪一鳞而已，安得全体，是雕塑绘画者耳。’余曰：‘诗如神龙，见其首不见其尾，固无定体，恍惚望见者，第指其一鳞一爪，而龙之首尾完好，故宛然在也；若拘于所见，以为龙具在是，雕绘者反有辞矣。’昉思乃服。”② 诗人们用“龙”的形象来讨论诗的表现手法，画家也借助“龙”的形象来说明画的技巧。清初画家布颜图在他的《画学心法问答》中说：“比诸潜蛟需腾空，若只了了一蛟，全形毕露，仰之者咸见斯蛟之首也，斯蛟之尾也，斯蛟之爪牙与鳞鬣也，形尽而思穷，于蛟何趣焉？是必蛟藏于云，腾骧夭矫，卷雨舒风，或露片鳞，或垂半尾，仰观者虽极目

① 刘勰：《文心雕龙·序志第五十》，中华书局1985年版，第68页。

② 赵执信：《谈龙录》，载《清诗话》上卷，上海古籍出版社1978年版，第310页。

力而莫能窥其全体，斯蛟之隐显叵测，则蛟之意趣无穷矣。”[①] 中国古代艺术家们用“龙”的形象表达了他们对艺术独特的精辟见解。孔尚任自己也曾这样评价过别人的文章：“生之为文，累累长篇，顿挫自然，有若游龙夭矫，不令人窥首尾，盖极尽文之能事焉。”[②] 很明显，孔尚任是从以“龙”论诗、以“龙”论画中得到了深刻的启示，进而把“龙”的形象引入戏剧结构的论述，形成了自己独特的戏剧结构论观点。“龙珠说”出现于孔尚任的戏剧结构理论中，并不是一时兴起，随手拈来，而是有着我们民族传统的美学渊源，蕴含着孔尚任一贯的艺术理想。

与强调戏剧结构变化的“龙珠说”相联系的，是孔尚任关于戏剧“排场”“局面”的论述。“排场有起伏，俱独辟境界，突如其来，倏然而去，令观者不能预拟其局面，凡局面可拟者，即厌套也。”孔尚任的戏剧结构理论，既十分强调内容决定形式，形式为内容服务，同时也考虑到了戏剧的特殊要求。所谓排场，即指戏剧场面的安排。在戏剧中，场面是情节的基本单位，正是由于戏剧场面的不断转换，才形成了戏剧人物关系的变化，推动了戏剧冲突的发展，巧妙地安排戏剧场面以推动剧情的发展，是戏剧结构的一个重要的基本技巧。和其他文学作品相比，戏剧更需要引人入胜。“不能引人入胜的戏，是思想、见解和形式的坟墓。”[③] 戏是演给观众看的，当大幕徐徐拉开，人物纷纷登场，观众便开始对剧中人物的命运，不断地有所期待，并不断地获得满足，这便是戏剧带给人们的独特的艺术享受。孔尚任围绕着让观众始终处于有所期待的心情为中心，来论述戏剧“排场”和“局面”，是抓住了戏剧艺术的基本特征和观众的戏剧审美心理特点的，中国古典戏曲历来以唱、念、做、打熔于一炉的精湛艺术著称于世，但与此同时，它不完全摒弃悬念的运用，在孔尚任之前，李渔在论述戏曲的“小收煞”时，曾涉及类似戏剧悬念的内容。而孔尚任关于戏剧“排场”和“局面”的论述，则从戏剧情节的基本单位——场面入手，具有更为接近戏剧悬念的内涵，从另一个角度显示了我国古典戏曲艺术表现方法的丰富性。

---

① 布颜图：《画学心法问答》，载于安澜编《画论丛刊》（上），人民美术出版社 1989 年版，第 300 页。

② 孔尚任：《黄生传》，载汪蔚林《孔尚任诗文集》第 3 册，中华书局 1962 年版，第 450 页。

③ ［俄］阿·托尔斯泰语，转引自霍洛道夫《戏剧的特性和戏剧结构的特性》，《剧本》1957 年第 11 期。

二

除了强调戏剧结构的变化之外，孔尚任还要求戏剧结构具有有机统一的整体美。对剧本总体，他要求“有始有卒，气足神完”①，对每一出戏，他都要求“脉络联贯，不可更移，不可减少”②；即使一般剧作者不甚注意的上下场诗，他也提出了使之成为全剧有机组成部分的要求：“上下场诗，乃一出之始终条理，倘用旧句、俗句，草草塞责，全出削色矣。时本多尚集唐，亦属滥套，今俱创为新诗，起则有端，收则有绪，著往饰归之义，仿佛可追也。”③ 孔尚任的结构理论所主张的，既不是单一结构、凝固结构，也不是分裂结构。他对戏剧结构完整统一的要求和他对戏剧结构变化的强调，是互相联系、互相补充的。他所主张的戏剧结构的变化，是在戏剧结构完整统一前提下的变化，是富于变化的结构的完整统一，而尤其强调“气足神完”的内在有机统一。

如前所述，在我国古代戏剧理论中，王骥德提出的“贵剪裁，贵锻炼”，“勿不经、勿太蔓”（《曲律·论剧戏》）的结构主张和李渔提出的“立主脑”“减头绪”“密针线”的要求以及“一人一事”（《闲情偶寄》）的结构原则等，在很大程度上都是为了解决戏剧结构的完整统一，然而，这一问题的复杂性在于，统一并不等于单一。我们从大量戏剧创作实践中看到，即使是一些以“一人一事”为线索、头绪并不繁多的剧本，其结构也未必尽如人意，无懈可击。而另一些反映了较为复杂的人物和事件，头绪比较繁多的剧本，却依然实现了结构上的完整统一。戏剧创作的实践证明：以复杂的社会生活为描写对象的戏剧作品，并不仅仅是单纯的因果关系的呼应，而是复杂的力量间的互相作用，试图用一种简单化的方法来表现这些复杂的力量间的互相作用，是远远不够的。孔尚任提出的“气足神完”“脉络联贯”的结构理论主张，正是寻求一种更高水平上的结构的有机统一。生活是由多层次、多侧面构成的，因此所谓完整性和统一

---

① 孔尚任著，王季思、苏寰中、杨德平合注：《桃花扇》，人民文学出版社 1959 年版，凡例第 13 页。

② 同上书，第 11 页。

③ 同上书，第 13 页。

性，并不仅仅意味着把戏剧冲突集中在某个人或某个集团身上，某一个或某几个范围极狭小的事件中，也“并不是人物与环境的统一，而是作者对事物的独特的道德态度的统一”。[①] 这种独特的伦理态度的统一，就是作品的内在统一性。孔尚任所强调的“气足神完”“脉络联贯”也就是这种内在的统一性，它是戏剧结构完整统一的最可靠的保证，只有有了这种内在的统一性，才能使戏剧作品在表现复杂的社会生活时成为有机的整体，达到“辟如复岗断岑，望之各成一山，察之皆有脊脉相连”（清·魏禧《日录论文》），“经纬纵横而起伏无定”（明·王文禄《文脉》）的艺术境界。在《桃花扇》中，把上自帝王将相，下至清客妓女，大至南明兴亡，小至授曲游春等头绪繁多的历史事件浇铸成一个艺术整体的，正是作者对南明历史的深刻认识，以及由此而得到的艺术整体构思。“兴亡之感”是《桃花扇》全剧的“神”“气”“脉络”之所在，也是全剧高度统一的基础，孔尚任对戏剧结构“气足神完”“脉络联贯”的要求，以及《桃花扇》在结构的完整统一方面的高度成就，为从根本上解决戏剧结构的完整统一提供了有效的途径，对我国戏剧结构理论做出了不容忽视的贡献。

三

在孔尚任关于戏剧结构“气足神完”“脉络联贯”的论述中，我们看到他对戏剧结构内在统一性的要求，而在《桃花扇纲领》中我们则看到了他对戏剧外部结构形式的认识。

孔尚任别具一格地把戏剧人物表列为全剧的纲领，并按照剧中人物与男女主人公的关系以及表现主题、发展剧情的需要，把人物分为左、右、奇、偶、总五部，同时又按不同关系层次分为间色、合色、润色等几类，所谓“男有其俦，女有其伍”，“君子为朋，小人为党”，显示了孔尚任对戏剧结构独特性的认识。比起其他文学作品来，戏剧结构具有自身明显的特点。如果说诗的结构基础是情绪，小说的结构基础是人物性格发展的逻辑，那么戏剧结构的基础则是独特的人物关系。剧作家的任务，不仅要塑

---

① ［俄］列夫·托尔斯泰：《莫泊桑作品集序言》，尹锡康译，载北京大学文学研究所编《文学研究集刊》第4期，人民文学出版社1957年版，第316页。

造各种各样的人物，还要使这些人物聚集在一起，让他们在一种规定的情景下见面，彼此发生联系，形成戏剧冲突。“在戏剧中，不应有一个人物不是它的前进和发展的过程中所必需的。”① 因此，一张人物表，绝不是作者随便列出的名单，而是作者精心设计的，用来实现自己创作意图的结构蓝图。正如英国戏剧批评家威廉·阿契尔所指出的：“主题选好，第二步恐怕就要决定用哪些人物来发展它了。据我看，大多数剧作家都在开始进行构成剧本的严肃工作之前，先拟定一个初步的人物表……每一个剧本里都有一些主要人物，没有他们主题是不可想象的；同时还有一些次要人物，他们并不是对主题不可缺少的，而只是用来便于填充画面和推进剧情的。”② 在这个问题上，孔尚任也许还不具有高度的理论上的自觉性，但他把《桃花扇》人物表列为全剧之“纲领”的做法，无疑是具有独到性和启发性的。《桃花扇》这部艺术珍品，正是按照《桃花扇纲领》这张精心设计的结构蓝图创造出来的。在孔尚任笔下，戏剧冲突的形成和发展，是同独特的人物关系分不开的。侯方域与复社诸子的独特关系，阮大铖与复社文人的矛盾，以及杨龙友与侯方域、李贞丽、阮大铖的关系，促成了侯方域与李香君的结合。侯、李的结合，既是以阮大铖为代表的奸党同以复社文人为代表的清流政治斗争的产物，也是他们之间新冲突的起点。阮大铖与复社文人的矛盾，不仅促成了侯李的结合，同时也导致了他们的分离。由于侯李的分离，才使得侯方域与史可法发生联系，通过史可法进而又与江北四镇发生联系；四镇内讧的结果使侯方域回到南京，寻找香君，却被阮大铖逮捕入狱；由于侯方域与左良玉的特别关系，侯方域的入狱，促进了左良玉发兵“清君侧”，从而引出了黄得功等人“截矶”，进而导致了清兵乘虚而入，大举南下，造成了弘光逃难、史可法沉江、南明王朝最后覆灭的悲剧。另外，侯方域与李香君的分离，也直接带来了香君同阮大铖、马士英等权奸的矛盾。通过香君的拒媒、守楼、入宫、骂筵等一系列描写，充分表现了南明王朝在权奸的操纵下，“行的总是亡国之政”的危险形势，以及一步步走向覆灭的过程。被孔尚礼称之为全剧之“珠”的桃花诗扇，也正是独特人物关系的结晶。从题扇、血溅诗扇、寄扇到撕

---

① ［俄］别林斯基：《戏剧诗》，载古典文艺理论译丛编辑委员会编《古典文艺理论译丛》第3册，人民文学出版社1962年版，第137页。

② ［英］威廉·阿契尔：《剧作法》，中国戏剧出版社1983年版，第63页。

扇，它通过独特人物关系的变化，表现了人物命运的变化，从而引导剧情向特定的方向发展。很难设想，抽掉了这些独特的人物关系的设计，《桃花扇》还能成为流传至今的优秀古典名剧。

孔尚任对独特人物关系的高度重视，还可以从被他称之为“忖虑予心，百无一失”的《桃花扇》批语中看出：《移防》总评曰：“侯生移而香君守矣，男女之离合与国之兴亡相关，故并传出。”《媚座》总评云：“争斗则朝宗分其忧，宴游则香君罹其苦，一生一旦，为全本纲领，而南朝之治乱系焉。”《选优》总评云：“此折写香君入宫，与侯郎隔绝，所谓离合之情出，而南朝君臣荒淫景态一一摹出，岂非兴亡之感乎？”《赚将》总评又云：“高杰之死本不足传，而大兵从此下江南，则兴亡之大机也，况侯生参其军事，不为所信致有今日，则侯生实关乎兴亡之数者也，安得不细细传出。”一部“借离合之情，写兴亡之感”的《桃花扇》实际上也就是通过特定历史时期独特人物关系的描写，展现的南明王朝覆灭的历史。而对独特人物关系的高度重视，正是孔尚任戏剧结构理论独树一帜的地方。

戏剧结构问题，是戏剧理论中古今中外戏剧作家和戏剧理论家共同瞩目的重要问题，曲折的历史、复杂的社会生活，以及人们审美要求的多样性，决定了戏剧结构形式的丰富性。随着时代的发展，这种丰富性还将不断地增长。对孔尚任戏剧结构理论的研究，将有助于我们了解古代戏剧结构理论的沿革演变，继承我们民族的优秀美学传统，创造出新的、更加完美的艺术形式，表现日益发展的新生活。

原载《中国文学研究》1990 年第 1 期

两种不同的理论品格及其意义

——李渔与孔尚任戏剧理论之比较

李渔和孔尚任都是清代著名的剧作家。从戏剧创作方面来看，孔尚任比李渔影响大，而在戏剧理论方面，李渔的影响却超过孔尚任。至于孔尚任的戏剧理论，则很少有人论及。实际上，孔尚任的戏剧理论也是自成体系，有着独特的建树的。他没有留下戏剧理论专著，他关于戏剧艺术的论述，主要集中在他为《桃花扇》创作写下的《小引》《小识》《本末》《凡例》《纲领》之中。而且学术界亦曾有人进一步指出："孔尚任事实上是在实践中，对前人的编剧方法做了一次'总结'。"① 如果我们将李渔与孔尚任二人的戏剧理论加以比较，认真地观察从17世纪中国戏曲这棵大树上派生出来的这两条分枝各异的发展方向，将会给我们以有益的启示。

孔尚任和李渔生活的时代相距不远，但他们的戏剧理论却各有体系。从总的方面来看，他们的理论是异大于同，在具体问题上，则是同中有异，异中有同。他们的相同之点，体现了他们所处的时代对戏剧艺术发展的共同要求；而他们的不同之处，则显示了两人在创作态度和美学趣味上的差异。

孔尚任和李渔在戏剧理论方面的主要相同之点，是他们对艺术创新的强调。要求艺术上的创新，是李渔美学思想的一个重要特点。他认为："人惟求旧，物惟求新。新也者，天下事物之美称也。而文章一道，较之

① 戴不凡：《〈桃花扇〉笔法杂书·作者附记》，《戴不凡戏曲研究论文集》，浙江人民出版社1982年版，第25页。

他物，尤加倍焉。戛戛乎陈言务去，求新之谓也。……新，即奇之别名也。”[①] 这种观点体现在他的戏剧理论中，就是要求戏曲“意取尖新”，“白有‘尖新’之文，文有‘尖新’之句，句有‘尖新’之字”[②]。刻意求新，标新立异，始终是李渔的戏剧创作所追求的目标。比李渔稍晚的孔尚任，也十分强调戏剧艺术的创新。他在《桃花扇凡例》中曾一再申明：“词必新警，不袭人牙后一字”，“词中所用典故，信手拈来，不露短钉堆砌之痕，化腐为新，易板为活”，上下场诗要“俱创为新诗”，传奇结局亦要“脱去离合悲欢之熟径”，要求戏曲从内容到形式都要以新取胜。不难看出，李渔和孔尚任都十分重视艺术的创新，然而他们各自强调创新的侧重点并不完全一样。李渔强调的创新，主要是指情节的奇巧和形式的新奇，目的是吸引观众和读者，使人“列之案头，不观则已，观则欲罢不能；奏之场上，不听则已，听则求归不得”。[③] 从戏剧艺术与观众的特殊关系来看，李渔的观点有它一定的价值。但仅仅为了吸引观众而故弄玄虚，仅仅为了标新立异而去创新，把离奇当作新奇，往往容易陷入哗众取宠的泥坑，降低作品的思想和艺术价值。孔尚任强调的创新，重点在内容方面，即使是形式上的创新，也要求为内容服务。例如对于曲牌的名称，他便一反明清传奇作者借宫犯调，割裂曲名，标新立异的做法，不取曲牌名称的“新奇”，而只要“套数皆时流谙习者，无烦探讨，入口成歌”即可。传统的“集唐”往往游离于剧本内容之外，使“全剧削色”。而孔尚任则认为上下场诗“乃一出之始终条理”。故“俱创为新诗”，他之所以采用古今传奇体制中不曾见过的“试一出”“闰一出”“加一出”“续一出”，并不是为了故作惊人之笔，而是因为无论“试一出”“闰一出”还是“加一出”“续一出”，都是“全本四十出之条理也”。(《桃花扇凡例》) 从戏剧内容着眼，追求艺术上的创新，这正是孔尚任比李渔高明的地方。

尽管李渔和孔尚任所强调的艺术创新的侧重点有所不同，但他们刻意求新的共同追求，却是值得我们注意的。我们看到李渔和孔尚任对戏剧创新的要求，几乎都是同对“旧剧”“时剧”的不满联系在一起的。李渔在

---

① 李渔：《闲情偶寄·词曲部·结构第一·脱窠臼》，载《中国古典戏曲论著集成》（七），中国戏剧出版社 1959 年版，第 15 页。

② 同上书，第 59 页。

③ 李渔：《闲情偶寄·词曲部·宾白第四》，载《中国古典戏曲论著集成》（七），中国戏剧出版社 1959 年版，第 59 页。

提出他的创新主张的同时，还指出："填词之难，莫难于洗涤窠臼，而填词之陋，亦莫陋于盗袭窠臼。吾观近日之新剧，非新剧也，皆老僧碎补之纳衣，医士合成之汤药……"① 孔尚任在阐述自己的戏剧主张时，也常常流露出对"旧剧"的不满，如"每出脉络联贯，不可更移，不可减少，非如旧剧，东拽西牵，便凑一出"，又云："旧本说白，止作三分，优人登场，自增七分，俗态恶谑，往往点金成铁，为文笔之累。"② 如此等等，不一而足。孔尚任和李渔不约而同地对"旧剧""时剧"的不满，以及他们对戏曲艺术创新所表现的共同追求，并不是偶然的。李渔和孔尚任生活的时代，是昆剧艺术十分繁荣的时代。这一时期的剧坛上，从创作到演出都洋溢着一种生机勃勃的革新精神。以李玉为代表的"苏州派"的剧作家们，不满于"新剧充栋，率多戏笔，不成佳话"（冯梦龙《墨憨斋定本传奇·永团圆叙》）的状况，奋起革新，大大地丰富了戏剧的表现力。"化腐为新"不仅成为剧作家的共同追求，也成为戏剧理论家批评的标准。艺术的生命在于创新，17 世纪初期的中国戏曲，正是在这样一种革新精神中丰富和发展起来的，而李渔和孔尚任关于戏剧艺术创新的论述，则从理论上反映了 17 世纪中国戏曲自身发展的要求。

与此同时，由于创作思想和美学趣味的不同，孔尚任和李渔的戏剧理论的差异，也是十分明显的，这些差异，主要表现在他们对戏剧作用的认识、对戏剧特点的理解，以及对戏剧创作方法的论述中。

首先，在对戏剧作用的认识上，李渔把戏剧看作维护封建统治的"寿世之方"和"弥灾之具"，认为戏剧创作只不过是"借三寸枯管，为圣天子粉饰太平"。因此，他们的戏剧理论和创作都小心翼翼地回避现实矛盾，仅仅在技巧的圈子里徘徊。如同他自己所说："生平所著之书，虽无裨于人心、世道，若止论等身，几与曹交食粟之躯等其高下。"③ 回避现实矛盾，用戏曲取悦于人是李渔戏剧理论和实践的特点。李渔早年虽曾涉足科场，然半途而废之后，遂无意于功名，终身以写戏为职业，并兼开

---

① 李渔：《闲情偶寄·词曲部·宾白第四》，载《中国古典戏曲论著集成》（七），中国戏剧出版社 1959 年版，第 15 页。

② 孔尚任著，王季思、苏寰中、杨德平合注：《桃花扇》，人民文学出版社 1959 年版，凡例第 11—12 页。

③ 李渔：《闲情偶寄·词曲部·结构第一》，载《中国古典戏曲论著集成》（七），中国戏剧出版社 1959 年版，第 13 页。

“芥子园”书铺。因此李渔的戏剧创作既非发愤而著书、托假言以讽世，也不是为了借此自娱，主要的只不过是为自己的家姬提供演出的剧本和出版卖钱。他终年风尘仆仆，游荡江湖，奔走于达官显贵之门，逢迎阿谀，是为了换得“日食五侯之鲭，夜宴三公之府”的生活。这种特殊的生活和创作道路，在他的戏剧美学观点上留下的深刻烙印，就表现为要求戏曲直接为维护现实的封建统治秩序服务，并成为统治者消遣和娱乐的工具。维护封建统治秩序需要封建道学，取悦于人则离不开风流故事和娴熟的技巧，因此风流与道学在李渔手中得到奇妙而滑稽的结合，李渔的戏剧理论也因此成为一个复杂的综合体。一方面，他对戏剧作用的认识是极其平庸的、浅薄的；另一方面，由于多年以戏剧为职业，长期的创作和演出实践，也使他对戏剧艺术表现手法的运用，做出了一些带规律性的总结，从而在中国戏剧理论史上产生了重要而深远的影响。

和李渔不同，孔尚任是一个比较正统而正直的封建地主阶级的知识分子。在他的文学思想中占主导地位的，始终是儒家传统的“兴观群怨”和“文以载道”。这种文学思想在他的戏剧观点中也得到充分的体现。他认为戏曲“其旨趣本于三百篇，而义则春秋，用笔行文，又左、国、太史公也，于以警世易俗，赞圣道而辅王化，最近且切”（《桃花扇小引》）。他还要求戏曲担负起“惩创人心，为末世之一救”的任务，教人沉思，给人启示。在《桃花扇》中，他以一个诗人的敏感，领悟了封建末世到来的预兆，从而认识到，对于千疮百孔的现实社会，小修小补已经无济于事，唯有通过历史经验的总结，从根本上认识历史兴亡的规律，才可能找到出路。正是从这一点出发，他才特别强调戏剧“惩创人心”的教育作用。这种重视戏剧教育作用的理论主张，是孔尚任继承儒家正统的“兴观群怨”诗论的产物，也是他深刻认识现实生活得出的结论，它把孔尚任和李渔关于戏剧作用的认识从本质上区别开来。

李渔和孔尚任对待戏剧作用的不同认识，不仅导致了他们各自在戏剧理论体系方面的巨大差异，而且还导致了他们各自戏剧作品风格与成就的差别。荡漾在李渔的戏剧作品中的，是散文风致和喜剧气息；而渗透在孔尚任的戏剧作品中的，则是一种沉郁的诗意和深刻的历史感。

其次，在对戏剧特点的认识上，李渔强调的是“填词之设，专为登场”（《演习部·选剧》），侧重于戏剧舞台性，孔尚任则注重于“制曲必有旨趣，一首成一首之文章，一句成一句之文章，列之案头，歌之场上可感可兴，令人击节叹赏”（《桃花扇凡例》）。要求舞台性与文学性并重，案头、场上两擅其美。

重视戏剧的舞台性，是李渔戏剧理论的显著特点，也是他的戏剧理论的突出成就。关于这一点已经得到历来研究者的一致肯定，这里不再赘述。需要进一步说明的是孔尚任关于戏剧的文学性与舞台性并重的主张。孔尚任的这个主张，是继承前人关于戏剧要“大雅与当行参间，可演可传，上之上也”① 的观点发展而来的。他既没有像一般士大夫那样，因为戏剧的文学性而忽略戏剧“歌之场上”的舞台性要求，也没有因为戏剧舞台演出的特殊性而降低对戏剧的文学性要求，而是以“制曲必有旨趣”为前提，要求戏剧通过文学性与舞台性的统一，来实现“可感可兴，令人击节叹赏”的效果。剧本的文学性，是戏剧综合艺术的重要因素之一。一部缺乏文学表现力的戏剧作品，是不会有长久的艺术生命的。“戏剧家首先是作家、是诗人，然后才是音乐家或舞蹈设计者”②。孔尚任关于戏曲应该案头、场上两擅其美的主张，在当时并不是无的放矢的泛泛而谈，而是针对戏剧创作中“勉强敷衍，毫无意味”的拙劣作品而发的。昆曲兴起之后，参加戏剧创作的人数日益增多，“俚儒之稍通音律者，伶人之稍习文墨者，动辄编成一传”③。其中的不少剧作，往往既没有生动丰富的人物形象，结构又松散冗长，缺乏文学表现力，严重地影响了戏曲创作的质量。在中国戏曲史上，剧目的数字是相当惊人的，但真正能够流传下来的剧本并不算太多，其原因固然是多方面的，但也不能不和一部分作品的粗制滥造有一定的关系。因此，孔尚任强调“制曲必有旨趣”，要求像对待诗文创作那样，认真对待戏曲创作。主张戏剧的文学性与舞台性并重的观点，在当时是有着积极意义的。如果说，李渔重视戏剧舞台性的观点，对戏剧创作的特殊规律进行了正确的总结，那么孔尚任关于戏剧文学性与舞台性并重的戏剧主张，则从另一个角度显示提高戏曲创作的水平和质量的途径。

最后，与李渔和孔尚任对戏剧特点的不同认识相联系的，是他们对戏

---

① 王骥德：《曲律·论剧戏》，载《中国古典戏曲论著集成》（四），中国戏剧出版社 1959 年版，第 137 页。

② E. R. 本特利：《戏剧之衰落》，转引自苏珊·朗格《情感与形式》，中国社会科学出版社 1986 年版，第 376 页。

③ 沈德符：《万历野获编》中册，载《词曲·填词名手》，中华书局 1959 年版，第 643 页。

剧艺术表现手法各有侧重的主张。在对戏剧创作方法的论述中，李渔更重视戏剧艺术表现手法的具体性，因而他的戏剧理论具有更为明显的直观性和实用性；孔尚任则强调“重旨趣，讲究气足神完”，更富于深刻性和启发性。

李渔的戏剧理论，准确地说，是前人经验的综合和戏班子创作、演出经验的总结。他在继承前人经验的基础上，对创作和演出中的一系列问题，都进行了具体而详尽的论述。《词曲部》的论述从结构到词采、音律、宾白、科诨、格局，几乎面面俱到。由于有丰富的舞台经验，他几乎在剧作者每一个可能摔跤的地方，都插上醒目的路标。李渔的忠告，虽然不免使人觉得有些琐碎，但同时也不能不使人感到，在戏剧创作方法的具体问题上，在戏剧的艺术形式方面，他确实是考虑得十分周到而细密的。按照李渔的指点去做，虽然不一定能成为第一流的戏剧家，却也不至于脱离戏剧的基本形式。

和李渔相比，孔尚任具有更多的诗人气质，思想更为深刻，艺术感受更为敏锐和细致。他的戏剧理论，也讲苦心孤诣的创造，但更注重的是“突如而来，倏然而去”“气足神完”的神思妙得的天籁，更追求作品的总体气质和内在神韵。在这一点上，孔尚任和讲究“意趣神色为主”的汤显祖，颇有些相似之处，更直接继承了明代戏曲理论家王骥德“风神说”[①] 的意蕴。追求神似、重在写意的美学思想，在中国古典艺术中有着悠久的传统和深厚的基础。当孔尚任把它融入自己的戏剧艺术论中的时候，就形成了戏剧结构中的“龙珠说”和“气足神完”论。由于注意从总体上把握戏剧的特点，所以孔尚任的戏剧理论论述虽不如李渔之详尽具体，但是重点突出，要言不烦，凡是涉及的问题，大都表现出独到、精当的见解。他的戏剧理论在“传奇观”“史剧观”“结构论”等多方面都有独特的建树（笔者已另文论述）。此外，他对戏剧综合艺术特点的认识，也是很有价值的。孔尚任在《桃花扇小引》中明确指出：“传奇虽小道，凡诗赋、词曲、小说家，无体不备。至于摹写须眉，点染景物，乃兼画苑

---

① 王骥德：《曲律·论套数》云：“其妙处，政不在声调之中，而在句字之外，又须烟波渺漫，姿态横逸，揽之不得，挹之不尽，摹欢则令人神荡，写怨则令人断肠，不在快人，而在动人。此所谓‘风神’，所谓‘标韵’，所谓‘动吾天机’。”载《中国古典戏曲论著集成》（四），中国戏剧出版社 1959 年版，第 132 页。

矣。”这种对戏剧艺术“无体不备”特点的高度概括，在孔尚任之前，还很少有人提到过。又如孔尚任对戏剧表演中“科介”——动作的重视，也是很有见地的，“设科之嬉笑怒骂，如白描人物，须眉毕现，引人入胜者，全借乎此，今俱细为界出，其面目精神，跳跃纸上，勃勃欲生，况加以优孟之摹拟乎”（《桃花扇凡例》）。这种见解，较之明人“凡传奇，词是肉，介是筋骨，白、诨是颜色”① 的抽象论述，实在是一个很大的进步。然而，正如任何人都不能违背“存在决定意识”的客观规律一样，孔尚任也有他自己的局限性。在他关于戏剧语言“宁不通俗，不肯伤雅”的论述中，流露出根深蒂固的封建士大夫的偏见。但这毕竟只是孔尚任戏剧理论中的白璧微瑕，总的来说，孔尚任的戏剧理论虽然篇幅不多，内容却是深邃切实、富有启发性的。

从以上的比较中我们可以看出，李渔和孔尚任对于戏曲创作的志趣与认识的侧重点是大不相同的。李渔的戏剧理论，是围绕着戏剧舞台性与娱乐性的中心建构起来的，更多的是从艺人的角度来论述，侧重于艺术形式的总结；孔尚的戏剧理论，则更多的是从诗人的眼光来论述的，更注意内容与形式的有机统一。他们互相补充，从不同的角度总结了戏剧创作的特征和规律，从不同的方面为中国古典戏曲理论的发展做出了贡献。

任何一种理论品格的形成，都有其相应的文化背景，都离不开当时的社会环境和时代氛围。清代是我国封建社会的末期，也是我国古典文化的总结时期。正是清代这种独特的社会历史条件，决定了李渔和孔尚任的两种戏剧理论品格的产生与存在。从总体上看，李渔的戏剧理论体系，实际上体现了封建社会末期由商品经济的冲击带来的远离传统的艺术价值观的变化。前人因此鄙薄其作品“科诨谑浪，纯乎市井，风雅之风，扫荡已尽”②。这固然与李渔本人脱离了传统文人的生活模式，与他独特的生活创作道路有关。但最终使之然的，是时代精神。而孔尚任的《桃花扇》以及他的戏剧观点，既是中国古典戏曲的总结，也是中国古典戏曲的终结。传统的、正宗的儒家文学思想在这里写下了它最后的结论：“惩创人心，为末世之一救。”从此之后，中国古典戏曲就只剩下涓涓细流，再也

① 袁宏道语：《集诸家评语》，《沈际飞评点牡丹亭还魂记》卷首，载秦学人、侯作卿编著《中国古典编剧理论资料汇辑》，中国戏剧出版社 1984 年版，第 120 页。

② （清）梁绍壬：《两般秋雨庵随笔》卷 4，上海古籍出版社 1982 年版，第 210 页。

不曾有过新的高潮。而此时，距离整个旧的封建社会的终结，也已经为期不远了。正是在这样的意义上，我们说，李渔与孔尚任两种不同的戏剧理论品格，充分体现了封建末世的文化特征。

原载《湖北大学学报》1990 年第 2 期
《全国高校文科学报文摘》1990 年第 5 期摘录

李渔的“科诨”喜剧理论

李渔是我国戏曲史上一位很有影响的戏曲家和戏曲理论家。他从理论上和实践上对喜剧艺术的特点进行了认真的探索和总结，为喜剧艺术的发展，做出了重要的贡献。他对喜剧艺术的认识，散见于《闲情偶寄·词曲部》的各部分中，其中比较集中的是《词曲部·科诨第五》。

李渔对科诨的论述，首先是从对其重要性的认识入手。李渔认为，插科打诨，虽被人们认为是“填词之末枝”，“然欲雅俗同欢，智愚共赏，则当全在此处留神”[①]。他十分明确而具体地指出：“文字佳，而科诨不佳，非特俗人怕看，即雅人韵士，亦有瞌睡之时。”[②] 从戏曲的舞台效果着眼，李渔把科诨视同文字情节一般，作为整个戏曲的一个重要部分，给予了高度重视，这是颇具行家眼光的。在戏曲史上，由滑稽调笑发展而来的科诨，是中国传统戏曲艺术的一个重要组成部分。不仅在早期关于歌舞戏《踏摇娘》的记载中，我们可以看到“曲库”调弄其间、插科打诨的记录，而且从现在可以看到的最早的南戏剧本《张协状元》到后来的地方戏，都保留了这个传统。在古典喜剧中，科诨更是作为一个重要的表现手法，从净、丑的科诨发展到生、旦的科诨，由一般的喜剧因素发展成为刻画人物性格的重要手段，有些进而演变为喜剧性的关目。在戏曲艺术的发展过程中，科诨与喜剧性，与戏曲的舞台性，有着密切的联系。但是，在很长一段时间内，不少从事戏曲创作的文人，都对科诨十分轻视，“古

---

① 李渔：《闲情偶寄》，载《中国古典戏曲论著集成》（七），中国戏剧出版社 1959 年版，第 61 页。

② 同上。

戏科诨，皆优人穿插，传授为之，本子上无甚佳者”[①]。到了李渔才对科诨这种表现手法从内容到形式，给予了充分的重视和具体的阐释，提出了一系列运用科诨的原则。

“戒淫亵”“忌俗恶”，反对制造廉价笑料，是李渔提出的关于科诨运用的第一个原则。李渔认为，“科诨之妙，在于近俗，而所忌者又在太俗。不俗则类腐儒之谈，太俗即非文人之笔”[②]。运用科诨，只有做到“俗而不俗”，才是文人最妙之笔。“科诨之设，止为发笑”，然而笑声也有高尚和低级、无聊和有趣之分。尽管在李渔自己的作品中，也有一些廉价的笑料，然而在理论上，他并不主张为写笑料而写笑话，并不把科诨仅仅作为调笑的手段（这是理论与创作的距离，也许恰好从另一面证明了问题的难度）。他要求科诨要“于嘻笑诙谐之处，包含绝大文章，使忠孝节义之心得此愈显”，成为“引人入道之方便法门”[③]。这里虽然含有明显的封建卫道的目的，但也表现了李渔对科诨这种喜剧手法在表现内容方面的特殊功能的重视。

“重关系”“贵自然”，是李渔提出的关于科诨运用的第二个原则。他认为，“科诨”二字，不止为花面而设，通场脚色皆不可少。生、旦有生、旦之科诨，外、末有外、末之科诨。由于刻画人物的不同要求，“为净、丑之科诨易，为生、旦、外、末之科诨难”。（生、旦、外、末的科诨多以机智、幽默、风趣、针锋相对见长，而不同于净、丑科诨常用的夸张、漫画等手法。）“所难者，要有关系”，这里所谓关系，即指科诨与剧本内容和人物情节的联系，也就是说科诨应该符合人物的身份、性格，与情节的发展相关联，而不是游离于情节之外。由于长期的创作实践，李渔还认识到，科诨之病，在于生硬，故而有的放矢地提出了“贵自然”的主张，认为“科诨虽不可少，然非有意为之”，指出科诨不能硬“插”进去，而应“妙在水到渠成，天机自露，我本无心说笑话，谁知笑话逼人

① 王骥德：《曲律·论插科》，载《中国古典戏曲论著集成》（四），中国戏剧出版社 1959 年版，第 141 页。

② 李渔：《闲情偶寄》，载《中国古典戏曲论著集成》（七），中国戏剧出版社 1959 年版，第 62 页。

③ 同上书，第 63 页。

来，斯为科诨之妙境耳!"[①] 这些都是发前人所未发的精辟见解。

科诨并不等于喜剧，也不为喜剧所专有，但它是最早产生的喜剧手法之一，具有喜剧艺术手法的一般特征。李渔的贡献，不仅在于他对科诨进行了正确的总结和发挥，更重要、更有理论价值和实践意义的是，他对科诨的阐释，已经涉及了喜剧艺术，尤其是喜剧手法运用中的一些重要问题，值得我们认真研究，积极借鉴。

首先，从李渔关于科诨重要性的论述中，我们可以看到他对喜剧手法在戏剧艺术中的重要地位和审美作用的认识。

同诗歌、小说等其他文学体裁相比较，喜剧手法的运用，在戏剧中显得更为突出和重要。它不仅在喜剧中必不可少，就是像《窦娥冤》那样的悲剧中也出现过。这是因为戏剧是一种在时间和空间上要求更为严格，必须依靠和观念的直接交流才能完成的艺术形式。一位画家可以单单为了取悦自己而绘画；一位雕塑家可以单单为了取悦自己而雕塑；一位抒情诗人可以单单为了取悦自己而吟咏；而戏剧若无观众，是毫无意义的。李渔正是从这一点出发，强调运用喜剧手法的重要性。"予尝以此告优人，谓：戏文好处，全在下半本，只消三两个瞌睡，便隔断一部神情。瞌睡醒时，上文下文已不接续，即使抖起精神再看，只好断章取义作零出观。"[②]而喜剧手法的运用，则可以调剂情绪，吸引观念，故被称为"看戏之人参汤"。李渔的这种重视戏剧的舞台效果，处处不忘观众，强调运用喜剧手法的重要性的观点，是符合戏剧艺术自身规律的。李渔本人就是一个喜剧手法的集大成者。他的作品，其内容不甚可取，但这之所以在当时能有如"景星庆云，先睹为快"的效果，主要就是因为他能自觉根据戏曲艺术形式的特点，巧妙运用各种戏剧手法，尤其是喜剧的表现手法。"究之：位置、脚色之工，开合、排场之妙，科白、打诨之宛转入神，不独时贤难与颉颃，即元明人亦所不及，宜其享重名也。"[③]

如果说李渔对喜剧手法在戏剧艺术中的重要地位和认识，是他长期丰富的实践经验的产物，那么李渔对喜剧手法审美作用重要性的认识，则是

---

① 李渔：《闲情偶寄》，载《中国古典戏曲论著集成》（七），中国戏剧出版社 1959 年版，第 63—64 页。

② 同上书，第 61 页。

③ 杨恩寿：《词余丛话》，载《中国古典戏曲论著集成》（九），中国戏剧出版社 1959 年版，第 265 页。

总结中国悠久的喜剧传统的结果。中国喜剧艺术的一个重要特点，就在于它从一开始就不是以笑为唯一目的的。"……谈谐之说，由来尚矣，秦汉之滑稽，后世因为谈谐，而为之者多出于乐工优人，其廊人主之褊心，讥当时之弊政，必先顺其所好以攻其所弊。"（《南唐书·谈谐传》）作为一项独立的艺术形式，中国戏曲从一开始便是以滑稽的形态、诙谐的语言，对那些违反人民意愿的统治者加以讽刺和嘲笑。唐代参军戏中的《旱魃》，宋代杂剧中的《三十六髻》《二圣环》等都属此类。到了元代杂剧和明清传奇中，不少脚色都于宾白中寓以讽刺、嘲笑等喜剧性的语言，成为揭露反面人物的一个重要手段。著名的古曲悲剧《窦娥冤》中桃杌太守的科诨，"凡来告状的都是我的衣食父母"，就是一个十分典型的例子。在喜剧中，运用喜剧手法进行夸张、讽刺和大胆的嘲笑，更是大量集中在权豪势要和花花公子身上。《望江亭》中的杨衙内、《救风尘》中的周舍、《西厢记》中的老夫人和郑恒、《看钱奴》中的贾仁等一系列的反面人物形象，都是在人们的嘲笑声中成为否定对象的。李渔正是从这些喜剧手法运用的实践中，认识到它的审美作用，提出了"于嘻笑诙谐之处，包含绝大文章"的主张。笑是喜剧的效果，但并不是喜剧的目的。喜剧的真正审美价值在于，它是在美与丑的比较与对立统一中，通过对丑的嘲笑、否定，达到对美的肯定。

其次，从李渔关于"戒淫亵""忌俗恶"的论述中，我们可以看到古代戏曲理论家关于喜剧性和纯粹的可笑性的最初区别。

在反对创作庸俗化的过程中，李渔明确把握了喜剧手法"俗而不俗"的本质。虽然李渔没有深入地从理论上进一步把喜剧性和可笑性区别开来，但他已经清楚地认识到二者是有区别的："一味浅显而不知分别，则将日流粗俗，求为文人之笔而不可得。"① 和悲剧崇高庄严的风格不同，喜剧具有一种滑稽平常的风格。但滑稽并不就是喜剧，因此，喜剧手法的运用中，尤其需要把喜剧手法的通俗性和生活中的庸俗性区别开来。正如黑格尔所说："喜剧性在本质上却与滑稽有别……如果把滑稽态度作为艺术表现的基调，那就是把最不艺术的东西看作艺术作品的真正原则了。"②

---

① 李渔：《闲情偶寄》，载《中国古典戏曲论著集成》（七），中国戏剧出版社 1959 年版，第 26 页。

② ［德］黑格尔：《美学》第 1 卷，朱光潜译，商务印书馆 1979 年版，第 84—85 页。

喜剧性和可笑性并不是一回事，只有当可笑的现象包含着先进美好的事物同落后的事物冲突，当丑的事物力求炫耀为美，体现了一定的社会意义的时候，才具有喜剧性。远在 17 世纪初期，李渔就认识到纯粹的可笑性和喜剧性的区别，这不能不说是相当难能可贵的。

最后，李渔提出的“重关系”“贵自然”的创作主张，为正确运用喜剧手法，提出了一条基本的美学原则。

喜剧手法独特的艺术魅力通常不在于它的可信性，在于它的巧妙性和有趣性。喜剧是夸张的艺术，但这并不意味着它可以弃绝真实，真实是艺术的生命，同样也是喜剧艺术的生命，无论夸张、荒唐，或是怪诞，都必须有其内在心理和社会生活的根据。运用喜剧的手法反映生活的特殊性就在于它是以不合理的形式，表现其合理的内容。喜剧艺术的本质，是夸张和真实的统一，新奇与自然的统一。“重关系”“贵自然”的创作原则，正是集中体现了喜剧艺术的这一本质特征。大凡成功的喜剧手法的运用，都是实践这一原则的结果。反之，脱离了生活的逻辑，一味单纯追求新奇巧合，则往往流于荒诞与造作，也就失去了喜剧艺术本身。喜剧艺术是最难掌握、最变幻莫测的艺术之一，它具有自身的规律性，既要生动、巧妙、有趣，又必须合乎生活的逻辑，水到渠成，天机自露，这正是喜剧创作的关键所在。

李渔之所以能够对喜剧手法及其运用有比较明确而深刻的认识，与喜剧艺术本身的发展以及李渔本人的美学趣味、舞台实践分不开。

我国是一个具有悠久的喜剧传统的国家。早在公元前五六世纪，就出现了可以称为最早的喜剧演员的俳优。此外，魏晋之谈谐，唐宋之滑稽戏，无不包含着丰富的喜剧因素。到了元代，中国戏剧正式形成之后，更是名家辈出，杰作如林，关汉卿的《救风尘》《望江亭》，王实甫的《西厢记》，无论思想意义还是喜剧技巧，都已达到了相当高的水平。随着戏曲艺术的不断发展，喜剧艺术的内容和形式也得到了不断的丰富提高。到李渔生活的时代，我国喜剧品种已发展得相当完备，以《看钱奴》为代表的讽刺喜剧，以《西厢记》为代表的抒情喜剧，以《李逵负荆》为代表的英雄喜剧，以《歌代啸》为代表的抨击喜剧，以《中山狼》为代表的哲理喜剧，以《绿牡丹》《风筝误》为代表的生活喜剧……琳琅满目，美不胜收。喜剧艺术这个艺苑奇葩，以其独特的风貌，开放在戏曲艺术的百花园中；其艺术表现手法，已日臻完善，夸张、误会、巧合及喜剧语言运用，都已形成了自己的民族风格，到了17世纪中叶，喜剧艺术的发展，已经产生了总结自身特点的需要和可能，正是在这样的基础上，李渔对迟迟未能建树的喜剧理论，做了初步的开拓工作。

除了喜剧艺术本身的发展所提供的条件外，李渔本人丰富的创作经验，尤其是运用喜剧手法的经验，也是他能够比较深入地认识喜剧艺术某些特点的重要原因。李渔可以说是我国戏曲史上第一个专门从事喜剧创作的人。他曾经公开声称：“唯我填词不卖愁，一夫不笑是我忧，举世尽成弥勒佛，度人秃笔始堪投。”（李渔《风筝误》下场诗）他的创作，既非发愤而著书，托假言以讽世，也不是借此自娱，主要的不过是为自己的家姬提供演出的剧目和出版卖钱。他终年风尘仆仆，游荡江湖，奔走于达官显贵之门，逢迎阿谀，以此换得“日食五侯之鲭，夜宴三公之府”的生活。因此用戏曲取悦于人，使士大夫阶层赏心悦目，是他一生潜心探索的重要课题。这在主观上固然和他回避现实矛盾、“为圣天子粉饰太平”的庸俗思想以及帮闲文人的立场有关，然而，由于多年以戏曲为职业，长期的创作和演出实践，也使他在客观上对喜剧手法的运用，做出了一些带规律性的总结。《闲情偶寄》是李渔晚年的著作，是在完成了十种戏曲的创作之后写成的。李渔通过对科诨的论述表现出来的对喜剧艺术的认识，既是时代的产物，也是他本人艺术经验的结晶。

原载《社会科学动态》1990年第5期

“鬼可虚情，人须实礼”

——杜丽娘形象的心理学分析

汤显祖生前曾自称：“一生四梦，得意处唯在《牡丹》。”作为一部有着深刻的内容和精湛的艺术表现技巧的戏剧作品，《牡丹亭》是中国剧坛上的一朵奇葩，为中国戏曲的发展写下了极其光辉的一页。然而，值得注意的是，历来对这部文学名著的评价，多肯定其前半部分的成就，也就是杜丽娘死而复生以前的内容，而对于复生以后近20出的篇幅，则往往一笔带过。原因在于，不少研究认为，《牡丹亭》的精华、杜丽娘性格的闪光之处，都集中在前半部分，而“回生”以后的杜丽娘，则表现出更多地受封建礼教束缚的一面，是作者思想的局限所在。因此，现代有些《牡丹亭》的改编本，大都只演到“回生”为止。

的确，如果简单地把回生以前的杜丽娘与回生以后的杜丽娘对照起来看，这一人物的性格确实有些前后不一致的地方：生前与梦中情人相会、醒后因追求不到梦中之人而抑郁成疾、直到夭亡的杜丽娘，做鬼魂时每日主动到书斋与梦中情人柳梦梅相会的杜丽娘，在还魂之后，当柳梦梅正式向她提出成亲的要求时，她初以“少精神”相推托，继而又搬出古老的教条：“必待父母之命，媒妁之言”，“问过了老相公，老夫人，请个媒人”，才肯和柳梦梅成亲，说什么“待成亲少个官媒，结盏的要高堂人在”。她的这一番话，连柳梦梅也觉得好笑，不无嘲讽地说：“日前虽不是钻穴相窥，早则钻坟而入了，小姐今日又会起书来。”尽管如此，杜丽娘仍然非常认真地坚持着。究竟是什么原因造成了作者在塑造这个形象时的前后差异呢？它到底是作者创作时的疏忽或败笔，还是作者的全部艺术构思中的一部分呢？回答无疑应该是后者。汤显祖在剧本题词中曾明确表明：“如丽娘者，乃可谓之有情人耳，情不知所起，一往而深，生者可以死，死可以生。生而不可与死，死而不可复生者，皆非情之至也。”（着重号为引者所加）显而易见，杜丽娘的由生而死，又由死而复生，是《牡丹亭》全部艺术构思的完整的组成部分，共同显示着作者对生活的认识与评价。那么，究竟应该如何来认识杜丽娘形象的前后差异呢？本文尝试着寻找出一个不算圆满但或许能更接近目标的答案。

一

每一个作家都是以自己对生活的认识和理解来塑造他笔下的人物，安排他的作品的结构的。汤显祖创作《牡丹亭》时代，正是中国历史上理学禁锢极为森严的时代，他对这一点有着十分清醒的认识。汤显祖曾经直言不讳地表明自己的创作目的：“天下女子有情，宁有如杜丽娘者乎！……第云理之所必无，安知情之所必有邪！”在《牡丹亭》中，杜丽娘的形象实际上是作者感情的承载体，在这个人物身上，倾注了作者以“情”抗“理”的执着追求，同时，也表现出作者对现实生存环境的清醒而深刻的认识。可以说，汤显祖笔下的这一人物，带有明显的那一时代的印迹。杜丽娘形象之所以出现前后的差异，用她自己的话来解释，就是“前夕鬼也，今夕人也；鬼可虚情，人须实礼”。（第三十六出《婚走》）应该说，这正是作者在塑造这一人物时所遵循的一条逻辑思路。通过亦人亦鬼的杜丽娘形象的刻画，作者深刻地提示了在现实重压下人的生存悲剧。杜丽娘形象的差异，正是个体生命与客观环境深刻对立的结果。而用心理分析的眼光来透视汤显祖笔下的杜丽娘，我们可以发现，杜丽娘形象的前后差异，实际上就是荣格心理学中“人格面具”与“阴影原型”的矛盾。这里，“鬼可虚情”中的“鬼”实际上涉及的就是“阴影原型”，而“人须实礼”涉及的正是“人格面具”。杜丽娘由人而鬼，又由鬼而人的经历，正是象征着人的意识中，人格面具与阴影原型互相消长的过程，二者共同构成了杜丽娘形象的真实性与丰富性。

按照荣格心理学的特点，“人格面具”与“阴影原型”都属于“集体无意识”的“原型”范畴。“它们是人类无数同类经验的心理凝结物。”①

---

① ［瑞士］荣格：《集体无意识的概念》，载《心理学与文学》，冯川、苏克译，三联书店出版社 1987 版，第 101 页。

“人格面具”的本义，是为了使演员能在一出戏中扮演某一特殊角色而戴的面具。在荣格心理学中，“人格面具”的作用与此相似，它保证一个人能够扮演某种性格，而这种性格却并不一定就是他本人的性格。总而言之，“人格面具”是一个人公开展示的一面，其目的在于给予他人一个很好的印象，以便得到社会的承认。“人格面具”的作用既可能是有利的，也可能是有害的。一个人过分热衷于自己的面具角色，就会与自己的天性相异化，从而造成不良影响。

“阴影原型”中容纳着人的基本的和正常的本能。由于阴影在人类进化史中具有极其深远的根基，它很可能是一切原型中最强大、最危险的一个，它是人身上所有那些最好的和最坏的东西的发源地。而阴影原型一旦受到过分压抑或失去意识的控制，将导致人的精神失去平衡或者崩溃。

尽管我们还难以完全同意荣格关于上述情感原型是与生俱来的，是先天预成在个人的心理结构上的，而且是可以遗传的观点。然而，应该说，荣格的集体无意识原型理论确实从一个方面揭示了人类心理的奥秘，为我们认识人类自身，提供了一个新的观照面。

借助荣格关于“人格面具”与“阴影原型”的论述，来观照《牡丹亭》中的杜丽娘，我们不难发现：作为一个现实中的人，杜丽娘无论生前还是还魂之后，都没有明显地逾越或反抗封建礼教的行为。她的丫鬟春香对她的评价是“嫩脸娇羞，老成尊重”。按照心理类型分类来看，杜丽娘属于“内倾情感型”人物，她不像外倾情感型的人那样炫耀自己的感情，而是把它深藏在内心。这一类人往往沉默寡言，难以捉摸，态度既随和又冷淡，并且往往有一种忧郁和被压抑的神态。但事实上，她们也有某种深刻的情感，这种情感有时会出乎亲人朋友的意料而爆发成一场情感的风暴。纵观《牡丹亭》全剧，杜丽娘生前对封建礼教不满，主要表现在她的内心压抑之中。为《诗经》讲动了情肠，一梦而病，一病而亡，甚至连她周围的人也都不知道她生病的真正原因。她不仅没有明显的反抗封建礼教的行为，甚至和那一时代的许多封建女性一样，把自己爱情理想的实现，寄托在封建家长和金榜题名的人身上，“他年得傍蟾宫客，不在梅边在柳边”。然而她的心灵深处，仍然存在着对自由、对人生的春天的强烈向往，对自己被拘禁的生活的强烈不满，“锦屏人忒看得这韶光贱”！“似这般花花草草由人恋，生生死死随人愿，便酸酸楚楚无人怨。”所有这些，都是杜丽娘对自己现实处境的评价和人生理想的流露。可以说，对生活的热爱和对封建礼教的幻想，同时并存于杜丽娘的意识中，而杜丽娘一梦而病，一病而亡，正是长期处于压抑状态中的阴影原型的强大力量作用的结果。

如果我们进一步具体追寻杜丽娘情感发展的轨迹，则不难看到在杜丽娘的意识系统中，游园之前，基本上是处于一种平衡状态。而在游园中，这种情况却发生了变化。大自然的明媚春光，唤醒了杜丽娘强烈的生命意识：“不到园林，怎知春色如许！”对大自然的发现，唤起了她的另一个更重要的发现：对自己和自己的悲剧处境的发现，萌生了她对爱情的渴望与追求，萌生了一种自我本质力量外化的人生要求与冲动。于是有了“惊梦”“寻梦”“写真”等一系列奇特的行为。现实生活中的杜丽娘，连母亲也“怪她裙衩上，花鸟绣双双”，除了那个迂腐塾师陈最良之外，她几乎不可能与外部世界发生任何联系，几乎不可能遇到任何一个“于郎”或“张生”，她的青春是暗淡无光的，她的心灵是孤独而压抑的，只有到梦中去寻找自己的心上人。这一切，用心理分析的眼光来看，实际上是长期处于杜丽娘“老成尊重”人格面具压抑之下的阴影原型，在一个偶然的时间里终于找到了表现的机会，便以巨大的爆发性从本能中释放辐射出来，打破了杜丽娘原来的心理平衡。这种心理平衡一旦被打破，而她所渴望的爱情理想在现实中又不可能实现，因此，这种本能的汹涌宣泄就进一步压倒自我，导致她精神崩溃而陷入无法自拔的境地，抑郁成疾，终于导致自我毁灭。精神崩溃而导致的无序状态，这便是杜丽娘之病的真正原因。

杜丽娘死后，作者所设计的几出戏（“魂游”“幽媾”“欢挠”等）实际是上“惊梦”“寻梦”的继续，它为我们细致入微地揭示了杜丽娘真实的内心世界。在“惊梦”中，渴望爱情的杜丽娘与从天而降的柳梦梅不期而遇，而在“幽媾”中，杜丽娘更是大胆地摆脱了封建礼教的束缚，喊出了“生生死死为情多”的人生宣言，循着呼唤自己的情人的声音，不请自入，自荐枕席；在“欢挠”中，杜、柳二人举杯对饮，美酒佳果，情投意合……所有这些都与生前及复生之后现实生活中的杜丽娘形象迥然不同，正如杜丽娘自己也百思不得其解所唱到的：“为什么人到幽期话转多?”纵观全剧的结构，我们可以发现，杜丽娘死后的这几出戏，作者重点在于创造一个在一定程度上摆脱掉了人间束缚的虚拟环境，通过“魂游”“幽媾”“欢挠”等出，把杜丽娘的生活理想进一步具体化、形象化地表现出来。然而虚拟的环境毕竟是不存在的。在这种虚拟的形式中，作者实际上所表现的依然是阴影原型在现实压抑下的顽强活动，也就是杜丽娘在内心深处为自己的爱情设计的种种幻想，因此，它们和“惊梦”一样，表现的是主人公内心感情的流露和宣泄。汤显祖通过对梦境和阴间的描写，以其独特的观照生活的方式，打开了人物心灵的通道，使人从被禁锢的状态下解脱出来，从被环境异化的可悲的状态中还原过来，毫不掩饰地张扬感性生命力，张扬个体的存在意识，这正是《牡丹亭》的卓越与深刻之处。

二

如果说作为“鬼”的杜丽娘主要表现了作者张扬感性生命力、张扬个体的存在意识，表现生命的真实性一面的话，那么，作为人的杜丽娘则更多地体现了另一种真实——历史环境的真实。

汤显祖对生活的认识是十分清醒的。在他所生活的那个时代，一切真情的流露和追求，都只能发生在梦中或虚拟的阴间，而在现实生活中却难以找到容身之地。因此，尽管杜丽娘奔放的灵魂（阴影原型）早已冲破了封建礼教的束缚，早已冲出了她所生活的狭小的天地，但是，一回到现实生活中，她却不能不仍然戴起她的人格面具，依旧表现出“老成尊重”、循规蹈矩的样子。她希望以抑制个体自我意识的代价，重新得到社会的承认。这在以群体意识为传统的东方社会中，无疑是一种生存的需要。因此，复生以后回到现实生活中的杜丽娘，她的精神中阴影原型的部分暂时又撤退到了潜意识中，而人格面具上升为主导和支配的地位。具体地说，就是要求问过了老相公、老夫人，请个媒人，方肯与柳梦梅成亲。这是因为，现实社会中长期的封建教养，使杜丽娘树立了给人一个很好的印象以便得到社会承认的牢固观念。所以，在杜丽娘由死而复生的过程中，她既执着于情的追求，使她和柳梦梅的爱情合法化（要求与柳梦梅正式成亲，不达目的不罢休，和杜宝一直闹到皇帝面前，始终不肯以抛弃柳梦梅作为父女和解的条件）；同时，作为一个现实的人，她头脑中又还较多地受着某些封建礼教的束缚，希望使自己的婚姻取得“名正言顺”的地位，想在两全其美的夹缝中寻求出路。这种情形，在汤显祖的时代可以说具有一定的普遍意义。因此，杜丽娘的人格面具的产生，也有它的必然性。作者正是在主体与环境的深刻矛盾之中，写出了一个深刻的、丰富的杜丽娘，而不是一个浅薄的、虚伪的杜丽娘——阴影原型与人格面具并存的杜丽娘。正因为她与自己生存环境的不和谐，所以，她只有到梦中到阴间去寻找自己的心上人；也正因为她与自己生存环境的不和谐，所以她才不得不压抑自己真实的灵魂，戴起她的人格面具，沉重而艰难地去换取自己爱情的合法地位。人难以摆脱自己的环境，正像他不能拔着自己的头发离开地球一样。正是在这里，汤显祖写出了人性中深刻的一面。

更耐人寻味的是，汤显祖笔下的杜丽娘起死回生之后，虽然企图既保存对柳梦梅的情，又按照封建礼教的要求成亲，但是这种两全其美的妥协愿望，并没有消除她和封建势力之间的严重对立：父亲杜宝拒不认亲。从《牡丹亭》全剧的结构来看，如果说杜丽娘生前的戏还只是展示了杜丽娘深受封建礼教压抑而又渴望爱情自由的矛盾，杜丽娘死后的戏表现了阴影原型的顽强活动，是主人公心灵的自然流露的话，那么，回生以后的这一部分戏，杜丽娘才置身于同封建卫道士——亲爹杜宝面对面的冲突的尖端，这一部分戏的描写，实际上在一定程度上进一步揭示出：“情”的实现是和封建礼教势不两立的，无法调和统一的，不可能在夹缝中求得两全其美的出路。主体与客观环境的矛盾并没有得到和解。虽然作者最后让皇帝出面用圣旨促成杜、柳的婚事，但这只是作者无法给他的人物找到其他出路时，以善良的愿望沿袭旧套的结果，而不是情节发展的必然结局。无论如何，起死回生以后的杜丽娘对《牡丹亭》和它的读者、观众来说，都不是可有可无、无足轻重的——它既进一步表现了杜丽娘追求的执着，又充分体现出历史环境的真实。

至此，我们可以说，所谓杜丽娘形象有矛盾，实质上就是阴影原型与人格面具之间的矛盾，具体而言，是人的感性生命与宋明理学文化环境深刻对立的矛盾。作者对这二者的出色把握和真实描写，正是杜丽娘形象成功的奥秘所在。

三

《牡丹亭》问世之后，立即产生了巨大的社会影响，“几令《西厢》减价”。亦如吴梅先生所云：“《牡丹亭》一记，颇得闺客知己，如娄东俞二姑、冯小青、吴山三妇皆是也”[①]。那些紧锁深闺的女子，终于在茫茫人海中觅到了心灵上的知音，她们在内心深处深沉地感叹：“冷雨幽窗不可听，挑灯闲读《牡丹亭》，人间亦有痴于我，岂独伤心是小青！”并由此而产生了一系列神奇的传说：杭州女演员商小伶，扮演杜丽娘唱到“寻梦”因悲痛激动而死在舞台上；扬州女子金凤钿因读《牡丹亭》而致书汤显祖，自愿委身事之……观众与读者的接受与认同，是一部文学作品成功与否的最后标准。像《牡丹亭》这样一部情节并不复杂、故事似乎荒诞不经的戏剧，为什么如此强烈地震撼着无数普通人的心弦，产生如此大的社会反响呢？“回到人类的而不是个别作家的生活经验上，我们才能够发现艺术创作和艺术效果的秘密。”[②] 从某种意义上来说，人们对杜丽娘形象的认同与共鸣，正是一种对于生命的自我发现。汤显祖笔下的《牡丹亭》的故事，与其说是一段爱情传奇，不如说是一幕人的生存悲剧。在《牡丹亭》中，杜丽娘的苦闷，并不仅仅是爱情的苦闷，而是一种要求人的正当的生活权利而不可得的苦闷，也是一种个性被扼杀的苦闷。在这个人物身上，作者表现出一种时代的压抑和窒息的氛围。正是在这一点上，她拨动了无数普通人的心弦。每个人都在世界上生活，但并不是每一个人都能领会到生活的真谛。人们为了世俗的利益，常常不得不屈从于某个人和某种制度，不得不一次又一次地戴起沉重的人格面具，扮演社会所需要、所承认的角色，而在心灵深处则充满个体生命被压抑的痛苦。这既是人类文明的进步，更是现代文明的缺憾。在相当长的一段时间内，人们似乎难以摆脱这一“怪圈”。而“鬼可虚情，人须实礼”的杜丽娘，则是在现实生活“存天理、灭人欲”的重压下，国人精神生活的尴尬写照，表现出一种普遍意义上的生命的孤独与悲哀。

久经人世沧桑的人们，从《牡丹亭》的爱情故事中看到的是一幕心灵痛苦呻吟的悲剧，得到的是对自身悲剧处境的发现。而杜丽娘为情而死，为情而生，“生生死死为情多”的神奇经历，更唤醒了人们强烈的生命意识，使人从环境的禁锢与异化中暂时解脱出来，获得一种深刻的精神力量，当人们读到汤显祖笔下的杜丽娘时，正如同是灵魂与自己的对话，

---

① 吴梅：《顾曲麈谈》卷下，商务印书馆 1926 年 12 月第 1 版，第 93 页。

② ［瑞士］荣格：《心理学与文学》，转引自《外国现代文艺批评方法论》，江西人民出版社 1985 年版，第 115 页。

在对象中观照自我，达到一种高度的精神上的契合。通过这种同构与共鸣作用，产生了一种巨大而强烈的心灵震撼，从而获得一种深刻的审美快感。

艺术是一种“生命的形式”，而审美快感产生于生命的自我发现。杜丽娘形象的动人魅力正在于此。

原载《湖北大学学报》1992 年第 5 期
《中国文学年鉴》1993 年卷“戏曲研究综述”引用
人大复印报刊资料《中国古代、近代文学研究》1993 年第 2 期转载

《西厢记》与才子佳人模式

《西厢记》是中国戏剧史上最重要的爱情剧目之一，它的重要性不仅在于它的艺术上的异常精美、成熟，而且在于它体现了丰富的民族文化心理的内涵。正如郭沫若当年所说："《西厢记》是超过时空的艺术品，有永恒而且普遍的生命。"[①] 从历史与现实的双重观照中来认识这一作品表象形态背后所蕴含的深层含义，将有助于我们获得对这一作品作为个体的审美创造与民族文化心理的整体沟通，从而达到对《西厢记》的深刻文化意蕴的透析与把握，并获得对当代文学创作的某些独特启示。

一

最能体现中国人民对人生看法的，莫过于婚姻与仕途。仕途并不是每个人都可能步入的，而婚姻却是每个人必须面对的。"天地蕴，万物化醇，男女构思，万物化生，人承天地、施阴阳，故设嫁娶，重人伦，广继嗣也。"（《易经》）尽管在重人伦的宗法社会中，婚姻的形式历来比爱情的内容受到更多的重视，然而，男女相悦，人性之大本。作为人类文明进化结晶的爱情，其生长仍然是不可遏制的。这在经典文化之外的世俗文化中尤其是如此。《西厢记》的魅力，无疑也正在于此。

众所周知，《西厢记》的一个较早的题材渊源，是唐代元稹所写的传奇小说《莺莺传》。而王实甫的卓越之处，不仅在于他成功地改编了这个古老的爱情故事，更重要的还在于，他是以一种赞扬的笔调，充分描写了莺莺和张生作为初恋的少男少女的真实而强烈的感情，而不再认为这是一

---

① 郭沫若：《〈西厢记〉艺术上的批判与作者的性格》，《郭沫若全集》第15卷，人民文学出版社1992年版，第321页。

种罪过，也不再考虑是否会误国误身。《西厢记》中的张生，固然是一个才子，但这个才子最突出的特征，则是他的痴情与志诚，即如莺莺所称的“志诚种”。当他一见钟情地爱上莺莺之后，立即置自身的功名与前途于不顾，开始了自己热烈的追求，尽管在这个过程中，他受到了老夫人的欺骗，小红娘的嘲笑，乃至自己心爱人的斥责，但他并不因此而动摇、退却。爱情上的每一次挫折都使他痛苦不堪，而爱情上的一线希望也会使他欣喜若狂。毫无疑问，张生这一形象的艺术魅力，就在于王实甫通过这个人物成功的喜剧性格塑造，表现了他对爱情的执着与真诚。同样，《西厢记》中的崔莺莺，也不再是“尤物”，不再是妖孽，而是一个具有鲜活生命的寻求爱情幸福的少女。与元稹的《莺莺传》不同，这个爱情故事的矛盾，不再是在张生与莺莺之间展开，而是莺莺和张生一起，与老夫人发生了冲突。莺莺与张生对爱情的追求，也被作者赋予了合理性。这一变化的意义，不仅表现在情节上，更重要的是，它意味着作者对莺莺作为一个人的正常权利的肯定。

因此，我们可以说，《西厢记》中的才子佳人，不仅仅是“秀才是文章魁首，小姐是仕女班头，一个通彻三教九流，一个晓尽描鸾刺绣”，而且是有灵有性、有血有肉，敢于追求自己爱情的活生生的才子佳人。作者在这个才子佳人的爱情故事中，表现的是人对青春的追求，人对幸福的追求，是人的热烈的生命力。这种健康的情感形态的出现，以及对其肯定判断的产生，意味着一种新的文化心态的诞生，体现着一种文明的进步。需要指出的是，所有这一切，在《西厢记》中作者都是借助“才子佳人”这一特定的形式表现出来的。王实甫对这一形式的运用无疑是成功的，而由此产生的对后来中国古代爱情剧的深远影响，恐怕也是他不曾预料的。

严格地说，后人所概括的中国古代爱情剧的模式特点：“私订终身后花园，落难公子中状元，金榜题名大团圆”，即所谓才子佳人模式，并不是从《西厢记》开始的。《西厢记》与才子佳人模式既有联系，也有区别（这种联系是形式上的，而其区别也是显而易见的）。然而，《西厢记》的成功，无疑巩固并扩大了它的影响。《西厢记》之后，它几乎风靡了几百年，直到《红楼梦》问世。盲目的模仿固然是艺术的末流，但是，一种典型的、反复出现的意象，实际上意味着一种超个体的稳定性的心理结构的存在，具有非同寻常的意义。而封建文人的人生理想与情爱心理，无疑是这一模式背后所蕴含的核心内容。

二

读过《西厢记》的人大概都会记得，王实甫笔下的男女主人公倒并不特别看重功名，他们更执着于爱情，考取功名只是老夫人刁难这对年轻人提出的条件。因此，尽管在形式上《西厢记》也是以大团圆做结局的，而剧本的主旨却在于“愿天下有情的都成眷属”。后来的才子佳人剧，则忽视了这一点，而强化了功名的成功与婚姻的美满二者并存的完美，并使之成为一种流行的模式，所谓“洞房花烛夜，金榜题名时”。现代人常常鄙薄它的浅陋和庸俗，而在古代的封建士子看来，浅陋也罢，庸俗也罢，这却是人生价值最完满的实现方式，是他们人生理想的极致。前者是个人幸福的实现，后者则是个人的价值得到社会的承认。

在中国古代社会中，人分三六九等，没有现代意义上的事业。“功名”就是古人的所谓事业，“名”纯属个人，“功”则含有为社稷为国家的意义。功名合璧，似乎兼个人和社会两个方面，成为封建士子本质力量被确证的必然方式。尽管在等级森严的宗法社会中，功名往往是少数人的专利，但是对于渴望步入仕途、建功立业的普通士子来说，功名仍然是充满诱惑力的。功名心和功名梦便深深地渗透在中国古代文人的心理之中，成为他们的人生坐标。而要获取功名，就必须参加科举考试。对旧时代的封建士子来说，有了金榜题名的辉煌，就会拥有一个灿烂的人生。

对于封建士子来说，仅次于功名的人生问题，便是婚姻。无论是在文学作品中，还是在现实生活中，爱情和婚姻始终被视为个人幸福之命脉所系，爱情婚姻的美满和事业的成功，是常人人生的最高期望值。而这一切，在“洞房花烛夜，金榜题名时”的才子佳人模式中却同时实现了。昔日“头悬梁、锥刺股”寒窗苦读时可望而不可即的目标，“书中自有黄金屋、书中自有颜如玉”在一瞬间变成了现实。这确实是封建士子为自己的人生设计的最辉煌的时刻：一只脚跨入温柔富贵之乡，另一只脚则跨进权力统治的殿堂。这既是对已经实现了这一人生理想的封建士子的褒扬，更是对还没有步入这一人生境地的士子的一种激励、一种诱惑。因为它确实太圆满了，尽管对大多数人来说，这种圆满近乎幻想，但世世代代的封建士子仍然苦苦追求，不愿放弃。这便是才子佳人模式产生的一般社会心理基础。

除了上述这种一般社会心理之外，封建士子独特的情爱心理可以说是这一模式所体现的深层内涵。

考察《西厢记》一类的爱情剧，我们不难发现，剧中女主角除了在剧情结尾扮演“奉旨成婚”或封为“诰命夫人”的喜剧角色之外，她们的命运实际上更多的是和失意才子联系在一起的。这种情形是颇耐人寻味的。如前所述，功名使婚姻变得美满，婚姻则使功名更加耀眼夺目。然而功名并不是每个人都能获得的，而婚姻则是每个人都必须面对的。没有获得功名的文人更急于在婚姻中实现自己的价值——他们需要找到一种心理的补偿、平衡与宣泄，这便是封建士子独特的情爱心理——在功名心的刺激下滋生起来的情爱心理。当失意文人的目光由社会转向个人，由外向转向内向的时候，佳人淑女便起了莫大的平衡作用，她们与落难才子和背时英雄结下了不解之缘。

回到古代的才子佳人爱情剧，我们发现，古代才子们的情爱心理有一些共同的特征，首先，这些才子们所爱慕的理想佳人，不是大家闺秀就是绝代佳人，或者说大都是一些容貌娇美而又有地位、有身份的女子，“后花园”并不是一般平民百姓所能拥有的。所有这些，都是失意文人的心理平衡和补偿的需要。在他们看来，找一个佳人来配才子，不仅是解决婚姻的需要，而且是衡量自己地位的需要。这种情爱心理，除了千百年来男权社会形成的男子中心的观念之外，还深藏着人类遥远的种族记忆的影响。还在人类远古的群婚时代，交好女酋长也是男性的荣耀。这种种族记忆与后代帝王的权势心理相结合，邂逅女神便成了人间帝王的荣耀。宋玉《高唐赋》《神女赋》写楚王与巫山神女云雨故事，神女自荐枕席，使楚王熏然欲醉。而在新中国成立前夕，许多少数民族部落中一直保持着这样的习俗：最美的女人和跑得最快的骏马一样，总是属于部落首领的。女人和财富一样，是他们的权力和地位的象征。到了才子佳人爱情剧作者手中，这种传统的母题得到了较大的改造，帝王贵族退场了，普通男子成为主人公，而女子必须是绝代佳人或地位较高的人，这一点却没有根本的改变。因为只有这样才能满足失意文人作为征服者和胜利者的心理平衡需要。

其次，才子们理想的佳人，必须能够充分认识并肯定才子的价值，理解他们的情趣，服从他们的意志。所谓“才子佳人”只是一般笼统的提法，若要具体化，中国人还有一整套完整的设计。对于武将，应该是“红巾翠袖揾英雄泪”；对于文人，应该是“红袖添香夜读书”；对于现代人，则可作“红袖添香对译书”。简而言之，佳人是才子们的红颜知己。她们不仅必须是才子们生活中的伴侣，还应该是精神上的知音。她们能够理解才子的满腹牢骚，排遣他们郁闷孤独的情怀。尽管社会尚未承认失意才子的价值，但是他们希望佳人能够识英雄于尘埃，赏识他们独特的价值。正是这些年轻美丽的女子，为失意文人灰暗的生活投进了亮色，她们大都性情柔媚，才调机敏，见识广博，谈吐伶俐。她们的青睐，对于怀才不遇文人的自我意识、自尊心理，是强有力的呼唤和肯定。

对于摒弃尘俗、绝了功名心的文人来，仅有以上两条便足够聊以自慰、潇洒一生了。而对另外一些没有多大本领却功名心很盛的文人来说，除了以上两点之外，理想的佳人还应该能够帮助他获取功名。所谓贤内助便是在这样的意义上产生的。

总而言之，“红袖添香”的含义是丰富的，既有精神的，也有物质的。而它的要义则在于女子的服从和男子的获得——获得自我意识的肯定和精神的满足。这种情爱心理，依旧是几千年来男权中心观念的产物。

至此，我们可以说，无论是封建士子的人生理想，还是他们的情爱心理，都构成了一种典型的旧时代文人的文化心态。而才子佳人模式则是这种文化心态的物态化的表现形式，一种淋漓尽致的表现形式。理解了这一点，我们就不难理解才子佳人模式得以产生并广为流传的主要原因。

三

才子佳人模式的产生，不仅从某种程度上反映了封建士子的文化心态，同时它还从一个侧面为我们显示了“佳人”存在的丰富的文化意义。

女性是一个神秘的性别。在各个民族的神话和宗教传说中，她既是美、爱情、丰饶的象征，又是诱惑、罪恶、堕落的象征。她时而被神化，时而被妖化，诗人们讴歌她，又诅咒她。耐人寻味的是，尽管男人用男人的智慧随意把女子当作“尤物”或者“祸水”，但无论是得志的英雄，还是落难的才子，都离不开“佳人”。“佳人”是男子们得意时的陪衬点缀，也是男子们失意时的安慰，古今中外，莫不如此。很多诗人都曾写道："女人是儿子的摇篮"，"女人是丈夫的港湾"，很多人都喜欢说："在一个成功男人的背后总是站立着一位坚强的女性。"这是从个人生活的角度，从一般意义上来说的。而从社会发展的角度，法国作家莫罗阿在《人生五大问题》中指出："我相信若是一个社会缺少了女人的影响，定会堕入抽象、堕入无组织的疯狂，随后是需要专制的现象……没有两性的合作，决没有真正的文明。"① 可以说，无论是在个人生活中，还是在社会生活中，女性的存在都不是无足轻重的。在人性片面发展的年代，女性是一种人性复归的力量。亦如《红楼梦》中贾宝玉的痴话所云："女儿是水做的骨肉，男人是泥做的骨肉。我见了女儿便觉清爽，见了男子便觉浊气逼人。"相对异化世界中生活的男性来说，女性比男性更接近自然，更多地保持着自己的本性。一般地说，她们比男子更人性化。这是因为作为人类生命的直接创造者和养育者，女性形成了自己热爱生命、重视情感的独特文化意识和文化心态，这种情感性特征，使女性远离了男性文化的功利性和社会理性的冰冷性，从而有可能更多地保存未被污染的人类天性和未经社会理智所雕琢的最自然的人类温情。可以说，热爱生命、重视情感，这正是女性永恒之魅力所在。也正是在这样的意义上，歌德说："永恒之女性，引导我们飞升。"在才子佳人模式中，古代作者所赞美和肯定的，也正是女性的这样一些基本特征。而"佳人"得以保持她们永久的魅力，其原因亦在于此。

需要指出的是，上述女性情感性特征的论述，是就女性作为一个性别类的整体而言的。与此同时，我们也并不否认，女性世界并不是真空，异化也并不仅仅发生在须眉男子中间，并且我们也无意否认，女性中也存在着各种败类。但那已不属于女性性别类的特征，而属于另外的讨论范畴。

四

当我们从"才子"与"佳人"两个方面探讨了他们各自所具有的文

① ［法］安德烈·莫罗阿：《人生五大问题》，傅雷译，三联书店出版社 1987 年版，第 25--26 页。

化意义之后，我们还必须把目光从古代转向当代，在历史与现实的双重观照中，来进一步认识这一模式的独特价值。

作为人类的一种文化存在，文学比其他事物具有更强的继承性与民族性。《西厢记》和它所代表的“才子佳人”爱情模式，在长期的流传过程中，已逐渐成为一种“集体无意识”，深深地渗透在民族文化心理的深层结构之中，形成一种超个体的心理基础。这种“集体无意识”一经形成，便成为一种“典型的反复出现的意象”，在我们民族各个时代的不同作品中，以不同的形式不断繁衍，并在其繁衍的不同阶段，留下不同时代的鲜明特征。我们不仅可以从中国古代戏曲小说中找到无数类似的模式，而且在当代文学中我们也不难发现它的痕迹。在 20 世纪 80 年代的新时期文学中，无论是风行一时的改革文学、寻根文学，还是右派文学、知青文学，我们都发现，不少小说虽然矛盾冲突与人物形象各不相同，但却显现出一个共同的特点：它们往往都伴随着一个动人的爱情故事，而且这些爱情故事中大都有一个落难的英雄或才子被一个热情温柔、才情卓著的女子相助。如《天云山传奇》中的男主人公与冯晴岚，《绿化树》中的章永麟和马樱花，《乔厂长上任记》中的乔光朴和童贞，《花园街五号》中的刘钊与吕莎……这些人物的塑造，无疑是我们民族爱情观念的当代表现形式，是一种“集体无意识”根深蒂固的表现。而作为爱情观念中“集体无意识”原型的才子佳人模式，不仅制约着当代不少小说中的人物塑造和情节发展，甚至进一步渗透到具体人物和肖像描写中。观察一批新时期文学中的女性正面形象，不难发现，她们似乎也有一些共同的特征：她们大都有“秀气的眉，端正的鼻，加上乌黑的头发”（冯晴岚）；还有“一双深沉的闪露情愫的眼睛”，“她的眼神是温润的，绵软的，里面透出来的愁苦多于欢乐”（童贞）；“漆黑的美发”，“温柔的含着笑意的眼睛”（陆文婷）。在这些当代中国女性身上所体现出来的东方古典女性的神韵，不能不使人联想起中国古典戏曲小说中乌发明眸、娴静温柔的佳人——崔莺莺、杜丽娘和林黛玉。

至于前几年在国内受到青年学生普遍欢迎的琼瑶言情小说，其中所表现的古典模式与情趣则更为明显。曾经使无数少男少女为之倾倒的琼瑶爱情小说，几乎每一部都少不了俊男倩女，少不了缠绵悱恻、凄艳动人的情节，实际上是一批新才子佳人故事。尽管“琼瑶热”已经降温，然而这一独特的文学现象本身仍然值得我们进行深入的思考。究竟是什么原因促使当代青年重新热衷于从古典文学中蜕化而来的新才子佳人小说呢？为什么才子佳人这一古典模式获得了具有现代意识的当代读者的一再青睐呢？现代心态与古典模式相映成趣，这种文学现象的出现，不能不说是耐人寻味的。

美国著名学者露丝·本妮迪克特在她的《文化模式》一书中曾经指出："一种文化就如一个人，是一种或多或少一贯的思想和行为的模式。"① 可以说，文化的继承性是"才子佳人"模式得以存在的心理基础，如前所述，"才子佳人"模式的产生，既有它的必然性，也有它的合理性。其必然性在于，它是古代文人的人生理想和情爱心理的产物；而它的合理性则在于，它所体现的是当事人本人的意愿，更加接近爱情的自然形态，较之无视当事人意愿的"父母之命、媒妁之言"的婚姻方式，无疑是一种历史的进步。同时它还体现了人类追求以和谐为美的审美标准。因此，在长期的流传过程中凝固成为一种审美心理定式。数百年来，中国社会发生了巨大的变化，然而，从潜意识来看，传统的中国男性的心理模式并没有发生质的变化。一个标准的中国男人，应该是事业、名誉、经济、道德、地位等各种因素的相加——从古到今，一以贯之。因此，他们所需要的佳人的模式也没有变。这便是"才子佳人"的模式在当代文学中不断繁衍的一般原因。

除此而外，紧张激烈的社会竞争所带来的现代病，是"才子佳人"模式得以风行的直接原因。中国进入改革开放以来，随着物质生活水平的不断提高，文化精神生活也出现了一些新的特点。在紧张激烈的社会竞争中，由于人际关系的冷漠和疏离形成了现代人日趋严重的以情感饥渴和精神紧张为特征的现代病。因此人们重新开始怀念一种古典式的浪漫、温馨与和谐，借此来调剂刻板的生活和干枯的心灵。理解了这一点，我们便不难理解，无论是在"改革文学""右派文学""寻根文学"，还是"知青文学"以及通俗言情小说中，美好女性形象格外受人青睐的原因——在异化的文明社会中生活得太久的当代读者，在她们身上寻找着人类原始的温情……

历史的回顾与现实的考察带给我们新的启迪：现代心态与古典模式的互补与共存，将在一个相当长的时期内，成为文学创作与欣赏的主要特征

---

① ［美］露丝·本妮迪克特：《文化模式》，王炜等译，三联书店 1988 年版，第 48 页。

之一，制约着文学的创作倾向。温故知新，推陈出新，我们期待着文学在对传统的认同与重构中展现新的生机。

原载《通俗文学评论》1994年第4期
人大复印报刊资料《中国古代、近代文学研究》1995年第7期转载

《西厢记》与明清戏曲观念的嬗变

在明代戏曲家的心目中，《西厢记》与《琵琶记》似乎是两面旗帜、两把尺子，素有“古戏必以《西厢》《琵琶》称首”之说①。而在明代的剧坛上，有关《西厢》《琵琶》《拜月》优劣之争，则是明代戏剧界参与人数最多、持续时间最长、影响最大的一次论争，其激烈程度大概只有同时代著名的“汤沈之争”可以与之相颉颃。然而，有明一代一流的文学家、思想家和戏剧家，最后为这场旷日持久的论争，作出了明确的结论：“北曲故当以《西厢》压卷”②；“《拜月》《西厢》化工也，《琵琶》画工也”③；“《琵琶》之妙，以情以理；《西厢》之妙，以神以韵”④。翻检明清两代的《西厢记》评论，不难发现，在对《西厢记》这一经典作品的评价过程中，人们讨论的是作品创作中的一些具体问题，表现的则是明清文人对戏曲的认识与他们的价值观念体系。《西厢记》不仅是杰出的，同时也是典范性的。围绕《西厢记》展开的不同观点的论争，为我们提供了丰富的历史内容。考察明清文人的《西厢记》评论的不同特色，或许可以从另一层面上勾画出明清戏曲观念嬗变的路径与轨迹。

---

① 王骥德：《曲律·杂论第三十九上》，载陈多、叶长海《王骥德〈曲律〉》，湖南人民出版社1983年版，第185页。

② 王世贞：《曲藻》，载《中国古典戏曲论著集成》（四），中国戏剧出版社1980年版，第29页。

③ 李贽：《焚书·杂说》，载郭绍虞、王文生主编《中国历代文论选》，上海古籍出版社1981年版，第120页。

④ 王骥德：《新注古本西厢记附评语》，载陈多、叶长海《王骥德〈曲律〉》，湖南人民出版社1983年版，第348页。

一 曲学家眼中的《西厢记》：明代的《西厢记》评论

在《西厢记》的诸种艺术特色中，最先引起明代文人兴趣的，是《西厢记》剧本文辞的华美。明代较早的《西厢记》评论出自朱权的《太和正音谱、古今群英乐府格势》："王实甫之词，如花间美人，铺陈委婉，深得骚人之趣。若玉环之出浴华清，绿珠之采莲洛浦。"朱权对元杂剧作家的评论，虽然带有明显的随意性与模糊性，然而，正如后来王骥德所说："涵虚子品前元诸词手，凡八十余人，未必皆当。独于王实甫'花间美人'，故是确评。"[①] 朱权以形象化的语言，对《西厢记》的语言特点和艺术风格加以整体性的把握，准确地传达出其独到的审美感受，因此得到后世评论者的普遍共鸣与认同。明代文人推崇《西厢记》的主要原因，显然重点在于其曲辞。在明代的《西厢记》评论中，王世贞的"北曲故当以《西厢》压卷"是一则被后人广为引用的结论。而王世贞得出这一结论的依据，也主要是来源于剧本的语言。王世贞在认定"骈俪"为《西厢记》的语言特色的基础上，按照其功能与作用的不同，将其分为"骈俪中景语""骈俪中情语""骈俪中诨语""单语中佳语"，并认为"只此数条，他传奇不能及"[②]。不难看出，王世贞对《西厢记》的推崇，也主要是对其文辞的推崇。而在推崇《西厢记》文辞的众多评论者中，王骥德的观点尤其值得注意。王骥德认为，"《西厢》诸曲，其妙处正不易摘"。因为"《西厢》之妙，不当以字句求之。其联络顾盼，斐亹映发，如长河之流、率然之蛇，是一片段好文字。他曲莫及。"[③] 王骥德的话，精当地总结了《西厢记》语言艺术的精髓。

与明代文人对《西厢记》文辞的关注与热衷密切相关的，是对《西厢记》音律的评论。

---

① 王骥德：《新注古本西厢记附评语》，载陈多、叶长海《王骥德〈曲律〉》，湖南人民出版社 1983 年版，第 349 页。

② 王世贞：《曲藻》，载《中国古典戏曲论著集成》（四），中国戏剧出版社 1980 年版，第 29 页。

③ 王骥德：《新注古本西厢记附评语》，载陈多、叶长海《王骥德〈曲律〉》，湖南人民出版社 1983 年版，第 348 页。

在明代文人心目中，曲中之作的最高层次，当为神品。“夫曰神品，必‘法’与‘词’两擅其极，惟实甫《西厢》可当之耳!”① 而“法”的具体内涵，则是音韵与格律。即使在一流的曲学家眼中，应该说，《西厢记》的音律也是经得起检验的。《西厢记》“诸曲平仄，较《正音谱》或时有出入，然自不妨谐叶，试错综按之，无不皆然”。虽然人们以《中原音韵》“字别阴阳”的标准绳之《西厢》，“亦不能皆合”，但是“《西厢》用韵最严，终帙不借押一韵。其押处，虽至险之韵，无一字不俊，亦无一字不妥，若出天造，匪由人巧。抑何神也”。简而言之，“《西厢》绳削甚严，旗色不乱”。② 从整体上来看，《西厢记》的音律显然代表了北曲杂剧的最高水平。因此，在明人心目中，《西厢》实为北曲“音律之祖”。明末文人沈宠绥在北曲凋零的背景下，特作《弦索辨讹》一书，对全本北《西厢》的套曲逐字注音，以示轨范，则从另一层面为我们显示了明代曲学家对《西厢记》音律的普遍认同。

毋庸置疑，文辞与音律显然是明代《西厢记》研究的重点所在。而在更深层次上认识了《西厢记》的艺术特质的，是明代文人对《西厢记》神韵的关注。从某种意义上说，著名思想家李贽的“化工说”体现了明代《西厢记》评论的最高水平。“《拜月》、《西厢》化工也，《琵琶》画工也。”在李贽的观念中，“化工”是与“画工”相对的概念。化工者，即造化之工也，天然浑成者；画工者，即人工模仿，虽穷工极巧，“已落二义矣”。不难发现，李贽“化工说”的核心在于提倡自然之美。这种自然之美，无形无迹，无法度可寻，自然浑成，非常理所能拘束。“若夫结构之密，偶对之切；依于理道，合乎法度；首尾相应，虚实相生：种种禅病皆所以语文，而皆不可以语于天下之至文也。”《西厢》《拜月》无疑就是这样的“天下之至文”。其动人之处在于，作者真实地写出了“宇宙之内，本自有如此可喜之人”，创造了“如化工之于物，其工巧自不可思议尔”的艺术境界。这种自然之美显然是李贽心目中美的最高层次。至于《琵琶记》，虽然作者“穷工极巧，不遗余力”，但是“语尽而意亦尽，词

① 王骥德：《曲律·杂论第三十九下》，载陈多、叶长海《王骥德〈曲律〉》，湖南人民出版社1983年版，第247页。

② 王骥德：《新注古本西厢记附评语》，载陈多、叶长海《王骥德〈曲律〉》，湖南人民出版社1983年版，第348页。

竭而味索然亦随以竭”。“盖虽工巧之极，其气力限量，只可达于皮肤骨血之间，则其感人仅仅如是，何足怪哉！”① 李贽以一个思想家的敏感，把握了《西厢记》的精髓，道出了其艺术真谛。连曾经对李贽充满了极大的偏见、将其视为“异端之尤”的一代曲学大师王骥德也不得不承认：李贽“独云‘《西厢》化工，《琵琶》画工’，二语似稍得解”②。而王骥德本人所云：“《琵琶》之妙，以情以理；《西厢》之妙，以神以韵”，则是在同一层面上形成的艺术共识。显然，在明代的戏剧理论批评中，李贽的《西厢记》评论，因其思想的深刻与“声音”的独特而格外引人注目。

然而，从更为广阔的文学背景来考察，可以看到，无论是明人对《西厢记》文辞的激赏、音律的推崇，还是对其“化工”与神韵的关注，尽管论述的角度各不相同，但从根本上来看，其共同特点则仍然是从传统的韵文学的总体特色出发的，继承传统的诗学框架，沿用以往论诗的角度和途径来探讨戏曲文学。因此，在明代的《西厢记》评论中，声律的探讨与文学评论的合而为一，而文学评论中的重点往往是文学语言，便是不足为奇的了。可以说，明代的《西厢记》研究，主要是对“曲”的评论与研究，而不是对“戏”或“剧”的评论与研究。这一特点，鲜明而集中地体现了明代戏剧理论的总体特色和整体趋势，也是一种历史必然性的表现。

二　文学家眼中的《西厢记》：金圣叹《第六才子书》

生活在明末清初的金圣叹，在学术传统上明显地表现出另辟蹊径的倾向。

在金圣叹的《第六才子书》中，明代曲论家所津津乐道的曲辞与音律等内容，已经悄然隐退，取而代之的是另一种视角和另一种内容。如果

---

① 李贽：《焚书·杂说》，载郭绍虞、王文生主编《中国历代文论选》，上海古籍出版社1981年版，第120页。

② 王骥德：《新注古本西厢记附评语》，载陈多、叶长海《王骥德〈曲律〉》，湖南人民出版社1983年版，第350页。

说，明代文人是以文学与音乐、文学与音律的双重视角来认识《西厢记》的话，那么，金圣叹则更多的是从纯文学与叙事文学的角度出发来解读《西厢记》的，他更加强调自己独特的审美感受。正因为如此，它才被后来的李渔称为“文人把玩之《西厢》”（《闲情偶寄·词曲部·填词余论》）。也正是从这种意义上来看，金批《西厢》，代表的是文学家眼中的《西厢记》。

金批《西厢》最为引人注目之处，在于金圣叹是以一种审美的态度，在多重阅读视野中获得了独特的审美感受。对于《西厢记》，金圣叹首先是一个被吸引、被打动的忠实的读者，他评点《西厢记》，就是要表达自己切身的审美感受。“或问曰：《西厢记》何为而批之、刻之也？圣叹悄然动容，起立而对曰：嗟呼！我亦不知其然。然而于我心则诚不能自己也。”① 这种独特的审美感受，如梗在心，不吐不快。不仅如此，从审美的角度出发，金圣叹对《西厢记》的阅读态度，也提出了与众不同的要求：

> 《西厢记》必须扫地读之。扫地读之者，不得存一点尘于胸中也。
>
> 《西厢记》必须焚香读之。焚香读之者，致其恭敬，以期鬼神之通之也。
>
> 《西厢记》必须对雪读之。对雪读之者，资其洁清也。
>
> 《西厢记》必须对花读之。对花读之者，助其娟丽也。
>
> 《西厢记》必须尽一日一夜之力，一气读之。一气读之者，总揽其起尽也。
>
> 《西厢记》必须展半月一月之功，精切读之。精切读之者，细寻其肤寸也。（《读第六才子书西厢记法》）

……凡此种种，不一而足。金圣叹对《西厢记》的痴迷与推崇，由此可见其一斑。

正是由于从审美视角的切入，金圣叹获得了前人所未曾发现的审美快

---

① 《圣叹外书》序一曰：恸哭古人。张国光校注：《金圣叹批本〈西厢记〉》，上海古籍出版社1986年版，第1页。下文所引金圣叹批语，均引自此书，不另标明。

感：在《琴心》总评中，金圣叹在盛赞王实甫用笔为“千古奇绝”之后，写道：“寄语茫茫天涯，何处锦绣才子，吾欲与君挑灯促席，浮白欢笑，唱之，诵之，辩之，叫之，拜之。世无解者，烧之，哭之。”而在《赖简》的评点中，金圣叹更是极为动情地写道：“双文之去我也，已不知几百千年矣，乃我于今夜读之，而犹尚为之千怜万惜也，曰：‘双文尔奈何？双文尔奈何？’”金圣叹不仅与书中人物同呼吸、共命运，也与作者一个鼻孔出气，还不时与读者相交流，更多的时候则是以评论家的身份引经据典，指点迷津，“以观行文之人之心”（《酬韵》总评）。金圣叹无疑是一个特殊的读者，他创造了一种全新的阅读视野，与作者、读者及书中人物展开了全面的对话，在《西厢记》的文本世界中寻幽探妙，游刃有余，其乐无穷：“细思作《西厢记》人，亦无过一种笔墨，如何便写成如此这般文字，使我读之通身抖擞，骨节尽变。”（《闹简》夹批）从切身的审美感受出发，以审美为中心解读《西厢记》，强调个体的生命体验与发现，金批《西厢》由此形成了自身独特的面貌。

作为一个特殊的读者，金圣叹又比一般读者多了一重文学家的眼光。“外行看热闹，内行看门道。”由《西厢记》巨大艺术魅力的感染，金圣叹进而力图探索其成功的奥秘所在，企图发现带有普遍性与共同性的文学的规律。从这一角度出发，应该特别提到的是金圣叹本人的一段表述：

> 圣叹本有“才子书”六部，《西厢记》乃是其一。然其实六部书，圣叹只是用一副手眼读得。如读《西厢记》实是用读《庄子》、《史记》手眼读得；便读《庄子》、《史记》亦只是用读《西厢记》手眼读得。（《读第六才子书西厢记法》）

金圣叹的这番话，鲜明而又集中地说明了其《西厢记》评论的理论特质，应成为我们认识其复杂的文学思想体系与逻辑思路的起点。

可以说，金圣叹之所以将《西厢记》命名为“才子书”，与《离骚》《庄子》《史记》和杜诗相提并论，主要是从传统的“文章学”的观念出发的。因此，他所着重阐发的是《西厢记》作为广义的文章的一般属性与具体特征。“妙文”与“妙笔”便是金圣叹对“文章学”的《西厢记》审美形态的描述和表现手法的概括。

在金圣叹的心目中，“妙文”与“妙笔”的标准是适用于所有文章的，但他同时也明确地认识到，他所评点的《西厢记》是“传奇”——戏曲。在金批《西厢》中，曾有意识地点明这一特点，并与其他传奇作品加以对照。在阐明《西厢记》作者用笔的特点时，金圣叹批道：“若用笔而笔前、后、不用笔处无不到者，舍《左传》吾更无与归也。……吾独不意《西厢记》，传奇也，而亦用其法。然则作《西厢记》者，其人真以鸿钧为心，造化为手，阴阳为笔，万象为墨者也。”（《借厢》总评）在金圣叹眼里，作为传奇的《西厢记》，不仅将广义的“妙文”与“妙笔”发挥到了出神入化、炉火纯青的境地，而且也是同类传奇作品的典范。在对《西厢记》的情节特点进行归纳和概括时，金圣叹写道：“昨读《西厢》，因而谛思伧所作传奇，其不可多，不可少，必用四十折，吾则真不知所云其遵何术而必如此。若夫《西厢》之为文一十六篇，则吾实得而言之矣：有生有扫……”（《后候》总评）虽然金圣叹并没有将《西厢记》完全视为单纯的戏剧文学，但他在对《西厢记》进行具体剖析的时候，已经涉及了戏剧文学的许多重要命题，取得了相当可观的理论成果。

作为一个有着较高文学修养的评点家，金圣叹对《西厢记》的人物形象塑造极为赞赏。

在金圣叹的《西厢记》评点中，有将近三分之一的篇幅是围绕人物性格及性格与情节的关系展开的。对人物性格特点及其发展逻辑的准确把握和细致分析，是金批《西厢》中最为精彩的内容。金圣叹对《西厢记》第一女主角莺莺性格的概括：“双文，天下之至尊贵女子；双文，天下之至有情女子也；双文，天下之至灵慧之女子也；双文，天下之至矜尚女子也。”已得到了数百年来读者、观众和评论者的普遍认同。至于金圣叹关于红娘对张生的认识过程的分析：“红娘初焉以退贼故，方德张生；既焉以赖婚故，方怜张生；既焉以挥毫故，方爱张生；既焉以不效故，方羞张生。至此乃忽然以苦缠故，不觉恼张生”（《闹简》总评），则环环相扣，入情入理，不能不使人折服。不仅如此，更为难能可贵的是，金圣叹已明确意识到了人物性格制约情节发展的深层关系，从而使金批《西厢》的文学人物论达到了新的高度。金圣叹在《赖简》的总评中，在对莺莺突然变卦赖简的心理活动作了丝丝入扣的细致分析之后，写道：“夫更未深，人未静，我方烧香，红娘方在侧，而突如一人，则已至前，则是又取我诗于红娘前不惜罄尽而言之也。此真双文之所决不料也；此真双文之所决不肯也；此真双文之所决不能以少耐也……《西厢》如此写双文……真写尽又娇稚、又矜贵、又多情、又灵慧千金女儿，不是洛阳对门女儿也。"这里，金圣叹是从人物性格的发展逻辑出发来阐释情节产生的必然性，在金圣叹的审美视野中，情节已不再是单纯的故事或事件，而具有了"性格化"的内涵与意义。

与金圣叹对《西厢记》人物性格的阐释密切相关的是他对剧本情节结构的关注。金圣叹对《西厢记》情节结构的论述仍然是以人物为中心的，是他的"人物论"的延伸与扩展。

在金圣叹眼中，《西厢记》犹如一篇文章，在这篇文章中，"双文是题目，张生是文字，红娘是文字之起承转合。有此许多起承转合，便令题目透出文字，文字透出题目也。其余如老夫人等，算只是文字中间所用'之乎也者'可也"（《读法》第48条）。从这里人们不难看出金圣叹对《西厢记》整体结构与结构中心的理解。不仅如此，金圣叹还对《西厢记》的情节结构作出了具体的概括与详尽的分析，"若夫《西厢》之为文一十六篇，则吾实得而言之矣：有生有扫，生如生叶生花；扫如扫花扫叶。……然则如《西厢》，何谓生？何谓扫？最前《惊艳》一篇谓之生，最后《哭宴》一篇谓之扫"。并将其情节的发展概括为"一生一扫""两来""三渐三得""二进三纵""两不得不然""一虚一实"（《后候》总评）。尽管当时金圣叹并不了解有关戏剧冲突的专门术语，但他的这些论述，以其特有的艺术敏感，实质上已经涉及戏剧冲突的产生、发展、高潮与结局以及冲突事件的发展与人物性格的必然联系等戏剧文学基本内容，具有不可低估的理论价值。

简而言之，虽然金圣叹在主观上始终将《西厢记》放在广义的文章学的范围内解读，然而，由于他所选择的以审美为中心、以人物为重点的特殊视角，使金批《西厢》获得了新的理论特质，具有更为鲜明的文学色彩，尤其是叙事文学理论的色彩。因此，它被当代学者视为中国古代戏曲理论"叙事理论体系"的代表①，并不是偶然的。

---

① 谭帆、陆炜：《中国古典戏剧理论史》，中国社会科学出版社1993年版，第61页。

三 戏剧家眼中的《西厢记》：李渔和他的《西厢记》评论

李渔的《西厢记》评论与金圣叹大异其趣。但十分耐人寻味的是，他对金批《西厢》却是称赞有加。在《闲情偶寄·词曲部·填词余论》中专门论述了他对金批《西厢》的看法："自有《西厢》以迄于今，四百余载，推《西厢》为填词第一者，不知几千万人；而能历指其所以为第一之故者，独出一金圣叹。"不仅如此，更为难能可贵的是，李渔还从根本上把握了金批《西相》的质的特征："圣叹之评《西厢》，可谓晰毛辨发，穷幽晰微，无复有遗议于其间矣。然以余论之，圣叹所评，乃文人之把玩之《西厢》，非优人搬弄之《西厢》也。文字之三昧，圣叹已得之；优人搬弄之三昧，圣叹犹有待焉。"明确指出了金批《西厢》的特点与局限，不能不说是独具慧眼。在金批《西厢》中，金圣叹不仅对《西厢记》的"优人搬弄"之特点是漠视的，而且是排斥的。金圣叹曾直言："《西厢记》乃是如此神理，旧时见人教诸忤奴于红氍毹上扮演之，此大过也。"（《读法》第79条）在金批《西厢》中，金圣叹主要是从文学审美的角度出发，着重强调的是一种个体的生命体验与发现；而在李渔的《西厢记》评论中，则更多的是从戏剧的综合艺术特点出发，更重视群体的生命感受与体验。

李渔的《西厢记》评论并没有形成严密完整的体系，而是散见于其《闲情偶寄》的各部分中。其中较为引人注目的，首先是他对《西厢记》的整体评价。在李渔看来，"填词除杂剧不论，止论全本，其文字之佳、音律之妙，未有过于《北西厢》者"①。而从词采的角度着眼，李渔认为："吾于古曲之中，取其全本不懈、多瑜鲜瑕者，惟《西厢》能之。"（《闲情偶寄·词采第二》）而李渔之所以如此推崇《西厢记》，其中一个很重要的原因，在于《西厢记》"能于浅处见才，方是文章高手"。李渔深知，作为传奇作品，其语言应"贵浅不贵深"，才能适应戏剧"做与读书人与不读书人同看，又与不读书之妇人小儿同看"的特殊要求，即适应戏剧

① 李渔：《闲情偶寄·词曲部·音律第三》，载《中国古典戏曲论著集成》（七），中国戏剧出版社1980年版，第33页。下文所引李渔观点均引自此书，不另标明。

舞台演出的要求。从这一角度出发，李渔对金圣叹将《西厢记》视为“才子书”之论，表现出了一种完全的认同。尽管两者的出发点也许并不完全相同，但在这一点上他们却达成了共识——戏剧家与文学家的共识，这显然是意味深长的。

与李渔对《西厢记》的整体评价相联系的，是他对李日华所作《南西厢》的抨击。李渔对《南西厢》“千金狐腋，剪作鸿毛；一片精金，点成顽铁”的改动，痛心疾首，深恶痛绝。李渔之所以力斥《南西厢》，“非仇《南西厢》，欲存《北西厢》之本来面目也”（《闲情偶寄·音律第三》）。也就是说，是出于对《北西厢》艺术完整性的维护。从这一层面来看待李渔对《南西厢》近乎极端的态度，也许并不难理解。

在李渔的《西厢记》评论中，论述得最为具体，同时又最容易引起歧义的，恐怕要算他关于“主脑”的论述。“古人作文一篇，定有一篇之主脑。主脑非他，即作者立言之本意也。传奇亦然。一本戏中，有无数人名，究竟俱属陪宾；原其初心，止为一人而设。即此一人之身，自始至终，离合悲欢，中具无限情由、无穷关目，究竟俱属衍文；原其初心，又止为一事而设。此一人一事，即作传奇之主脑也。”这里，李渔对主脑的界定与说明并不十分准确与严密，由此导致了后人将李渔的“主脑”理解为主题思想与中心人物、中心事件。正如著名戏曲史学家赵景深先生所指出的，李渔的“这两句话很不妥当，容易使人误会他所谈的是主题思想，其实他所指的是最重要的关目，或戏剧情节，也就是联络全剧人物的枢纽”[①]。只要看一看李渔对《西厢记》“主脑”的分析，就可以知道，此言极是。李渔认为，“‘白马解围’四字，即作《西厢记》之主脑也”。因为“其余枝节，皆从此一事而生——夫人之许婚，张生之望配，红娘之勇于作合，莺莺之敢于失身，与郑恒之力争原配而不得。皆由于此”。在《西厢记》中，“白马解围”显然不是剧本的主题，也说不上是全剧的中心事件，但它却是全剧情节的“枢纽”，或者说是剧情结构的“支点”。没有这一支点的存在，张生即使再情深似海，也很难有“戏”可言。李渔正是从情节结构的角度来论述剧本的“主脑”的重要性，从戏剧学的层面来诠释“白马解围”的特殊作用的。在李渔看来，一个剧本如果缺少了这样的支点，即使有中心人物，如果只是一味地“逐节铺陈”的话，

① 赵景深：《曲论初探》，上海文艺出版社1980年版，第50—51页。

最终也只能或为“散金碎玉”，或为“断线之珠，无梁之屋”。而要使剧本真正做到“立主脑”，就必须“减头绪”。只有如此，才能使“三尺童子观此剧，皆能了了于心，便便于口；以其始终无二事，贯穿只一人也”。显然，作为一个戏剧家，李渔是从剧本的场上演出效果出发，特别强调以“一人一事”为“主脑”的。

如果说金批《西厢》是以人物为中心的，那么，李渔的《西厢记》评论，则是以其戏剧结构的分析为特色的。也正是在李渔对《西厢记》结构的分析中，显示出他对戏剧性、对戏剧艺术的深刻认识与理解。众所周知，戏剧离不开冲突，而动作则是再现冲突的重要手段。在戏剧舞台上，动作与动作之间必须具有紧密的联系，一个动作引起新的动作，后一动作是前一动作的延续和发展，又是新的动作的“因”。这种环环相扣的戏剧动作，在中国古代被称作“关目”。而“减头绪”“立主脑”，正是对动作统一性，即“关目”统一性的基本要求。李渔正是从戏剧动作与戏剧性的角度出发，特别强调“白马解围”特殊的意义。这显然是李渔作为一个戏剧家的独到见解与经验之谈。

如果说在金批《西厢》的理论体系中，曾经将传统“曲学”的内容排斥在外，那么，在李渔的《西厢记》评论中，则已包容了传统“曲学”的内容。在《词曲部·音律第三》“廉监宜避”一节中，李渔在指出《西厢记》惠明的唱词中的险韵时说：“惟惠明可用，亦为才大如天之王实甫能用。”在“少填入韵”一节中，则指出：“作《西厢》者，工于北调，用入韵是其所长。”称赞《闹斋》一折中的入韵运用“何等雅驯，何等自然！”都从音律的角度对《西厢记》作出了高度的评价。在李渔心目中，曲学内容已经纳入了其戏剧学的整体框架，从而区别于明人传统的“曲学”观念。

综观李渔的《西厢记》评论，不难发现，在这位17世纪的戏剧家心目中，《西厢记》无疑是一部典范性的戏剧作品，具有不可动摇的地位，因而也是他用来衡量其他剧作的一把标尺。而李渔的《西厢记》评论的理论兴趣与关注焦点都与他的全部戏剧理论体系以及他本人的戏剧家身份息息相关。李渔的《西厢记》评论，相对于金批《西厢》，既是一种补充，也是一种超越。二者分别代表了中国戏曲理论史上的两种不同的戏曲观念与理论体系，共同演绎出《西厢记》的精彩。

四 结语

考察明清两代的《西厢记》研究，我们发现，《西厢记》作为戏剧作品，无疑是一部经典之作；而与之相联系的《西厢记》研究，显然也是学术研究中的经典个案。一部戏剧作品，能够同时得到曲学家、文学家、戏剧家的共同认可与高度评价，在中国戏曲史上也是十分少见的。在明清两代的文人心目中，对《西厢记》性质与意义的认识，经历了从曲学到文章学再到戏剧学的不同阶段，可以说，明清两代文人对《西厢记》性质与意义的认识发展过程，也正是人们不断寻找、接近戏曲艺术自身特点的过程，是中国古典戏曲观念逐步成熟与完备的过程。

需要进一步指出的是，明清两代《西厢记》研究中所显示出的视野的变化、重心的转移与观念的嬗变，既不是孤立的，也不是偶然的。它与明清文学思潮的发展、文学观念的变化，以及传统文学由抒情文学向叙事文学转换的整体走向，有着直接的、多方面的联系。可以说，明清两代《西厢记》研究中所显示的戏曲观念的嬗变，既是特定时代的历史产物，同时又影响并改变着文学史、戏曲史的面貌，其意义是十分丰富与深远的，应该引起更为广泛的关注与更为深入的研究。

原载《戏剧艺术》2002 年第 1 期

中国古典戏曲的分类与悲、喜剧观念的介入

悲剧与喜剧观念都是舶来品。用悲、喜剧观念研究中国古典戏曲，是近代以来的事情。1913 年，王国维在他的《宋元戏曲考》中写道："明以后传奇，无非喜剧，而元则有悲剧在其中。……关汉卿之《窦娥冤》、纪君祥之《赵氏孤儿》……即列之世界大悲剧中，亦无愧色。"王国维率先将西方的悲、喜剧观念引入中国古典戏曲研究，对后世的古典戏曲研究产生了深远的影响。时至今日，当人们回首 20 世纪的戏曲研究之时，则对这种影响作出了不同的评价。与这种评价密切相关的，是对 80 年代初期出版的中国古典悲、喜剧集的整理与出版的评价。肯定者称为"运用西方审美观念解读中国戏曲的尝试，也是对王国维悲剧学说的发展。这些工作所引起的反响，比之工作本身的具体成绩更值得注意"。因为它"使得中国有无悲剧问题的概念之争告示一段落，使研究的视角转入到对中国人的悲剧意识和中国的悲剧的文化因素、审美特征等方面的研究上来了"。同时"努力拓展研究的视野，使文学及文学研究从政治的附属物中解脱出来"。[①] 质疑者则提出："'悲剧'与'喜剧'的引入，是否果真取得了最初我们期待的成效?""'悲剧'与'喜剧'以及'悲喜剧'的引入，在某种意义上是否可能遮蔽了我们的眼光，制造了一些不必要的麻烦?"[②] 有些学者则更为明确地指出，"中国古典曲学不讲悲剧喜剧，讲的是悲欢离合、善恶相报、苦尽甘来、人生团圆"，而编印中国古代悲、喜剧集，

---

① 康保成等:《文学研究：徜徉于文学与艺术之间》,《文学遗产》1999 年第 1 期。

② 解玉峰:《"悲剧"、"喜剧"与中国戏曲研究及其它》,《戏剧艺术》2000 年第 3 期。

则是套搬西方美学范畴及概念，“这一误区从王国维就形成了”①。在这一问题上，两种观点截然不同，是显而易见的。笔者以为，在中国戏曲发展史上，悲剧与喜剧观念的引入，是与国人对戏曲作为独立的文学样式特点的认识紧密联系在一起的。考察戏曲文学观念的流变，梳理辨析其发展的历史轨迹，在历史与现实的双重视野中，认识这种新的“话语”的出现的必然性，或许可以为我们探讨这一重要的学术话题，提供一个新的观照面。

一 元明戏曲分类法的主要特征

在传统的中国古代戏曲理论中，人们通常主要习惯于以题材、品第及风格作为分类的标准。在元代重要的戏曲理论著作《青楼集》中，夏庭芝第一次从不同角度对元杂剧进行了分类，他不仅将元杂剧分为“旦本”和“末本”，而且还将元杂剧分为“驾头杂剧”“闺怨杂剧”“花旦杂剧”“绿林杂剧”等数类。其分类标准主要是依据剧本的内容或题材。明代朱权的《太和正音谱》则在沿袭《青楼集》的分类法的基础上，作了进一步的发展，把杂剧分为神仙道化、隐居乐道、披袍秉笏、忠臣烈士、孝义廉节、叱奸骂谗、逐臣孤子、钹刀赶棒、风花雪月、悲欢离合、烟花粉黛、神头鬼面“十二科”，更为细致具体地反映出元杂剧在题材内容方面的特点。《青楼集》与《太和正音谱》显然代表了中国古典戏曲发展早期分类方法的特点。

明代中叶以后，随着戏曲创作繁荣局面的出现，戏曲理论批评也获得了充分发展，涌现出一大批各种类型的戏曲理论专著，对戏曲作品的分类也逐渐多样化、系统化。在吕天成的《曲品》中，作者将明代不同时期的剧作分别分为神、妙、能、具四品和上上、上中、上下，中上、中中、中下，下上、下中、下下九品。其分类方法明显地受到《诗品》的影响，着眼于艺术水平的高下。值得特别注意的是吕氏对其分类标准的说明：

> 传奇定品，颇费筹量，不无褒贬。盖总出一人之手，时有工拙；统观一帙之中，间有长短。故律以一法，则吐弃者多；收以歧途，则

① 廖奔：《20世纪中国戏剧学的建构》，《文艺研究》1999年第4期。

> 阑入者杂。其难其慎，此道亦然。我舅祖孙司马公谓予曰：“凡南剧，第一要事佳，第二要关目好，第三要搬出来好，第四要按宫调、协音律，第五要使人易晓，第六要词采，第七要善敷衍——淡处做得浓，闲处做得热闹，第八要各角色派得匀妥，第九要脱套，第十要合世情、关风化。持此十要以衡传奇，靡不当矣。”但今作者辈起，能无集乎大成，十得六者，便为玑璧；十得四五者，亦称翘楚；十得二三者，即非碔砆。具只眼者，试共评之。①

显然，吕氏力图以其外祖父论戏“十要”为依据来品评剧本。而吕氏所激赏的这“十要”，已不同于传统的诗文评论标准，而注意到戏曲的选材（事佳）、结构（关目）、表演（搬出来好）角色、脱套等具体要求，也就更接近戏曲创作自身的特点，其理论贡献与意义是不容低估的。只是吕氏在其具体的戏曲评论中仍然主要是按照他自己的“音律”“词华”的标准品评戏曲作品的。

在吕天成之后，祁彪佳的《远山堂曲品》和《远山堂剧品》，则以韵、调、词、事为主要标准，将传奇和杂剧分为妙、雅、逸、艳、能、具六品。祁氏自言“吕以严，予以宽；吕以隘，予以广；吕后词华而先音律，予则赏音律而兼收词华”。强调“调有合于韵律”，“词有当于本色”，“事有关于风教”。其三者不可兼得时，则“韵失矣，进而求其调；调讹矣，进而求其词；词陋矣，又进而求其事”②。音韵词华仍然是主要的，而叙事性则居于从属的地位。

出现在同一时期的孟称舜编刊的《古今名剧合选》，将56种元明杂剧分为《柳枝集》和《酹江集》两大类。而孟氏对戏曲的独到见解以及其戏曲的分类标准，则集中在此书的序中。在这篇序言中，孟氏已经明确认识到了传统的诗词创作与戏曲创作的区别，认为“曲之为妙，极古今好丑、贵贱、离合、死生。因事以造形，随物而赋象。时而庄言，时而谐诨，孤末靓狚，合傀儡于一场，而征事类于千载。笑则有声，啼则有泪，

① 吕天成：《曲品》，载《中国古典戏曲论著集成》（六），中国戏剧出版社1980年版，第223页。

② 祁彪佳：《曲品叙》，载《中国古典戏曲论著集成》（六），中国戏剧出版社1980年版，第5页。

喜则有神，叹则有气。非作者身处于百物云为之际，而心通乎七情生动之窍，曲则恶能工哉”。并指出：“学戏者，不置身于场上，则不能为戏；而撰曲者，不化身为曲中之人，则不能为曲，此曲之所以难于诗与辞也。”① 孟氏对戏曲和戏曲创作的论述，已相当深入和透彻。然而，尽管孟氏已从感性上意识到传统诗词与戏曲创作的不同，但最终仍然未能突破传统的樊篱。他对元明杂剧的分类方法主要是“取元曲之工者，分其类为二，而以我明之曲继之，一名《柳枝集》，一名《酹江集》，即取［雨淋铃］‘杨柳岸’，及‘大江东去，一樽还酹江月’之句也”②。其分类的主要依据，仍然沿袭的是诗词传统，按照艺术风格的不同加以划分。并以“辞足达情者为最，而协律者次之，可演之台上，亦可置之案头”③，案头场上两擅其美，作为其最高境界。戏曲自身的特点已经出现在孟称舜的观念中，但却还尚未发展成熟。

纵观明代戏曲家和戏曲理论家对戏曲的分类，我们不难发现，尽管他们分类的角度与方法各不相同，但在本质上并无根本的区别。即将戏曲与诗词视为一体。在当时人的心目中所谓“曲”是散曲与戏曲的合成，不仅散曲是诗歌的一种，戏曲也是诗歌的一类：

> 曲，乐之支也。自《康衢》、《击壤》、《黄泽》、《白云》以降，于是《越人》、《易水》、《大风》、《瓠子》之歌继作，声渐靡矣。“乐府”之名，昉于西汉，其属有“鼓吹”、“横吹”、“相和”、“清商”、“杂调”诸曲。六代沿其声调，稍加藻艳，于今曲略近。入唐而以绝句为曲，如《清平》、《郁轮》……之类；然不尽其变……入宋而词始大振，署曰“诗余”，于今曲益近……而金章宗时，渐更为北词，如世所传董解元《西厢记》者，其声犹未纯也。入元而益漫衍其制，栉调比声，北曲遂擅盛一代……迨季世入我明，又变而为南曲，婉丽妩媚，一唱三叹，于是美善兼至，极声调之致。④

---

① 孟称舜：《古今名剧合选》序，载吴毓华编著《中国古代戏曲序跋集》，中国戏剧出版社1990年版，第198页。

② 同上书，第199页。

③ 同上书，第200页。

④ 王骥德：《曲律·论曲源第一》，载《中国古典戏曲论著集成》（四），中国戏剧出版社1980年版，第55页。

在传统的曲论家的观念中，是以诗、词、曲相沿相续的“诗歌一体化”的眼光来认识戏曲的，因而也就常常以诗歌史取代戏曲史，用研究诗歌的方法研究戏曲。其共同特点就是，继承传统的诗学框架，沿用诗歌评论的角度和途径来探讨戏曲艺术问题，把文辞和音律作为戏曲理论的基本内容，因而也就把文辞和音律作为戏曲分类的主要标准。从这个意义上我们可以说，传统的戏曲分类方法和分类标准正是由传统的戏曲观念所决定的。

二　清代戏曲观念的嬗变

从传统的“曲学”到独立意义上的“剧学”的转变，到清代的李渔的《闲情偶寄》才出现。李渔不仅认识到“填词非末技，乃与史、传、诗、文同源而异派者也”[①]，同时还明确指出：“填词之设，专为登场。”[②]因此，他的戏曲理论既包括了戏曲文本的创作论，也包括了戏曲表演论，构成了较为完整的戏曲理论框架。而在其剧本创作论中，他则独具慧眼提出：“填词首重音律，而予独先结构者。”可以说，在他的《闲情偶寄·词曲部》中，李渔将“曲学”的内容纳入“剧学”的框架，作为“剧学”的一部分加以论述。而“词曲部”中所论述的主要问题结构、词采、音律、宾白、科诨、格局等，事实上已涉及了戏剧文学的全部内容，标志着不同于传统“曲学”的“剧学”的诞生。显然，“剧”的观念在清人的意识中已相当明晰。

如果说李渔是以“剧学”对“曲学”的包容表现了他对戏曲特点的认识，那么，在李渔之后的李调元则从“剧”与“曲”的分离角度，表达了清人对戏剧文体独立性的认识。在《剧话序》中，李调元指出：“剧者何？戏也。”这种“剧”或“戏”的观念已不再是“曲”，也不再是唐宋延续下来的视“戏”为表演技艺的概念。“曲”和“剧”，“曲学”和“剧学”，在李调元的心目中，已有了明确区别。正是基于这种认识，李

---

① 李渔：《闲情偶寄》中《词曲部·结构第一》和《演习部·选剧第一》，载《中国古典戏曲论著集成》（七），中国戏剧出版社1980年版，第6页。

② 同上书，第73页。

调元曾分别作《曲话》《剧话》，又作《弄谱》。他的《曲话》虽也涉及戏剧，但仅论述剧中之曲，并不涉及戏剧的其他问题。《剧话》则不论及宫调、音律、辞采等“曲”的问题。《剧话》上卷以考“戏剧”一词之由来为始，然后考察自优孟衣冠以下演出等各方面体制的沿革，描述戏曲表演形态的历史演进脉络；下卷则是戏剧故事本事的考索，侧重于戏曲题材流变的探究。从整体上看，李调元将“剧”与“曲”分离的思路，显然不如李渔对戏曲特点的认识深刻，但其中所表现出来“剧”的观念的明晰，也是十分引人注目而不容忽视的。

此外，稍后焦循的《剧说》显然也是同一思路的发展。《剧说》与《雨村剧话》的性质与体例相近，但规模较《剧话》更大，且全部由资料汇成。内容丰富，博采群书，但其中“凡论宫调、音律者不录”，“剧”的概念也已相当明确。

不仅如此，与人们对“剧”的观念的认识相联系的，是人们对戏剧叙事性特点的日益重视。清代不仅出现了李渔这样的戏剧理论家，而且出现了像金圣叹、毛声山等戏剧评点大家。他们在对《西厢记》《琵琶记》和《牡丹亭》的评点中，紧扣戏剧艺术的叙事性特点，展开细致的艺术分析，并在理论上作出深入的探讨，使戏剧的叙事理论获得了前所未有的发展。而在这些著名的戏曲评点家中，金圣叹的声音显得格外引人注目。

金圣叹的《西厢记》评点，是对古代戏曲叙事学最重要的贡献。在金圣叹的《第六才子书》中，明代曲论家所津津乐道的曲辞与音律等内容，已经悄然隐退，取而代之的是另一种视角和另一种内容。如果说，明代文人是以文学与音乐、文学与音律的双重视角来认识《西厢记》的话，那么，金圣叹则更多的是从纯文学与叙事文学的角度出发来解读《西厢记》的，更加强调自己独特的审美感受。

在金圣叹的《西厢记》评点中，对人物性格特点及其发展逻辑的准确把握和细致分析，是金批《西厢》中最为精彩的内容。金圣叹对《西厢记》女主人公莺莺性格的分析与概括，已得到了数百年来读者、观众和评论者的普遍认同。金圣叹《西厢记》人物评点的特色在于，他是从人物性格的发展逻辑出发来阐释情节产生的必然性的。在金圣叹的审美视野中，情节已不再是单纯的故事或事件，而具有了“性格化”的内涵与意义。可以说，金圣叹已明确意识到了人物性格制约情节发展的深层关系，从而使金批《西厢》的文学人物论达到了新的高度。

与金圣叹对《西厢记》人物性格的阐释密切相关的是他对剧本情节结构的关注。金圣叹对《西厢记》情节结构的论述仍然是以人物为中心的，是他的“人物论”的延伸与扩展。尽管当时金圣叹并不了解有关戏剧冲突的专门术语，但他的这些论述，以其特有的艺术敏感，实质上已经涉及戏剧冲突的产生、发展、高潮与结局以及冲突事件的发展与人物性格的必然联系等戏剧文学基本内容，具有不可低估的理论价值。

综上所述，尽管清代戏剧理论沿用传统的理论格局，探讨音律、文辞和唱法的也不乏其人，然而，“剧”的观念的建立和戏剧叙事意识的增强，无疑是清代戏剧理论的最突出、也是最重要的贡献。

三　现代学术意识的介入

近代悲、喜剧观念的介入，是与中国戏曲本体观念的形成密切相关的。众所周知，最终确立中国古典戏曲独立品格的，是近代学者王国维。在《宋元戏曲考》中，王国维明确提出：“戏曲者，谓以歌舞演故事也。”戏剧“必合言语、动作、歌唱，以演一故事，而后戏剧之意始全”①。王国维的《宋元戏曲考》的重要贡献首先在于，它把戏曲从传统的诗歌中分离出来，确立了戏曲本体观念。在王国维看来，戏曲不是传统的诗、词、曲的附属品，也不是文人墨客卖弄才学的雕虫小技，而是具有独立发展历史的一种艺术类型。因此，他感慨于前人“未有能观其会通，窥其奥窔者”②，对戏曲这一独立的艺术形式“究其渊源，明其变化之迹”，进行了详细的考察和系统的研究，从而确立了戏曲这一独立的艺术形式明确的本体观念与学科品格。可以说，确定戏曲本体观念，描述戏曲起源、形成与发展的基本轨迹，阐明元杂剧之独特价值，王国维由此构建了他自成体系的戏曲史学的完整框架。王国维的戏剧学体系，与传统的“曲学”体系既有联系，更有本质的区别。新的戏剧学体系的出现，必然要建立与之相适应的新的分类标准与分类方法。正是以明确的戏曲本体观念为前提，在充分认识戏曲独立品格的基础上，王国维后来引入了西方的悲剧、喜剧观念。尽管当时王国维无论对悲剧还是喜剧的认识（尤其是对喜剧

---

① 王国维：《宋元戏曲史·宋之乐曲》，东方出版社 1996 年版，第 33 页。

② 王国维：《宋元戏曲史·自序》，东方出版社 1996 年版，第 1 页。

的认识），都还只是初步的，不够系统与完备，然而，作为一种新的分类方法，悲喜剧观念的引入，是戏剧学体系建立与发展的必然的逻辑结果。

如果从更为广阔的背景上来考察，王国维将悲剧与喜剧观念引入古典戏曲的研究，不仅是其戏剧学体系建立与发展的结果，而且是王国维学术思想的有机组成部分，是本世纪初学术思潮变迁的产物。

在王国维看来，中西学术各有特点，在《论新学语之输入》一文中，他曾指出：

> 我中国有辩论而无名学，有文学而无文法，足以见抽象与分类二者，皆我国人所不长，而我国学术尚未达自觉之地位也。况于我国夙无之学，言语之不足用，岂待论哉。夫抽象之过，往往泥于名而远于实，此欧洲中世学术之一大弊。而今世之学者犹或不免焉。乏抽象之力者，则用其实而不知其名，其实亦遂漠然无所依，而不能为吾人研究之对象。何则？在自然之世界中名生于实，而在吾人概念之世界中，实反依名而存故也。事物之无名者，实不便于吾人之思索故。故我国学术而欲进步乎，则虽在闭关独立之时代，犹不得不造新名，况西洋之学术骎骎而入中国？则言语之不足用，固自然之势也。

因此，王国维认为："言语者，思想之代表也。故新思想之输入，即新言语输入之意味也。"① 新的学术见解的出现，新的学科领域的建立，必然要求有新的学术话语的出现。正如恩格斯所说，"一门学科提出的每一种新见解，都包含着这门学科术语的革命"（恩格斯《〈资本论〉英文版序言》）。王国维对传统"曲学"的重构与超越，正是从学术话语的变化开始的。

在王国维之前，虽然中国古代并无悲剧、喜剧的概念，但并不缺乏对悲剧与喜剧不同审美形态的具体审美感受。"《西厢》、《琵琶》俱是传神文字，然读《西厢》令人解颐，读《琵琶》令人鼻酸！"② "令人解颐"

① 《王国维遗书》第5册，上海古籍出版社1983年版，第98页。

② 陈继儒：《琵琶记》总评，载吴毓华编著《中国古代戏曲序跋集》，中国戏剧出版社1990年版，第160页。

与“令人鼻酸”的戏剧作品的存在，无疑是一个客观的事实。这一事实的存在，是悲剧与喜剧观念能够得到认同与接受的基础，也使悲剧与喜剧观念的引入具有了现实的可能性。因为虽然西方的悲、喜剧理论是对西方戏剧创作实践的总结，中国戏剧有着自身独特的背景与特征，但是“五方殊俗，同事异号”，差异中仍有相通之处。而这些相通（而非共同）之处，为国人运用西方的悲、喜剧理论提供了合理的依据。正是在这样的基础上，20世纪初，在“西学东渐”的历史背景下，中国学者开始引进西方悲、喜剧观念，在新的视野上观照中国古代传统戏曲。

作为中国近代戏曲学的奠基人，王国维较早具体运用悲剧与喜剧的观念。在《宋元戏曲考》中，他率先将喜剧与悲剧同时并举，指出：“明以后，传奇无非喜剧，而元则有悲剧在其中。”尽管此时王国维对喜剧的认识远不如他对悲剧的看法丰赡、深刻和系统，但是，我们仍然不难发现，喜剧与悲剧这一对西方美学观念是同时进入王国维的理论视野的。而早在《红楼梦评论》中，他就曾对中国古代小说、戏曲中普遍存在的“大团圆”现象进行了深入的概括：“吾国人之精神，世间的也，乐天的也，故代表其精神之戏曲小说，无往而不著此乐天之色彩：始于悲者终于欢，始于离者终于合，始于困者终于亨；非是而欲餍阅者之心，难矣。”显然，在接受西方审美观念的同时，他也沿袭西方学者推崇悲剧、轻视喜剧的传统。在王国维心目中，明清喜剧无非是搬演“先离后合，始困终亨之事”，远不如悲剧崇高，因此，未能客观地、深入地探讨喜剧的特点与审美价值。

与王国维几乎同时代的另一位学者的观点，或许更能说明问题。1904年，蒋观云在《新民丛报》第十七期上发表题为《中国之演剧界》的文章，引用日本评论界的观点，认为我国戏曲的最大缺憾是“无悲剧”。蒋氏认为：“要之，剧界佳作，皆为悲剧，无喜剧者。夫剧界多悲剧，故能为社会造福，社会所以有庆剧也；剧界多喜剧，故能为社会种孽，社会所以有惨剧也；其效之差殊如是矣。嗟乎！使演剧而果无益于人心，则某窃欲从墨子非乐之议。不然，而欲保存剧界，必以有益人心为主，而欲有益人心，必以悲剧为主。国剧刷新，非今日剧界所当从事哉。”蒋氏发现了中国古典戏曲中存在大量喜剧的事实，但其偏颇在于，他颠倒了生活与艺术的关系，夸大了艺术品的社会功能，因而得出了片面的结论。随后，鲁迅先生则从更深的层面论述了这一问题，发表了更为一针见血的见解：“中国人的心理，是很喜欢团圆的，所以必至于如此。大概人生现实底缺陷，中国人也很知道，但不愿意说出来；因为一说出来，就要发生‘怎样补救这缺点’的问题，或者免不了要烦闷……现在倘在小说里叙了人生底缺陷，便要使读者感着不快。所以凡是历史上不团圆的，在小说里往往给他团圆；没有报应的，给他报应，互相骗骗。——这实在是国民性底问题。”① 并且把这一问题归结于国民精神的范畴。在这之后，胡适先生则表述得更为激烈：“这种‘团圆的迷信’乃是中国人思想薄弱的铁证。做书的明知世上的真事都是不如意的居大部分，他明知世上的事不是颠倒是非，便是生离死别，他却偏要使‘天下有情人都成了眷属’，偏要说善恶分明，报应昭彰。他闭着眼睛不肯看天下的悲剧惨剧，不肯老老实实写天公的颠倒惨酷，他只图说一个纸上的大快人心。这便是说谎的文学。……故这种‘团圆’的小说戏剧，根本说来，只是脑筋简单，思力薄弱的文学，不耐人寻思，不能引人反省。”② 这些观点，代表了当时相当一部分学者的看法。

毋庸置疑，王国维、鲁迅、胡适等人对古代戏曲小说“大团圆”结局的抨击，是有着强烈而鲜明的现实针对性，即针对国民精神中的劣根性而发的，并不是无的放矢。这种抨击，在当时特定的历史条件下，对于唤醒民众，有着积极的意义。在评价其观点时，我们不应该忽视它的特殊的语境。然而，也应该看到，当时他们论述的重点，不是艺术的、审美的问题，而是社会的、精神的问题。尽管二者不无联系，但毕竟不能完全等同。

可以说，历史曾经有过这样的机遇——作为重要的审美形态之一的喜剧观念，在20世纪初便进入中国人的理论视野。然而，令人遗憾的是，由于时代的局限以及近代学者与时代需求相关的学术取舍上的偏重，而未能把西方近代喜剧美学的精髓与民族喜剧美学的优良传统加以融会贯通、革新创造，因而也就失去了在中西近代文化交流的大潮中，建构一种既富有理论价值又具有实践意义的喜剧美学体系的机遇。

新中国成立之后，中国古典喜剧的成就曾经引起不少有识之士浓厚的

---

① 鲁迅：《中国小说的历史的变迁》，《鲁迅全集》第9卷，人民文学出版社1981年版，第316页。

② 胡适：《文学进化观念与戏剧改良》，《胡适文存》第1卷，北京大学出版社1998年版，第122—123页。

学术兴趣，不少研究者都曾涉足其间。然而，由于客观的社会原因和主观上的理论准备的不足及资料的限制，虽有散金碎玉之作时见报刊，但未能取得系统的、显著的成就。

20 世纪 80 年代初期，《中国十大古典喜剧集》的编辑及其《前言》的写作，则是运用西方美学观念解读中国古典喜剧的尝试，为古代喜剧的研究提供了具体的范例，并从题材的选择、人物形象的塑造、关目安排等方面涉及了我国传统喜剧的一些本质特征，初步梳理了中国古典喜剧发展的基本轨迹。《中国十大古典喜剧集》的出版，标志着我国古典喜剧研究开始进入一个新的发展时期。随后，由上海文艺出版社结集出版的《中国古典悲喜剧论集》（1983），则比较集中地反映了当时学术界对悲喜剧研究的主要成果。进入 90 年代以后，一批中国古典喜剧研究专著相继问世，周国雄的《中国十大古典喜剧论》（暨南大学出版社 1991 年版）、隗芾主编的《中国喜剧史》（汕头大学出版社 1998 年版）、苏国荣的《戏曲美学》（文化艺术出版社 1999 年版），分别从不同的角度对中国古典喜剧进行了深入的研究。显然，中国古典喜剧的独特审美价值，已经为越来越多的研究者所重视。

应该说，一种外来理论能否解决本土问题，关键取决于其理论解释的有效性。对西方的观念与理论，一味盲从，削足适履，取消本土问题的特殊性，会有意无意地遮蔽问题的实质；而仅仅从本土文化本位论出发，否认中西方悲、喜剧创作实践的同中有异、异中有同，也无助于问题的深入与解决。理论解释的有效性，应成为我们评价这种理论价值的主要标准。从这一层面出发，我们不难发现，20 世纪中国学术界对悲、喜剧观念的引入及其认同，主要也是对其解释的有效性的认同。

这里，我们所说的有效性，是建立在中国古典戏曲中确实存在悲剧美和喜剧美两种不同的审美形态的基础之上的，其主要依据则在于，首先，悲剧与喜剧观念的引入与运用，有助于我们解决传统戏曲观念中尚未涉及的或不能完全解决的、更接近对象本质特征的问题。试以下面两例证之。

《李逵负荆》无疑是元人杂剧中的杰作，明人孟称舜评曰："曲语句句当行，手笔绝高绝老，至其摹像李山儿半粗半细、似呆似慧，形景如见，世无此巧丹青也。"① 孟氏对剧本与人物的评价，显然是十分准确而

① 转引自《中国十大古典喜剧集》，上海文艺出版社 1982 年版，第 171 页。

精细的。而如果人们换一种视角，从误会法的运用、从人物性格的喜剧性来认识，从喜剧关目的角度来分析，是不是能更具体、更深刻、更本质地把握剧本的丰富的内涵？至于孟氏对《窦娥冤》的评点则更为引人注目："汉卿曲如繁弦促调，风雨骤集，读之觉音韵泠泠，不离耳上，所以称为大家。……《窦娥冤》剧词调快爽，神情悲悼，尤关之铮铮者也。"[①] 孟氏事实上已经意识到了《窦娥冤》的悲剧性质。而今人对剧本的悲剧冲突与悲剧人物的阐释，应该说更深入地把握了这种悲剧性质。而孟氏对《赵氏孤儿》的评点，则具有另外的意义："文字到好处，便山歌曲白与高文典册同一机局，试看此一段叙述，缓急轻重多少处，便解作文法则。"[②] 孟氏显然是从文章学的角度解读戏曲剧本，这在中国古典戏曲批评中也是一种很有代表性的视野。正是在这样的背景上，我们可以说，从悲剧的角度来观照《窦娥冤》和《赵氏孤儿》，或者用喜剧的眼光来认识《救风尘》与《李逵负荆》，确实比传统的"曲学"的方法更能接近对象的本质特征。这大概也是近年来出版的几部最新的文学史教材不约而同地运用悲剧与喜剧的角度论述戏曲文本作品的原因所在。[③]

其次，即使如一些论者所说，中国古代没有严格意义上的悲剧和喜剧，应该说这一结论本身，也是引入与运用这一对观念衡量中国古典戏曲的结果。这是否也是其有效性的另一层面的证明呢？

质疑悲、喜剧观念引入必要性的论者通常认为，西方的悲、喜剧观念是从西方人的创作实践中总结出来的，因此用它来阐释中国古代的戏曲创作只能是削足适履。这种担心与质疑并不是没有道理的。它确实提出了人们在运用这一对观念时所特别需要注意的问题，如西方中心论的影响，生吞活剥、贴标签式的倾向，等等。因此，忠告与提醒不仅是必要的，而且也是必需的。然而，需要进一步说明的是，肯定悲、喜剧观念作为一种新的学术话语介入戏曲研究的合理性与有效性，并不意味着否认在这一观念运用中的混乱与失误。与任何一种新的学术话语的命运相似，在这一观念的运用中，也存在着"好奇者滥用之，泥古者唾弃之"[④] 的情形。然而，

---

① 转引自《中国十大古典悲剧集》，上海文艺出版社 1982 年版，第 7 页。

② 同上书，第 87 页。

③ 章培恒等主编《中国文学史》（复旦大学出版社 1996 年版）、袁行霈主编《中国文学史》（高等教育出版社 1999 年版）均在有关戏曲章节中运用了悲剧与喜剧的概念。

④ 《王国维遗书》第 5 册，上海古籍出版社 1983 年版，第 98 页。

观念本身与观念运用中的失误，毕竟是两个不同层面、不同性质的问题。如果在清理观念运用的失误时，否认观念本身的合理性与有效性，必将造成一种新的失误。

近一个世纪以来戏曲研究的学术观念的变化表明，传统的戏曲分类方法的变化与新的戏曲分类方法的出现，既是戏曲艺术内部自身发展的产物，也是外来观念冲击的结果。对于外来理论与观念能否解决本土问题的思考，显然是一个具有普遍意义而又十分复杂的问题。而王国维先生在20世纪初写下的如下论述，也许仍然对我们有所启发：

> 然由上文之说，而遂疑思想上之事，中国自中国，西洋自西洋者，此又不然。何则？知力人人之所同有，宇宙人生之问题，人人之所不得解也。其有能解释此问题之一部分者无论其出于本国或出于外国，其偿我知识上之要求，而慰我怀疑之苦痛者，则一也。同此宇宙，同此人生，而其观宇宙人生也，则各不同。以其不同之故，而遂生彼此之见，此大不然者也。学术之所争，只有是非真伪之别耳，于是非真伪之别外，而以国家、人种、宗教之见杂之，则以学术为一手段，而非以为一目的也，未有不视学术为一目的而能发达者，学术之发达，存于其独立而已。然则吾国今日之学术界，一面当破中外之见，而一面毋以为政论之手段，则庶可有发达之日欤？①

由于中国自古并无自己理性的社会科学的理论建构，而西方社会科学的发展方法却是纷繁歧出，因而从王国维、陈寅恪开始，不断引进西方社科理论以使旧人文框架开出新境。陈寅恪先生曾将王国维的治学方法概括为三大特点："取地下之实物与纸上之遗文互相释证"，"取异族之故书与吾国之旧籍互相补正"，"取外来之观念与固有之材料互相参证"②。而王国维的宋元戏曲史研究，在观念上借鉴了西方的文学思想，而在方法上并不排斥传统的方法；闻一多的《诗经》研究，则采用了诸如神话学、人

---

① 王国维：《论近年之学术界》，《王国维遗书》第5册，上海古籍书店1983年版，第97页。

② 陈寅恪：《王静安先生遗书序》，载《王国维遗书》第1册，上海古籍书店1983版，第1页。

类学、民族学等多种方法；陈寅恪的《元白诗笺证稿》，则另辟蹊径，以史释诗，以诗证史；至于钱钟书的《管锥篇》更是融贯中西，成功地运用了比较研究的方法。20世纪一流学术大师的成功，原因固然是多方面的，但是观念的更新与方法上的兼收并蓄，显然是其中一个十分重要的方面。因此，从这一意义上可以说，在外来理论与本土问题之间，寻找有效地解释中国古典悲、喜剧问题的途径，是20世纪中国学者的一种理性的选择。

简而言之，一方面我们应该看到，悲、喜剧观念的介入有其自身的历史必然性与阐释的合理性、有效性；另一方面，同样也应该明确地认识到，中国古典、喜悲剧有其自身显著的特色。在承认特色的前提下引入、运用这一对观念，在这一对观念的运用中发掘出中国古代悲、喜剧的真正特色，或许能够使我们更接近对象的本质。

四　结语：共同的话语与不同的声音

从王骥德的曲学到李渔的剧学，到王国维的戏曲史学，每一次嬗变都是一次选择、更新与超越，都伴随着新的视野与新的观念和方法的出现。学术自身的发展过程永远不会终结。学术研究的发展与繁荣离不开多元化的学术格局的构成。对于悲、喜剧观念引入的利弊，学术界一直存在着不同的看法，应该说，学术研究中“不同的声音”的存在，是一种正常现象。在学术的探讨中，任何一种角度的描述与阐释，都可能是对其他视野的一种遮蔽。任何理论与方法都不是万能的，悲、喜剧观念的运用也有其特定的范围与对象，这是一个更为复杂的问题。然而，肯定其介入的合理性与有效性，应是讨论问题的必要的前提。任何一项有意义的研究，都不应该只是一种“自言自语”。对于共同话题的不同探讨，既是学术深入发展的需要，也是学术繁荣的标志。在人类跨入新世纪的时刻，我们相信，从对话走向融合，将给21世纪的戏曲研究带来新的学术生机。

原载《文学评论》2003年第2期

中国古典喜剧的价值与意义

在中国古代戏曲史上，古典喜剧数量之多、传统之悠久、地位之独特、成就之显著，构成了中国戏曲发展中的一种十分引人注目的现象。事实上，中国古典喜剧不仅有着悠久的传统与独特的成就，而且体现了中国戏曲和中国文化的某些基本特质。中国戏剧的形成、生存与发展，都与喜剧有着十分密切的联系。对中国古典喜剧价值的认识与评价，实质上关系到我们对中国戏剧的整体认识与评价。以中国戏曲的独特生成过程与文化功能为视角，从特定的文化背景出发，探讨中国古典喜剧的特点、价值与意义，或许可以使我们从更深的层次上，更准确地认识中国古典戏剧，更深刻地把握中国戏曲的某些本质性特征。

一

中国古代并无悲剧和喜剧的概念。用悲、喜剧分类的观念研究中国古典戏曲，是从近代开始的。20世纪初，在“西学东渐”的历史背景下，中国学者开始引进西方悲、喜剧观念，在新的视野上观照中国古代传统戏曲。较早运用悲剧、喜剧观念研究中国古典戏曲的，是中国近代戏曲学的奠基人王国维。王国维在他的《宋元戏曲考》中率先将喜剧与悲剧同时并举，指出：“明以后，传奇无非喜剧，而元则有悲剧在其中。”尽管此时王国维对喜剧的认识远不如他对悲剧的看法丰赡、深刻和系统，但是，我们仍然不难发现，喜剧与悲剧这一对西方美学观念是同时进入王国维的理论视野的。而早在《红楼梦评论》中，他就曾对中国古代小说、戏曲中普遍存在的“大团圆”现象进行了深入的概括：“吾国人之精神，世间的也，乐天的也。故代表其精神之戏曲小说，无往而不著此乐天之色彩：

始于悲者终于欢，始于离者终于合，始于困者终于亨。非是而欲餍阅者之心，难矣。”显然，在接受西方审美观念的同时，他也沿袭西方学者推崇悲剧、轻视喜剧的传统。在王国维心目中，明清喜剧无非是搬演“先离后合，始困终亨之事”，远不如悲剧崇高，因此，未能对喜剧的特点与审美价值给予足够的重视。

与王国维几乎同时代的另一位学者的观点，或许更能说明问题。1904年，蒋观云在《新民丛报》第十七期上发表题为《中国之演剧界》的文章，引用日本评论界的观点，认为我国戏曲的最大缺憾是“无悲剧”。蒋氏认为：“要之，剧界佳作，皆为悲剧，无喜剧者。夫剧界多悲剧，故能为社会造福，社会所以有庆剧也；剧界多喜剧，故能为社会种孽，社会所以有惨剧也；其效之差殊如是矣。嗟乎！使演剧而果无益于人心，则某窃欲从墨子非乐之议。不然，而欲保存剧界，必以有益人心为主，而欲有益人心，必以悲剧为主。国剧刷新，非今日剧界所当从事哉。”蒋氏发现了中国古典戏曲中存在大量喜剧的事实，但其偏颇在于，他颠倒了生活与艺术的关系，夸大了艺术的社会功能，因而得出了片面的结论。随后，1918年，胡适先生在《文学进化观念与戏剧改良》一文中，则进一步在更为广泛的范围内指出：“中国文学最缺乏的是悲剧观念。无论是小说还是戏剧，总是一个美满的团圆。这种‘团圆的迷信’乃是中国人思想薄弱的铁证。做书的明知世上的真事都是不如意的居大部分，他明知世上的事不是颠倒是非，便是生离死别，他却偏要使‘天下有情人都成了眷属’，偏要说善恶分明，报应昭彰。他闭着眼睛不肯看天下的悲剧惨剧，不肯老老实实写天公的颠倒惨酷，他只图说一个纸上的大快人心。这便是说谎的文学。……故这种‘团圆’的小说戏剧，根本说来，只是脑筋简单，思力薄弱的文学，不耐人寻思，不能引人反省。”① 在这之后，鲁迅先生则在国民精神的范畴内，发表了更为一针见血的见解：“中国人的心理，是很喜欢团圆的，所以必至于如此。大概人生现实底缺陷，中国人也很知道，但不愿说出来；因为如果一说出来，就要发生‘怎样补救这缺点’的问题，或者免不了要烦闷，现在倘在小说里叙了人生底缺陷，便要使读者感着不快。所以凡是历史上不团圆的，在小说里往往给他团圆；没有报应

---

① 胡适：《文学进化观念与戏剧改良》，《胡适文存》第1卷，北京大学出版社1998年版，第122—123页。

的，给他报应，互相骗骗。——这实在是国民性底问题。”① 在当时，这些观点代表了相当一部分近代学者的看法。

应该说，王国维、鲁迅、胡适等人是站在精英文化的角度，从文人传统出发，对古代戏曲小说的“大团圆”结局进行了抨击，这种抨击并不是无的放矢，而是有着强烈而鲜明的现实针对性，即针对国民精神中的劣根性有感而发。这种抨击，在当时特定的历史条件下，对于唤醒民众，是有着积极意义的。在评价其观点时，我们不应该忽视它的特殊的语境。然而，也应该看到，当时他们论述的重点，不是艺术的、审美的问题，而是社会的、精神的问题。尽管二者不无联系，但毕竟不能完全等同。同时，必须进一步指出的是，所谓的“大团圆”，包括悲剧中的“光明的尾巴”或“欢乐的尾巴”都不能等同于喜剧，也不是中国古典喜剧的唯一特征。因此，我们不能因为否定部分而否定整体（其实“部分”是否应该否定，也还是一个可以讨论的问题）。

可以说，历史曾经有过这样的机遇——作为重要的审美形态之一的喜剧观念，在20世纪初便进入了中国学者的理论视野。然而，令人遗憾的是，由于时代的局限和近代学者自身的局限，而未能把西方近代喜剧美学的精髓与民族喜剧美学的优良传统加以融会贯通、革新创造，因而也就失去在中西近代文化交流的大潮中建构一种既富有理论价值又具有实践意义的喜剧美学体系的机遇。

新中国成立之后，中国古典喜剧的成就曾经引起不少有识之士浓厚的兴趣，不少研究者都曾涉足其间。然而，由于客观的社会原因和主观上理论准备的不足及资料的限制，虽有散金碎玉之作时见报刊，但未能取得系统的、显著的成就。

20世纪80年代初期，《中国十大古典喜剧集》的出版及其《前言》的写作，则是运用西方美学观念，结合中国戏曲创作实际，解读中国古典喜剧的尝试。编选者们不仅为古代喜剧的研究提供了具体的范例，并从题材的选择、人物形象的塑造、关目安排等方面涉及了我国传统喜剧的一些本质特征，初步梳理了中国古典喜剧发展的基本轨迹。《中国十大古典喜剧集》的问世，以及随后《中国古典悲剧喜剧论集》的出版，标志着我

① 鲁迅：《中国小说的历史的变迁》，《鲁迅全集》第9卷，人民文学出版社1981年版，第316页。

国古典喜剧研究开始进入一个新的发展时期。中国古典喜剧的独特审美价值，开始为越来越多的研究者所重视。

二

作为东方的文明古国，中国是一个具有悠久而深厚的喜剧传统的民族。虽然中国自古并无喜剧的概念，戏曲的成熟也只是发生在12—14世纪的宋元时期，但其喜剧因素的萌芽，则可以追溯到公元前五六世纪。先秦时期活跃在宫廷中的以“滑稽调笑”为主的俳优，是中国最早的职业演员，也是最早的喜剧演员。而秦汉时期在民间出现的角抵戏，则可视作中国的喜剧雏形。至于从南北朝到唐代的参军戏的产生，宋代滑稽戏的出现，其喜剧因素的丰富与喜剧意识的明确，则更为引人注目。可以说，在中国戏剧发展史上，第一代职业演员是喜剧演员，最早的戏剧形态是喜剧，最古老的戏剧传统是喜剧传统。从这一意义上来说，喜剧是中国戏剧的先祖。正因为戏曲与喜剧具有一种先天的血缘关系，喜剧传统便成为戏曲中一种源远流长、根深蒂固的传统，一种最普遍和最常见的现象。喜剧不仅受到普遍的欢迎，而且在悲剧中也少不了插科打诨等喜剧性的因素。喜剧传统的悠久与深厚成为中国古典戏曲的显著特征。

与喜剧传统的悠久与深厚相联系的，是中国古典喜剧的独特地位。和西方传统的悲剧地位远远高于喜剧，并被视为“最崇高的艺术形式”的情形不同，在中国，喜剧不仅与悲剧受到同样的重视，“摹欢则令人神荡，写怨则令人断肠”，成为优秀戏剧作品的共同标准，而且还具有十分特殊的地位。

最能体现喜剧的特殊地位和国人对喜剧的浓厚兴趣的，是丑角在剧团中的引人注目和备受尊重的情形。如前所述，中国戏曲中最早的喜剧因素、最初的喜剧形态，是通过宫廷俳优以“丑”的方式出现的。丑角并不能等同于喜剧，但却鲜明集中地体现了喜剧性的特征。丑角是戏曲中最能制造喜剧效果的特殊人物，也是戏曲舞台上备受欢迎的角色。中国戏曲界历来有尊重丑角的传统，俗语说：“无丑不成戏。”这种传统，在旧时的戏班中尤为突出。由于“丑”地位的特殊，历代戏曲理论专著及记载戏曲活动的笔记也有不少有关丑角的记录。《史记·滑稽列传》是最早为

“丑”（滑稽者）立传的文字。此后的不少史书都有关于滑稽者的记载。而历代笔记中有关“丑角”艺人的记载则更为丰富多彩。应该说，丑角备受尊重，原因是多方面的，而其根本原因则在于，丑角是戏曲中最能制造喜剧效果的特殊人物，观众对丑角的喜爱，表现的正是对喜剧的喜爱。而“丑角在戏班子中的特殊地位则形象地反映了喜剧在我国民众心目中的地位”①。

不仅如此，在一些特殊的喜庆的场合，喜剧常常成为不可缺少的节目，没有了喜剧，便没有了吉祥欢乐的气氛。清代词人陈维崧曾写过一首《贺新郎》词，其小序中说，赴宴坐首席最苦，因首席要点戏。他和杜于皇都曾因点错了戏而受窘。杜于皇曾见戏单上有“寿春图”，名甚吉祥，于是点了这个戏，“不知其斩杀到底”，结果是“终座不安”。陈本人曾点《寿荣华》，“不知其哭泣到底”，结果是“满堂不乐”。陈维崧因此在词中写道：“欢场百戏鱼龙吼，却何来败人意兴，难开笑口。”② 由此可见，悲剧在不少场合是不合时宜的。所以直到清末，北京戏班的海报，除了写出本班角色姓名外，下面还要写四个字“吉祥新戏”。与此相联系的，是人们对待悲剧演员的评价。著名演员谭鑫培因善唱悲剧而闻名，但沈太侔《宣南零梦录》记谈小莲语，则云：

> 观谭伶之面，枯如人腊，瘦若僵尸；聆谭之声，幽咽苍凉，如鸿嗷，如鹤唳。试与孙菊仙黄钟大吕相较，谭调实商角也。亡国之音，哀甚。③

这里，虽然所表达的是对演员个人的评价，实则代表了国人对悲剧的一种普遍态度。虽然在戏曲发展的历程中，也曾有人提出戏曲创作“乐人易，动人难”的独到见解，然而，在中国，在实际生活中，喜剧的流行程度和影响程度都远远超过悲剧。

中国古典喜剧不仅有着悠久的传统与独特的地位，而且还有着鲜明的

---

① 郑传寅：《中国戏曲文化概论》，武汉大学出版社 1998 年修订本，第 273 页。

② 陈维崧：《贺新郎·自嘲，用赠苏昆生韵，同杜于皇赋》，载陈乃乾辑《清名家词》第 2 卷，上海书店印行，引自开明书店 1937 年复印本，第 493 页。

③ 转引自张次溪编《清代燕都梨园史料》下册，中国戏剧出版社 1988 年版，第 804 页。

特色与显著的成就。在古代西方，喜剧一般只用于讽刺。亚里士多德《诗学》第二章指出："喜剧总是摹仿比今天的人坏的人。"古希腊佚名《喜剧提纲》则说："喜剧是对于一个可笑的，有缺点的，有相当长度的行动的摹仿。"这种传统的喜剧观念长期被奉为金科玉律，直到文艺复兴时期的莎士比亚，才部分地打破这一束缚。而在中国，喜剧传统中不仅有讽刺，也有歌颂。歌颂喜剧的发达，成为中国古典喜剧的鲜明特征。这一特征，在中国戏剧的黄金时期——元杂剧时代，表现得最为充分。"元代四大爱情剧"《西厢记》《拜月亭》《墙头马上》《倩女离魂》中的前三个剧本，都是喜剧，《西厢记》更是"天下夺魁"，成为元杂剧的"压卷之作"。著名杂剧作家关汉卿不仅写出了"感天动地"的悲剧《窦娥冤》，也有优秀的喜剧作品《救风尘》《望江亭》传世。元杂剧中歌颂喜剧数量之多，题材之广泛，成就之卓越，都为后世所望尘莫及。至明清两代，歌颂喜剧虽不如元代繁荣，但仍连绵不断，各有佳作。至清代地方戏兴起之后，歌颂喜剧再次得到了新的发展。涌现出一批如《穆柯寨》《杨排风》之类的优秀的英雄喜剧。歌颂喜剧是幸运者的典型，在这类喜剧中，喜剧主角凭借他的机智、勇敢、幽默，面对不幸，战胜不幸，取得了最后的胜利，成为命运的幸运者。在这类作品中，喜剧主人公常常代表了生命，代表了意志，代表了智慧。因而格外受到人们的青睐。

简而言之，在中国这样一个具有悠久的喜剧传统的文明古国，喜剧在人们心目中有着特殊的地位，喜剧艺术有着独特的成就。喜剧的发达亦成为中国戏曲艺术的显著特征。

三

如前所述，喜剧的发达是中国戏曲的显著特征。然而，对于这一具体特征的评价，研究者们则常常仁者见仁、智者见智，各执一词、毁誉参半。在古典喜剧的研究中，对中国古典喜剧价值与意义的判断，关系到喜剧地位的定位与喜剧的发展命运，是我们不能回避的焦点问题。

在人类文明的发展历程中，"展现为文学、艺术、思想、风习、意识形态的文化现象，正是民族心灵的对应物，是他们物态化的结晶，是一种民族的智慧"①。作为一种重要的审美形态，中国古典喜剧正是一种"民族心灵的对应物"，"是一种民族的智慧"，是民族文化心理积淀的产物。曾经有学者将中国文化的主要特征概括为"乐感文化"，"中国人很少真正彻底的悲观主义，他们总愿意乐观地眺望未来"②。不论我们是否完全赞同这一观点，但都不能否认，乐观自信的乐天色彩，在中国文化中占有重要地位。"乐"是《论语》中孔子最为津津乐道的话题："学而时习之，不亦说乎？有朋自远方来，不亦乐乎？"（《学而》）"发奋忘食，乐以忘忧，不知老之将至。""饭蔬食饮水，曲肱而枕之，乐亦在其中。"（《述而》）在孔子的心目中，"乐"不仅是一种理想的人生境界，同时也是一种理想的人格标准："知者不惑，仁者不忧，勇者不惧。"（《子罕》）"君子坦荡荡，小人长戚戚。"（《述而》）以儒家学说为代表的这种中国文化的乐观自信色彩，应该说是植根于远古先民的古老而质朴的信念："物不可以终难。"（《周易·序卦传》）从远古的时候开始，人们便始终相信，没有不可克服的灾难，也没有无法变易的忧患。"生生不息"是大自然永恒的规律。正是这些传统文化的基因，奠定了中国古典喜剧的哲学基础。

在传统文化的基因中生长起来的中国古典喜剧，则以其自身的艺术方式集中地体现了乐观自信、以柔克刚的民族文化心理。在这方面，《西厢记》题材的演变为我们提供了深刻的启示。从元稹的《莺莺传》"始乱终弃"的爱情悲剧，到王实甫的"愿天下有情的都成了眷属"的《西厢记》喜剧，对真实的生活事件的描写并无质的区别，所不同的是创作主体的态度。正是创作主体的态度，决定了作品的不同主题和结局。王实甫和他的前辈董解元，对真挚爱情的肯定判断，使他们笔下的人物具有了幽默机智的色彩，取得了弱者对强者的胜利，获得了幸运的结局。剧本浓厚的喜剧气氛，所表现的正是建立在对真挚爱情肯定判断基础上的乐观与自信。这种乐观与自信，"不是廉价的感情宣泄，而是民族精神和历史经验在审美形态中的表现"③。需要说明的是，在中国，从悲剧演变为喜剧，《西厢

① 李泽厚：《中国古代思想史论》，人民出版社 1986 年版，第 297 页。

② 同上书，第 173 页。

③ 郭汉城：《写在〈中国戏曲经典〉和〈中国戏曲精品〉前面》，《文艺研究》1999 年第 3 期。

记》并不是唯一的特例，但却是最为成功的例子。喜剧并非一定浅薄，悲剧亦非一定深刻。由此亦可见一斑。至于其他的改编，无论成功与否，在对结局的处理上，则表现出一种共同的倾向和相似的模式。这并不奇怪，因为“一种文化就像是一个人，是思想和行为的一个或多或少贯一的模式”[①]。从某种意义上可以说，中国古典喜剧表现的是一种中国式的智慧，它为我们认识中国文化的特点，提供了独特的视角和开阔的视野。

除了上述认识价值之外，中国古典喜剧还具有重要的审美价值。这种审美价值首先体现在中国古典喜剧的平民性上。喜剧来自民间，而且从来就是一种平民性的艺术。喜剧所描写的内容，往往人皆凡人，事皆小事，不硬充高雅，也不故作深沉。选择民间视角观照生活，运用民间话语表达平民心态，天然的平民性决定了喜剧的通俗性。曾经创作了大量喜剧作品的我国著名戏曲理论家李渔，在他的《闲情偶寄》中就曾明确提出：“填词之设，专为登场”（《演习部·选剧第一》），并具体指出“传奇不比文章，文章做与读书人看，故不怪其深；戏文做与读书人与不读书人同看，又与不读书之妇人与小儿同看，故贵浅不贵深”（《词曲部·词采第二·忌填塞》）。正是这种“贵浅显”的平民色彩，加上轻松欢快的节奏，使喜剧具有了其他艺术形式难以比拟的吸引力，满足了大众的审美要求，因而具有了自身独特的审美价值。

其次，中国古典喜剧的审美价值还在于它的娱乐性。如前所述，戏剧是一种全民性的大众娱乐方式，平民百姓日出而作，日落而息，且居住分散，终年劳作，只有在节日才能聚在一起看戏娱乐。娱乐是节日的主要功能，而戏剧，尤其是喜剧，是节日娱乐活动的主要内容。因而喜剧必须具有强烈的娱乐功能，表现出明显的娱乐性。这种娱乐性，常常将题材的趣味性、情节的巧妙性、手法的夸张性、风格的幽默性、表演的技艺性有机地融为一体，生动活泼地表现出来，因而具有其他艺术形式难以替代的价值。

最后，从更深的层次上来看，生命的节奏感是古典喜剧最重要的审美价值。中国人十分重视感性心理和自然生命，“天地之大德曰生”，“生生之谓易”。生命是一个完整的过程，“刚柔相推而生变化”（《周易·系辞

---

① ［美］露丝·本尼迪克特：《文化模式》，王炜等译，三联书店 1992 年版，第 48 页。

上》)。悲欢离合，周而复始，生生不息。在生命的过程中，“喜剧表现了自我保护的生命力的节奏，悲剧则表现了自我完结的生命力节奏”①。喜剧不是以对生活的真实性描写取胜，而是以对情感的真实描写取胜。喜剧精神表现的是对现实的一种超越。如果说悲剧是一种描写意志的艺术，那么喜剧则是一种描写智慧的艺术。在中国古典喜剧中尤其如此。无论是关汉卿笔下的赵盼儿、谭记儿，王实甫笔下的红娘、莺莺、张生，还是《陈州粜米》中的包公，或者是《徐九经升官记》中的徐九经和《七品芝麻官》中的唐成，也无论他们面对的是怎样的人生遭遇和强大对手，最终他们都能凭借自己的智慧，历尽坎坷，化险为夷，幸免于难。他们不屈不挠地为自己开辟了生存之路。喜剧所表现的正是这样一种生机勃勃的生命力的节奏，从而具有了永恒的价值和魅力。

世界是多元的，人类的审美需要也是多方面的。真正的艺术只有审美形态的不同，而不应有高低贵贱之分。从审美效应来看，“美好事物的毁灭能产生崇高的美，美好理想的实现，同样也能产生另一种崇高的美——力量的美，意志的美，激发鼓舞与兴奋。各种审美范畴、审美效应，在人的审美活动过程中，也处于辩证状态，它们相互联系，相互影响，并非各自孤立绝对排斥”②。任何过分强调和夸大喜剧作用的观点都是没有必要的，而任何否定或贬低喜剧价值的观点也是无视事实的。没有万能的艺术，喜剧也不是万能的，但却是不可替代的。

四

从本质上说，喜剧的价值与魅力来自人们自身的审美需要。“喜剧在各个时代里，都是文明民族所喜爱的娱乐。”③ 在中国古代，虽然并无关于喜剧的系统论述，但人们很早就注意到了“乐”（yuè）与“乐”（lè）的独特的微妙作用，“乐者，乐也，人情所不能免矣。”（《荀子·乐论》）喜怒哀乐，人之常情。但人之在世，“浮生常恨欢娱少”，需要“少导欢

① ［美］苏珊·朗格：《情感与形式》，中国社会科学出版社 1986 年版，第 406 页。

② 郭汉城：《写在〈中国戏曲经典〉和〈中国戏曲精品〉前面》，《文艺研究》1999 年第 3 期。

③ ［意］哥尔多尼：《回忆录》，转引自伍蠡甫主编《西方文论选》上卷，上海译文出版社 1979 年版，第 557 页。

适者，一去其苦”，“此圣人之所以作乐，以宣其抑郁，乐工伶人之亦可爱也”①。给沉重的生活增添几分色彩，为辛劳的百姓带来几分欢乐，适应人类的生存需要，诞生了最初的艺术，也诞生了最早的喜剧。喜剧的性质，亦如美国学者苏珊·朗格所言：“喜剧是一种艺术形式，凡是人们聚集在一起欢庆的时候，比如庆祝春天的节日、胜利、祝寿、结婚或团体庆典等等，自然而然地要演出喜剧。因为它表达了生生不已的大自然的基本气质和变化，表达了人类性格中仍然留存着的动物性冲动，表达了人从其特有的使其成为造物主宰的精神禀赋中所得到的欢快。人类生命力的形象令人吃惊地包含在意外巧合的世界之中。”② 可以说，以充满生机的欢快节奏表现人类的生命感受，是喜剧成为“文明民族所喜爱的娱乐”的主要原因。

中国深厚的喜剧传统，国人对喜剧的情有独钟，则有更为复杂的背景和更为深刻的原因。

首先，在传统的农业文明的基础上生长发展起来的中国古典戏曲，与农耕文化传统中的安土乐天、安居乐业观念有着一种天然的联系。“乐则安，安则久”（《礼记·乐记》），“安”与“乐”密切相关。因此，其艺术精神是以宁静与和谐为基本特征的。“乐而不淫，哀而不伤”是儒家传统的美学原则。“至善至美”是其最高审美境界。所以，中国戏曲没有建立起西方悲剧那种恐怖与崇高的概念，不注重对哲学命题的穷究，而着重追求生理与心理上的愉悦，着重发挥戏剧的抒情与观赏功能，着重培养“善”的伦理感情。喜剧地位的独特与创作的繁荣，以及歌颂喜剧的大量涌现，都是这种传统的民族心理的具体体现。中国戏曲与西方戏剧传统的差异，不仅是不同民族文化心理的差异，亦是其自身鲜明特色所在。无视这种差异，忽视自身的特点，便无法正确认识中国古典喜剧。

其次，与中国古典喜剧传统密切相关的是中国戏剧深厚的民间传统。从某种意义上可以说，正是中国戏剧的民间传统决定了中国古典喜剧的传统，中国古典喜剧充分体现了中国戏曲民间性的基本特征。在西方，戏剧从古希腊时代开始，就是由官方倡导的，是主流文化的一种。所以，作为

---

① （元）胡祇遹：《紫山大全集·赠宋氏序》，转引自隗芾、吴毓华《古典戏曲美学资料集》，文化艺术出版社 1992 年版，第 60 页。

② ［美］苏珊·朗格：《情感与形式》，中国社会科学出版社 1986 年版，第 384 页。

西方戏剧起源的古希腊戏剧从一开始就有作品传世。可以说，西方戏剧传统主要是一种文人传统、一种纯文学传统。西方悲剧的发达与悲剧理论的繁荣，正是这种文人传统与纯文学传统的产物。而喜剧作为一种美学范畴，则是渊源于民间的戏剧传统。亚里士多德在《诗学》第四章中指出：喜剧是从低等表演的临时口占发展而来的。因而喜剧历来不被古代的西方文人所重视，是不能登大雅之堂的。喜剧传统作为民间传统只能以隐性的形式发展。在中国，尽管民间传统并不是中国戏曲的唯一传统，但却是其最主要、最重要的传统。无论是元杂剧还是南戏，不仅艺术的渊源来自民间，而且其独特的演出方式与戏班组织和主要欣赏对象，都是来自民间。在中国，戏剧演出从一开始就是一种商业行为。艺人到勾栏瓦舍演出，称为“卖艺”，观众到剧场买票看戏，是花钱买“乐”。因此，民间戏曲传统便更多地表现为喜剧传统。观众的趣味和爱好制约并影响着戏剧的创作与演出。而为平民百姓制造欢乐，消愁破闷，便成为戏剧的主要功能之一。清代著名戏剧理论家李渔曾云：“唯我填词不卖愁，一夫不笑是我忧。举世尽成弥勒佛，度人秃笔始堪投。”（《风筝误》）李渔的话从一个侧面形象地说明了大众的审美需要对剧作家的深刻影响。在中国戏曲发展的历史中，戏曲的民间传统决定了其深厚的喜剧传统，而喜剧传统一经形成之后，反过来又影响着中国戏曲整体的发展轨迹。

此外，中国深厚的喜剧传统，还与中国人的生活方式息息相关。在古代，戏曲是一项全民性的娱乐，人们对戏曲的热情，就像英国人对体育、西班牙人对斗牛的热情一样。“中国老百姓生活中最重要的事情婚丧嫁娶，最重要的节日庆典，都与中国传统戏剧的演出不可分割。它表现的是一种对生存幸福的祈求，是种族生存与发展的本能文化需求。”① 戏曲表演既是一种艺术，也是一种仪式，一种与普通人自身的物质生活与精神生活息息相关的仪式。作为一种特定的文化角色，戏曲其实具有多方面的社会功能。它既能满足对于艺术的审美愉悦，也能实现一种文化的参与和共融的要求。而喜剧的喜庆色彩，作为吉祥和幸福的象征，正因为表现了一种对生存幸福的祈求，表达了人们共同的期望与寄托，便特别得到人们的青睐。可以说，中国古代戏曲的演出方式与民族的生存方式的水乳交融，为喜剧的发展提供了广泛的空间和足够的契机，使之成为艺术百花园中的

① 吕新雨：《戏剧传统的命运》，《读书》1998 年第 8 期。

一朵奇葩。

台湾学者徐复观先生在他的《中国艺术精神》一书中，曾将艺术反映生活的方式分为两种类型，一种是顺承性的反映，“对现实有如火上加油”，一种是反省性的反映，“则有如在炎暑中喝下一杯清凉的饮料”[①]。以综合性表演艺术为其显著特征的中国古典喜剧，和以庄学、玄学为基础的中国画的审美特征十分相似，二者均恰似“一杯清凉的饮料”。在工业化的现代社会中，由日趋激烈的社会竞争带来了大量以精神紧张为特征的现代病，而中国古典喜剧传统，对于缓解现代人的心理压力，解除生命的疲困，将具有不可忽视的意义。在即将来到的新世纪中，现代心态与古典模式的互补与共存，具有一种现实的可能性。现代生活为喜剧艺术的发展提供了新的契机和新的空间，古老的中国喜剧艺术必将在人们对传统的认同与重构中获得新生，重新闪耀出东方文化的异彩。

原载《戏剧艺术》2000 年第 3 期

人大复印报刊资料《戏剧、戏曲研究》2000 年第 5 期转载

① 徐复观：《中国艺术精神》，春风文艺出版社 1987 年版，第 7 页。

宋金杂剧与中国古典喜剧的初始形态及特征

在中国古典戏曲史上，无论是从戏曲本身的形成与发展来看，还是从古典喜剧因素的嬗递、变化与定型来看，宋金杂剧的出现，都具有特殊的意义。可以说，宋金杂剧具有丰富的喜剧的内涵与形式，鲜明而集中地体现了古典喜剧的初始特征。考察这一时期杂剧的形态与特征，对于人们探讨古典喜剧的实质有着重要的价值。

一

宋金杂剧的出现，不仅意味着古典戏曲的形成，同时也意味着古典喜剧初始形态的诞生。

宋金杂剧“全以故事，务在滑稽”的基本特征，也正是古典喜剧初始形态的标志。宋金杂剧无论是在其结构体制、脚色体制，还是在其表演形式等方面，都具体而充分地体现了“务在滑稽”的鲜明特色。

宋金杂剧的基本形式见于《都城纪胜》和《梦粱录》的记载，二者基本相同。《梦粱录》云：

> 散乐传学教坊十三部，唯以杂剧为正色。……杂剧部皆诨裹……且谓杂剧中末泥为长，每一场四人或五人。先做寻常熟事一段，名曰艳段；次做正杂剧，通名两段。末泥色主张，引戏色分付，副净色发乔，副末色打诨；或添一人，名曰装孤。先吹曲破断送，谓之把色。大抵全以故事，务在滑稽，唱念应对通遍。此本是鉴戒，又隐于谏诤；故从便跣露，谓之无过虫耳。若驾前承应，亦无责罚。一时取圣

颜笑。凡有谏诤，或谏官事，上不从，则此辈妆做故事，隐其情而谏之，于上颜亦无怒也。又有杂扮，或曰杂班，又名纽元子，又谓之拔和，即杂剧之后散段也。

宋金杂剧的结构体例与脚色体系的定型化，是其最为显著的形式特征，而古典喜剧的初始形态亦由此奠定。

宋金杂剧的体例，即由艳段、正杂剧与杂扮三部分组成，已成为戏曲史上的常识。由于文献资料的缺乏，现在已无法直接得知宋金杂剧的具体面貌，而透过有限的历史材料，人们仍然可以发现，宋金杂剧的结构体例与古典喜剧的初始形态之间存在着一种密不可分的天然的关系。

“艳段”是宋金杂剧组成的第一个部分，《辍耕录》云：“又有焰段，亦院本之意，但差简耳。取其如火焰易明而易灭也。”胡忌先生认为，艳段即是简单的院本。在《辍耕录》“院本名目”下有“四王艳”“四妃艳”等以“艳”为名剧目 17 种，但具体内容均不得而知。不过元人杜善夫的套曲《庄家不识勾栏》中关于艳段表演的描写，可以帮助我们略知一二：

一个女孩儿转了几遭，不多时引出一伙。中间里一个央人货，裹着枚皂头巾顶门上插一管笔。满脸石灰更着些黑道儿抹，知他待是如何过？浑身上下，则穿领花布直裰。念了会诗共词，说了会赋与歌，无差错。唇天口地无高下，巧语花言记许多。临绝末，道了低头撮脚，爨罢将幺拨。

从这段描写中不难看出，舞台上的表演者不止一人，但其中有一个主要的角色，脸涂粉墨，身着花衫，是个滑稽逗笑的人物。他们又是念诗词，又唱歌曲，插科打诨，然后退场。根据杜善夫的描写，此一节是在最前面演出的，后面接着演出的是院本《调风月》，其位置正相当于宋金杂剧中的“艳段”。这一记载表明，此类表演形式，很可能就是“艳段”的一种。“艳段”的作用是“等客戏”，目的是吸引更多的观众，以滑稽调笑、插科打诨等喜剧性的手段来引人笑乐，是情理之中的事情。如果将金院本中的“冲撞引首”“打略拴搐”等形式也看作艳段的不同的形式的话①，艳段的喜剧色彩则更为浓厚。在“打略拴搐”名下，有《和尚家门》《先生家门》《秀才家门》《列良家门》《禾下家门》等共55种，摹写社会上种种人物职业，以资笑谈。据有关专家研究，这种“家门”的演出形式与后世的“数来宝”相仿，而现代戏剧演出中丑角出场时所用的数板，就是它的遗留形式。可以说，“艳段”的喜剧色彩，正是通过以“作寻常熟事一段”，以“务在滑稽”的形式表现出来的。

至于正杂剧，“通名两段”是杂剧的主体部分。由于资料的缺乏，对于正杂剧的内容与形式，人们有各种推测。有些学者认为，《官本杂剧段数》中“《黄丸儿》、《眼药酸》之类，从名目看，当是‘正杂剧’了。这一部分乃是我们前面说过的，从古优、参军戏等一直发展变化出来的东西，主要在滑稽调笑讽刺，是只有说白表演，一般是不歌不舞的”②。而且，在宋人的笔记中，大量的滑稽戏的记载，也有相当一部分被认为是正杂剧，如《三十六髻》《生老病死》等。此外，胡忌先生曾将《辍耕录》“院本名目”下的各类剧目加以归类说明，把其中的主要类目“上皇院本”“题目院本”“霸王院本”“诸杂大小院本”等明显可能为“正杂剧”之类的特点，归纳为“散说兼滑稽诙谐动作的戏剧”③，似亦可为证。而在“官本杂剧段数”中，有一部分名目如《眼药酸》《急慢酸》《老姑（孤）遣妲》等，也可以约略看出一点故事的影子，亦当视之为以说白为主，重在滑稽调笑的正杂剧。如果上述推断无误，那么，在正杂剧中，或以故事为滑稽，或以世务为滑稽，或以讽刺为中心，更为集中也更为鲜明地体现了其丰富的喜剧因素和浓厚的喜剧色彩。

作为宋金杂剧的最后一个组成部分“杂扮”，与古典戏曲中的“丑”角有着密切的关系，在喜剧原始形态的考察中其意义亦不容忽视。

“杂扮”一词始见于北宋，且以《都城纪胜》与《梦粱录》较为具体详尽。《都城纪胜·瓦舍众伎》云：

> 杂扮，或名杂旺（班），又名纽元子，又名技（拔）和；乃杂剧

① 参见张庚、郭汉城《中国戏曲通史》，中国戏剧出版社1981年版，第66页。

② 同上书，第61页。

③ 胡忌：《宋金杂剧考》，古典文学出版社1957年版，第263页。

> 之散段。在京师时，村人罕得入城，遂撰此端，多是借装为山东河北村人以资笑。今之打和鼓、撚梢子、散耍皆是也。

《梦粱录》的记载前段基本相同，下文则云："今士庶多以从者，筵会或社会，皆用融和坊、新街及下瓦子等处散乐家，女童装末，加以弦索赚曲，祇应而已。"

这两则记载的不同之处，大抵说明了散段在不同时期的不同面貌。而两则记载中共同提到的"借装为山东河北村人以资笑"，则道出了"杂扮"的性质与风格。

"杂扮"与"艳段"一样，最初并不是故事的有机组成部分，因而具有相对的独立性和灵活性；引人笑乐，吸引观众，是其最直接的目的，因此大量运用滑稽表演的手段，是理所当然的。在《东京梦华录》和《武林旧事》记载的杂扮艺人中，有不少是以"乔"命名的，如刘乔、乔骆驼、眼里乔等。对此胡忌先生在他的《宋金杂剧考》中作出了下面的解释：

> "乔"字的含义，在金元戏曲中所见极多，总言之，大致脱不了滑稽虚伪的解释，尤以滑稽的意义更为丰富。所以象上举的刘乔等人，不妨以"刘滑稽"的名义看，《乔三教》则是扮演滑稽三教，《乔迎酒》则是滑稽迎酒……诸如此等名目，均可类推之。①

杂扮艺人以滑稽而得名，则杂扮中滑稽之影响与效果自不言而喻。不仅如此，杂扮还与古典戏曲中重要的喜剧角色——丑角有着直接的关系。关于丑角的来源，徐渭《南词叙录》称"以粉墨涂面，其形甚醜，今省文作丑"。焦循《剧说》引《知新录》云："今之丑脚，盖纽元子之省文"。胡忌先生以杂扮为媒介，考证"丑"出于"纽元子"，"地位同于宋杂剧色中之副净"②，言之有据，诚可信之。

简而言之，作为杂剧演出的一部分，杂扮以装扮各类人物以资耍笑的活泼形象演出，并由此而产生了古老的喜剧角色——丑，喜剧的生动性在

---

① 胡忌：《宋金杂剧考》，古典文学出版社 1957 年版，第 296 页。

② 同上书，第 299 页。

这里得到了充分的表现。

从以上的论述中不难看出，在宋金杂剧的结构体制中，“务在滑稽”的基本特色，已融入到其结构组成的各个部分，并由此而成为古典喜剧初始形态的一个重要方面。

在古典喜剧的初始形态中，与宋金杂剧结构体制密切相关的，是宋金杂剧的脚色体系。

与唐代参军戏相比，宋金杂剧的角色要繁杂得多，除了上文所引《梦粱录》中提到的末泥、引戏、副净、副末、孤等主要角色之外，还有旦、酸、木大、邦老等若干种（参见胡忌《宋金杂剧考》第三章）。而其中最基本的角色则为“发乔”的副净与打诨的副末。一般认为，副末源于“苍鹘”，副净则源于“参军”。《辍耕录》云：“院本则五人：一曰副净，古谓之参军；一曰副末，古谓之苍鹘；鹘能击禽鸟，末可打副净故云。一曰引戏，一曰末泥，一曰装孤。又谓之五花爨弄。……其间副净有散说，有道念，有筋斗，有科泛。”在《笔花集·新建勾栏教坊求赞·二煞》中，人们还看到这样的记载：“付末色说前朝，论后代，演长篇，歌短句，江河口颊随机变；付净色腆嚣庞，张怪脸，发乔科，啹冷诨，立木形骸与世违。”[①] 从这些记载中我们不难看出，副末与副净这两种角色既是宋金杂剧中最活跃的角色，同时也是最重要的角色。他们不仅口若悬河，“江河口颊随机变”，而且具有多方面的表演才能。尤其值得注意的是，副净的“发乔”，不过是其拿手的本领之一。除此之外，这一角色还擅长散说、道念、科泛、筋斗、张怪脸、啹冷诨等。正因为副净与副末在宋金杂剧中具有显著的位置，以至于在各种不同的文献中多有涉及这两类角色的记载，而“末”与“净”的记载反倒比较少见。可以说，宋金杂剧的脚色体系，是以副末和副净为中心的。这两种角色在宋金杂剧中的突出地位，也正是由宋金杂剧自身的性质所决定的。

此外，宋金杂剧以副末、副净为中心的脚色体系，不仅自成特色，而且对宋金杂剧表演形式与风格的形成具有直接的影响。众所周知，“插科打诨”在宋金杂剧的表演形式中占有相当大的比重，是其重要的表演手段。也就是说，宋金杂剧的表演不再仅局限于语言的诙谐和幽默，而是进一步发展为动作表演的滑稽与语言的幽默的有机结合。动作表演的滑稽，

① 转引自胡忌《宋金杂剧考》，古典文学出版社 1957 年版，第 113 页。

即用夸张谐趣的形体语言进行表演，或称为“滑稽体语”。此种伎艺的记载，最初见于《三国志·魏志》卷二一注引《魏略》：“（邯郸淳）傅粉，遂科头，拍袒，胡舞，五锥锻，跳丸，击剑，诵俳优小说数千言。”其中的“科头”“拍袒”等即为滑稽体语，优伶用之，以资欢笑。《杜阳杂编》中称李可及“于天子前，弄眼，作头脑……须臾间，变态百数，不休”（《太平广记》卷二三七引）。这种单纯的动作滑稽表演，大约在北宋时，逐渐演变为了一种被称为“哑杂剧”的形式。《东京梦华录》卷七记载：“继有二三瘦瘠，以粉涂身，金睛白面，如髑髅状，系锦绣围肚看带，手执软仗，各做魁谐趋跄，举止若排戏，谓之‘哑杂剧’。”宋金杂剧在其形成的过程中显然借鉴吸收了这种“哑杂剧”的“滑稽体语”的表演形式，并使之逐渐定型化。如前所述，《都城纪胜》中所云杂剧中之“杂扮”，“多是借装山东河北村人以资笑”即属此类。而前文所引“元祐钱”杂剧结尾处出现的“副者举所挺杖其背”即副净打末的表演形式，亦由早期的滑稽体语发展演变而来。可以说，在宋金杂剧中，“插科”与“打诨”，即语言的滑稽与动作表演的滑稽始融为一体，并成为固定的模式。直到后来元人杜善夫的《庄家不识勾栏》中，仍然有这样的描写：“教太公往前那不敢往后那，抬左脚不敢抬右脚。翻来覆去由他一个，太公心下实焦懆，把一个皮棒槌则一下打做两半个。我则道脑袋天灵破。则道兴词告状，剗地大笑呵呵。”从上引各例中可以看出，无论是在宋代还是在元代的杂剧演出中，“滑稽体语”的表演形式的运用，其目的无疑是增强表演的喜剧效果。

从上述考察中我们看到，作为古典喜剧的初始形态，一方面，宋金杂剧从结构体制、脚色体制到表演形式，无不具有鲜明的喜剧性，另一方面，宋金杂剧形式中所表现出来的喜剧性，又还更多地带有一些技艺性的成分，保留着部分原始的特征与嬗变的痕迹。因此，我们说，宋金杂剧还只是古典喜剧的初始形态与初级阶段。尽管如此，这一古典喜剧的初始形态，在喜剧的发展过程中，意义仍然是十分深远与深刻的。

首先，宋金杂剧为人们具体展示了古典喜剧的形成过程与特点。如果我们把先秦的俳优、汉代的百戏以及唐代的参军戏看作古典喜剧的“远源”，把先秦到唐看作古典喜剧的发生阶段，那么，宋金杂剧则是古典喜剧的形成阶段。

在古典喜剧的这一具体形成过程中，人们不难发现，喜剧因素的活跃与丰富，它的旺盛的生命力，从根本上来说，是与戏曲表演的舞台性密切相关的。在宋金杂剧中，喜剧性的介入，首先是从表演形式开始的。因为，当戏曲从百戏伎艺中分离出来，成为一项独立而重要的艺术形式时，它首先是依靠喜剧性的表演手段来赢得观众的，喜剧也因此获得了得天独厚的发展契机，成为中国戏曲史上一道独特的风景。

其次，宋金杂剧为古典喜剧形成建立了重要的机制。无论是宋金杂剧的结构体制、脚色体制还是其表演方式，都为古典喜剧的生存与发展提供了必要的准备与坚实的基础。相对于元杂剧严谨的结构体制，宋金杂剧的结构体制显然是开放性的，具有一定的灵活性、独立性，如艳段、杂扮等，其中喜剧因素的丰富已如前所述。特别值得注意的是，在宋金杂剧的结构体制构成中，每一个部分中都有喜剧表演的足够的空间，从而使喜剧的发展从一开始就有了基本的保证。再从脚色体制来看，副末与副净这类喜剧性角色在剧中的重要地位，决定了宋金杂剧的喜剧风格的基调，也影响着后世喜剧在中国戏曲史上的独特地位。最后从表演形式来看，无论是语言的滑稽中夸张、归谬、谐音等手法，还是动作表演中的滑稽体语，都为后来的喜剧直接继承和吸收。正是借助于上述完整的重要机制，古典喜剧才能获得进一步的发展，并取得显著的成就。

最后，宋金杂剧中所表现出来的喜剧因素的恒常性与广泛性，逐渐积淀成为一种根深蒂固的喜剧传统，影响着观众的审美趣味，制约着戏曲艺术的发展轨迹。作为中国最古老的戏剧形态，宋金杂剧在戏曲史上的影响无疑是多方面的，而其中的一个重要方面就在于，它在古典戏曲的多元血统中注入了丰富的喜剧性的基因。这种先天性的因素的影响，正是后世喜剧得以繁荣的重要条件。

总而言之，宋金杂剧“全以故事，务在滑稽”的显著特征，为古典喜剧的进一步发展奠定了基础，提供了足够的可能性。因而成为古典喜剧形成过程中的关键因素。

二

宋金杂剧在形式上是以“全以故事，务在滑稽”为特征的，在内容上，则是以讽谏传统和娱乐功能为特色的。滑稽是宋金杂剧的重要表演手段，而这种手段的主要功能则在于达到讽刺的目的与获得娱乐的效果。宋代杂剧艺人在不同的对象与场景中对二者的运用各有侧重，形成了不同的传统与风格，体现出古典喜剧的早期精神与初始风貌。

以滑稽的方式来达到讽刺的目的，宋代滑稽戏是其集大成者。宋代滑稽戏的整体精神特质，是以自成一体的讽谏传统为标志的。这种讽谏传统的具体内涵，就是“谲辞饰说，抑止昏暴”（刘勰《文心雕龙·谐隐》）。应该说，讽谏传统既不是从宋代滑稽戏开始的，也不为宋代滑稽戏所独有，然而表现在宋代滑稽戏中则具有了更为鲜明的特色，更为普遍的意义，成为古典喜剧重要的初始特征与古老传统。

源于先秦俳优的讽谏传统，从本质上说，表现的是一种古代民主政治的要求。在古代，在一个缺乏民主机制的社会中，人们无法通过正常的渠道来表达自己的意愿，只能通过俳优调笑这种特殊的形式来曲折地表现自己的看法与劝谕。而即使是这种特殊的规诫劝谕方式，也从来都是没有法律保障的，讽谏者生命的存活与否，往往是由统治者的喜好臧否所决定的。尽管如此，讽谏传统在戏曲史上却源远流长，连绵不绝。正如任二北先生所言：“自古优工所以形成敢执艺事以谏，上陵下，下则刺上者，正赖其勇于悖‘圣言’，斥‘儒训’临深若平，履薄若厚，当口则口，当身则身，不顾利钝，不患得失耳。”（《优语集·弁言》）简而言之，无论是先秦的俳优还是宋金杂剧，“谲辞饰说”的主要目的，始终是“抑止昏暴”。也就是说，在滑稽的形式下，蕴含的是民主精神的内核。宋金杂剧从根本上继承了这种民主精神，以针砭时事为其主要特征，进一步深化与发展了古老的讽谏传统，并注入了鲜明的时代特色。

首先，强烈的现实针对性，是宋金杂剧讽谏传统的重要特征。在宋金杂剧中，涉及时事与政治的内容之多、范围之广，讽谏者态度之大胆、讽刺之尖锐，都达到了前所未有的境地。仅《宋元戏曲考》“宋代滑稽戏”一节中所列举的36条史料中，就有24条直接涉及时政与朝廷要员。除了广为人知的“二圣环”“三十六髻”等直接以当时的政治事件为题材的杂剧之外，更多的则是以政治笑话的形式在舞台上出现。

据《宋元戏曲考·宋之滑稽戏》所引张端义《贵耳集》（卷一）载：

何自然中丞，上疏乞朝廷并库，寿皇从之。方且讲究未定，御前有燕，杂剧伶人装一卖故衣者，持裤一腰，只有一只裤口。买者得之，问如何著，卖者曰：“两脚并做一裤口。”买者曰：“裤却并了，只恐行不得。”寿皇即寝此议。

这里，杂剧艺人以自己的方式表达对朝政的看法，提出自己的政见。

宋人有“优人杂剧，必装官人”（《云麓漫钞》卷五），及“天下优诨之言，多以长官为笑”（李攸《宋朝事实》）之说，杂剧艺人对官场内幕的揭露与官员恶行的暴露之大胆与尖锐，更为历代所少见：

> 韩平原在庆元初，其弟仰胄为知阁门事，颇与密议。时人谓之大小韩，求捷径者争趋之。一日内宴，优人有为衣冠到选者，自叙履历才艺，应得美官，而流滞铨曹，自春徂冬，未有所拟。方徘徊浩叹，又为日者敝帽持扇，过其旁，遂邀使谈庚申，问以得禄之期。日者厉声曰：“君命甚高；但于五星局中，财帛宫若有所碍。目下若欲亨达，先见小寒；更望成事，必见大寒可也。”优盖以寒为韩，侍宴者皆缩颈匿笑。（《桯史》卷五）

> 壬戌省试，秦桧之子熺，侄昌时、昌龄，皆奏名，公议籍籍，而无敢辄语。至乙丑春首，优者即戏场，误为士子，赴南宫，相与推论知举官为谁，指侍从某尚书某侍郎，当主文柄。优长者非之曰：“今年必差彭越。”问者曰：“朝廷之上，不闻有此官员。”曰“汉梁王也。”曰：“彼是古人，死已千年，如何来得？”曰：“前举是楚王韩信、彭越一等人，所以知今为彭王。”问者嗤其妄，且扣厥指，笑曰：“若不是韩信，如何取得他三秦？”四座不敢领略，一哄而出，秦亦不敢明行谴罚云。（《夷坚志》丁集卷四）

以上两例中所涉及的韩侂胄、秦桧都是朝廷要员，其地位不可谓不高，权势不可谓不大，因而才有“侍宴者皆缩颈匿笑”“四座不敢领略，一哄而出”的记载。然而，他们既是宋代滑稽戏中出现频率较高的被讥讽的对象，也是政治笑话中的主角。宋代杂剧艺人直面现实的政治勇气，由此可见其一斑。

在宋金杂剧中，以杂剧搬演政治笑话的趋势，至南宋而日益炽烈。这显然与当时内忧外患的时局有着密切的关系。历史上，政治笑话通常是政治局势的晴雨表。它往往接触到人们最关心的政治问题，是人们对政治事件的敏锐反映。政局混乱的年代，常常是政治笑话最为流行的时代。以“二圣环”“三十六髻”为代表的宋代滑稽戏的大量产生，正是这一历史时期昏君乱相把持朝政的现实写照。以“谲辞饰说”的方式，来实现“抑止昏暴”的目的，成为一代杂剧艺人的明确意识与自觉追求，写下了古典喜剧发展中重要而辉煌的一页。

其次，民间立场成为主导的倾向，是宋金杂剧讽谏传统另一重要特征。宋金杂剧是唐代参军戏的发展，而参军戏的得名则是由于最初它所包含的讥讽、戏弄官员的内容。无论是在关于后汉馆陶令石耽的记载中，还是在石勒参军周延的记载中，作为一种处罚，这种讥讽与戏弄，都是由皇帝本人或朝廷做出的。其中对官员的评价，显然是一种官方的评价。从先秦俳优开始的“上陵下，下则刺上者”的讽谏传统，已经被逐渐消解并且被置换。因而在唐代的参军戏中呈现出一种相当复杂的情形。按照任二北先生的说法，唐代参军戏的讽刺可分为匡正与讥嘲不同的具体类型。“旱税”“掠地皮”等均属匡正之类，以猛烈倾诉民间疾苦，对统治者作尖锐的讽刺，讥其弊政为主要内容；而讥嘲一类，则以“侮李元谅”“病状内黄”“忤庞勋”为代表，是“借戏辞以谩骂”，“徒以逞快一时”。此外，另有家庭讽刺剧一类，如第二章所引崔铉所为之者。三者虽各有特色，但难免鱼龙混杂，未能形成主导的倾向与整体的风格，往往给人以驳杂的感觉。在宋金杂剧中，唐代参军戏中讥弊政的内容得到了进一步的充分发展与强化，形成了鲜明的特色。宋代的杂剧艺人，无论是匡正时弊还是讥嘲官员，也无论是对事还是对人，其出发点均已超越个人的狭隘视角，代之以大众的民间立场与民间观点。

在《夷坚志》有一则关于优人“常设三辈为儒道释，各称颂其教”的记载，其中佛家谈论“生老病死苦”的“五化”的议论，颇为引人注意：

> 又常设三辈为儒道释，各称颂其教。儒者曰：“吾之所学，仁、义、礼、智、信，曰五常。”遂演畅其旨，皆采引经书，不杂媟语。次至道士曰：“吾之所学，金、木、水、火、土，曰五行。”亦说大意。末至僧，僧抵掌曰：“二子腐生常谈，不足听；吾之所学，生、老、病、死、苦，曰五化，藏经渊奥，非汝等所得闻，当以现世佛菩萨法理之妙，为汝陈之。盍以次问我?”曰：“敢问生?”曰：“内自

> 太学辟雍，外至下州偏县，凡秀才读书者，尽为三舍生。华屋美馔，月书季考，三岁大比，脱白挂绿，上可以为卿相。国家之于生也如此。”曰：“敢问老?”曰：“老而孤独贫困，必沦沟壑，今所在立孤老院，养之终身。国家之于老也如此。”曰：“敢问病?”曰：“不幸而有疾，家贫不能拯疗，于是有安济坊，使之存处，差医付药，责以十全之效。其于病也如此。”曰：“敢问死?”曰：“死者人所不免，惟贫民无所归，则择空隙地为漏泽园；无以敛，则与之棺，使得葬埋；春秋享祀，恩及泉壤。其于死也如此。”曰：“敢问苦?”其人瞑目不应，阳若恻悚然。促之再三，乃蹙额答曰：“只是百姓一般受无量苦。”徽宗为恻然长思，弗以为罪。

僧人在阐释“生、老、病、死”时，表面上极力褒扬朝廷的“仁政”，最后在阐释“苦”的具体含义时，则将先前所云歌功颂德之辞全盘否定，一语中的，揭露出“圣朝仁政”的真正实质。

而在叶绍翁《四朝闻见录》（戊集）中则有更为生动具体的描述：

> ……又因郭倪、郭果（案：果当作倬）败，因赐宴，以生菱进于桌上，命二人移桌。忽生菱堕，尽碎，其一人曰：“苦，苦，苦！坏了多少生灵，只因移果桌！”

这里，人们不难看出，表达民间疾苦与百姓的生存是众多杂剧艺人表演的中心内容。至于前文所引以“二圣环”与“三十六髻”等以针砭时政为主要内容的艺人独出心裁的表演，其立场的鲜明更不自待言。

由于上述记载多见于文人的笔记，显然也代表了当时文人的倾向与观点，民间立场与士大夫忧国忧民传统的有机融合，正是宋代滑稽戏异彩纷呈的奥秘所在。

简而言之，着眼于民生疾苦而不是仅仅局限于就事论事，已不再是个别的偶然现象，而成为宋代滑稽戏的共同特色与主导倾向。可以说，从唐代参军戏到宋金杂剧，其显著的变化不仅在于数量的叠加，更在于其自身质的嬗变。可以说，在宋金杂剧中，讽刺艺术与讽谏传统都具有了新的深度。

与宋代滑稽戏相比，“官本杂剧”与“金院本”的政治色彩相对淡化，而娱乐色彩显然更为浓厚，喜剧因素也更为丰富。

由于原始文献资料的缺乏，目前已难以准确全面地描述“官本杂剧”与“金院本”的基本面貌。只能从《武林旧事》与《辍耕录》“官本杂剧段数”和“院本名目”的记载中窥其大概。在“院本名目”中，最为引人注目的是“诸杂大小院本”。这一类院本，共计有189种，超过“和曲院本”“上皇院本”“题目院本”“霸王院本”四种总数的三倍。因此，胡忌先生主张“在院本的研究上说，应该从此目为主要对象”[①]。这一类剧目题材涉及相当广泛，既有有关神仙的内容，也有涉及神鬼迷信的，还有有关庆贺的，而“尤以有关市井杂类居最多数”。胡忌先生曾推断，这一类院本是“净色”施展它全副本领的地方，“也可以说‘诸杂大小院本’就是耍笑院本”。[②] 这种耍笑院本，显然是以娱乐为主要目的的。至于“官本杂剧段数”，虽然主要是承应宫廷贵邸时所用，但其中有不少与院本相同或相近的名目，还有一些则从标题上即能反映出滑稽与讽刺等喜剧的因素，如“秀才下酸擂”“急慢酸”“眼药酸”“食药酸”“调笑驴儿”等。尽管上述杂剧与院本中喜剧的成分与比重并不完全相同，但喜剧因素的存在与活跃，借滑稽以娱乐，既是不争的事实，也是其共同的特征。

如果说从宋代滑稽戏中所表现出来的讽谏传统，主要是出自文人笔记的记载，尽管具有民间的立场与视角，但从本质上来看，则仍然更多地带有精英文化色彩的话，那么，“官本杂剧段数”与“院本名目”中所表现出来的娱乐色彩，则更集中地展示出另一文化空间——大众化的娱乐空间。从而从另一层面上为人们认识喜剧的生长与发展提供了新的视野。虽然具体内容已难以考订，但从现有史料中仍不难看出，喜剧的世俗化的内容与娱乐性的功能，是“官本杂剧段数”与“院本名目”中十分引人注目的内容。市井百态，凡人俗事，插科打诨，滑稽调笑，构成了独具特色的大众化的娱乐空间。从某种意义上说，喜剧性与娱乐性有着天然的联系。喜剧的生长与发展，自始至终与人们的娱乐需求密切相关，是人的娱乐需求发展的必然结果。可以说，正是在娱乐文化的空间中，喜剧因素找到了最适宜的生长沃土、最广阔的腾飞天空和最佳的发展契机。

讽谏传统与娱乐功能的强化，不仅使宋金杂剧具有了自身独特的面貌与价值，同时还预示了古典喜剧发展的趋势与走向。后世中国古典喜剧的

---

① 胡忌：《宋金杂剧考》，古典文学出版社1957年版，第209页。

② 同上书，第210页。

发展在内容与种类上显然远远超出了宋金杂剧，但讽谏与娱乐则始终是古典喜剧的两大主流。可以说，从讽谏与娱乐开始步入喜剧艺术殿堂的古典喜剧，始终保留着其一脉相承的传统，并不断地再创辉煌。

宋金杂剧“全以故事，务在滑稽”形态的确立与讽谏传统和娱乐功能的形成，意味着古典喜剧的生成与发展进入一个新的重要阶段。尽管宋金杂剧在形式上仍然带有伎艺性的明显痕迹，而在内容上对于讽谏传统的极力张扬与娱乐功能的日益强化，也主要是一种自发的选择，然而，随着滑稽的形式与内容的不断整合与交融，表演故事成分的不断增多，表演形式的日益定型化，表演风格的渐趋一致，喜剧性特征也日益显著。因此，宋金杂剧是中国古典喜剧的正式开端和真正起点。

三

在具体探讨宋金杂剧与中国古典喜剧的形态及特征之后，特别需要指出的是，滑稽是宋金杂剧的显著特色，但并不是其唯一的特色。

在戏曲发展史上，“杂剧”一词最早见于唐代。唐代的“杂剧”，相当于汉代的“百戏”，包含了多种技艺。宋代的“杂剧”在使用时含义则不尽相同。

王国维《宋元戏曲考·余论》在谈到“杂剧”名称含义的变化时，曾指出：

> 宋时所谓杂剧，其初殆专指滑稽戏言之。……至《武林旧事》所载之官本杂剧段数，则多以故事为主，与滑稽戏截然不同，而亦谓之杂剧。盖其本初为滑稽戏之名，后扩而为戏剧之总名也。

《宋元戏曲考》列专章分论“宋之滑稽戏”和“宋官本杂剧段数”即是这一基本观点的具体体现。由此可知，宋代杂剧有广义与狭义之分。广义的杂剧，亦可称为杂戏。如胡忌先生所说：“宋代所称的‘杂剧’，含有‘杂戏’的意义。它虽然称作‘杂剧’，但它的内容和形式却是颇复杂的，所以并不等于说是真正的纯粹戏剧。”① 而狭义的“杂剧”则特指

① 胡忌：《宋金杂剧考》，古典文学出版社1957年版，第1页。

滑稽戏。

然而，值得注意的是，在近人的诸种戏曲史（如胡忌《宋金杂剧考》，张庚、郭汉城《中国戏曲通史》等）中，作为中国古典戏曲成熟标志的“宋金杂剧”，与广义或狭义的宋杂剧均不尽相同。它既不是泛指的包括滑稽戏、傀儡戏、杂技等各种伎艺的总称，也不是特指或专指滑稽戏。它主要是指由艳段、正杂剧、杂扮所组成的一种新的舞台表演形式，宋代的滑稽戏与“官本杂剧段数”都在不同的程度上体现了这种新的舞台表演形式。而由于宋金杂剧中的具有浓厚滑稽色彩，“艳段”与“杂扮”又可以单独演出，也常被称为“杂剧”，因而不免导致了一种混淆与误区，视宋金杂剧与滑稽戏为一体。

这种混淆，在王国维的《宋元戏曲考》中即已出现：

> 宋人杂剧，固纯以诙谐为主，与唐朝之滑稽剧无异。但其中脚色较为著明，而布置亦稍复杂；然不能被以歌舞，其去真正戏剧尚远。（《宋元戏曲考·宋之滑稽戏》）

这里，王国维显然仅仅是对宋代的滑稽戏而言的，并不能视之为对宋金杂剧的整体评价。事实上，宋代的滑稽戏，既是由唐代参军戏发展而来的，同时，无论在内容还是在形式上，它又都远远地超越了唐代的参军戏，成为一种独具特色的艺术形式。王国维率先将宋代滑稽戏纳入了戏曲史的研究视野，但由于种种原因，未能对宋代滑稽戏进行更为充分的研究，而他对宋金杂剧特色的认识，显然也是不够完全的。从某种意义上可以说，至今为止，宋金杂剧的研究乃是戏曲史研究中相对薄弱的一环。“滑稽戏”是宋金杂剧的一部分，而并不是宋金杂剧的全部。从总体上来看，宋金杂剧的特色是“全以故事，务在滑稽”，即以表演故事来体现滑稽的特征；是透过故事“隐为谏诤”，而不是像唐代参军戏那样，直露无余。因此，我们在强调滑稽是宋金杂剧显著特色的同时，不应以偏概全，进入认知的误区。简而言之，无论是从戏曲形成的角度还是从喜剧传统的角度来考察，宋金杂剧的历史价值都是不容忽视的。

原载《戏曲研究》第61辑

元代审美风尚与喜剧创作的兴盛

——试论元代喜剧创作繁荣的原因

在中国戏曲史上，元代喜剧创作的成就、价值与影响是多方面的。无论是在南戏还是在杂剧中，喜剧创作都以绰约的风姿展现出独特的魅力。其中元人杂剧中喜剧创作的成就，更为举世瞩目。在元人杂剧中，近千年中积淀起来的喜剧传统得到了淋漓尽致的发挥与表现，优秀的喜剧作品琳琅满目，令人目不暇接；而喜剧传统本身也在与戏剧性、文学性的不断的融合中获得了新的创造力与生命力，产生了引人入胜的、无穷的艺术魅力。元代喜剧产生于一个特殊的时代，具有特定的文化背景，体现着一种新的审美特征。元代的喜剧创作，既有与元杂剧创作共同的、相通的一面，又有其自身难以替代的独特价值与魅力。元代喜剧不仅是中国古典喜剧创作的第一次高峰，同时也代表了中国古典喜剧创作的最高水平。探讨元代喜剧繁荣的深层原因与内在规律，将有助于我们更为准确地把握元代喜剧的鲜明特色与重要贡献。

一

如果说学术界对元杂剧繁荣的原因曾经有过众说纷纭的不同看法，至今仍是各抒己见的话，相形之下，对元代喜剧创作繁荣原因探讨的不足，应该说是显而易见的。或许是因为，通常在人们的印象中，元代更多的是一个悲剧的时代，因而与悲剧的产生有着某种天然的联系；而如果从这一角度来认识喜剧创作的繁荣，似乎也确实难以找到直接的、明显的、现成的因果关系。事实上，无论是从喜剧艺术自身的发展来看，还是从元代的文化、文学与美学背景来看，可以说，元代喜剧创作的繁荣与兴盛，都是一种历史的必然。

对于元人杂剧所诞生的时代，无论是文学史还是戏剧史，都曾经有过充分而详尽的描述，然而，只要稍加留意则不难发现，这些描述的重点与结论并不完全相同。强调民族矛盾、阶级对抗、文化冲突在元代社会的突出表现，是很长一段时间内研究者们较为普遍的认识，而余秋雨先生的观点可以说是很有代表性的：

> 中国戏剧的黄金时代终于出现在最黑暗的历史环境中。最低劣的野蛮和最高贵的文化，骇人听闻的血污和令人惊叹的珍宝，组合成了这个短暂的朝代——元代。①

与这一基本认识相联系的是，人们对元杂剧时代精神的概括也是以反抗性和战斗性为特色的。

而耐人寻味的是，在此之前，日本学者却提出过另一种观点：

> 与其说由于汉人的生活受到压迫，不得不走上杂剧之路，以求发泄所至，毋宁说乃是由于这种清新的空气所致。……这种促进杂剧勃兴的社会力量，充实了作者的精神，也在作品里洋溢着无限的活力。②

此外，在谈到元杂剧繁荣的原因时，也有人提出在元杂剧繁荣的元世祖时期，政治较稳定，文化政策则是宽严相济而以宽为主，这就为元杂剧的编撰和演出创造了良好的社会气氛。元代的法律虽较严苛，但在具体执行时是宽严结合而以宽为主，没有明清那样多的文字狱，等等。③

以上两种不同的观点的共同目的，都是意在寻找元杂剧繁荣的社会原因，应该说它们都在一定程度上显示了元代社会部分的真实情况，但是由于论者的着眼点不同，往往带有某种程度的片面性，因而在认识这一问题的实质时，难免形成一种视野的遮蔽。

---

① 余秋雨：《戏剧理论史稿》，上海文艺出版社 1983 年版，第 108 页。

② ［日］吉川幸次郎：《元杂剧研究》，郑清茂译，台北文艺印书馆 1960 年版，第 222 页。

③ 参见李春祥《元杂剧史稿》，河南大学出版社 1989 年版，第 43、54 页。

事实上，对于在元杂剧背景及其精神研究中所存在的这种片面性，已经有学者清醒地认识到了，早在80年代中期，王季思在《元曲的时代精神和我们的时代感受》中就曾经明确地指出：

> 由于我们在考察元代的时代特征时，过分强调了不同民族之间的冲突、斗争，看不见当时不同民族之间有互相转化、互相融合的一面。至于当时北方契丹、女真、蒙古等族的尚武精神，在歌曲和音乐上的积极影响，更少注意。而把元曲的时代精神只理解为反抗民族压迫，这是未免狭隘和片面的。

正是在这样的认识基础上，王季思进一步指出：

> 和此相联系，我们在重视元曲的政治倾向时，往往忽视它的娱乐性、艺术性，像戴善夫的《风光好》，乔梦符的《金钱记》等轻喜剧就被忽视了。我们重视了作品的思想分析，对版本的校勘，文字的考订等工作又相对地忽视了。①

可以说，阶级矛盾与民族冲突是元代社会的重要特点，但并不是唯一的特点。而在考察和认识元代社会的特点时，过分地强调其野蛮与黑暗的一面，或者一味渲染其松动与开放的一面，虽然双方似乎都可以找出不同的根据，各执一词的结果，但却只能使历史的本来面目变得更加模糊不清。

从本质上来看，文化的冲突与交融，构成了元代社会及其意识形态的最为显著的特征。历史学学者们曾经指出：

> 元代是一个政治现实、思想现实严峻的时代，至高至尊的汉族封建朝廷被还处于较低社会发展阶段的游牧民族踏得支离破碎，人们习以为常的传统信念受到了空前的挑战，国破家亡的巨大痛苦，使整个民族产生了汉代以来最为深沉的郁闷。元代又是一个活力抒发的时代，蒙古铁骑以草原游牧民族勇猛进取的性格席卷南下，汉唐以来渐

---

① 《王季思学术论著自选集》，北京师范学院出版社1991年版，第545、546页。

> 趋衰老的封建帝国被输入率意进取的精神因子。随着原社会僵硬躯壳的破坏，长期被严格束缚的种种和封建社会主体理论离心的思想情绪也乘隙得以暂时抒放。于是，整个社会的思想文化处于一种失去原有重心和平衡的混沌状态。虽然元统治者对汉文化体系中能有效维系统治的正统意识形态，也十分重视并加以提倡，但是，对传统理性和政治现实怀疑、漠视、厌恶乃至反对的心理与情绪，仍然执着地弥漫于社会各阶层中，尤其是下层社会。这种时代心理的典型具象化，就是辉映千古的元杂剧。
>
> ……在这场瞬息万变、震荡迭起的历史大变动中，中华民族与中华文化经受了剑与火的锻铸，展示出包容万千的生命活力。①

正是元代社会特殊的社会土壤与这种“包容万千的生命活力”，孕育滋养了杂剧艺术，为喜剧提供了发展的契机。

如前所述，从俳优滑稽发展而来的喜剧艺术，在统治森严的封建社会中似乎是一个例外，诙谐与幽默往往能够受到一种特殊的宽容，从而形成了一道独特的风景。正如著名的俄罗斯学者巴赫金在研究中世纪诙谐文化时所指出的：

> 所有这些以诙谐因素组成的仪式——演出形式，与严肃的官方的（教会和封建国家的）祭祀形式和庆典有着非常明显的，可以说是原则上的区别。它们显示的完全是另一种，强调非官方、非教会、非国家的看待世界、人与人的关系的观点；他们似乎在整个官方世界的彼岸建立了第二个世界和第二种生活……这是一种特殊的双重世界形势关系，看不到这种双重世界关系，就不可能正确理解中世纪的文化意识和文艺复兴时期的文化。②

从巴赫金的论述中我们得到启示：喜剧的独特性在于它所具有的双重性。喜剧既有其现实性的一面，更有其超越现实的一面。也正是这种现实性与超越性特点，使它在元代社会中获得了特别的青睐。

---

① 冯天瑜等：《中华文化史》，上海人民出版社1990年版，第717页。

② ［俄］巴赫金：《拉伯雷研究》，李兆林等译，河北教育出版社1998年版，第6页。

“古今之变，至秦而一尽，至元又一尽。”（黄宗羲《明夷待访录·原法》）秦之变，是对上三代的一个反拨；而元之变，则是对汉以来的整个传统文化，尤其是儒家文化的一次强有力的冲击，在剧烈的冲击与碰撞中，伴随着汉族士人的边缘化，一种空前的失落感油然而生。因此，他们除了在自己的作品中直抒胸臆地表达愤懑与悲愤之情外，也在寻找并建构一个超越现实的第二世界，这就是喜剧的世界。只有在这个世界中，全部官方体系及其所有禁令和等级屏障暂时失效，生活在短期内脱离法定的、传统的常轨，人们才能暂时地、相对地摆脱统治者的控制，获得短暂的自由。可以说，元代社会的特定文化心态，喜剧与自由的这种不可分割的重要联系以及喜剧的双重性的特征，不仅奠定了它在元人杂剧中的特殊地位，而且使喜剧在元代的高度发达成为可能。

二

元代社会剧烈的震荡，异质文化的介入，使文学的审美风格也产生了巨大的变化。无论是在散曲还是杂剧中，自然质朴、明朗酣畅、淋漓尽致、穷形尽相等新的审美情趣，独树一帜，成为时代的风尚，而与儒家传统的文学观念所提倡的“温柔敦厚”“乐而不淫，哀而不伤”“怨而不怒”的审美风格，大异其趣。人们所熟悉的唐宋文学中的含蓄蕴藉、意在言外、欲说还休，“犹抱琵琶半遮面”的意境，逐渐为质朴粗犷、豪放率直、简洁明快的风格所替代，并表现出前所未有的特殊的艺术魅力。

对元人杂剧所表现出来的这种审美风格的变化，明清学者已有十分深切的感受与理解。陈与郊《古杂剧序》中说：“夫元之曲以摹绘神理，殚极才情，足抉宇壤之秘。”孟称舜在《古今名剧合选序》中则说：“迨夫曲之为妙，极古今好丑、贵贱、离合、死生，因事以造形，随物而赋象。”到吴伟业的《北词广正谱序》则更为明确地指出：“今之传奇，即古者歌舞之变也，然其感动人心，较昔之歌舞，更显而畅矣。……而元人传奇，又其最善者也。”不难看出，前人对杂剧特点的认识，是与其曲尽人情、痛快淋漓，“显而畅”的独特的审美特征相联系的。而这种独特的审美特征的产生，则是由杂剧自身的性质所决定的。

王国维在《宋元戏曲史》中概括元杂剧的特点时曾经指出：“元曲之佳处何在？一言以蔽之，曰：自然而已矣。”而这一特点的形成，在王国维看来，则是因为“盖元曲之作者，其人均非有名位学问也；其作剧也，非有藏之名山传之其人之意也。彼以意兴之所至为之，以自娱娱人。……彼但摹写其胸中之感想，与时代之情状，而真挚之理，与秀杰之气，时流露于其间。故谓元曲为中国最自然之文学，无不可也。若其文字之自然，则又为其必然之结果，抑其次也”①。

在王国维之后，吴梅对元杂剧的这一特点作了更为具体的说明：

> 余尝谓元词之不可及，正在俚俗处，在明人以冶丽之词作北曲，而蒜酪遗风渺不可得，余窃有志焉而未逮也。②

这里，所谓“蒜酪遗风”显然也就是指的元杂剧自然天成的神韵和风采。而无论是元杂剧自然质朴的特点的产生，还是其明朗酣畅的风格的形成，都与杂剧艺术自娱娱人的性质密切相关。在元代剧作家的心目中，创作剧本的目的，不是藏之名山，而是要公之于众。戏曲与观众的密切关系，戏剧欣赏的群体体验的特征，要求剧本首先应通俗易懂，让观众看得明白、真切，才能获得进一步的理解与共鸣，产生感动人心的艺术效果。因此，元杂剧审美风格的嬗变，既是异质文化介入的产物，同时也是杂剧艺术自身发展的结果。

正是这种审美风格的嬗变，促进了元代喜剧创作的繁盛。如前所述，元代杂剧作者的独特身份与创作目的，不仅影响着元曲的整体审美风格，而且也是元代喜剧创作兴盛的重要原因。钟嗣成《录鬼簿》在“已死才人不相知者”中，记述元杂剧作者生平与创作时，曾不无感慨地说道：

> 若以读书万卷，作三场文，占夺巍科，首登甲第者，世不乏人。其或甘心岩壑，乐道守志者，亦多有之。但于学问之余，事务之暇，心机灵变，世法通疏，移宫换羽，搜奇索怪，而以文章为戏玩者，诚绝无而仅有者也。③

---

① 王国维：《宋元戏曲史》，东方出版社1996年版，第101页。

② 吴梅：《瞿安读曲记·黄粱梦》，《吴梅戏曲论文集》，中国戏剧出版社1983年版，第393页。

③ 钟嗣成：《录鬼簿》，载《中国古典戏曲论著集成》（二），中国戏剧出版社1980年版，第131页。

显然，“移宫换羽，搜奇索怪”，“以文章为戏玩”的杂剧作者，其创作的目的绝非是为了阐明“圣贤之道”，而只是因“意兴所致”而为之。因此，对这些“以文章为戏玩”、具有离经叛道思想色彩的杂剧作者来说，与神圣性和严肃性天然对立的喜剧，迅速进入其视野并受到青睐，就在情理之中，且为顺理成章之事了。在元曲作家中，关汉卿“生而倜傥，博学能文，滑稽多智，蕴藉风流，为一时之冠”（《析津志》）的性格，并不是个别的和偶然的，而是具有相当的代表性。在关汉卿之外，杜仁杰的“性善谑，才宏学博”，王和卿的“滑稽佻达”，王晔的“善滑稽”，都无不显示出一代文人之个性。可以说，“以文章为戏玩”，不仅是文人喜剧作者而且也是大多数元代剧作者的创作态度。指出这一特点的，不仅有钟嗣成，还有元人杨维桢。杨维桢曾有意识地将元曲称为“今乐府”，是因为他已经清楚地认识到了“今乐府”与传统诗歌的明显区别：

> 吁！乐府曰“今”，则乐府之去汉也远矣！士之操觚于是者，文墨之游耳！其于声文，缀于君臣夫妇仙释氏之典故，以警人视听，使痴儿女知有古今美恶成败之劝惩，则出于关（汉卿）、庾（天锡）氏之传奇之变。或者以为治世之音，则辱国甚矣！吁！《关雎》、《麟趾》之化，渐渍于声乐者，固若是其班乎？故曰：今乐府者，文墨之士之游也。①

这里，与钟嗣成不同的是，杨氏显然是站在正统文人的角度，鄙视“今乐府”（元曲）的。但与此同时，他也传达出了一个重要的信息：作今乐府者，常常是“文墨之游”。也就是与钟嗣成所说的“以文章为戏玩”为同一含义。元代文人的边缘化，使他们无法沿着传统的“治国平天下”的道路发展，也逐渐丧失了“文章乃经国之大业，不朽之盛事”的幻想，放弃了“诗言志”文学传统的追求，远离了风化说教与劝惩。因此，传统文学中的主流风格“雅正”缺席，取而代之的则是滑稽、放诞与幽默。可以说，轻狂调笑成为文人喜剧审美情趣的主要特色，是元代

---

① 杨维桢：《沈氏今乐府序》，载郭绍虞主编《宋金元文论选》，人民文学出版社 1984 年版，第 583 页。

审美风格嬗变的必然结果。认识并把握元代文人的独特个性和他们“以文章为戏玩”的创作态度，无疑将有助于我们揭示喜剧兴盛与繁荣的内在原因。

此外，更重要的还在于，从本质上说，自然质朴、明朗酣畅的审美风格是一种更富有感性色彩，更能体现出生命活力的一种审美风格。而喜剧所表现的则是“主人公生活平衡的破坏与恢复，是他生活的冲突，是他凭藉机智、幸运、个人力量甚至幽默、讽刺或对不幸所采取的富有哲理的态度取得的胜利。……其直接的生命感都是喜剧的主要感情，都从节奏上支配着它的结构统一，即它的有机形式”①。因此，喜剧的本质特征与元代独特的审美风格的吻合，无疑为喜剧创作蓬勃发展提供了更为广阔的空间。一方面，元代文学所特有的审美风格，为元代喜剧的创作注入了新的血液，使之具有更为强烈与丰富的感性生命的生动性。无论是张生、莺莺、红娘，还是赵盼儿、谭记儿，或是李逵、张飞，都以前所未有的生气贯注的姿态，活跃在戏曲舞台上，令人心动神摇。另一方面，元代喜剧杰作以其独特的视野与独特的方式将元代的审美精神与风格发挥得淋漓尽致。以自然质朴为美、以明朗酣畅为美的审美特征，在元代喜剧中得到了最充分的诠释。两者有机融合，交相辉映，使元代喜剧获得了难以替代的风神韵致，在中国戏曲史上大放异彩。

三

如果说，特定的文化背景是元代喜剧繁衍的土壤，独树一帜的审美风格是其生长的空气与阳光，那么，左右元代喜剧这棵参天大树生长的更重要的因素，则是其自身的艺术生长机制。

如前所述，中国古典喜剧的发展，从先秦的俳优到汉代的百戏，再到唐代的参军戏、宋金杂剧，在漫长的历史过程中积累了深厚的传统。然而，在面对这一深厚的传统的时候，人们不难发现，这一传统的存在，更多的是一种自发的存在。在元杂剧之前，中国喜剧形式大都与歌舞杂陈、百戏竞技的表演形式有着更为密切的联系，并长期处于一种自生自来的自然状态中。伎艺的发达与文学准备的不足，形成了喜剧传统中明显的不平

① ［美］苏珊·朗格：《情感与形式》，中国社会科学出版社1986年版，第383—384页。

衡。从某种意义上说，这种不平衡限制了喜剧艺术的发展与提高。元杂剧的出现，则从根本上改变了这种状态。元杂剧是在宋金杂剧院本基础上和诸宫调的直接影响下，融合各种表演艺术形式而形成的一种完整的艺术形式，并在唐宋以来话本、词曲、讲唱文学的基础上创造了成熟的文学剧本。在元杂剧创作全面繁荣的基础上，元代的喜剧创作，从内容到形式都产生了质的飞跃。

首先，元杂剧艺术体制的成熟与定型，为喜剧的创作提供了新的发展空间。一本四折的结构形式，不仅使杂剧艺术形式得到了规范化，而且加强了其有机性与整体性，并进一步扩大了艺术的容量。元杂剧一本四折的结构方式由宋杂剧的“艳段”“正杂剧”“杂扮”发展而来，但与宋杂剧的各部分之间具有相对的独立性不同，元杂剧的一本四折围绕同一故事展开，曲辞、宾白、动作表演均以表演故事为目的。因此，艺术容量的扩大，艺术表现手法的多样化，艺术表现力的提高，使元杂剧形成了系统的情节内容、直观的生活呈现方式、独到的抒情手法有机结合的鲜明特征，同时也使喜剧表现复杂的社会生活成为可能。

其次，从内容上来看，文学品格的建立、文学色彩的增强，使元代喜剧以崭新的面貌出现在观众面前。元代士子社会地位的低下，使不少下层文人投身于杂剧创作，并成立“书会”等社团组织，互相交流，共同切磋。文人的边缘化写作态势，不仅使他们在与民间艺人的交往中，熟悉了舞台艺术，而且也使他们能够发挥自身精神素养与文化修养积累深厚的优势，在喜剧的创作中融入更多的文学的基因，使古老的喜剧传统得到升华，获得新的生命。下层文人加盟喜剧创作，对元代喜剧创作，起着至关重要的作用。正是创作主体的人生道路、审美情趣、文学观念、艺术消费等方面的特点，最终决定了喜剧发展的走向与特征。人们不难发现，元代喜剧的重心，开始由伎艺性向文学性转化。喜剧的创作，更多的是以喜剧性的情节与人物取胜，而不再仅仅以单纯的滑稽调笑供人笑乐。以杂剧剧本的出现为标志，文学的介入并成为舞台的灵魂，使喜剧的叙事性逐步代替了一般的滑稽调笑，而成为大众关注的中心。从某种意义上来看，没有元杂剧文学品格的建立，也就没有元代喜剧品位的提高与创作的繁荣。可以说，元代大量优秀的喜剧作品的产生，喜剧所表现的社会生活之丰富、喜剧种类之多样、喜剧手法之灵活，都是文学与艺术有机结合的结果。元代的剧作家们，正是以其自身艺术的自觉，在喜剧的创作中实现了新的超越，并确立了中国古典喜剧的基本格局。

简而言之，元代喜剧创作的繁荣，既是元代社会变迁与时代文化选择的产物，也是喜剧艺术自身积累与发展的结果。多种因素共同的作用，终于使喜剧艺术之树，根深叶茂，硕果累累，成为元杂剧辉煌成就的重要组成部分。

原载《武汉大学学报》（人文科学版）2002 年第 4 期

《牡丹亭》与昆曲的审美特征

《牡丹亭》是汤显祖最重要的剧作，同时也是昆曲中最受欢迎的剧目，从明代问世之初的风行到20世纪末世界各地的热演，其传播之广、影响之大，令人叹为观止。时至今日，人们已无法从自己的文化记忆中将《牡丹亭》与昆曲完全分离。离开了昆曲的《牡丹亭》，或是离开了《牡丹亭》的昆曲，都是人们所无法想象的。一个剧本与一个剧种的关系如此之密切，这在中国戏曲史也是十分罕见的。

然而，众所周知，《牡丹亭》并不是专为昆曲创作的，最初的《牡丹亭》是用宜黄腔演唱的。[①] 但是，最能表现《牡丹亭》艺术精髓的表演形式，则非昆曲莫属。从某种意义上说，昆曲选择了《牡丹亭》，《牡丹亭》则创造了昆曲的辉煌。在二者千丝万缕的联系中，应该有着某种内在的必然性。探讨这种内在的必然性，将有助于我们更为深入地把握昆曲与《牡丹亭》的艺术特质。

一

诞生于明代嘉靖年间的昆曲，曾经拥有过近两百年的黄金时代，写下了中国戏剧史上最为辉煌的一页。昆曲不仅是我国现存最古老的剧种之一，而且被当代学者称为“中国传统戏剧学的最高范型”，它融诗、书、琴、画、乐、舞为一体，是中国传统艺术的集大成者，同时也是中国古典

---

① 取徐朔方先生主张，汤显祖的剧本为宜伶所作。见《汤显祖和昆腔》，《文艺研究》2000年第3期。又，周育德先生认为，《牡丹亭》犹如其他传奇剧本，是一种按南北曲词格写作的文学剧本，并非专为昆山腔或专为海盐腔的脚本，无论是昆山腔还是海盐腔都可演唱。见周育德《汤显祖研究若干问题之我见》，载《明清戏曲国际研讨会论文集》，第465—471页。

审美精神的结晶。

早在昆曲诞生之时，被称为“昆腔之祖”的魏良辅，在完成了“昆曲艺术的本体性革命”的同时，对昆曲的审美特征也作出了明确的界定：“北曲以遒劲为主，南曲以宛转为主，各有不同。”这种审美风格的区别，是通过不同的声情特点体现的：

> 北曲与南曲，大相悬绝，有磨调、弦索之分，北曲字多而调促，促处见筋，故词情多而声情少，而南曲字少而调缓，缓处见眼，故词情少而声情多。北力在弦索，宜和歌，故气易粗。南力在磨调，宜独奏，故气易弱。①

魏良辅的《曲律》不仅对南曲的音乐与歌唱作出了许多技术层面的具体说明，而且深入到了昆曲情思神韵特征的把握，明确指出“生曲贵虚心玩味”，要求“曲要唱出各样曲名理趣”，且“全要闲雅整肃，清俊温润”。虽然魏良辅着重论述的是昆曲的音乐特征，但在这些论述中实际上已经涉及昆曲整体的审美特征。这种审美特征，曹含斋《南词引证·叙》概括为“情正而调逸，思深而言婉”。正是昆曲所具有的这种鲜明的审美特征，征服了世人，尤其是文人，故“吾士夫辈咸尚之”，成为中国戏剧史上最辉煌的一页。

在魏良辅之后，经过历代文人与艺人的共同努力，被人们视为“雅音”“正声”的昆曲，以它流丽、悠远、轻柔的声腔，精湛细腻的表演著称于世。文采华丽的唱词，加上美妙的歌喉与身段，常将观众带入一种如醉如痴的境界。应当说，就其艺术本质而言，昆曲是一种柔美的艺术。无论是“北曲以遒劲为主，南曲以宛转为主”，还是“北力在弦索，宜和歌，故气易粗。南力在磨调，宜独奏，故气易弱”，抑或是“情正而调逸，思深而言婉”，都是从不同的层面强调昆曲的这种独特的艺术特质。而正是昆曲的“曲体特质”，规定并影响了昆曲剧本的面貌与成就。

历来人们对魏良辅与昆曲的研究，多集中于声调格律的外在形式探讨，而对于魏氏关于昆曲内在特质与神韵的论述，似乎未能引起足够的关

---

① 魏良辅：《曲律》，载《中国古典戏曲论著集成》（五），中国戏剧出版社 1959 年版，第 7 页。

注。事实上，任何一种艺术形式，不仅有其外在的特点，也有其内在的质的规定性，而在这二者的关系中，往往是后者决定了前者。这里，不妨借用著名学者缪钺《论词》中的观点说明之。在论述词的文体特征时，缪钺在王国维“词之为体，要眇宜修”之说的基础上作了进一步的阐述：

> 词之所以别于诗者，不仅在外形之句调韵律，而尤在内质之情味意境。外形，其粗者也；内质，其精者也。自其浅者言之，外形易辨，而内质难察。自其深者言之，内质为因，而外形为果。……欲明词与诗之别，及词体何以能出于诗而离诗独立，自拓境域，均不可不于其内质求之。格调音律，抑其末矣。①

这一意义上看，对于昆曲而言，其“内质”正是“闲雅整肃，清俊温润”，“情正而调逸，思深而言婉”。也正是在这一点上，昆曲与《牡丹亭》不谋而合，不期而遇。

众所周知，晚明戏曲史上著名的“汤沈之争”发生的直接原因，是以沈璟为代表的昆曲正宗的“格律派”对汤显祖《牡丹亭》音律的不满。以正宗吴语昆腔传人自居的臧晋叔在《玉茗堂传奇引》中曾严厉指责汤显祖：

> 今临川生不踏吴门，学未窥音律，艳往哲之声名，逞汗漫之辞藻，局故乡之闻见，按亡节之弦歌，几何不为元人所笑乎？

不难看出，臧氏对汤显祖的不满是明显而强烈的。

然而，耐人寻味的是，这种不满似乎并没有影响“吴江派”成员对这一剧作的热情，也没有影响《牡丹亭》成为昆曲中最流行的剧目。正如徐朔方先生曾经指出的：“没有《牡丹亭》，昆腔很难找到曲和白、表演和声腔、内容和形式如此珠联璧合的保留节目；没有昆腔，汤显祖的杰作恐怕难以在戏曲舞台上成为如此演唱不衰的不朽之作。”② 昆曲对《牡丹亭》的认同与情有独钟，“不可不由其内质求之”，二者的独特关系和

---

① 缪钺：《缪钺说词》，上海古籍出版社1999年版，第2—3页。

② 徐朔方：《汤显祖和昆腔》，《文艺研究》2000年第3期。

相得益彰的深刻影响，正是一种审美精神与审美趣味的契合。

二

作为一个天才的戏剧家，在文学创作中，汤显祖始终视“意趣神色”为最高境界，并由此形成了其独特的创作个性与鲜明的审美特征。《牡丹亭》正是作者的创作精神与审美风格最为集中的体现。可以说，“意趣神色”是汤显祖美学思想的核心内容，也是《牡丹亭》与昆曲艺术精神的根本相通之处。

《牡丹亭》问世之后，面对众多的改编本，汤显祖在《与宜伶罗章二》中曾十分明确地指出：“《牡丹亭记》要依我原本，其吕家改的，切不可从。虽是增减一二字以便俗唱，却与我原作的意趣大不同了。”不难发现，在汤显祖心目中，“意趣”是《牡丹亭》的精髓所在，也是《牡丹亭》的魅力所在。

那么，什么是汤显祖所说的“意趣神色”或“意趣”呢？明人沈际飞《玉茗堂文集题词》对此有更为具体的描述与说明：“当其意得，一往追之，快意而止。非唐，非宋，非元也。……言一事，极一事之意趣神色而止，言一人，极一人之意趣神色而止。何必汉宋，亦何必不汉宋。”简而言之，强调创作者的主体精神与创作个性，是汤氏“意趣神色”说的核心内容。耐人寻味的是汤显祖对“意趣神色”的追求，与昆曲的奠基者顾阿瑛等人的主张有着惊人的相似之处。顾阿瑛与“善发南曲之奥”的顾坚为友，在昆曲形成过程中作出过重要贡献，其《制曲十六观》除论及具体的制曲技巧外，也涉及昆曲的审美追求：

> 曲以意为主，要不蹈袭前人语……作者必在心传，传以心会意。有误入处，然须跳出窠臼外，时加新意，自成一家。若屋下架屋，则为人臣仆矣，制曲者当作如此观。①

不难发现，这里，无论是对于“意”的强调，还是对“跳出窠臼外，

---

① 隗芾、吴毓华：《古典戏曲美学资料集》，载《迦陵音指迷十六观·制曲十六观》，文化艺术出版社 1992 年版，第 74 页。

时加新意，自成一家”的独创性的追求，都与汤显祖以“意趣神色”为主要内容的审美思想不谋而合，成为昆曲与《牡丹亭》的内在深刻的逻辑联系。

不仅如此，顾阿瑛对昆曲艺术特质的阐述，还从另一角度进一步帮助人们理解汤显祖与昆曲审美特征的契合点：

> 曲要清空，不要质实。清空则古雅峭拔，质实则凝涩晦昧，曲欲雅而正，志之所之，一为物所欲，则失其稚正之音。①

作为昆曲的奠基人之一的顾阿瑛，早在昆曲诞生之初，就奠定了昆曲审美风格的基调，对昆曲审美风格的形成产生过重要的影响；而汤显祖的《牡丹亭》的问世，则为昆曲的审美精神作出了形象而具体的诠释，高度集中地体现昆曲的审美特征。

在《牡丹亭》中，最能体现作者对“意趣神色”的追求的，是剧本的奇幻之情。

被汤显祖称为“情不知所起，一往而深，生者可以死，死可以生”的奇幻空灵之情，既是剧本的意旨所在，也是作者的意趣所在。正因为如此，在“汤沈之争”中，汤显祖一再强调：“第在此自谓知曲意者，笔懒韵落，时时有之，正不妨拗折天下人嗓子。”② “彼恶知曲意哉？余意所至，不妨拗折天下人嗓子。”③ 显然，在汤显祖看来，“意”是“意趣神色”的核心与归宿。

关于《牡丹亭》的意旨，汤显祖自己说得十分清楚：“第云理之所必无，安知情之所必有邪！”强调“情”与“理”的对立，主张以“情”抗“理”，学界对此曾有较为充分的探讨，在此不再赘述。而对汤显祖反复强调的“意趣”的内涵，论者多语焉不详，似仍有进一步深入探究的必要。在中国古典美学中，意趣更多的是指独特的审美情趣与审美风格。

① 隗芾、吴毓华：《古典戏曲美学资料集》，载《迦陵音指迷十六观·制曲十六观》，第74—75页。

② 汤显祖：《答孙俟居》，《汤显祖诗文集》卷46，上海古籍出版社1982年版，第1299页。

③ 王骥德：《曲律·杂论（下）》，载《中国古典戏曲论著集成》（四），中国戏剧出版社1959年版，第165页。

它不仅具有明显的主体性，而且决定了文学作品的艺术特质。与其他传奇作品相比，《牡丹亭》的独特“意趣”，主要来自奇幻与空灵之美，来自杜丽娘的“情”与“梦”。无论明人所谓“灵奇高妙，已到极处”[①]，“杜丽娘情穷于幻，汤临川曲极于变”[②]，“巧妙叠出，无境不新，真堪千古矣”[③] 之言，还是近人所称“《西厢》明快，《还魂》幽艳，作风固绝不相侔”[④] 之论，均从不同的层面论及《牡丹亭》的美学风格与艺术魅力。

在《牡丹亭》中，最能体现作者创作风格与审美意趣的人物无疑是杜丽娘。杜丽娘这一形象的独特性，在于其本身所具有具体和抽象的双重性质。在剧本的情节发展中，杜丽娘是故事的主要人物和支柱，而在作品的整体构思中，则具有一种更为深刻的象征意义。这种象征意义，已经远远超出这个贵族少女本身的地位、遭遇与命运，具有一种普遍性和共同性，体现出作者对人的存在，对人性更为深入的思考。因此，在剧本中，杜丽娘本身固然是一个成功的人物形象，但人们又不能仅仅像分析其他戏剧人物特征那样来分析她。这一形象更为重要的意义在于，她是汤氏所要弘扬的感情的载体，是一种至情与纯情的象征。虽然《牡丹亭》全剧从根本上来看是对明代社会现实的、真实的反映，但在实际的艺术构思上，无论是杜丽娘这个人物，还是她所凭借的情节，并不具备严格意义上的真实性。然而作者认为，“生不可以死，死不可以生者，皆非情之至者”，在奇幻的情节外壳之下，表现的是一种情感的真实与强度，渗透着作者对生命本质的认识，从而实现了对传统爱情故事的超越。也就是说，《牡丹亭》的全剧正是以“清空”见长，而不是以“质实”取胜。正因为如此，在《牡丹亭》中，杜丽娘的“情”与“梦”，不仅构成了剧本之“意趣”的基本内涵，也成为汤显祖创作风格最为明显的标志。

至此，人们不难发现，无论是汤显祖“意趣神色”的创作主张，还

---

① 张岱：《琅嬛文集》卷3《答袁箨庵》，岳麓书社出版社1985年版，第143页。

② 潘之恒：《鸾啸小品》，转引自徐扶明《〈牡丹亭〉研究资料考释》，上海古籍出版社1987年版，第83页。

③ 吕天成：《曲品》，载《中国古典戏曲论著集成》（六），中国戏剧出版社1959年版，第230页。

④ 王季思：《〈牡丹亭〉略说》，《王季思全集》第2卷，河北教育出版社2005年版，第85页。

是《牡丹亭》奇幻空灵的艺术风格，无不完美而集中地体现了昆曲的艺术精神。《牡丹亭》成为昆曲之经典，正是一种历史的必然。

三

作为文人审美精神的结晶，昆曲不仅在创作上以“情正而调逸，思深而言婉”为特色，追求优雅、空灵、华美、精致的艺术风格，而且在艺术欣赏与审美接受方面也有特殊的要求。王骥德《曲律·杂论》对此曾有明确的说明。王骥德将昆曲鉴赏之佳境列为40种①，其中虽不免有过分苛刻之处，但他将华堂、青楼、名园、水亭、雪阁、画舫、花下、柳边、佳风日、清宵、皎月、美人歌、名士集、知音客、鉴赏家等列为昆曲欣赏之佳境，则较为集中地体现了昆曲审美的文人趣味，所谓“知音说与知音听，不是知音不与谈”。可以说，强调对于美的敏感，追求精致的艺术鉴赏力，是昆曲审美接受的主要特征。这种特征，在本质上与哲学家所说的“妙赏”一脉相通。“所谓妙赏就是对于美的深切底感觉”②，从这一意义上说，昆曲是一种“妙赏”的艺术。

《牡丹亭》与昆曲不仅在审美精神上息息相通，而且在审美接受上也有着共同之处。从内容上看《牡丹亭》不是以情节取胜，而是以情致见长；对于这一点，白先勇先生在《牡丹还魂》中已有十分清楚的阐述：

> 深情与妙赏的结合，特别集中地体现在《牡丹亭》中。汤显祖笔下杜丽娘的心灵世界，正是深情与妙赏的完满结合。她在《惊梦》一出中说“可知我常一生儿爱好是天然”，是对自己青春的妙赏；“原来姹紫嫣红开遍”，是对大好春光的妙赏；在《寻梦》一出说“美满幽香不可言”，是对爱情的妙赏。柳梦梅也是如此。他在《惊梦》一出说“则为你如花美眷，似水流年，是答儿闲寻遍”；在《玩真》一出说“则被你有影无形盼煞我”，都是对心中人的妙赏。可以说，在杜丽娘、柳梦梅之间，如果缺乏妙赏，便不会有如许深情。对

① 参见王骥德《曲律·杂论》，《中国古典戏曲论著集成》（四），中国戏剧出版社1959年版，第182页。

② 冯友兰：《论风流》，《三松堂学术文集》，北京大学出版社1984年版，第612页。

于这两个青年人的形象，如果只看到情欲，忽略了妙赏，那是有负汤显祖的一番苦心的。

在白先勇先生看来，“妙赏”不仅渗透在剧中男女主人公的爱情关系中，而且也涉及读者与观众的审美态度。应该说，如果从审美接受的角度来考察，“妙赏”更是实现《牡丹亭》艺术感染力的最重要方式。吴梅先生在《顾曲麈谈》中曾云：“《牡丹》一记，颇得闺客知己，如娄东俞二姑、冯小青、吴山三妇皆是也。”明清以来《牡丹亭》接受史上“酷嗜此词，断肠而死”的种种奇闻逸事，正是“唱与知音心自懂”的情感共鸣与“妙赏”相互作用的结果。封建时代紧锁深闺的女子，在《牡丹亭》的阅读中，如同在茫茫人海中觅到了心灵上的知音，在对杜丽娘与柳梦梅的青春与爱情的“妙赏”中，正如同灵魂与自己的对话，在对象中观照自我，达到一种高度的精神上的契合。通过这种同构与共鸣作用，产生了一种巨大而强烈的心灵震撼，从而获得一种深刻的审美快感。

显然，在《牡丹亭》中，存在着从文本到接受的双重意义上的“妙赏”。正是这种艺术特质，使它与昆曲结下了不解之缘。如果说《牡丹亭》完美地体现了昆曲的审美精神，那么，昆曲则以其精美的艺术形式强化了《牡丹亭》的艺术魅力。在昆曲舞台上最常上演的折子戏如《游园》《惊梦》《寻梦》《拾画》《冥誓》等，无疑都是最具“妙赏”价值的精彩片段。

马克思在《1844年经济学—哲学手稿》中指出，只有音乐才激起人的音乐感；对于不辨音律的耳朵来说，最美的音乐也毫无意义，音乐对它说来不是对象。对于《牡丹亭》来说，如果没有“妙赏”的审美心理基础，缺乏“对于美的深切底感觉”，是无法真正把握其内在意蕴的。也就是说文本的“妙赏”特质，最终是在接受的“妙赏”中才能完成。从这一意义上说，《牡丹亭》不仅充分体现了昆曲创作的主要特征，同时也集中体现了昆曲审美欣赏与接受的鲜明特点，最终成为二者完美结合的典范，也成为一代昆曲之经典。

原载《中华戏曲》第35辑

关公戏与三国文化的传播

在三国文化中，关公崇拜现象是十分引人注目的内容。在民间信仰体系中，以关羽的经历为参照系的行为规范和以孔子的思想为核心的儒学具有相等的地位，关羽以“武圣”的头衔得以和“文圣”孔子平起平坐。虽然依据历史记载，关羽只是东汉末年三国时期一个普通的武将，但在三国故事通过各种途径传播的过程中，这一形象不断地被神化，逐渐成为人们崇拜和信奉的偶像。关公戏在关羽形象神化与偶像化的过程中扮演着特殊的角色，作为舞台形象的关公与作为信仰偶像的关公二者交叉重叠，互为因果，成为三国文化中一道独特的风景。

早在长篇章回小说《三国志通俗演义》问世以前，关公故事就在民间广为流传。在古代出版印刷业尚不发达之时，这些故事除了通过文本，更多的是通过“说话”和戏曲等方式进行传播。宋代民间有许多“瓦子”，“瓦子”里“说三分”是热门话题，关羽则是热门人物。宋人张耒《明道杂志》载“京师有富家子，少孤专财，群无赖百方诱导之。而此子甚好看弄影戏，每弄至斩关羽辄为之泣下，嘱弄者且缓之”①。元代时杂剧盛行，很多三国故事被搬上了舞台。由于观赏戏曲不仅轻松直观，而且不受文化程度的限制，加上戏曲独特的艺术感染力，三国故事、三国文化的传播范围和力度得到了空前的发展。有学者统计，根据元钟嗣成《录鬼簿》、明贾仲明《录鬼簿续编》、明朱权《太和正音谱》和今人邵曾祺《元明北杂剧考略》、庄一拂《古典戏曲存目汇考》等书记载，元代和元明之际的三国杂剧有 40 种②，而其中以关羽为主角的“关公戏”就有十余种。以中国古代关公戏的传播为个案，研究其传播方式、传播内容与传

---

① 朱一玄、刘毓忱：《三国演义资料汇编》，百花文艺出版社 1983 年版，第 127 页。

② 参见胡世厚《〈三国演义〉与三国戏》，《古典文学知识》1994 年第 6 期。

播效果，将为三国文化的传播研究提供一种新的尝试。

一

已知宋元戏文中关公戏有三种：《关大王独赴单刀会》《关大王古城会》《斩蔡阳》，均佚①。元杂剧（包括元明间无法确定年代的无名氏作品）中的关公戏凡 12 部（见下表），这 12 本关公戏，从题材内容上可以归纳为两个不同类型，一类是来源于历史故事，经过加工而成的戏曲，如《单刀会》《千里独行》《斩蔡阳》《刺颜良》《五关斩将》《古城聚义》。由于早在杂剧产生之前，三国故事已经成为众多文学艺术的重要题材。宋代的讲史、话本、金院本、宋元南戏都不乏三国题材的作品。宋代说话艺术中“讲史”兴盛，“说三分”成为讲史中一个独立的门类，并出现了以此名家的专业演员——霍四究。元代更出现了体制恢宏的讲史话本——《全相三国志平话》，这标志着在元代三国故事进一步定型化。和整个三国故事的发展一样，关公故事也是如此。在几乎与“平话”“演义”同时流行的元杂剧关公戏里，杂剧作家们必然会从讲史小说系统已定型的关公故事中取材，因此杂剧中有一批与它们情节相同或相似的剧目，是完全可以理解的。另一类关公戏则取材于民间神话、逸闻传说，甚至是作者虚构出来的，如《西蜀梦》《大破蚩尤》《怒斩关平》《刀劈四寇》《月下斩貂蝉》《三捉红衣怪》。杂剧作家在创作历史剧时，为了塑造生动的人物形象，在符合历史真实的基础上，虚构一些故事情节，本无可厚非。关羽这样的英雄在戏剧中当然可以为了伸张正义不徇私情而“怒斩关平”；也可以驰骋疆场守边御敌而“刀劈四寇”；更可以富贵不淫，不为美色所动而“月下斩貂蝉”。在民间通俗文学传播的过程中，关羽日益地被美化，关公形象也逐渐升格，智勇忠义集于一身。至于《西蜀梦》《大破蚩尤》和《三捉红衣怪》的情节则完全不见史传。它们或是根据逸闻传说杜撰的，带有浓重的神异色彩，其故事也荒诞不经，光怪陆离。剧中关公形象已经不是人了，而是神灵。只有神灵才能托梦报冤、降妖捉怪，这显然已远离了历史上真实的关羽形象。对于这类作品，已有研究者指出了其有别于艺

---

① 参见陈翔华《三国故事剧考略》，见周兆新编《三国演义丛考》，北京大学出版社 1995 年版。

术性的祭祀性特征。如日本学者田仲一成曾提出：《西蜀梦》“更接近于平面式的咒文或祭文”①，还有的学者认为“《关云长大破蚩尤》实际上是在戏台上重演一次古代傩祭中方相氏驱鬼逐疫的仪式”②，具有驱邪的功能。因此，与其他三国戏相比，关公戏的传播特殊性，在于它所具有的艺术性与仪式性的双重性质。这类题材关公戏的出现，显然是因为关公形象日益被神化。也就是说，作为“神”的关公在元杂剧舞台上就已出现。

曲目	年代	作者	存佚	著录	版本
关大王单刀会	元	关汉卿	存	《录鬼簿》《今乐考证》《曲录》《宝文堂书目》	《元刊杂剧三十种》《脉望馆抄校古今杂剧》《孤本元明杂剧》《与众曲谱》
关张双赴西蜀梦	元	关汉卿	存	《录鬼簿》	《元刊杂剧三十种》
关云长千里独行	元	无名氏	存	《也是园书目》《曲录》	《脉望馆抄校古今杂剧》《孤本元明杂剧》
寿亭侯怒斩关平	元	无名氏	存	《今乐考证》《也是园书目》	《脉望馆抄校古今杂剧》《孤本元明杂剧》
关云长单刀劈四寇	元明间	无名氏	存	《今乐考证》《也是园书目》	《脉望馆抄校古今杂剧》《孤本元明杂剧》

① 田仲一成：《中国戏剧史》，北京广播学院出版社2002年版，第133页。

② 容世诚：《关公戏的驱邪意义》，见《戏曲人类学初探——仪式、剧场与社群》，广西师范大学出版社2003年版，第22页。

续表

曲目	年代	作者	存佚	著录	版本
关云长大破蚩尤	元明间	无名氏	存	《今乐考证》《古今乐录》	《脉望馆抄校古今杂剧》《孤本元明杂剧》
刺颜良	元明间	无名氏	存残曲	《雍熙乐府无名氏杂剧》《曲录》	《雍熙乐府》选双调越调
斩蔡阳	元明间	无名氏	佚	《录鬼簿续编》	
关大王三捉红衣怪	元	戴善夫	佚	《曹本录鬼簿》《今乐考证》《曲录》	
关云长古城聚义	元明间	无名氏	佚	《今乐考证》《也是园书目》	
寿亭侯五关斩将	元明间	无名氏	佚	《也是园书目》	
关大王月下斩貂蝉	元明间	无名氏	佚	《今乐考证》《宝文堂书目》	

此外，从杂剧文本中，我们还可以清楚地看到早期的关公艺术形象。如“他上阵处赤力力三绺美髯飘，雄赳赳一丈虎躯摇，恰便似六丁神簇捧定一个活神道”（《单刀会》）。“他生的高耸耸俊英鼻。长挽挽卧蚕眉，红馥馥面皮有似胭脂般赤，黑蓁蓁三绺美髯垂。这将军内藏着君子气，外显出瘆人威”（《博望烧屯》）。“面如挣枣美髯垂，青龙宝刀吞兽口”（《三战吕布》）。“某幼而勇猛，神眉凤目，髯垂三绺”（《桃园结义》）。“凭着我坐下浑红、偃月刀，不怕他武艺高”（《千里独行》）。[①] 这些文字描写，再加上《脉望馆抄校古今杂剧》附有“穿关”，使我们得以更加直观地了解到元明时期杂剧舞台上的关公形象。如关公戏《怒斩关平》《刀劈四寇》中关公扮相是：“渗青巾、蟒衣曳撒，红袍，项帕直缠，褡膊，带，带剑，三髭髯。”在其他有关羽出场的三国戏如《单战吕布》《三战

① 王季思主编：《金元戏曲》，人民文学出版社 1992 年版。

吕布》《襄阳会》《博望烧屯》《黄鹤楼》《石榴园》《掠四郡》中关公扮相也与此完全一样。这些文字描写和装扮交代表明，关羽的外貌、衣着、气质早在元代时已比较成熟，其特征有三：一是红面美髯，二是青巾红袍，三是宝刀红马。关公这种勇猛威武的形象装扮在元代已被定型，并且成为后世小说、戏曲、雕塑、绘画等各种艺术中关公的标准外形。

二

明清两代，社会、经济、文化环境都发生了很大变化。以明代嘉靖年间为界，前后两个时期的社会风气有明显的不同。明前期一百多年间，正如何良俊在《四友斋丛说》中所指出的，“士大夫耻留心词曲”，朝廷规定“凡乐人搬作杂剧戏文，不许妆扮历代帝王后妃忠臣烈士先贤先圣神像，违者杖一百；官民之家，容令装扮者与同罪”①，演出关公戏自然也在禁止之列。嘉靖以后，随着南方地区经济的发展，社会上追求享乐的风气开始蔓延，受此影响，从皇室贵胄到贩夫走卒，从文人学士到市井细民，对“异调新声”无不趋之若鹜，袁宏道《虎丘记》就曾记载每年虎丘曲会“倾城阖户，连臂而至”的盛大场面。入清以后，政府对戏曲演出和出版的限制更加严格，但自上而下以戏曲为娱、追求享乐的风气并没有消失。加之明清两代，传奇勃兴，北杂剧逐渐衰落，所以此时的关公戏出现了新的特点：除了明代朱有燉杂剧《关云长义勇辞金》（存）、凌星卿杂剧《关岳交代》（佚）、无名氏杂剧《斩貂蝉》（佚）、金成初传奇《荆州记》（佚）、无名氏传奇《古城记》（存）等全本关公戏外，明清两代出现了大批适合演出需要的戏曲选本。虽然我们今天能够看到的只是其中的一小部分，但是仅通过这些选本，也可以在相当程度上了解当时关公戏的传播情况。现将选本列表如下②。

---

① 《大明律讲解》卷26《刑律杂犯》，转引自王利器辑录《元明清三代禁毁小说戏曲史料》，上海古籍出版社1981年版，第11页。

② 本表所录选本按照刊刻时间顺序排列，据王秋桂主编《善本戏曲丛刊》（版末），李福清、李平编《海外孤本晚明戏剧选集三种》（版末）等资料整理。

选本	所选出目（所署出处）	刊刻时间	刊刻者	编辑者
风月锦囊	关羽叹张飞、貂蝉见关羽、夜读春秋、关羽问貂蝉、关羽斩貂蝉、独行千里、许褚进袍、羽赴单刀（《三国志》）	明嘉靖三十一年（1552）	书林詹氏进贤堂	徐文照辑詹子和校订
词林一枝	关羽显圣（《昙花记》），关云长闻讣权降、关云长秉烛待旦（《古城记》）	明万历元年（1573）	福建书林叶志元	黄文华辑
八能奏锦	云长霸桥饯别（《五关记》）、关羽私刺颜良（《三国志》）	明万历元年（1573）	福建书林爱日堂蔡正河	黄文华辑
乐府红珊	汉云长公祝寿（《单刀记》）、汉寿亭侯训子（《桃园记》）、关云长赴单刀会（《三国志》）	明万历三十年（1602）	唐振吾初刻，清嘉庆五年（1800）积秀堂重刻	秦淮墨客纪正伦
玉谷新簧	云长护河梁会、曹操霸桥饯别（《三国记》）	明万历三十八年（1610）	书林刘次泉	吉州景居士
大明春	云长训子（《结义记》）	明万历间	福建书林金魁	程万里
乐府万象新	关云长训子（《三国记》）	明万历间	书林刘龄甫	阮祥宇
大明天下春	云长训子（《三国志》）	明万历间		无名氏辑
群音类选	关斩貂蝉、五夜秉烛、独行千里、古城聚会（《古城记》）	明万历间	文会堂	徐文焕
尧天乐	关云长独行千里、关云长嫂叔权降（《古城记》）	明万历末	彩乘楼	古吴楚间生槐鼎、钟誉生吴之俊编订
万壑清音	单刀赴会（《三国记》）	明天启四年（1624）		止云居士编，白云山人校
时调青昆	华容释曹（《赤壁记》）千里独行（《古城记》）	明末	书林四知馆	黄儒卿

续表

选本	所选出目（所署出处）	刊刻时间	刊刻者	编辑者
怡春锦	单刀（《四郡记》）（又名缠头白练）	明崇祯间		冲和居士
珊珊集	单刀赴会（《三国记》）	明末		周之标
万曲合选	单刀赴会、河梁救驾	清初	清初奎璧斋刻本	无名氏辑
	开宴赏春、计劫曹营、关公却印、刘张重	清顺治十六年（1659）	清金陵奎璧斋、宝圣楼、郑元美等书林刻	明末无名氏编
歌林拾翠	遇、灞桥饯别、独行千里、怒斩蔡阳、聚会团圆（《古城记》）			
千家合锦	古城相会（《三国记》）	清乾隆间袖珍本	苏州王君甫	无名氏辑
缀白裘①	刀会、训子（《三国志》）	清乾隆二十九年（1764）至三十九年（1774）	金阊宝仁堂	钱德苍选辑

由上表可以明显看到，这些戏曲选本所选关羽戏单出是集中在一个不大的范围之内的。一是来源于元杂剧《单刀会》。如《云长训子》演关羽准备赴单刀会以前，吩咐关平镇守荆州时与其进行的一段谈话。从楚汉相争、刘邦建立汉朝，一直讲到汉室衰落，豪杰四起；从桃园结义、三顾茅庐、诸葛亮出山，说到他自己的功绩，如千里独行、过关斩将等。这出戏的内容与元杂剧《单刀会》第三折基本相同，关羽针对关平的担心讲述单刀赴会的必要和可行性，其中自述战绩的几段主要唱词如［粉蝶儿］［醉太平］［朱履曲］［石榴花］［么篇］［斗鹌鹑］［满庭芳］［上小楼］等均来自元杂剧《单刀会》，只是曲牌名与杂剧不同。《单刀赴会》实际

① 《缀白裘》从康熙中期至乾隆间曾多次选编，所选出目、刊刻时间、出版编辑者各不相同，本表录自汪协如点校钱德苍选辑本。

所选与元杂剧《单刀会》第四折基本相同，只是增删了几支曲子，修改部分原曲词以适新腔。二是来源于元杂剧《关云长千里独行》、明杂剧《义勇辞金》和传奇《古城记》。有《独行千里》《嫂叔权降》《秉烛待旦》《关公却印》《灞桥饯别》《私刺颜良》《古城相会》等。而《歌林拾翠》所选八出戏，则均来自《古城记》，且除个别出目略有修改以外，文词全与《古城记》相同。从文本来看，《古城记》中第十三出《却印》和第二十出《受锦》中的文词又多来自朱有燉的杂剧《义勇辞金》。由此也可清晰地看出相同题材元明杂剧和传奇的继承关系。三是来源于小说或民间逸闻中能够突出表现关羽独特性格的。如《华容释曹》《斩貂蝉》等。在这一部分作品中，经过舞台艺术的处理，关羽独特行为方式与处世原则常常给人留下深刻的印象，因而成为关公戏中最为人们津津乐道的内容之一。四是如《显圣》《拜寿》一类热闹的场景戏。这类题材不是明清关公折子戏的主流，因戏曲通常也是宫廷宴饮、社会喜庆活动助兴不可或缺的内容，这种题材的入选也就不难理解了。

显而易见，明清时代流传的关公戏已与元代出现了较大区别：一是戏曲的题材更加集中。小说《三国志通俗演义》的问世，对三国戏和关公戏的传播产生了较大的影响。《三国演义》成了戏曲改编和创作的重要题材，小说中描写关羽的重要段落被改编为戏曲，而与小说无关的故事如“怒斩关平”“大战蚩尤”等则不再被改编和演出。二是关羽的性格更加突出。选本中的故事大多是来源于关羽最辉煌、最威风的经历，突出的是他忠诚、刚毅的性格。在当时的社会环境下，关羽已经更加被神化，那些显示了他性格中弱点的失败的经历，是不会被写到戏里传播的——传播的结果在这个时候开始反过来影响传播行为本身了。就像元代同由关汉卿创作的《单刀会》和《西蜀梦》，前者在明清两代不断被改造，流传不衰，后者却早已不见演出。这大概也与前者的主题是表现胜利的英雄情怀，后者却是描绘失败的凄凉心情是分不开的。三是更加注重戏曲的娱乐功用。选本的编选者在维护关羽的神圣地位和光辉形象的同时，又较好地兼顾了戏曲中故事的娱乐性成分。《关羽显圣》《汉云长公祝寿》这样的故事并不重在突出关羽的性格，但其热闹的场面、美好的寓意却很能适应喜庆场合的演出需要。这类剧目的流传显示出大众娱乐也是影响戏曲传播的一个重要因素。

三

综上所述，人们不难发现，在其他传媒尚不发达的古代，戏曲作为文化传播中极为重要的方式，有着不可忽视和难以替代的功能；反之，戏曲传播又受到了由其自身参与建立的文化传统的影响和选择。中国古代的关公戏，以历史事件和民间传说为依据，经过戏曲作者瑰丽想象的加工，出现了一批内容生动、引人入胜的曲目，也为《三国演义》小说的作者提供了直接的素材。即使在小说诞生后，仍然如郑振铎先生《清代燕都梨园史料序》中所言："读剧本者少，而看演戏者多。"因此，关公戏对关公文化形成和发展的贡献非同小可。与此同时，关公戏也受到上至王公贵族，下至底层民众的青睐。清乾隆年间所编宫廷戏班的演出本《鼎峙春秋》就是由"三国戏"连缀而成的，而关公戏在其中占据着很大的篇幅。在宫里演关公戏，每逢关公上场，皇上与西太后都要离座佯为散行几步，方再坐下，以示尊敬。当时民间有位以扮关公闻名的演员米喜子演《战长沙》，出场时用袖子遮脸，走到台前，乍一撤袖，全堂观客，为之起立。①

可以说，"关公戏"数百年来广为流传，受到社会各阶层人士的普遍喜爱，首先与戏曲的传播特点有着直接而密切的联系。正如近代学者所言：

> 戏曲者，普天下人类所最乐睹、最乐闻见者也，易入人之脑蒂，易触人之感情。故不入戏园则已耳，苟其入之，则人之思想权未有不握于演戏曲者之手矣。使人观之，不能自主，忽而乐，忽而哀，忽而喜，忽而悲，忽而手舞足蹈，忽而涕洒滂沱，虽些少时间，而其思想之千变万化，有不可思议者也。②

与其他专供阅读的文学艺术作品相比，戏曲传播方式和艺术效果发生的场域是不同的。无论是诗歌、散文还是小说，其艺术效果主要是通过阅

---

① 参见齐如山《增订再版京剧之变迁》，转引自朱一玄、刘毓忱编《三国演义资料汇编》，第903页。

② 三爱：《论戏曲》，见阿英编《晚清文学丛钞·小说戏曲研究卷》，中华书局1960年版，第52页。

读的方式实现，而且一般来说是在“私人空间”中，以分散的个体为主要对象的。但是，戏曲艺术效果的实现，则主要是通过舞台演出并在“公共空间”中完成的。因此，戏曲表演通常是在同一时间和同一空间中，对许多人直接发生影响。如果说前者更多的是一种个体的生命体验，那么，后者则更多的是一种群体的生命体验。这种群体的生命体验，往往由于表演的现场性而产生强烈的共鸣，并获得艺术效果的增值。正是这一特点，使关公戏在三国文化的传播中发挥了独特的、不可替代的作用，成为三国文化的重要载体。

其次，关公戏的传播特点与深远影响，还体现了一种独特的社会文化心理——力与德完美结合的英雄崇拜。强烈的英雄主义色彩是三国文化的鲜明标志。无数胸负大志、身怀绝技的英雄共同组成了风云变幻的三国历史舞台，也铸就了各自的灿烂人生。对于英雄的崇拜与景仰是三国文化深入人心、长盛不衰的重要心理原因之一。作为戏曲舞台形象的关羽，则以其独特的造型与内在气质充分展示了传奇英雄的风貌。对于这一舞台形象的痴迷，正是国人英雄崇拜心理的集中体现。也正因为如此，在关公戏的舞台表演中，人们对扮演关公的演员提出了特殊的要求：

> 汉寿亭侯关云长，儒将也，亦义士也。一生事业，磊落光明，俯仰无怍，史册流传，彪炳万古，下至妇人孺子，无不震其名而钦其德，今日馨香俎豆，庙食千秋，宜也。故关公戏乃戏中超然一派，与其他各剧，绝然不侔……演者必熟读《三国演义》，定精神、艺术二类。所谓精神者，长存尊敬之心，扫除龌龊之态（伶界对于关公，崇拜之热度，无论何人，皆难比拟，群称圣贤爷而不名），认定戏中人，忘却本来之我，虔诚揣摩，求其神与古会。策心既正，乃进而研究艺术。以予所见，第一在扮相之英武。要求扮相之佳，尤在开脸之肖。关公之像，异乎常人之像，眼也、眉也、色也（以真朱砂和油搅合）皆有特异之点，可以意会，难以言传。第二在做工之肃穆。要求之好，尤在举动之镇静。关公之武艺，异于常人之武艺，儒将风度，重如泰山，智勇兼全，神威莫测。用力太猛，则流于粗野；手足无劲，则近于萎靡。以是舞刀驰马，极不易做，此则勤习无懈，方能纯化。①

① 周剑云主编：《菊部丛刊》，转引自朱一玄、刘毓忱编《三国演义资料汇编》，第792页。

从这里人们不难发现，关公和关公戏在国人心目中的崇高地位，所体现的正是力与德完美结合的英雄观。无论“震其名而钦其德”的广泛影响，还是“儒将风度，重如泰山，智勇兼全，神威莫测”的形象定位，都从不同的角度表明，德（忠义）与力（神威）是这一人物恒久的魅力所在。

此外，特别应该指出的是，不仅“关公戏乃戏中超然一派，与其他各剧，绝然不侔”，而且在京剧中，还因为关公戏发展出一个专门的行当——红生，并且出现过多位因扮演关公而成名的优秀演员，如王洪寿（三麻子）等①。在中国戏剧史上，这种情形是极为罕见的。可以说，关公戏的繁盛，是关公崇拜的直接产物；而关公戏的传播，又直接强化并扩大了关公崇拜的影响。从某种意义上说，关公戏是官方文化与民间文化互相渗透的结果。然而，关公戏与关公形象无疑在民间文化与价值体系中有着更为巨大、深远与不可替代的影响。数百年来，作为舞台艺术形象的关公与作为信仰偶像的关公，已合而为一，走进了民间的现实生活，影响着普通民众的行为方式，构成了一种特殊的文化现象，具有复杂与丰富的内涵。

简而言之，关公戏以其自身丰富的内容和特殊的传播方式，不仅在三国文化的传播过程中发挥着重要的功能，而且还具有自身独立的文学与艺术价值，成为一份十分珍贵的文化遗产。

此文系与孙向锋合作完成，原载《华中师范大学学报》2008 年第 5 期

---

① 参见周剑云《剑气凌云庐剧话》：“上海演关公戏最擅长者，无过于王洪寿（即三麻子），其次则王福连（即盖天红），又次则林树森。”转引自朱一玄、刘毓忱编《三国演义资料汇编》，第 799 页。

案头与场上
——试论张凤翼剧作的传播流布

张凤翼是昆曲形成时期的重要剧作家之一。他与其弟张献翼、张燕翼并称“三张”，在明代文坛颇有文名，而“三张”之中，张凤翼最为高寿，他历经嘉靖、隆庆、万历三朝，不仅是这一时期社会与文学发展的见证人，而且自身也有较高的文学成就。王世贞曾对张凤翼有高度的评价，称“伯起材何所不际，能骋其丽靡可以蹈籍六季而鼓吹三都；骋其辩可以走仪、秦役犀首；骋其吊诡可以与庄、列、邹、慎具宾主。高者醉月露，下者亦不失雄帅烟花”①。在昆曲发展史上，张凤翼亲历了昆曲改革的艺术实践，是昆曲改革、创作、评论全方位的参与者，对昆曲的创作与传播做出了重要贡献，具有不可忽视的影响。本文拟从张凤翼的传奇作品传播流布的角度，探讨其独特的意义与价值。

一

与同时代的剧作家相比，张凤翼的传奇作品，并不仅仅是“案头之作”，而且也是“场上之曲”。可以说，张凤翼的传奇作品，无论是在文本创作还是舞台表演方面的成就，都得到了时人的广泛认同。

从文学剧本上来看，张凤翼的戏曲作品《阳春六集》在当时文坛上曾产生了较为重要的影响。沈德符《万历野获编》云：“少年作《红拂记》，演习之者遍国中。后以丙戌上太夫人寿，作《祝发记》，则母已八

① 王世贞：《张伯起集序》，《弇州山人四部续稿》卷45，《文渊阁四库全书》1282册。

旬，而身亦耳顺矣。其继之者，则有《窃符》、《灌园》、《扊扅》、《虎符》，共刻函为《阳春六集》，盛传于世。”沈瓒《近事丛残》认为“张孝廉伯起（凤翼）文学品格，独迈时流”（叶德钧《戏曲小说丛考》），应该主要也是针对其戏曲创作而言。不仅如此，明代还有人曾给了张凤翼作品最高的评价：“传奇当以张伯起为第一，若《红拂》、《窃符》、《灌园》、《祝发》四本，巧妙悉敌……”①

如果说这些评论似有夸张之嫌的话，那么评剧向来持论公允的吕天成的评价，应该是比较能够让人信服的。吕天成将张凤翼与陆采、顾大典、梁辰鱼、郑若庸、梅鼎柞、卜世臣、叶宪祖并列为“上之中”，而在他们之上者仅有剧坛泰斗沈璟与汤显祖。并且，吕天成还用赞赏的口吻评价张凤翼的为人：“灵墟烈肠幕侠，雅志采真，汪洋挹叔度之波，轩爽惊孟公之座，稽古搜奇于洞壑，养亲绝意于公车。”② 此外，值得注意的是，作为思想家的李贽，也曾对张凤翼的《红拂记》给予了很高的评价：“此记关目好，曲好，白好，事好。乐昌破镜重合，红拂智眼无双，虬髯弃家入海，越公并遣双妓，皆可师可法，可敬可羡。孰谓传奇不可以兴，不可以观，不可以群，不可以怨乎？”（李贽《焚书·卷四·杂述》）诸如此类的评论，足以说明张凤翼在当时的地位。

就舞台表演来说，张凤翼作曲已经有了较为明确的舞台意识，他的剧本曾经轰动一时，出现了非同寻常的演出盛况：“伯起少年作《红拂记》，演习之者遍国中”③，“所著《红拂记》，梨园子弟皆歌之”④。并且，当时还出现了一批擅长张凤翼剧作的演员。据潘之恒《鸾啸小品》载“其时《大雅堂》，《红拂》、《窃符》、《虎符》、《祝发》四部甚传。串演者彭十、白六诸俊，皆有令名。惟莫兰舟为生，尚有苦气。其后，彭生死而白娘嫁，张公之兴为索然。又数年，倪三出，复大振，有《扊扅》诸记”⑤。

① 焦循：《剧说》，载《中国古典戏曲论著集成》（八），中国戏剧出版社 1959 年版，第 182 页。

② 吕天成：《曲品》，载《中国古典戏曲论著集成》（六），中国戏剧出版社 1959 年版，第 213—214 页。

③ 沈德符：《张伯起传》，见《万历野获编》中册卷 25，中华书局出版社 1959 年版，第 644 页。

④ 钱谦益：《列朝诗集小传·张举人凤翼》，上海古籍出版社 1983 年版，第 483—484 页。

⑤ 潘之恒：《鸾啸小品》卷 2《吴剧》，转引自汪效倚辑注《潘之恒曲话》，中国戏剧出版社 1988 年版，第 56 页。

著名女演员杨美，演如姬“其行若翔。受拷时雨雪冻地。或言：可立鞠得辟寒。（杨）美蒲伏不为起，终曲而肌无栗也”[①]。这些事实说明张凤翼剧作的流传，并不仅仅是在案头。彭十、白六、倪三等人以擅长演张凤翼剧作而闻名，证明它在舞台上也很有影响。“其行若翔”是写杨美演如姬窃得兵符后边唱边急走的情状；“受拷时雨雪冻地”是写魏王拷问宫女，如姬闻讯前来认罪的情状，表演之认真，于此可见。而张凤翼与剧作家及演员的交往，使得他能够虚心听取艺人的心声，从而作出更适宜于舞台演出的选择。同时，与作家及艺人的交往，无疑又促进了他的剧作的传播。从现有的文字记载来看，张凤翼剧作的传播在戏剧界至少以两种方式进行：其一为剧本改编，其二是以折子戏形式流传。这两种方式，分别体现了文本传播与舞台传播的不同特点。

二

考察张凤翼传奇作品，不难发现，剧本改编是张凤翼传奇作品流传的重要方式。由于张凤翼剧作多取材于历史，而明代传奇中同名异本、同源异作的剧本为数实在不少，有些作品很难确定它们之间的因袭关系。即使该作从时间上来说，的确晚于我们的研究对象，但是由于资料所限，常常也很难证明这些剧本之间的传承关系。在探讨后期同名或同题材剧本是否改编自张凤翼时，也存在这样一个问题。如祁彪佳《远山堂曲品》评论《红拂记》时援引汤显祖的话说：“‘汤海若序此记云：《红拂》已经三演：在近斋外翰者，鄙俚而不典；在冷然居士者，短简而不舒；今屏山不袭二家之格，能兼诸剧之长。’然吕郁蓝谓其‘通篇不脱俗气’，当亦不能为屏山讳。”[②] 这里短短一段话就涉及不同作家的三个同题材剧本，由于除“冷然居士者”之外，其他二本今已不存，我们就很难确定它们之间是否有过互相借鉴与因袭的地方。又如吕天成评张凤翼《灌园》时也

① 潘之恒：《鸾啸小品》卷2《初艳》，转引自汪效倚辑注《潘之恒曲话》，中国戏剧出版社1988年版，第32页。

② 祁彪佳：《远山堂曲品》，载《中国古典戏曲论著集成》（六），中国戏剧出版社1959年版，第49页。

提到“上虞赵武作《灌园》，远不逮矣”[①]。这里，赵武的作品除了在优劣上与张凤翼剧作有关，能给读者一个初步印象之外，它们之间是否存在承袭关系亦未可知。而时至今日，各种地方剧种中产生的新的同题材剧本，其所因袭、借鉴的对象更为复杂。下面，笔者就现有资料可以明确证明改编自张凤翼作品的几个剧本略加讨论。

（一）槲园生《红拂记》

吕天成《曲品》评张凤翼早期剧作《红拂记》云：“此伯起少年时笔也。侠气辟易，做法撇脱，不黏滞。第私奔处未免激昂，吾友槲园生补北词一套，遂无憾。乐昌一段，尚觉牵合。娘子军亦奇，何不插入？”[②]“懈园生”即是叶宪祖（1566—1641），他深谙音律，作品在文坛上也有一定影响，改编剧本完全有可能。现存诸本《红拂记·私奔》一出中［北二犯江儿水］一套可能即为他所作。严格来说，叶宪祖此本可能还算不上改编，然而小小的改动对严谨的曲作家来说可能是非常重要的，甚至对剧本结构的完整性也会产生一定的影响。《红拂记·私奔》一出，脍炙人口，流传至今，笔者认为叶宪祖的功劳不可忽略。基于此，本文在此将它作为改编本之一稍加提及。

（二）凌濛初《红拂三传》

凌濛初（1580—1644）对张凤翼《红拂记》一剧作了很大的改动。他不仅对原剧内容作了大幅度修改，而且还从体制上对原本进行了根本改造。他将原来鸿篇巨制的传奇体改变为标准的一本四折的北杂剧。并且，将原剧一分为三，分别以原剧中的三个主要人物红拂、虬髯翁、李靖为主角，各成一剧，总题为《红拂三传》。在《识英雄红拂莽择配》（又名《北红拂》）的《小引》中，他明确说明了自己的创作动机在于不满旧体。对于原剧的某些地方他质疑：（1）“李药师慷慨士，侯王且不当一盼，彼侍者自瞩目，岂其所关情者，乃归逆旅思之，有是理乎？”（2）“其最舛者，髯客耻居第二流，故弃此九仞，自王扶余。既得事矣，乃谓其以协擒

① 吕天成：《曲品》，载《中国古典戏曲论著集成》（六），中国戏剧出版社1959年版，第232页。

② 同上书，第231页。

高丽，重蹈中土，称臣唐室。操此心于初时，岂不能随徐李辈博一王侯，何必自为夜郎耶?”（3）“剞劂图像，有大冠修髯，而随亦拜跪者。髯客有灵，定为掩面”。因此“素有意以北调易之”（阿英《雷峰塔传奇叙录·北红拂杂剧叙录》)。故此本不写卫公逆旅之思，只写虬髯扶余称王，并重绘插图。

从情理上来说凌濛初诸剧或许更符合逻辑，其中重要的一点在于，他保持了剧本中人物性格的一致性。特别是在虬髯翁的结局上，他改变虬髯翁称臣中原的结局，而以他在海外自立为王作结，这更符合他“宁为鸡口，不为牛后”的宣言。

朱墨刊本《红拂记》附评论（不知是何人所评）曰：“近吴中演剧，作虬髯公闻诏至，乃谓卫公曰：恩纶且至，请从此辞，后会未期，遂飘然先下。此殷司马串头，余以为极得虬髯之概，惜伯起见不及此。”① 此版本中的评论也认为张凤翼《红拂记》以四海一统作结的大团圆局面，忽视了全本人物性格的一致性。对此他深表惋惜，而凌濛初应该说是深谙此道。

另外，《红拂三传》以北杂剧为之，一人主唱的剧本体制，使得红拂、李靖、虬髯翁三个主要人物形象表现得更为充分与完整，也使得情节更为集中。凌濛初的改编获得了巨大成功，《红拂三传》的思想性与艺术魅力得到戏剧界的普遍赞赏。如祁彪佳曾评《莽择配》道：“眉公常恨以南曲传髯客，如雷霆作婴儿啼，乃以红拂之侠，使歌纤调，亦是词场一恨事。初成以慷慨记之，且妙有蕴藉，每见其胜卫公一筹。”② 评《蓦忽姻缘》时说：“向日词坛争推伯起《红拂》之作，自有此剧，《红拂》恐不免小巫矣。”③ 并高度评价他的《虬髯翁》道：“凌初成一传《红拂》，再传《卫公》矣，兹复传《虬髯翁》，岂非才思郁勃，故一传、再传至三而始畅乎？丰骨自在，精神少减，然鼓其余勇，犹足敌词场百人。”④ 祁彪佳对《红拂三传》在人物、艺术上都给予了很高的评价。他的剧本也被很多选本所收。凌濛初通过对人物、故事的加工，使得这一题材的剧作得

---

① 《古本戏曲丛刊》初辑，朱墨刊本影印。

② 祁彪佳:《远山堂剧品》，载《中国古典戏曲论著集成》（六），中国戏剧出版社 1959 年版，第 144 页。

③ 同上。

④ 同上书，第 155 页。

到了更为广泛的流传。

（三）冯梦龙《女丈夫》

明末著名的文学家冯梦龙（1574—1646）非常重视通俗文学小说、戏曲，他不仅自己创作剧本，还改编他人剧作。他的《女丈夫》传奇，就是根据张凤翼《红拂记》和刘晋充《女丈夫》、凌濛初《虬髯翁》三剧改编的，其中张凤翼的剧本是他改编的主要依据。

《女丈夫》对《红拂记》作了比较大的改动，这主要表现在以下几个方面。

首先，《女丈夫》一剧通过增、删《红拂记》的情节，削弱了原本写“情”的思想。而且，他通过这样的改编，强化了女性形象的英雄气概，冯梦龙命之为“女丈夫”。原本以红拂与李靖、乐昌与徐德言的爱情故事作为剧本的重要线索，写“情”占了很大的比重。而改本删去了乐昌公主破镜重圆的故事，并将红拂改变成为驰骋沙场、挥戈平戎的女英雄。如在《女侠劝驾》一出，红拂唱道：

> [仙吕引]（旦）家室初成，流光如驶，相催只有功名事……近隋主营仁寿宫，又数伐高丽，民人皆怨。刘武周、薛仁杲、萧铣、朱粲等兵戈四起，人民涂炭，拨乱安民，定有真主。你还不求取功名，更待何时？

她分析天下大势表现出来的气概与胸襟，她对“功名”的强烈愿望，甚至胜过男主角李靖。剧作家正是在这样的比较中，很好地凸显了他要表达的“女中丈夫”这一主题。

为了表现“女丈夫”的气概，他又增加了平阳郡主募兵抗隋、对开幕府等情节，并且借剧中人物之口说“好个郡主，真是女中丈夫”第二十出（《郡主募兵》）。这样使得整个剧本充盈着一股阳刚之气，而女性的阴柔美完全被这股英雄气所掩盖。

如果说这样的改动对剧情的集中与凸显“女丈夫”的主题不无裨益的话，那么增加的《洪客祈雨》《龙宫赠奴》等出，在表现人物性格上有所突破，但无疑又增添了枝蔓，使得主要事件不够突出，出现了人物过多、线索太繁的毛病，在戏剧冲突的集中性与激烈性方面不如原剧。而且，冯梦龙剧增加龙母等人物，让李靖代为播雨，又含有神话性质的神秘色彩。

其次，冯梦龙通过改变细节，实现了人物性格上的一致。关于虬髯客的结局，剧本首先在《家门大意》中通过“虬髯客海外称君”一句，用一个“君”字来认定了他的身份。为此，剧本坚持表现他“宁为鸡口，不为牛后”的性格，而反对以虬髯海外称雄而称臣中原作结。他借虬髯客之口说“药师公，你又差了。他得中原，俺得扶余。各自为君，说什么尽忠报国。只为当初临行之际与一妹有一言相约，因此冒险而来。如今夷王已擒，不负前诺了”（第三十四出《兄妹重逢》）。并发表评论道：“伯起旧本虬髯公同听诏书，便与下海本色相反，如此作别，才不损志气。”这一点与凌濛初的观点相契合。

（四）冯梦龙《新灌园》

冯梦龙改编戏曲，选择剧本的一个基本宗旨就是“戏曲中情节可观而不甚奸律者”（《双雄记叙》）。在张凤翼的《阳春六集》中，有两个剧本经过了他的改编，即《红拂记》改编为《女丈夫》，《灌园记》改编为《新灌园》。

冯梦龙改编他人戏曲作品，有如下几个原则。

一是使情节“奇可传”，二是使剧作“有关教化”，三是使曲词符合韵律。在《新灌园》最后一出［尾声］中他颇为得意地表白道：“去淫词，存法戒，要关风化费新裁，直到世有知音方许偕”；在下场诗中他又说“孝子忠臣女丈夫，却将淫亵引昏途。墨憨笔削非多事，要与词场立楷模”。为此，他对张凤翼剧作作了如下修改。

其一，增加、改变出目与戏剧人物，强化原剧的忠孝节义观念。在《新灌园·序》中他对原剧不足之处表明了自己的看法：

> 夫法章以亡国之余，父死人手，身为人奴，此正孝子枕戈，志士卧薪之日。不务愤悱忧思而汲汲焉一妇人之是获，少有心肝，必不乃尔。且五六年间音耗隔绝，骤尔黄袍加身，而父仇未报也，父骨未收也，都不一置问而惓惓焉，讯所私德之太傅，又谓有心肝乎哉？君王后千古女侠，一再见而遂失身，即史所称阴与之私，谈何容易。而王孙贾子母忠义，为嗣君报终天之恨者，反弃置不录。若是，则灌园而

已，私偶而已。①

为此，他特地增设“忠孝私优”“贤母训忠”“法章夜祭”等出，表现太子虽身为人奴，而不忘家国之恨的“忠”与“孝”；并特地增加王孙贾母这一人物，借她来直接宣扬为臣当“忠”的观念；又改变原剧“园中幽会”一出为“还簪订盟”，并借君王后之口表达自己的想法说“妾本名家淑女，君乃一国储君。只因神奇英雄，所以心谐姻眷……今日若使失节一时，他年何以母仪百姓”。他认为即便是“王”“后”，“无父母之命，媒妁之言，钻穴隙相窥，逾墙相从，则父母国人皆贱之矣”，从而使得君王后的行为控制在“发乎情而止乎礼仪”的合乎传统道德的范围之内。这样就摒弃了原本的“私偶”行为，从而使“节义”观念得以凸显。

其二，改变原本的脚色配置，以适应舞台演出。冯梦龙生活的年代已是万历年间，传奇经过一段时间的发展，以舞台为本，强调“戏”的因素的认识，已经在很多剧作家那里受到了一定程度的重视。强调脚色配置要注重演员的劳逸结合与舞台表演的效果，就是其中一个方面。祁彪佳在评《节孝记》时就说它“不识场上劳逸之节”② 即是针对剧本脚色配置而言。冯梦龙也是如此。

冯梦龙在《新灌园》第九折“齐王出亡”的眉批中写道：“用小净者亦取角色之匀也。”在第七折“太史家宴”眉批中又说“原本惟净色太少，番太史敫最匀，不然要用两外，不便矣”。为此，在《新灌园》中，他将原本由“外”扮演的人物太史敫改用“净”脚来扮演，将原本用“丑”脚扮演的牧童改用“小净”扮演……这些改变有利于调节场上气氛与演员劳逸之节，增强了舞台表演的灵活性。舞台性增强，对戏曲作品更为广泛的流传无疑是有益的。

其三，调整出目顺序，加强故事情节的关联。张凤翼与昆山派作家群一样，在故事情节结构上，当时剧评者认为他们的剧作普遍存在结构不够紧密的问题。许多剧评者都注意到了这一问题，并对戏曲创作在结构方面提出了要求。王骥德在《曲律》卷三中强调“毋令一人无着落，毋令一

① 魏同贤：《冯梦龙全集·墨憨斋定本传奇》，上海古籍出版社 1993 年版，第 439—443 页。

② 祁彪佳：《远山堂剧品》，载《中国古典戏曲论著集成》（六），中国戏剧出版社 1959 年版，第 50 页。

折不照应"[1]；祁彪佳《远山堂曲品》提出"贯串如无缝天衣"[2]。而熟悉、注重舞台演出的冯梦龙也注意到了这一点，在《墨憨斋定本传奇》中，冯梦龙的改编活动就很注重情节的照应与连贯。如在《新灌园》与《女丈夫》中，他都强调了一点：情节不可太突然，要注意前后呼应。为此，在《齐王拒谏》之前，他特地新增《齐王夜宴》一出，比较形象地表现了齐王的荒淫失政，为他"拒谏"作铺垫。又把原本第二十折出现的宝簪提前在第五折中作了交代，使拾簪、还簪、窃簪等一系列情节不致显得突兀。他在第六折中就让牧童出场，也为后文"窃簪"埋下了伏笔。他经过添加出目及调整出目顺序，使得剧本结构紧凑，可读性加强，符合戏曲叙事性的要求，也更适宜于舞台演出。

从以上论述可以看出，改编本主要是针对张凤翼早期剧本《红拂记》，后期的几个剧本得到的关注相对较少。如《窃符记》未见改编本，但清朝杨潮观吟风阁短剧有《葬金钗》一折，写如姬因窃符而被处死，信陵君为她立冢哀悼。这与此剧区别较大，不知是否源自此本。

上述改编本有不少在艺术上胜过原本，但是，因为张凤翼的《红拂记》最早将唐人小说《虬髯客传》由文言小说的案头故事，变成了被之管弦的戏剧演出，使得这一题材戏剧化、通俗化、大众化，使得风尘三侠的故事广为流传。从某种意义上说，正是张凤翼的《红拂记》才使得杜光庭最初创作的虬髯、红拂、李靖故事广为流传，家喻户晓，并成为极受欢迎的戏曲题材，在这一点上，张凤翼及其《红拂记》是功不可没的。

三

如果说张凤翼传奇作品的改编本，是将原本故事以不同的面貌呈现在读者与观众面前，那么，折子戏则是对原本的部分呈现。而且，能够留存下来的"折子"，也往往是在舞台上比较受欢迎的出目。正如有的学者已经指出的："折子戏是戏曲史上的一个重要演出形态，凝聚着文学与戏剧

---

① 王骥德：《曲律》，载《中国古典戏曲论著集成》（四），中国戏剧出版社 1959 年版，第 137 页。

② 祁彪佳：《远山堂曲品》，载《中国古典戏曲论著集成》（六），中国戏剧出版社 1959 年版，第 42 页。

的内在关联，即文学性与表演艺术的关系。

数百年来，折子戏为戏曲舞台展示了波澜壮阔的画卷，勾勒出整个戏曲史的一个概貌。”① 通过对留存下来的相关折子戏的考察，我们可以发现当时戏曲作品的流传状况及戏曲发展的真实历史。现在所能见到的“折子”，多出自一些戏曲选本。下面，笔者将列举收有张凤翼剧作的戏曲选本及所收出目：

表一②

剧本 选本	红拂记	灌园记	祝发记	虎符记	窃符记
纳书楹	靖渡		祝发　渡江	劝降	
缀白裘			作亲，败兵，渡江		
审音古录					
六也曲谱			作亲，败兵		
集成曲谱	靖渡，私奔		祝发，渡江		

表二

剧本 选本	红拂记	灌园记	祝发记	虎符记	窃符记
八能奏锦	红拂私奔 姐妹自叹				
词林一枝	红拂私奔	齐王被难 辱骂齐王			
大明春	红拂私奔				
玉谷新簧	侠女私奔				

① 戴申：《折子戏的形成始末》，《戏曲艺术》2001年第2期，第29页。

② 此表资料源自郑振铎《中国戏曲的选本》，《郑振铎古典文学论文集》，上海古籍出版社1984年版，第518—534页。

续表

剧本 选本	红拂记	灌园记	祝发记	虎符记	窃符记
尧天乐	仗剑过江 红拂私奔	投衣御寒			
乐府红珊	红拂私奔				魏侯究问如姬
吴歈萃雅	渡江，闺思，私奔	制衣	空闺思念		
月露音	完偶，关情，喜音	制衣，授衣	渡江，自叹		默祷，拷符
珊瑚集	渡江，李郎神驰				究符
词林逸响	渡江，私奔	制衣，愁诉，欢会	追叹		
歌林拾翠	渡江等①				
怡春景	私奔，航海	机露，赠袍	入禅		

以上搜集的选本，只是明代选本中的一小部分，它们大多为明代万历年间刻本。这些选本所选剧目、曲目，既是选家个人好恶的表现，但也代表明代戏曲舞台上流行曲目的基本状况。张凤翼剧作在这些比较重要的戏曲选本中几乎都有涉及，这证明其剧作在明代还是有一定地位的，至少在明代万历年左右流传还比较广泛。进一步考察发现，这些选本中有的收录整剧或整出，含有曲与白，可能是纯粹的戏曲选集，主要供案头欣赏，当然也可做舞台底本；还有一些则只录曲词而无宾白，可能为梨园演唱本，专供唱曲者之用。这又可以表明张凤翼戏曲在明代以书面与舞台两种形式流传。仔细考察一下这些戏曲选本发现：

就剧种来说，虽然张凤翼剧作是昆曲的代表作，但在舞台上却不一定只以昆腔形式演出。到明代万历年间，“徽州腔”“青阳腔”等在剧坛上已经占有一席之地，这一点从这些选本名称也可以看出：《大明春》全称为《鼎锲徽池雅调南北官腔乐府》，《八能奏锦》全称《鼎锲昆池新调乐府八能奏锦》，《词林一枝》全书名为《新刻京板青阳时调词林一枝》，《玉谷新簧》全称《鼎刻时新滚调歌令玉谷新簧》。从名称来看，这些选本大体上包括了昆山腔、弋阳腔和徽调系统的戏曲剧作，而张凤翼的作品

① 所选出目包括仗策渡江、问神良佐、见生心许、李郎神驰、侠女私奔、同调相怜、卖镜巧遇、徐生重合、捐家航海、觅封送别、避难奇逢、花园拜月、探报军情，共13出。

在这些选集中均有出（曲）目。虽然目前尚不能具体确认这些选本的声腔性质，但是至少可以证明，张凤翼剧作已在多种声腔中流传，而不仅仅是昆腔，流传地也应该是相当广泛的。

从选本所选的出目来看，《红拂记》中的出目被选次数最多，其次是《灌园记》与《祝发记》。这表明《红拂记》的流传相对来说更为广泛。考察所选出目又发现，写“情”之作更受大众的欢迎。如《侠女私奔》《完偶》《制衣》《授衣》，都是涉及儿女之情的出目。其实，在张凤翼的作品中，儿女之情并不是表现的重点，但选本却没有选取最能表现原本主旨的出目，这其实从一定程度上代表了万历以后剧坛的总体审美倾向。何元朗曾云：“大抵情辞易工。盖人生于情，所谓‘愚夫愚妇可以与知者’。观十五国风，大半皆发于情，可以知矣。是以作者既易工，闻者亦易动听。”① 正说明饱含情感的作品，更容易引起读者与观众的共鸣，因此也就更容易流传下来。大众的审美趣味才是剧本能够得以流传的最基本因素。同时，选本所选的折子也大多是舞台性比较强的出目，因为舞台表演是戏曲创作的最终目的。

在这些选本中，《词林一枝》所选《灌园记·辱骂齐王》一出，列于张凤翼名下，但其内容为现在所见版本所无，其风格与张凤翼剧本及冯梦龙改本有根本性的区别。与张本相比较，所选出目中主要人物完全为原本所无；而与冯本相对照，周氏辱骂齐王“居上而废礼法”“为君反把人伦坏”“一朝风化倾颓败”的激烈行为，与冯梦龙“忠孝志节种种具备”的初衷也不太符合。为什么会产生这种现象？对于清钞本《窃符记》与明刊本在内容上的巨大差别，庄一拂先生在《古典戏曲存目汇考》卷九中认为清钞本为梨园所用。笔者同意这种观点。《辱骂齐王》一出，骂得痛快淋漓，非常具有表现力，也符合当时大众对居上者荒淫腐化的极度不满的心理状况。这一出正是民众心声的写照。相反，当时文人曲家很少会有这么直白的表现。故《词林一枝》所选《灌园记·辱骂齐王》似亦应视为梨园钞本。

综观张凤翼的传奇创作，其作品在当时盛行一时，并能以各种形式流传下来，其中的原因是多方面的。首先，张凤翼曾是昆曲革新的积极参与

---

① 何良俊：《曲论》，载《中国古典戏曲论著集成》（四），中国戏剧出版社 1959 年版，第 7 页。

者，其作品得一时风气之先。据徐复祚《三家村老委谈》载："伯起善度曲，自晨至夕，口呜呜不已。吴中旧曲师太仓魏良辅、伯起出而一变之，至今宗焉。"① 徐复祚是张凤翼的侄女婿，关系密切，时代相近，他将张凤翼与一代宗师魏良辅相提并论，肯定他在昆曲改革中的积极作用，虽不能完全排除私人关系色彩与溢美之嫌，但其中所提供的基本事实应该是可信的。此外，凌濛初也曾十分明确地指出"张伯起小有俊才……无奈为习俗流弊所沿，一嵌故实，便堆砌拼凑，亦是仿伯龙使然耳"②。凌濛初虽对张凤翼不无微词，但从中也透露出张凤翼追随与推崇杰出昆曲剧作家梁辰鱼的相关信息。梁辰鱼《浣纱记》问世之后，张凤翼的《红拂记》紧随而至。从该剧的完成时间来看，大约在嘉靖二十三年（1544），只比最早的昆曲传奇《浣纱记》稍晚，其作品得一时风气之先，亦可见之一斑。

其次，张凤翼积极参与昆曲革新的一个值得关注的事实，是他对传奇体制的改革。臧懋循《紫钗记》改本末出评语曾经指出："自吴中张伯起《红拂记》等作，止用三十折，优人皆喜为之，遂日趋向短，有至二十余折。"由此可见，剧本篇幅的缩长为短，"优人皆喜为之"，也是张凤翼传奇作品广为流传的重要原因。

最后，张凤翼对舞台艺术的熟悉，则是其传奇作品广为流传的潜在因素。在明代，张凤翼是一位较早亲自登台演出的剧作家。据徐复祚称，张凤翼"常与仲郎演《琵琶记》，父为中郎，子赵氏。观者填门，夷然不屑意也"③。而且，他还曾亲自为吴中名歌者彭生"酌调新声，考谱正讹"④。与一些仅将传奇视为案头之作的剧作家相比，张凤翼显然具有更为明确的舞台意识。也正因为如此，其传奇作品能够在明代"词山曲海"的繁荣局面中始终拥有一席之地。

张凤翼生活的年代正是昆山腔传奇兴起兴盛的时期，他才华横溢而又

---

① 徐复祚：《三家村老委谈》卷2《三张》，载《中国古典戏曲论著集成》（四），中国戏剧出版社1959年版，第246页。

② 凌濛初：《谭曲杂扎》，《中国古典戏曲论著集成》（四），中国戏剧出版社1959年版，第255页。

③ 徐复祚：《三家村老委谈》，载《中国古典戏曲论著集成》（四），中国戏剧出版社1959年版，第246页。

④ 张凤翼：《彭生哀辞》，《处实堂集》卷6，见《四库全书存目丛书》集部第137册，齐鲁书社1997年版，第532页。

具有革新意识。对当时正在进行的昆曲革新运动，张凤翼以自己的创作实践，提供了实质性的支持。张凤翼传奇作品的传播流布，正是昆曲传奇创作流行与兴盛的结果。在昆曲发展史上，张凤翼作为先驱者的作用，似应引起更多的关注。

此文系与朱丽霞合作完成，原载《文化遗产》2009 年第 2 期

汉剧与中国戏剧史的雅俗之变

在中国戏剧史上，清代乾隆以后“花部”戏剧的出现，具有某种特殊的意义。正如青木正儿早年在《中国近世戏曲史》中所说：“乾隆末期以后之演剧史，实花雅两部兴亡之历史也。”① 事实上，无论是“花雅之分”还是“花雅之争”，都不应视为简单的戏曲腔调、剧种之争，而应视为戏曲雅俗审美观念变迁的重要标志。在更为广阔的历史文化背景中，深入考察包括汉剧在内的花部戏曲与中国戏曲史的内在有机联系，将有助于深化人们对花部戏曲独特价值的认识。

一

清代中叶以后，随着“花部”戏剧的兴起，一方面，处于社会底层的大众，不再仅仅依附于传统的精英阶层的文化观念与审美选择，开始寻找能够完美表现自身审美理想的艺术形式与艺术风格；另一方面，“花部”戏剧的兴起与繁盛，也使长期在戏曲发展历史长河中处于潜流或边缘的民间戏曲，以其独特的风貌吸引了更多的目光，并逐渐走进了文人士大夫的视野，改变了人们根深蒂固的传统观念。

具体说来，从乾隆年间开始，《缀白裘》的出版、《燕兰小谱》的出现及焦循的《花部农谭》的问世，分别从不同的层面为人们传递了中国戏曲史发展的历史动向与相关信息。

乾隆二十八年（1763），《缀白裘》由钱德苍根据玩花主人的旧编本增删改订，陆续编成，并由他在苏州开设的宝仁堂刊行。《缀白裘》发行

---

① 青木正儿：《中国近世戏曲史》，中华书局2010年版，第331页。

后，深受读者欢迎，各地书坊不断翻印。《缀白裘》不仅收录了大量的昆曲曲目的折子戏，而且还收录了总题为“梆子腔”的剧本三十余种五十余折。这是“花部乱弹”首次与雅部昆曲一起进入戏曲选本，走进士大夫文人的欣赏视野。

在叶宗宝为《缀白裘》六集所撰写的序言中，人们看到了这样一段话：

> 词之可以演剧者，一以勉世，一以娱情，不必拘泥于精粗雅俗间也。余因披是编而阅之，知其类有二焉。一则叶律和声，俱按宫商角徵，而音节不差；一则抑扬婉转，佐以击竹弹丝，而天籁自耿。宜于文人学士有之，宜为庸夫愚妇者亦有之，是诚有高下共赏之妙。①

叶氏不仅明确提出，欣赏戏剧作品“不必拘泥于精粗雅俗间”，而且客观地指出戏曲作品“诚有高下共赏之妙”，这种摒弃文人固有的优越感，既不以高贵自居也不以高雅自许的态度，实属难能可贵。不仅如此，文人士大夫也不再以高高在上的评判者的姿态出现，而是以普通观众的身份，成为花部戏剧的欣赏者与传播者。

如果说《缀白裘》的编选者已开始关注花部的剧本与演出，那么《燕兰小谱》（乾隆五十年，1785）的作者安乐山樵的目光，则更多地被花部演员所吸引。在《燕兰小谱》中，安乐山樵为64位艺伶作传，其中花部演员就有44人，昆曲演员20人，花部艺伶的人数大大超过了昆曲演员。②

至于嘉庆年间人们熟知的《花部农谭》的出现，则将乾隆年间开始的文人在感性或实践层面对花部戏曲的青睐，升级到理性自觉选择。焦循曾经十分明确地说明自己“独好”花部戏曲的原因：

> 梨园共尚吴音。“花部”者，其曲文俚质，共称为“乱弹”者也，乃余独好之。盖吴音繁褥，其曲虽极谐于律，而听者使未睹本

① 吴毓华等：《中国古代戏曲序跋集》，中国戏剧出版社1990年版，第500—501页。

② 参见安乐山樵《燕兰小谱》，载张次溪编《清代燕都梨园史料·上》，中国戏剧出版社1988年版，第17—41页。

文，无不茫然不知所谓。其《琵琶》、《杀狗》、《邯郸梦》、《一捧雪》十数本外，多男女猥亵，如《西楼》、《红梨》之类，殊无足观。花部原本于元剧，其事多忠、孝、节、义，足以动人；其词直质，虽妇孺亦能解，其音慷慨，血气为之动荡。①

这里，焦循不仅从内容、文辞到音乐等方面简明扼要地揭示了花部戏曲的显著特点，同时也道出了这位经学家关注和研究花部戏曲的主要层面。

无论是《缀白裘》与《燕兰小谱》的出版，还是《花部农谭》的问世，都并不仅仅是一个普通或偶然的个案，而是包含某种耐人寻味的历史的必然性。正如有学者所指出的：

从戏曲的发展历史来看，清代花部的崛起不仅仅是实践行为层面现象，对人们（包括文人士夫）观念所产生的影响也是前所未有的，使人们由原来对民间的不屑一顾、排斥、批判转而接受、容纳，认识到民间是与文人一样的客观存在，从而一定程度上改变了人们对民间戏曲的认识和偏见。②

从这一意义上可以说，“花部”的出现，是清代中叶以来中国戏剧史上最重要的历史事件。作为“花部”戏曲中影响较大的皮黄腔剧种——汉剧，正是在这种独特历史背景下应运而生的，成为中国戏曲史雅俗之变的历史产物。

二

汉剧，早期又称“楚调”“汉调”“皮黄调”“楚腔”“楚曲”等。早年主要流传在长江中下游与汉水流域。1912 年，汉剧史家扬铎在《汉剧

---

① 焦循：《花部农谭》，载《中国古典戏曲论著集成》（八），中国戏剧出版社 1980 年版，第 225 页。

② 刘祯：《戏曲与民俗文化论》，载《戏曲研究》第 70 辑，文化艺术出版社 2006 年版，第 25 页。

丛谈》中第一次将以汉口为中心流行的“楚调”定名为汉剧，沿用至今。梳理汉剧发展的历史轨迹，人们发现，尽管汉剧在其发展阶段曾经形成过不同的区域中心，然而，汉剧最后的成熟与繁荣主要是在汉口完成的。

历史上的汉口，不仅在明末清初已名列著名的天下四大名镇，而且也是近代最早的通商口岸之一。据康熙年间刘献廷《广阳杂记》记载：“汉口不特为楚省咽喉，而云贵、四川、湖南、广西、陕西、河南、江西之货，皆于此焉转输，虽欲不雄予（于）天下不可得也。”[①] 清朝道光年间，叶调元在《汉口竹枝词·自叙》中也有汉口乃“商贾麇至，百货山积，贸易之巨区也”的记载。商业的发达，城市人口的剧增，不仅逐渐形成了汉口城市特有的经济格局，也影响并产生了城市文化的形态特征。

著名学者余英时在谈到中国文化的大、小传统的时候，曾经明确指出：

> 16世纪以来，由于商人阶层的兴起，城市的通俗文化有了飞跃的发展，戏曲小说便是这一文化的核心，因此才引起了士大夫的普遍注意。中国的大、小传统之间再次发生了密切的交流。[②]

这里，余英时借用的是美国人类学者罗伯特·雷德菲尔德（Robert Redfield）在《乡民社会与文化》所提出的大、小传统的概念。所谓“大传统”指的是社会上层、精英或主流文化传统，而“小传统”则是指存在于乡民中的文化传统。“大传统”主要依赖于典籍记忆，尤其是文化经典所构造的记忆与想象而存在、延续。“小传统”主要以民俗、民间文化活动等活的文化形态流传和延续。也就是说，“大传统”一般是指通常所说的精英文化、雅文化，而“小传统”通常是指大众文化、俗文化。以汉口为中心流行、成熟并走向繁荣的汉剧，也和商人阶层的壮大、大众文化的兴起有着千丝万缕的联系。

应该说，汉口便捷的交通条件与商品经济的快速发展，在相当长的一

① 刘献廷：《广阳杂记》，中华书局2007年版，第195页。

② 余英时：《儒家伦理与商人精神》，《余英时文集》第3卷，广西师范大学出版社2008年版，第48页。

段时间内，成为汉剧发展、成熟与繁荣的重要契机。首先，南北商人的云集，为汉剧“皮黄合流”提供了有利条件。在叶调元《汉口竹枝词》中，对当时在汉口的山陕商人与徽商有这样的描述：“高底镶鞋踩烂泥，羊头袍子脚跟齐。冲人一阵葱椒气，不待闻声识老西。徽客爱缠红白线，镇商喜捻旱烟筒。西人不说楚人话，三处从来习土风。”①

各地商贾的云集，不仅带来了不同的货物，也带来了各地的戏曲声腔，并最终在汉剧艺人手中完成了“皮黄合流”。在《汉口竹枝词》中，我们还看到了另外一些珍贵的史料：“梨园子弟众交称，祥发联升与福兴。比似三分吴蜀魏，一般臣子各般能。”②“……曲中反调最凄凉，急是西皮缓二黄。倒板高提平板下，音须圆亮气须长。”③ 尽管目前研究者们对于“皮黄”的具体来源、皮黄合流的具体时间与地点等问题，还存在着不同的看法，然而，汉口及早期汉剧艺人在这一历史过程中的重要贡献，应该是有目共睹的历史事实。

其次，随着汉口成为华中腹地最大的商业中心，商人成为这个商业都会的主体。所谓“此地从来无士族，九分商贾一分民”（叶调元《汉口竹枝词》）。云集在这里的众多的富商巨贾，为了生意的兴隆，不惜重金大修庙宇、会馆和公所，据不完全统计，清代乾隆年间汉口共有庙宇、会馆127座之多。汉口开埠后，据《夏口县志》记载，当时汉口有大小馆所179处，以地区划分有山陕会馆、湖南会馆、徽州会馆等，以行业划分有钱帮公所、米市公所、茶叶公所等，还有社庙性质的小关帝庙、四官殿、沈家庙等。这些庙宇、会馆和公所，既是商人们祭祖谢神、社交聚会之地，也是汉剧的演出场所。商人不仅成为汉口城市经济发展中的主体力量，也成为城市中既有钱又有闲的巨大的娱乐消费群体，其中的相当一些人，也就成为早期汉剧的基本观众。

最后，汉口城市经济的繁荣，也为汉剧的发展提供了必要的社会物质条件，吸引了省内各地的戏曲艺人纷纷云集汉口。尤其是光绪二十七年（1901），汉口首个茶园戏院——“天一茶园”建成后，“武汉的商业性剧

① 雷梦水：《中华竹枝词（四）》，北京古籍出版社1997年版，第2619—2620页。

② 叶调元：《汉口竹枝词》原注：汉口向有十余班，今止三部，其著名者：“末”如张长、詹志达、袁宏泰，“净”如卢敢生，“生”如范三元、李大达、吴长福（即巴巴），“外”如罗天喜、刘光华，“小”如叶濮阳、汪天林，“夫”如吴庆梅，“杂”如杨华立、何士容。

③ 雷梦水：《中华竹枝词（四）》，北京古籍出版社1997年版，第26—28页。

场迅速发展起来，仅汉口中山大道就有茶园戏院十余家，每家都雇有一个汉剧演出的基本班底”①。随着汉剧逐渐由会馆、庙宇的戏楼走向剧场演出，演员进入戏院卖票营业，包银也提高了，湖北其他地区的演员也从各地来到武汉搭班，从荆沙来的余洪元、余洪奎，从通山来的朱洪寿，从府河来的吕平旺，从黄陂来的刘炳南等，纷纷亮相汉口舞台，一时间，汉口集中了大量的优秀汉剧演员。据统计，到 1920 年，当时的汉剧艺人组织——“汉剧公会”，其登记会员已达到七千余人。② 大批优秀汉剧艺人的出现，成为汉剧艺术成熟与繁荣的重要保证。他们彼此竞争，互相交流，完成了从草台戏班到专业戏班的转型，迅速提升了汉剧的艺术水平，写下了汉剧史上最辉煌的一页。

从以上几个方面不难看出，作为“小传统”与大众文化的汉剧，不仅其历史命运始终与汉口的经济发展及都市化过程密切相关，而且，在这一历史过程中，人们不难发现，从水路延伸出商路，又从商路延伸到戏路，汉剧发展的清晰历史轨迹，对中国戏曲发展规律的考察，极具典型意义，亦从多方面给人以启示。

三

汉剧的产生与发展，既是中国戏曲发展史上雅俗之变的产物，而其剧目与剧本，也十分明显地体现了其雅俗互动的特点。

汉剧剧目丰富，向有“八百出”之称，而据汉剧研究者介绍，1958 年，武汉市汉剧团编印《汉剧剧目录》，连同安康及其他各地汉剧剧目，列总数在一千出以上③。仅扬铎先生收录《汉剧传统剧目考证》一书的剧目就有 463 种。汉剧剧本主要取材于历史与民间传说，而以历史题材所占比重更大。汉剧偏重历史剧的特色在早期“楚曲”剧本中已有明显体现，最终成为汉剧之鲜明特点。

现在能够见到的早期汉剧剧本，多以“楚曲”或“楚戏”称之，共

① 刘小中：《汉剧史料专辑》，见《湖北文史资料》第 1、2 辑，1998 年，第 124 页。

② 同上书，第 136 页。

③ 参见扬铎《汉剧传统剧目考证·前言》，武汉市文联戏剧部、武汉汉剧院艺术室 1958 年版，第 2 页。

有29个剧本流传至今。其中孟繁树、周传家编校的《明清戏曲珍本辑选》中有楚曲五种[①]；台湾“中央研究院”史语所收集编印的《俗文学丛刊》中有“楚戏”三册，共24个剧本。[②] 此29个早期汉剧剧本中，有一半以上是取材于历史创作的，其内容涉及包括伍子胥、诸葛亮、曹操、关羽、李渊、李世民、赵匡胤、杨家诸将、包拯等在内的诸多著名历史人物[③]。对历史题材的津津乐道和对英雄人物的情有独钟，奠定了早期汉剧的独特艺术品位。正是这种独特的艺术品位，不仅使汉剧与“传奇十部九相思”的明清传奇及秦腔小戏的谐谑风格明显地区别开来，而且后来还在一定程度上影响了京剧的艺术风貌。

作为“小传统”与大众文化或通俗文化代表的汉剧，何以对“大传统”、精英文化的经典内容——历史题材有着如此深厚的情结？这个问题似不宜简单地用“统治阶级的思想就是统治思想”来解释，而应从大、小传统或雅、俗文化之间的复杂关系中寻找答案。余英时在讨论中国上层文化与民间文化之间的关系与特色时，曾经指出：“上层社会的价值往往通过宗教宣传品、小说、戏剧之类的媒介流传到民间，并在社会底层得到更长久、更牢固的存在与延续。这也是‘礼失求诸野’一语的真诠。”[④] 也就是说，在大、小传统与雅、俗文化之间，并不是一种简单的、绝对的对立关系，而是存在着一种复杂的双向渗透与互动关系。

值得特别指出的是，这种复杂的关系，在清代康熙年间的学者刘献廷那里有着更为形象、生动和深入的描述：

> 余观世之小人未有不好唱歌看戏者，此性天中之诗与乐也，未有不看小说听说书者，此性天中之书与春秋也，未有不信占卜祀鬼神者，此性天中之易与礼也。圣人六经之教，原本人情，而后之儒者乃

① 参见孟繁树、周传家《明清戏曲珍本辑选》（下），中国戏剧出版社1985年版，第560页。

② 这批由刘半农担任台湾“中央研究院”史语所民间文艺组主任后开始征集的资料，从2001年开始由新文丰出版公司与“中央研究院”合作陆续印行。

③ 这些剧本共17种：《鱼藏剑》《临潼斗宝》《上天台》《英雄志》《祭风台》《辕门射戟》《曹公赐马》《东吴招亲》《新词临潼山》《李密降唐》《闹金阶》《杀四门》《洪洋洞》《杨四郎探母》《杨令婆辞朝》《辟尘珠》《龙凤阁》。

④ 余英时：《俗文学丛刊序》，《俗文学丛刊》第2辑第109册，台湾新文丰出版股份有限公司2002年版。

不能因其势而利导之，百计禁止遏抑，务以成周之刍狗茅塞人心，是何异壅川使之不流，无怪其决裂溃败也。夫今之儒者之心，为刍狗之所塞也久矣，而以天下大器使之为之，爰以图治，不亦难乎。①

刘献廷明确地将“六经”分别与戏曲、小说、占卜、祭祀相对应，是因为在他看来，“圣人六经之教，原本人情”，二者原是相通而不是对立的。“六经”为儒家之经典，是名副其实的“大传统”、雅文化，“人情”为世俗人情，是地地道道的“小传统”、俗文化。所谓“六经之教，原本人情”，十分明确地告诉人们，作为儒家经典的“六经”，也是建立在“人情”的基础上的，如果不能“因其势而利导之”，是难以达到“图治”目的的。刘献廷的这番话，揭示出雅俗文化之间的内在联系，使儒家“大传统”与民间“小传统”之间的关系十分清晰地呈现在人们面前。从这一意义上说，汉剧偏重历史题材、以史入戏的特点，也正是雅俗文化、大小传统渗透与互动的结果。

四

与汉剧在剧本内容方面的雅俗互动特征相联系的，还有汉剧在音乐形态与结构——板腔体（皮黄腔）方面所体现出来的鲜明特点。

众所周知，中国戏曲的音乐主要结构体式可分为曲牌体与板腔体。曲牌体的代表是宋元南戏、元杂剧及昆曲，板腔体的代表则是梆子腔与皮黄腔等。中国戏曲在花部戏曲出现之前，其音乐结构形式以曲牌体为主；自梆子、皮黄一类的板腔体剧种出现，到皮黄腔的集大成者——京剧的诞生，则板腔体戏剧已取代传统的曲牌体戏曲，成为戏曲声腔发展的主流。戏曲史上这一历史性的嬗变，有着诸多复杂的背景与原因，而其中一个相当重要的因素，则是雅俗审美趣味的变化。

汉剧作为最早实现皮黄合流的古老剧种，无论是其曲词风格还是音乐风格，都充分体现了一种以俗为雅的审美特征。

与多数皮黄腔剧作相似，汉剧唱腔的曲词多用齐言体，其基本结构单位是一个对称的上下句，相当于一个乐段。这种曲调的结构形式与运用方

---

① 刘献廷：《广阳杂记》，中华书局2007年版，第106—107页。

法可长可短，较之曲牌体具有极大的灵活性。有学者认为曲牌体与板腔体二者的共同源头应为五七言诗，其中包括板腔体在内的乱弹腔产生，则主要是受到鼓儿词、宝卷及弹词等民间说唱艺术的影响。① 可以肯定的是，在民间说唱艺术基础上产生的板腔体，不仅为汉剧剧本的叙事抒情提供了极大的方便，而且奠定了汉剧以俗为雅的基本审美特征。

从曲词风格来看，与昆曲以“情正而调逸，思深而言婉”的清丽委婉风格见长不同，汉剧曲词多以浅白平直、淋漓酣畅的特点取胜。最能体现这一特点的显然是汉剧曲词中大量排比句式的运用。在早期汉剧剧作“楚曲”中，人们已能十分清晰地看到排比句式的大量出现。无论是《斩李广》中李广唱词中所连用的十个一组的排比句（“再不能”）②，还是《杨四郎探母》中杨四郎自嗟自叹中所连用的两组排比句③，都充分显示了汉剧曲词浅俗而富有表现力的鲜明特色。这种特色，在后来汉剧发展过程中不断得到丰富与发展，成为汉剧独特艺术风貌的重要组成部分。

从唱腔风格来说，与板腔体主要依靠节奏的变化构成曲调的多样性，完成对戏剧情感表现的总体特征相一致，汉剧皮黄腔激越的唱腔与明快的节奏，常常给人留下深刻的印象：“曲中反调最凄凉，急是西皮缓二黄。倒板高提平板下，音须圆亮气须长。”（《汉口竹枝词》）正因为如此，早年就曾有学者认为：“假若我们称京戏为皮黄，不如称汉剧为皮黄更为妥当，因为京戏虽以西皮二黄为主，但它同时也吸收了昆曲与梆子腔以及许多地方小调。而汉剧在唱腔上却比它更纯粹，是真正以西皮和二黄两腔为主的戏曲。”④ 与昆曲“闲雅整肃，清俊温润”典雅精致的风格相比，皮黄腔激越明快、铿锵圆亮，真可谓“其音慷慨，血气为之动荡”。这种质朴粗犷的独特音乐风格的出现，无疑给沉闷的剧坛吹来了一股清新的风。一时间，皮黄腔成为时尚流行的声腔，得到文人士大夫的青睐。乾隆四十九年（1784），安徽望江人檀萃督运滇铜进京，在京观剧有感，写了两首《杂吟》诗，其一云：“丝弦竞发杂敲梆，西曲二黄纷乱哤。酒馆旗亭都

① 参见周贻白《中国戏剧史长编》，上海书店出版社 2007 年版，第 481—485 页。

② 《斩李广》，收录在《俗文学丛刊》第二辑第 109 册，“中央研究院”历史语言研究所，台湾新文丰出版股份有限公司 2002 年版，第 180—181 页。

③ 《杨四郎探母》，收录在《俗文学丛刊》第 2 辑第 109 册，“中央研究院”历史语言研究所，台湾新文丰出版股份有限公司 2002 年版，第 330 页。

④ 孟瑶：《中国戏曲史》（三），传记文学出版社 1976 年版，第 611 页。

走遍，更无人肯听昆腔。”原诗有注：“西调弦索由来本古，因南曲兴而掩之耳。二黄出于黄冈、黄安，起之甚近，尤西曲也。……”（檀萃《滇南草堂诗话》卷三）正如昆山腔的流行造就了昆曲的诞生，皮黄腔的流行也造就了汉剧的形成，催生了京剧的问世。

梳理汉剧产生的历史轨迹，考察汉剧文学形态与音乐形态的各种特色，不难发现，作为一个古老剧种，汉剧堪称中国戏剧史上雅俗之变的一个经典个案。可以说，没有清代中叶以后的花雅之争与雅俗之变，就不会有汉剧的问世；而不了解汉剧的前世今生，也就难以深入理解清代中叶以后中国戏剧的历史嬗变与本质特征。

一部中国戏剧史，就其本质而言，就是一部雅俗艺术互动的历史。从来自民间的南戏，到自然本色的元人杂剧，到脱胎于“四大声腔”最终得以雅化的明清传奇，再到民间“花部”的兴起与京剧的诞生，俗文学与地方戏，始终是中国戏曲形成与发展过程中最为活跃的元素。然而，对于这一最活跃的“元素”，在学术研究中却往往被边缘化了。从某种意义上说，包括汉剧在内的花部戏曲，无论是其戏剧史地位还是其审美价值，都尚未引起学界应有的、足够的关注，这一现象，或可称之为一种学术视野的遮蔽。而“消解‘花’、‘雅’，贯通古今，可能是戏剧文学研究的出路之一”①，也可能是新的学术生长点之一。

原载《湖北大学学报》2010 年第 6 期

本文为国家社科基金艺术类项目“汉剧的发展历史与艺术形态研究”阶段性成果

① 康保成：《中国戏剧史研究入门》，复旦大学出版社 2009 年版，第 94 页。

《牡丹亭》文本阅读与接受的特点及意义

《牡丹亭》问世四百余年来，以其独特的艺术魅力征服了无数读者与观众，成为著名的文学经典与舞台经典。与《牡丹亭》的演出史相比，其阅读史具有更为丰富的内容和独特的价值。因为舞台演出可能转瞬即逝，而文学经典则以无时间性的存在方式代代相传。应该说，正是《牡丹亭》的文学经典地位奠定了其舞台经典的地位。在《牡丹亭》文本阅读与接受过程中，无论是在读者群、阅读视野还是阅读性质、阅读功能等方面，都具有十分鲜明的特色，对于《牡丹亭》文本阅读与接受特点及意义的考察，将为人们更为深入地把握其文本特质与传播方式提供新的观照面。

一

在《牡丹亭》传统的读者群中，数量最多的无疑是士大夫文人，他们构成了《牡丹亭》的接受主体，而他们的《牡丹亭》阅读方式主要是鉴赏式的。借用清人李渔对金圣叹《第六才子书西厢记》所谓“文人把玩之《西厢》”[①]的评价，我们说，士大夫文人的《牡丹亭》阅读，也具有十分明显的“文人把玩”之性质。“把玩”，即玩味，玩绎，可以说是中国古代阅读的一种独特姿态。《文心雕龙·知音》云：“书亦国华，玩绎方美；知音君子，其垂意焉。”[②]在刘勰看来，文学书籍，只有通过品

① 李渔：《闲情偶寄·词曲部·填词余论》，载《中国古典戏曲论著集成》（七），中国戏剧出版社1959年版。

② 刘勰：《文心雕龙·知音》，载王利器校笺《文心雕龙校正》，上海古籍出版社1980年版，第289页。

玩才能懂得其中的美妙。这是“知音君子”特别应该留意的。从这一意义上说，品玩或玩味，是成为“知音君子”的重要条件。与刘勰的观点相似，苏轼也十分强调文学阅读中的“反复玩味”。《东坡题咏·书王公峡中诗刻后》云：“轼蜀人，往来古信州，山川草木，可以默数，老病流落，无复归日，冥蒙奄霭，时发于梦想而已。庚辰岁，蒙恩移永州，过南海，觅部刺史王公进叔，出先太尉峡中石刻诸诗，反复玩味，则赤甲、白盐、滟滪、黄牛之状，凛然在人目中矣。”① 事实上，把玩也好，玩绎也好，玩味也罢，强调的都是对于文学作品的一种非功利性的审美阅读姿态。而这种审美阅读姿态，在士大夫文人的《牡丹亭》阅读中，更是随处可见，成为其鲜明的特色。

在文人士大夫读者的阅读视野中，他们往往首先从文学角度出发，爱其文字之妙，欣赏并肯定《牡丹亭》的价值。在他们眼中，《牡丹亭》最大的亮点显然是剧本的“丽事奇文”。当年梅鼎祚在致汤显祖的信中写道：“吕玉绳近致《还魂》，丽事奇文，相望蔚起。当为兄弁数语，以报章台之役。”② 在这一点上，明代著名曲学家吕天成的观点具有相当的普遍性：“《还魂》，杜丽娘事，甚奇。而著意发挥怀春暮色之情，惊心动魄。且巧妙叠出，无境不新，真堪千古矣。”③ 更有人认为《牡丹亭》“灵奇高妙，已到极处”④，叹为观止。可以说，奇幻的故事，美妙的文辞，是《牡丹亭》得到文人士大夫交口称誉的最主要原因。而在众多的《牡丹亭》评论者中，王思任对其文学成就的全面与具体分析，将“文人把玩”之特点发挥得淋漓尽致。在王思任看来，汤显祖是与左丘明、宋玉、蒙庄、司马子长、陶渊明、老杜、大苏、罗贯中、王实甫等一流文学家相提并论的“古今高才”，而其独特之处则在于“清深一叙，读未三行，人已销魂肌栗；而安顿出字，亦自确妙不易”。尤其难能可贵的是，王思任在高度评价《牡丹亭》的文学成就时，并没有仅仅停留在文辞的

① 《苏轼文集》卷 68“题跋”，中华书局 1986 年版，第 2159 页。

② 梅鼎祚：《鹿裘石室集》卷 11《答汤义仍》，转引自徐扶明《〈牡丹亭〉研究资料考释》，上海古籍出版社 1987 年版，第 82 页。

③ 吕天成：《曲品》，载《中国古典戏曲论著集成》（六），中国戏剧出版社 1959 年版，第 230 页。

④ 张岱：《瑯嬛文集·答袁箨庵》，转引自徐扶明《〈牡丹亭〉研究资料考释》，上海古籍出版社 1987 年版，第 87 页。

层面上，而是准确把握传奇的叙事文学特征，深入细致地分析了《牡丹亭》独特的人物形象塑造：

> 其款置数人，笑者真笑，笑即有声；啼者真啼，啼即有泪；叹者真叹，叹即有气。杜丽娘之妖也，柳梦梅之痴也，老夫人之软也，杜安抚之古执也，陈最良之雾也，春香之贼牢也，无不从筋节窍髓，以探其七情生动之微也。杜丽娘隽过言鸟，触似羚羊，月可沉，天可瘦，泉台可瞑，獠牙判发可狎而处；而"梅""柳"二字，一灵咬住，必不肯使劫灰烧失。柳生见鬼见神，痛叫顽纸；满心满意，只要插花。老夫人眢是血描，肠邻断草；拾得珠还，蔗不陪檗。杜安抚摇头山屹，强笑河清；一味做官，半言难入。陈教授满口塾书，一身襶气；小要便益，大经险怪。春香眨眼即知，锥心必尽；亦文亦史，亦败亦成。如此等人，皆若士玄空中增减朽塑，而以毫风吹气生活之者也。①

需要特别指出的是，王思任在分析《牡丹亭》的独特艺术成就时，是具有较为明确的文体意识的，在讨论汤显祖的传奇艺术之前，他曾对其写作有分门别类的评价："若士时文既绝，古文、词、诗歌、尺牍，玄贵浩鲜，妙处伙颐。"在此基础上重点指出汤显祖在戏曲创作方面的特色："至其传奇灵洞，散活尖酸，史因子用，元以古行，笔笔风来，层层空到。"② 也就是说，王思任并不是从一般的文章学的层面上来评价《牡丹亭》，而是较为明确地意识到传奇的文体特色，因而将其评论的重点放在人物与情节等方面。在"文人把玩"的过程中，《牡丹亭》在得到文学家一致认可、高度评价的同时，也受到了来自曲学家们的纷纷质疑。备受关注的"汤沈之争"就是在这样的背景下展开的。与当事人过激的言论相比，当时的一些有识之士倒是心平气和地发表了一些公允之论。如王骥德说："《还魂》、'二梦'，如新出小旦，妖冶风流，令人魂销肠断，第未免

---

① 王思任：《批点玉茗堂牡丹亭词叙》，转引自毛效同编《汤显祖研究资料汇编》（下），上海古籍出版社 1986 年版，第 856—857 页。

② 同上。

有误字错步。”[①] 至于沈德符《万历野获编》中所说：“汤义仍《牡丹亭梦》一出，家传户诵，几令《西厢》减价。奈不谙曲谱，用韵多任意处，乃才情自足不朽也。”[②] 则是早已为人们所熟知的一家之言。

如上所述，无论是对《牡丹亭》“奇文”的激赏，或是对其“丽事”的津津乐道，还是对其音律的推敲与斟酌，尽管其角度不尽相同，但基本上都未超出“文人把玩”的范围。那么，应该如何评价这种具有“文人把玩”的阅读活动呢？《牡丹亭》的文本阅读在其传播过程中有何独特的价值？

二

作为一部优秀的文学经典作品，《牡丹亭》的文本阅读有着独特的价值与意义。

首先，观看《牡丹亭》舞台演出，是一种发生在公共空间的群体活动，而《牡丹亭》的文本阅读，则是发生在私人空间的一种个体行为，艺术效果发生的场域有着明显差异。《牡丹亭》舞台演出，往往是在同一个时间与空间中，对不同身份与地位的人产生广泛的影响，而文本阅读则更多的是对个体发生深刻的影响，其艺术鉴赏与体验具有更多的独创性。在文本阅读的过程中，在作者创造的亦虚亦实的艺术空间中，读者常常“读未三行，人已销魂肌栗”，进而感叹“百千情事，一死而止，则情莫有深于阿丽者矣”[③]。在《牡丹亭》的文本阅读中，人们不仅从不同的角度解读其情节与人物，同时也领略其独特的艺术风格，所谓“梦而死也，能雪有情之涕；死而生也，顿破沉痛之颜；雅丽幽艳，灿如霞之披而花之旖旎矣”[④]。可以说，这种通过文本阅读产生的艺术发现与审美愉悦，是其他审美方式很难替代的。

---

① 王骥德：《曲律·杂论三十九（下）》，载《中国古典戏曲论著集成》（四），中国戏剧出版社 1980 年版，第 159 页。

② 沈德符：《万历野获编·填词名手》，载《中国古典戏曲论著集成》（四），中国戏剧出版社 1980 年版，第 206 页。

③ 王思任：《批点玉茗堂牡丹亭词叙》，转引自毛效同《汤显祖研究资料汇编》（下），上海古籍出版社 1986 年版，第 856 页。

④ 茅瑛：《题牡丹亭记》，转引自毛效同《汤显祖研究资料汇编》（下），上海古籍出版社 1986 年版，第 853 页。

其次，《牡丹亭》的文本阅读，不仅是一种个体行为，而且常常演化为一种读者的内心事件。与场上歌舞众声喧哗的热闹相比，文本阅读常常在宁静的状态中进行，但在表面安静的阅读背后中，往往既有心灵的沉思与对话，也有内心世界席卷而过的风暴。在《牡丹亭》的阅读与接受史上，最具特色的读者现象，莫过于女性读者对《牡丹亭》的痴迷。

吴梅先生曾云："《牡丹》一记，颇得闺客知己，如娄东俞二姑、冯小青、吴山三妇皆是也。"① 据不完全统计，明、清两代留下记载的《牡丹亭》的女性读者，有俞二娘、冯小青、叶小莺、黄淑素、浦映渌、陈同、谈则、钱宜、林以宁、顾拟、冯娴、李淑、洪之则、程琼、林陈氏、程黛香等16人。女性读者不仅热衷于《牡丹亭》的阅读，其中不少人或直接为其写序作跋，或评点其人物与情节，记录自己的阅读体验。张大复《梅花草堂集笔谈》提到明末士人之女俞二娘曾疏注过《牡丹亭》："饱研丹砂，密圈旁注，往往自写所见，出人意表。"② 俞二娘后来"愤惋而终"，汤显祖《玉茗堂诗》因此而作《哭娄江女子二首》，其小序称：

> 吴士张元长许子洽前后来言，娄江女子俞二娘慧能文词，未有所适。酷嗜《牡丹亭》传奇，蝇头细字，批注其侧，幽思苦韵，有痛于本词者。十七愤惋而终……情之于人甚矣。
>
> 画烛摇金阁，真珠泣绣窗。如何伤此曲，偏只在娄江？
>
> 何自为情死，悲伤必有神。一时文字业，天下有心人。③

俞二娘因"酷嗜《牡丹亭》传奇"而"愤惋而终"，看似荒唐，其实事出有因。显然，俞二娘生前"酷嗜《牡丹亭》传奇"，是因为杜丽娘的故事唤起了她强烈的情感共鸣，并此而引发了内心世界的风暴。这一内心事件，以俞二娘死于对爱情的徒然渴望而告终，成为《牡丹亭》阅读史上的一段传奇。

---

① 吴梅：《顾曲麈谈》，载《宋元戏曲史·中国戏曲概论·顾曲麈谈》，岳麓书社1988年版，第310页。

② 张大复：《梅花草堂集笔谈》卷7，载《笔记小说大观》29编，台湾新兴书局1982年影印本，第3359页。

③ 汤显祖：《玉茗堂诗》之十一，载徐朔方编年笺校《汤显祖集》（一），中华书局1964年版，第654页。

由于种种原因，俞二娘、冯小青等女性评点的文字资料并没有保存下来，目前我们所能看到的成就较高、影响较大的女性读者评点本，主要有清代康熙年间吴吴山三妇的合评本以及雍正年间程琼与其夫吴震生所评的《才子牡丹亭》。这些文字资料最重要的价值在于它们记载了真实的阅读事件。正如有学者指出的："真正意义上的读者只能是正在参与阅读活动的人，是某个活生生的阅读事件中的人物，是一个阅读事件的在场者。阅读事件之所以成立的根本依据在于参与阅读活动的读者使文学文本的图景和意义得以显现，在这样的时刻，作品才存在着，读者也才存在。"[①] 也就是说，《牡丹亭》的文学价值与艺术磁力，正是在真实的阅读事件中与阅读过程中实现的。在吴吴山三妇评点的《牡丹亭》中，人们随处可见的是这样一些批语：

> 情不独儿女也，惟儿女之情最难告人，故千古忘情人必于此处看破。
>
> ——《标目》批语[②]

> 游园时好处恨无人见，写真时美貌恐有谁知，一种深情。
>
> ——《写真》批语[③]

> 情之所钟，要会寻，还要会守。
>
> ——《回生》批语[④]

从女性视角出发，在感性层面上关注并赞叹杜丽娘的深情，成为三妇评点本的一大特色。因为在人性被禁锢的时代，女性的内心世界中积淀了太多的痛苦与梦想，而阅读则成为一种释放这种情感的独特方式。与士大夫文人读者相比，女性读者在《牡丹亭》文本阅读过程中，相似的身份与相同的命运，使她们更容易获得强烈的情感认同与独特的生命体验。在汤

① 王确：《文学经典的历史合法性和存在方式》，《文学评论》2007 年第 2 期。

② 陈同、谈则、钱宜：《吴吴山三妇合评牡丹亭》，上海古籍出版社 2008 年版，第 2 页。

③ 同上书，第 33 页。

④ 同上书，第 88 页。

显祖所创造的艺术世界中，她们通过自我经历、自我体验、自我提升的过程，最终完成自我实现，并得到一种独特的审美愉悦。这便是《牡丹亭》“多闺阁知己”，或云“闺阁中多有解人”的主要原因。可以说，正是《牡丹亭》的文本阅读，造就了痴迷《牡丹亭》的读者，实现了其艺术效果。

最后，文本阅读确立了《牡丹亭》文学史上的地位。与上述个体行为与内心事件相比，20 世纪以来的文学史著作对《牡丹亭》的解读，显然具有不同的性质。如果说前二者更多的是具有私人阅读的性质，那么《牡丹亭》的文学史解读，则更多地具有公共阅读的性质。在文学史研究者的眼中，文学作品无疑具有双重性质：即史料价值与审美价值。所谓史料价值，即作为历史证据而存在的价值。“文学史与一般以政治事件为中心的史学不同，史学研究的对象是已经过去了的事情，首先的工作是借助记载历史事件的文献，即所谓史料，进行表述性的复原，而文学史研究的对象，即体现着文学的历史演变的文学作品，现在却仍然存在，基本上用不着作历史的复原。”[①]《牡丹亭》的问世，是明代文学中最为引人注目的文学现象之一，而《牡丹亭》剧作本身亦是明代文学的一朵奇葩。无论是其史料价值还是其审美价值，历来都得到文学史研究者的特别关注。一般来说，在文学史研究者那里，很难看到传统文人单纯的“把玩”，也不存在女性读者的痴迷，更多的是一种理性的解剖与分析。在相当长的一段时间内，“主义”“精神”与“意义”成为这类解读最为明显的标志。

人们只要稍稍留意一下 1949 年前后出版的各种文学史对《牡丹亭》的解读，就不难看出这种文学史解读的性质与特点。写于 1932 年的郑振铎《插图本中国文学史》对《牡丹亭》不乏好评：

> 《还魂记》凡五十五出，没有一出不是很隽美可喜的。这样的一个剧本……正如危岩万切，孤松挺然，耸翠盖于其上，又如百顷绿波之涯，杂草乱生，独有芙集一株，临水自媚，其可喜处盖不独使我们眼光为之清朗而已，作者且进而另辟一个新境地给我们……作者是多情人，又是极聪明人，却故意的在最拙笨最荒唐的布局上，细细的画出最隽妙的一幅相思图。[②]

---

① 袁世硕：《中国古代文学作品选·前言》，人民文学出版社 2002 年版。

② 郑振铎：《插图本中国文学史》，人民文学出版社 1957 年版，第 858 页。

郑氏的评论尽管十分概括，但其关注的重点显然是《牡丹亭》独特的艺术风格。与郑著相比，完成于1943年的刘大杰《中国文学发展史》（初版），从另一种角度对《牡丹亭》作出了评价：

> 《还魂记》全戏五十五出，为明代传奇中稀有的长篇。戏的内容，实无足取，人死还魂，更属荒唐。戏之结局，仍是团圆旧套，亦无新意……这样看来，我们要在《还魂记》中发现什么戏剧形体组织的特色，或是什么有关社会人生的思想问题，那是徒然的。不过，浪漫派的作品，这些条件本不重要，最要紧的是热烈的情感、文字的美丽、幻想的丰富，与夸张的描写。这几点，在《还魂记》都得到了成功的表现，所以他能够感动人心，尤为热情的少年男女所爱好……《还魂记》能够到现在还能流传人口，便是他写的爱情既真且美的缘故。①

不难看出，在刘氏心目中存在着两套价值评价体系，写实主义的和浪漫主义的。如果以前者为标准，《还魂记》“实无足取”，如果以后者为标准，《还魂记》则“得到了成功”。而刘氏正是着重以后者为标准，充分肯定了其艺术价值。

从上述两套分别完成于20世纪三四十年代的文学史著作中，人们不难发现，尽管文学史研究者的解读视角有所不同，但对《牡丹亭》偏重于艺术价值的肯定是十分明显的。

对《牡丹亭》的文学史解读重点的转移，发生在20世纪五六十年代。不妨还是以刘大杰《中国文学发展史》为例，考察这种变化的轨迹。在增订改写后的这部文学史中，刘氏对《牡丹亭》的评价有了较大的改动。首先，刘氏明确将《牡丹亭》定位为“积极浪漫主义的优秀作品”；其次，从“反封建文学”的角度，肯定《牡丹亭》的“认识价值”；最后，在“晚明特定历史条件和哲学思想的基础上”，具体解读分析杜丽娘的形象，指出“杜丽娘的艺术形象，是汤显祖的杰作。在杜丽娘的精神中，灌输了汤显祖新思想新理想的血液。那正是在晚明特定历史条件和哲

---

① 刘大杰：《中国文学发展史》，百花文艺出版社1999年版，第386—387页。

学思想的基础上，吐露出来的新血液，主要就是反抗封建传统，追求个性解放，追求精神扩展的新精神”①。在这种新的解读模式中，《牡丹亭》的文学史地位获得了明显的提升。

如果说刘氏所著文学史试图用“旧瓶装新酒”，还只是徘徊在个人色彩与官方语言之间的话，那么，几乎同时问世的中国社会科学院文学所中国文学史编写组集体完成的三卷本《中国文学史》（以下简称三卷本《中国文学史》）则更为集中地体现出鲜明的时代特征与意识形态色彩：

> 《牡丹亭》（全名《牡丹亭还魂记》）是汤显祖的杰作。这个作品通过杜丽娘和柳梦梅的爱情故事，揭露了封建礼教和青年男女爱情生活的矛盾，暴露了封建统治家庭关系的冷酷和虚伪；同时热情歌颂了青年男女在追求幸福自由爱情生活上所作的不屈不挠的斗争……杜丽娘是《牡丹亭》中描写得最为成功的人物形象。在她身上有着强烈的叛逆情绪。这不仅表现在她为寻找美满爱情所做的不屈不挠的斗争方面，也表现在她对封建礼教给妇女安排的生活道路的反抗方面。作者成功细致地描写了她的反抗性格的成长。②

毋庸讳言，在这类教科书式的文学史的文本解读中，《牡丹亭》之所以被肯定，主要是因为其“揭露”与“暴露”封建社会与封建礼教等方面的价值，而杜丽娘这一形象的成功，则主要是她的“反抗性格”与“不屈不挠”的斗争性。也正是由于其主题的时代意义与形象的典型意义，即思想性的价值，使《牡丹亭》得以跻身一流经典文学作品的行列；至于其艺术上的成就与特色，则已悄然退居其次了。

20世纪80年代以后，《牡丹亭》的文学史解读则呈现出多元化的特点。1996年由复旦大学章培恒、骆玉明主编的三卷本《中国文学史》，着重从人性内涵与生命意识的角度，高度评价作品的意义与价值，认为杜丽娘是“过去的爱情剧中没有过的女性形象，她的出现，表现了晚明文学

---

① 刘大杰：《中国文学发展史》，百花文艺出版社1999年版，第1002页。

② 中国社会科学院文学所：《中国文学史》，人民文学出版社1985年版，第1111—1113页。

家对人性内涵更为深刻的认识，和更大范围的肯定”[①]。随后，1999年出版的袁行霈主编的四卷本《中国文学史》，对《牡丹亭》的戏剧冲突和杜丽娘性格进行了更为具体细致的分析，认为杜丽娘性格发展经历了三个不同的发展阶段，并肯定“《牡丹亭》成为古代爱情戏中承《西厢记》以来影响最大、艺术成就最高的一部杰作。杜丽娘已经成为人们心目中青春与美艳的化身，至情与纯情的偶像”[②]。可以看出，正是文学史的解读，不断确立并强化了《牡丹亭》的经典地位。

如果说，文人曾经是《牡丹亭》的文本阅读中人数最为众多的读者，女性曾经是《牡丹亭》的文本阅读中最具特色的读者，那么，文学史解读，则是20世纪以来影响最大的《牡丹亭》文本解读。尽管在《牡丹亭》的文学史解读过程中，对《牡丹亭》文本内容的过度阐释，曾经带来了一些负面影响，在文学史的价值评价体系中，《牡丹亭》的文学解读，也往往被社会学、文化学及哲学的解读所代替，然而由于“文学史权力”的巨大作用，文学史解读在《牡丹亭》的文本阅读中扮演着特殊的角色，发挥着重要的功能。可以说，在《牡丹亭》的接受与传播史上，文本阅读不仅是实现其艺术魅力与艺术效果的重要方式，而且也是其主要的传播手段。

三

对于《牡丹亭》文本阅读价值与意义的讨论，事实上还牵涉到对《牡丹亭》文本性质的认定与评价。在充分肯定文本阅读价值与意义的同时，需要指出的是，《牡丹亭》并不仅仅是一部案头之作。《牡丹亭》的文采斐然毋庸置疑，但对其是否适合舞台演出，不同的评论者往往有不同的看法。前人评价《牡丹亭》，曾有“案头之书，非筵上之曲也”之说[③]。《牡丹亭》究竟是“案头之书”还是“筵上之曲”，其实不宜简单武断地一概而论。

---

① 章培恒、骆玉明：《中国文学史》（下），复旦大学出版社1996年版，第352页。

② 袁行霈：《中国文学史》（四），高等教育出版社2009年版，第116页。

③ 参见臧懋循《玉茗堂传奇引》：“临川汤义仍《牡丹亭》四记，论者曰：‘此案头之书，非筵上之曲也。’”转引自徐扶明《〈牡丹亭〉研究资料考释》，上海古籍出版社1987年版，第114页。

应该说，在汤显祖的心目中，是有“案头”与“场上”的概念的。他对自己早年所作的《紫钗记》，曾十分明确地表示此作为“案头之书，非台上之曲”①。而在评价《焚香记》时，汤显祖更为具体地指出，“星相占祷之事亦多”，“然此等波澜，又氍毹上不可少者。此独妙于串插结构，便不觉文法拖曳”。② 在艺术追求上，汤显祖历来以“意趣神色”为最高境界，并以此区别于“只管当场词态好，何须留与案头争”③ 的吴江派剧作家。然而，作为一个成熟的戏剧家，汤显祖是懂戏的，对《牡丹亭》的舞台演出效果，他也有自己匠心独运之处。正如有学者已经指出的，《牡丹亭》不仅有公认的“雅”的一面，也还有“俗”与“杂”的一面。汤显祖在剧本的创作中，已预设了一些“闹热”的场面，创造出生动的舞台效果。④

与此相关的还有对《牡丹亭》语言风格的不同评价。在众说纷纭的《牡丹亭》评论中，清代戏剧家李渔的观点颇值得人们重视。李渔在其《闲情偶寄·词曲部》中多次提到汤显祖及其作品，较为具体地阐述了他对汤氏及其作品的看法。与多数人对《惊梦》《寻梦》的津津乐道不同，李渔认为这“二折虽佳，犹今曲也，非元曲也”，因为其唱词“字字俱费经营，字字皆欠明爽。此等妙语，止可作文字观，不得作传奇观”。李渔最欣赏的是《诊祟》《忆女》《玩真》等出中的一些十分浅显且口语化的唱词，认为“此等曲则纯乎元人，置之百种前后，几不能辨，以其意深词浅，全无一毫书本气也”⑤。这里，李渔以一个职业戏剧家的敏感，指出了《牡丹亭》语言风格的多样性。

事实上，无论是《牡丹亭》的“雅”与“俗”，还是其语言“俱费经营”与“意深词浅”的不同特色，都是《牡丹亭》文本独特性与复杂性的体现，都是《牡丹亭》的独特艺术魅力所在。人们在充分关注《牡

---

① 沈际飞：《题〈紫钗记〉》，载徐朔方笺校《汤显祖全集》，北京出版社 1999 年版，第 256 页。

② 《焚香记》总评，载徐朔方笺校《汤显祖全集》，北京出版社 1999 年版，第 1657 页。

③ 沈自晋：《望湖亭》下场诗，载张树英点校《沈自晋集》，中华书局 2004 年版，第 181 页。

④ 参见黄天骥、徐燕琳《闹热的牡丹亭》，《文学遗产》2004 年第 2 期。

⑤ 李渔：《闲情偶寄·词曲部·词采第二》，载《中国古典戏曲论著集成》（七），中国戏剧出版社 1980 年版，第 24 页。

丹亭》舞台传播与接受的同时，不可否认，“案头”阅读仍然是《牡丹亭》传播与接受的最主要、最持久的方式。

原载《戏曲研究》第83辑

下　编

《宋元戏曲考》的学术贡献与影响

在20世纪的文献学上，王国维以其丰富的研究著述写下了极为重要的一页，成为一笔珍贵的历史文化遗产，给后世学人以丰富的启迪。

在王国维的学术生涯中，《宋元戏曲考》的出现，具有十分重要的意义。作为中国戏曲史学的奠基之作，它不仅标志着其戏剧史观、戏剧美学思想及戏剧研究方法的成熟，同时也建构了中国戏曲史学的完整框架，开创了中国戏曲研究的新时代，堪称王国维学术研究之精品。在20世纪即将结束之时，重温这部20世纪初出现的宋元戏曲专史，它给我们的启示仍然是多方面的。

一

《宋元戏曲考》的学术价值，无疑来自作者对戏曲艺术的构成及发展时序的独特观察和描述，来自它对中国古代戏曲发展时空的准确定位。在王国维之前，中国只有一般意义上的曲学，而没有形成系统的戏曲史学。在明清两代的曲论中，尽管一些有识之士曾对戏曲历史的某些问题提出过相当精湛的见解，但人们对戏曲的认识大都囿于由诗而词、由词而曲的笼统观点：

> 三百篇，亡而后有骚赋，骚赋不入乐，而后有古乐府，古乐府不入俗而后以唐绝句为乐府，绝句少宛转而后有词，词不快北耳而后有北曲，北曲不谐南耳而后有南曲。（王世贞《曲藻》）

在当时人的心目中，所谓“曲”是散曲与戏曲的合成，不仅散曲是诗歌的一种，戏曲也是诗歌一类。明代著名曲论家王骥德在《曲律》中以“论曲源”开篇，其观点更具有代表性：

> 曲，乐之支也，自《康衢》、《击壤》……以降，于是《越人》、《易水》……继作，声渐靡矣。“乐府”之名，昉于西汉，六代沿其声调，稍加藻艳，“于今曲略近”。入唐而以绝句为曲，如《清平》、《郁轮》……之类；然不尽其变……入宋而词始大振，署曰“诗余”，于今曲益近……金章宗时，渐更为北词，如世所传董解元《西厢记》者，其声犹未纯也。入元益漫衍其制，栉调比声，北曲遂擅盛一代。……迨季世入我明，又变而为南曲，婉丽妩媚，一唱三叹，于是美善兼至，极声调之致。

由此我们不难看出，在传统曲论家的观念中，是以诗、词、曲相沿相续的“诗歌一体化”的眼光来认识戏曲的，因而也就常常以诗歌史取代戏曲史，用研究诗歌的方法研究戏曲。因此，无论是对于戏剧本体的专门论述，还是戏曲史学的专题研究，在传统的曲论中都很难找到。

王国维的《宋元戏曲考》的重要贡献首先在于它把戏曲从传统的诗歌中分离出来，确立了戏曲本体观念。在王国维看来，戏曲不是传统的诗、词、曲的附属品，也不是文人墨客卖弄才学的雕虫小技，而是具有独立发展历史的一种艺术类型。因此，他感慨于前人“未能有观其会通，窥其奥窔者”（《宋元戏曲考·序》）①，对戏曲这一独立的艺术形式“究其渊源，明其变化之迹”（《宋元戏曲考·序》），进行了详细的考察和系统的研究，从而确立了戏曲这一独立的艺术形式明确的本体观念与学科品格。正是在这样的意义上，人们通常把《宋元戏曲考》看作中国古代戏曲史学的奠基之作。

其次，在确立了戏曲本体观念的基础上，王国维把戏曲的起源与形成作为戏曲史学研究的重点，第一次较为正确地回答了戏曲艺术的起源与形成的问题。通过对已有史料的考察与分析，王国维认为戏曲起源于古巫。“古代之巫，实以歌舞为职，以乐神人也。”（《宋元戏曲考·上古至五代

---

① 参见王国维《宋元戏曲考·序》，《王国维戏曲论文集》，中国戏剧出版社1957年版，第3页。

之戏剧》）并认为《楚辞》中已有戏剧之萌芽："是则灵之为职，或偃蹇以象神，或婆娑以乐神，盖后世戏剧之萌芽，已有存焉者。"（《宋元戏曲考·上古至五代之戏剧》）王国维在考察戏曲的起源的时候，首先把目光落在巫觋（巫灵）身上，但并没有局限于这一点，而是进一步提出"后世戏剧，当自巫优二者出"（《宋元戏曲考·上古至五代之戏剧》）。作为人类最初的表演艺术，巫优确实与戏曲有着十分密切的关系。而这一点也是前人没有注意到的。至于戏剧的形成，王国维认为，"我国戏剧，汉魏以来，与百戏合，至唐而分为歌舞戏及滑稽戏二种；宋时滑稽戏尤盛，又渐籍歌舞以缘饰故事，于是向之歌舞戏，不以歌舞为主，而以故事为主。至元杂剧出而体制遂定。南戏出而变化更多，于是我国始有纯粹之戏曲"（《宋元戏曲考·余论》）。他将戏曲的形成看作一个不断变化并逐渐综合的过程。尽管今天的学术界对戏剧的形成还有种种不同的看法，但王国维首先提出的这种观点，无疑是具有独特性和启发性的。

不仅如此，王国维还通过对元杂剧的分期及杂剧发达之原因的研究，勾勒出了元杂剧的发展轮廓与盛衰轨迹，为人们进一步研究元杂剧的历史打下了良好的基础。

最后，王国维的《宋元戏曲考》的另一重要贡献，是他对元杂剧文学价值的充分肯定。王国维认为"古今之大文学，无不以自然胜，而莫著于元曲"（《宋元戏曲考·元剧之文章》）。"元曲为中国最自然之文学"（《宋元戏曲考·元剧之文章》）。而元杂剧"自然"的这一特质，又与元杂剧作者的身份及其创作特点是密不可分的。"盖元杂剧之作者，其人均非有名位学问也；其作剧也，非有藏之名山，传之其人之意也。彼以意兴之所至为之，以自娱娱人……彼但摹写其胸中之感想，与时代之情状，而真挚之理与秀杰之气，时流露于其间。"（《宋元戏曲考·元剧之文章》）在充分肯定元杂剧"自然"之文学特点的基础上，王国维还进一步指出元杂剧的重要价值还在于有"意境"。"元剧最佳之处，不在其思想结构，而在其文章。其文章之妙，亦一言以蔽之，曰：有意境而已矣。"并认为"唯意境则为元人独擅"，同时说明元杂剧中意境的具体内涵："写情则沁人心脾，写景则在人耳目，述事则如出其口是也。"（《宋元戏曲考·元剧之文章》）"意境"是王国维美学思想的重要内容，以"意境"来概括元人杂剧之特色，亦为王国维之"创获"。

确定戏曲本体观念，描述戏曲起源形成与发展的基本轨迹，阐明元杂剧之独特价值，王国维由此构建了他自成体系的戏曲史学的完整框架。

二

《宋元戏曲考》的出现，既是一个专门学术领域中的丰硕成果，同时又具有方法论方面的普遍意义。

在学术研究中，当人们对方法特别关注的时候，便不难发现，方法与语言是密不可分的。不同方法的运用，常常是以不同的学术语言的选择为标志的。王国维在1905年写下的《论新学语之输入》中说道："我国夙无之学，言语之不足岂待论哉！……言语者思想之代表也，故新思想之输入，即新言语输入之意味也。"① 王国维戏曲研究体系建立，首先正是得力于其独具特色的"新学语"的运用。

对于20世纪之初的研究者来说，《宋元戏曲考》的语言既是熟悉的，也是陌生的。说它熟悉，是因为它在描述戏曲产生及发展时所引用的材料，许多是来自古人的，来自过去的；说它陌生，则是由于它独特的观察视角的规定，它所采用的学术语言不同于以往人们所熟悉的任何一种学术话语。这种学术话语的核心，则是一些带有近代文化特征的概念和术语。在王国维的戏曲思想中，他对中国古典戏曲质的规定性的准确界定，无疑是其突出的贡献。而对这种质的规定性的描述，又是通过不同概念的提出与比较完成的。在《宋元戏曲考》中，"古剧"与"戏剧"是两个既有联系又有质的区别的不同概念。"古剧者，非尽纯正之剧，而兼有竞技游戏在其中"（《宋元戏曲考·古剧之结构》）；戏剧者，则"必合言语、动作、歌唱，以演一故事，而后戏剧之意义始全。故真戏剧必与戏曲相表里。"（《宋元戏曲考·宋之乐曲》）这里，王国维从中国戏曲高度综合性的实际出发，引入西方的戏剧观念，以"演故事"为中心，对"戏曲"这一概念进行了准确的描述和界定。可以说，"古剧"与"戏剧"的区分，"戏曲"定义的确定，显示了王国维对中国古代戏曲高度综合性的充分认识，表现了他对研究对象的理性把握的准确。也正是这些具有重要意义的概念的提出，使作者以一种新的目光对原有史料进行了审视，使散见

① 王国维：《论新学语之输入》，《王国维遗书》（五），上海古籍书店1983年版，第98页。

于各种历史典籍中的零星的、琐碎的资料，各自找到了其特定的位置，呈现出新的意义：

> 古之俳优，但以歌舞及戏谑为事。自汉以后，则间演故事；而合歌舞以演一事者，实始于北齐。顾其事至简，与其谓之戏，不若谓之歌舞之为当也。然后世戏剧之源，实自此始；(《宋元戏曲考·上古至五代之戏剧》)

> 唐五代戏剧，或以歌舞为主，而失其自由；或演一事，而不能被以歌舞。其视南宋金元之戏剧，尚未可同日而语也；(《宋元戏曲考·上古至五代之戏剧》)

> 是宋人杂剧，固纯以诙谐为主，与唐之滑稽剧无异，但其中脚色，较为著明，而布置亦稍复杂，然不能被以歌舞，其去真正戏剧尚远……(《宋元戏曲考·宋之滑稽戏》)

> 元杂剧之视前代戏曲之进步，约而言之，则有二焉。……其视大曲为自由，而较诸宫调为雄肆……此乐曲上之进步也。其二则由叙事体变为代言体也。宋人大曲就其现存者观之，皆为叙事体。金之诸宫调，虽有代言之处，而其大体只可谓之叙事。独元杂剧于科白中叙事，而曲文全为代言。虽宋金时代或当已有代言体之戏曲，而就现存者言之，则断自元剧始。不可谓非戏曲上之一大进步也。此二者之进步，一属形式，一属材质，二者兼备，而后我中国之真戏曲出焉。(《宋元戏曲考·元杂剧之渊源》)

从以上引文中不难发现，王国维提出的不仅是一些过去没有的概念或术语，而且找出了中国戏曲发展的轨迹，得出了前人未曾得到的结论。其中特别值得引起我们注意的，是王国维对代言体与叙事体的关注与区分。王国维将叙事体到代言体的转变，看作戏曲成熟的重要标志。相对于传统的学术话语来说，“代言体”与“叙事体”之类，无疑是异质的、新鲜的。王国维在描述中国古代戏曲发展过程的时候，显然借用了来自另一个体系的新的学术话语。而一种新的学术话语的出现，显然绝不仅仅是描述方式与手段的不同，而是常常伴随着观察视角与思维方式的转变。可以说，无论是新概念的引入，还是新方法的尝试，最终都必须依靠语言的描述来完成，通过语言的表达来实现。因此，对于一种学术话语的选择，事实上也就是对于一种研究方法认同的开始。

应该特别指出的是，王国维对西方近代文学观念的借鉴，对外来学术话语的运用，在《宋元戏曲考》中都已经达到了一种有机融合、十分圆熟的境界。如果说在《红楼梦研究》中王国维更多的是照搬西方的哲学与美学观念，全盘接受了尼采、叔本华等人的“超功利”的美学价值论、天才创作论等极端观念，直接引用一些西方哲学与美学的现成话语的话，那么在《宋元戏曲考》中，当他对中国戏曲的价值做出史学、文学、音乐、语言学等多方面的发掘和阐释的时候，则更多的是从中国戏曲的实际情形出发，将近代西方的文学观念与中国戏曲的艺术实践相结合，有选择地加以运用。因此，即使是在他有意识地变换叙述视角、改变描述方法的时候，我们看到的也并不是生硬的概念与术语的狂轰滥炸，而是实事求是的客观分析和水到渠成、瓜熟蒂落的科学结论。不再停留在近代西方文学观念的表层次的皮毛上，而力图真正把握其内核，王国维对学术话语的选择与运用，确有其难能可贵之处。

三

语言与方法密不可分，但还不是方法本身。当我们由此步入《宋元戏曲考》的学术空间，细心辨析作者那独具特色的研究方法的时候，便会有另一些发现。

如果从表面上考察，王国维的戏曲研究方法确实与乾嘉学派一脉相承，充分地占有资料与详尽的考证过程构成了这部学术专著的坚实的基础。实证方法是《宋元戏曲考》的基本方法之一。然而，王国维的成功，绝不仅仅是在资料的发现、辑录与整理方面，更重要的还在于他对零散琐碎的资料的选择、排列、处理和论述中，表现出了他对戏剧艺术特征与戏剧艺术发展规律的认识，表现出了一种理性把握的准确。正如他在《宋元戏曲考》序中所说：“凡诸材料，皆余所搜集；其所说明，亦大抵余之所创获也。世之为此学者自余始，其所贡于此学者，亦以此书为多。”《宋元戏曲考》所显示的，不仅是详尽而丰富的资料，更是作者对中国戏曲发展过程的独到而深刻的见识。陈寅恪先生将王国维的治学方法概括为三大特点："取地下之实物与纸上之遗文互相释证"，"取异族之故书与吾国之旧籍互相补正"，"取外来之观念与固有之材料互相参证"①。而《宋元戏曲考》正是"取外来之观念与固有之材料互相参证"的成功范例。可以说，王国维与他的方法无疑是来自传统的，而他的卓越之处则在于他在运用传统方法时，已注入了新质，最终超越了传统。

在《宋元戏曲考》的研究方法中，最能体现作者对传统超越的，是他所运用的宏观研究与微观分析交叉互补的方法。

王国维开阔的宏观视野，既表现在他的戏曲研究的纵向历史感中，也表现在其横向的新的空间意识中。王国维的戏曲研究从一开始就有其明确的目的："究其渊源，明其变化之迹。"（《宋元戏曲考·序》）也就是说，他要将中国古代戏曲放在历史的过程中加以考察，展示其间发生过的戏曲现象，并为它们的产生与发展提供合理的解释。因此，王国维在继承焦循"一代有一代之胜"的文学发展观的基础上，在文学发展的宏观背景之下，对戏曲的地位与价值做出了准确的评价与定位：

> 凡一代有一代之文学：楚之骚、汉之赋、六代之骈语、唐之诗、宋之词、元之曲，皆所谓一代之文学，而后世莫能继焉……往者读元人杂剧而善之，以为能道人情、状物态，词采俊拔，而出乎自然，盖古所未有而后人所不能仿佛也。（《宋元戏曲考·序》）

这里，王国维不仅肯定了元杂剧与楚辞、汉赋、唐诗、宋词具有同样平等的地位，而且还进一步肯定了元杂剧独特的、不可替代的审美价值：自然。正是在与前代文学审美特征的宏观比较中，王国维给元杂剧这一历来不受正统文人重视的文学体裁以充分的肯定，高屋建瓴地把握一代文学之真精神。

王国维开阔的宏观视野还表现在他对元杂剧产生与发展的具体社会历史背景的特别关注和阐释中。王国维以敏锐的历史眼光看到，元杂剧的作者，多为布衣汉人，而"元初之废科目，却为杂剧发达之因。盖自唐宋以来，士之竞于科目者，已非一朝一夕之事，一旦废之，彼其才力无所

① 陈寅恪：《王静安先生遗书序》，载《王国维遗书》（一），上海古籍书店1983年版。

用，而一于词曲发之。……此种人士，一旦失所业，固不能为学术上之事，而高文典册，又非其所素习也。适杂剧之新体出，遂多从事于此；而又有一、二天才出于其间，充其才力，而元剧之作，遂为千古独绝之文学”（《宋元戏曲考·元剧之时地》）。从特定的历史背景出发，王国维揭示出了元杂剧兴盛的主要原因之一。这一结论，至今仍为学术界普遍认同。

应该说，在宏观视野的把握方面，王国维具有相当明确的自觉意识。在《译本琵琶记序》中，他曾清楚地写道：“欲知古人，必先论其世；欲知后代，必先求诸古。欲知一国之文学，非知其国古今之情状学术不可也。”① 因此，他深邃的目光不仅注视着东方，也注视着西方；不仅注视着本土，也注视着异域。在《宋元戏曲考》的最后，他特别说明中国戏曲与异域艺术的关系，指出中国戏曲在其形成过程中曾经有一些乐曲或剧目是来自异域外族的，但其主体则是自创而非输入的。“至元剧之结构，诚为创见；然创之者，实为汉人；而亦大用古剧之材料，与古曲之形式，不能谓之自外国输入也。”（《宋元戏曲考·余论》）除此之外，王国维还特别关注地提到中国古典戏曲翻译流传的状况：从最早的《赵氏孤儿》开始，《元曲选》百种中，被译成各国文学的，“已达三十种矣”（《宋元戏曲考·余论》）。全书看似无足轻重的最后一笔，恰恰从另一个侧面再次证明了王国维全方位、多角度的广阔学术视野。

王国维开阔的视野，不仅表现在他对戏剧史论的研究中，同时还表现在他对具体作品艺术价值的评价与判断中。在《宋元戏曲考》中，王国维率先在戏剧美学领域中引入悲剧观念，并明确肯定元人杂剧中有悲剧存在，指出：“其最有悲剧之性质者，则如关如卿之《窦娥冤》、纪君祥之《赵氏孤儿》”，并十分自信地宣称这些作品“即列之于世界大悲剧中，亦无愧色也”（《宋元戏曲考·元剧之文章》）。这种发现，正是王国维将元人杂剧置于世界文学的坐标中加以考察的结果。作为一个学贯中西的大学者，一个熟识叔本华、尼采等西方哲人的20世纪初中国学术界的先行者，王国维的目光确实是与众不同的。他不仅能从历史隧道的深处走出，而且能面对世界发出自己的声音。王国维引入的并不仅仅是“悲剧”这一西方的学术话语，而是引进了一种新的视野、一座新的坐标。或许在王国维

① 王国维：《译本琵琶记序》，《王国维戏曲论文集》，中国戏剧出版社1957年版，第248页。

的美学思想中，他关于悲剧的美学实质的论述，难免还带有那一时代的局限性，但他对《窦娥冤》《赵氏孤儿》的悲剧性质的判断，无疑是卓越的。它的意义在于，在一个新的层面上，为我们提供了一种全新的观照。

《宋元戏曲考》的学术生命，既来自王国维开阔的宏观视野，也来自他精当的微观分析。王国维因其深厚的艺术修养，使他不但具有广泛的艺术容受力，更具有一种精细的艺术鉴赏力。在论述元杂剧作品的文学性的时候，王国维认为“言情叙事之佳”便是元杂剧作家的过人之处。因此，从这一标准出发，他列举了大量的元杂剧作品的词曲加以实证，也是从这一标准出发，他对元杂剧作家的成就与风格进行了准确的评价。在元杂剧作家中，王国维最为推崇的是关汉卿，称之为“一空依傍，自铸伟词，而其言曲尽人情，字字本色，故当为元人第一”。至于“白仁甫、马东篱，高华雄浑，情深文明，郑德辉清丽芊绵，自成馨逸，均不失为第一流”。(《宋元戏曲考·元剧之文章》) 可以说，对具体作家与作品的正确认识和对不同艺术风格的细致区分，构成了王国维戏剧史论研究的坚实基础。

与此同时，王国维以细微独到的目光在戏曲演变过程的分析中，也显示出了其独到的功力。他通过对元杂剧音乐与前代宫调的比较，以详尽而具体的材料证明：“元剧之结构，实多取诸旧有之形式”(《宋元戏曲考·元杂剧之渊源》)，而通过元杂剧剧目与宋杂剧金院本名目的详细对照，得出量化的统计结果：“今元剧目录之见于《录鬼簿》、《太和正音谱》者，共五百余种，而与古剧名相同，或出于古剧者，共三十二种。且古剧之目，存之恐亦相半，则其相同者，想尚不止于此。”最终作出令人信服的结论：“由元杂剧之形式材料两面研究之，可知元剧虽有特色，而非尽出于创造，由是其创作的时代亦可得而略定矣。”(《宋元戏曲考·元杂剧之渊源》) 艺术的发展从来就是渐进的、有机的，由量变到质变的。王国维对元杂剧形成过程的详尽细致的考察，正是这一艺术发展规律的最好注释。

至此，我们不难发现，现今学界所称道的一些方法——历史流程的纵向清理与文体间的横向比较、宏观与微观的交叉互补等，事实上在王国维手中已有了生动的表现和成功的范例。

以戏曲研究作为自己的一种学术兴趣，对王国维来说，也许只是一种偶然，而中国文学史的面貌在这里出现某种改观，则是一种历史的必然。《宋元戏曲考》诞生的20世纪初期，正是学术界引进西方“文学史”的概念，开始尝试写作中国文学史的年代。“文学史”这个概念是个舶来品，一种西方的学术话语。而在西方人的观念中，文学即等于诗歌、小说、戏剧的集合。所谓文学史，主要的便是这几种文体的历史。20世纪之初的中国学者，在接受西方文学史概念的同时，也逐渐修正着自己的传统文学观念。在新的文学观念影响下，不仅出现了一批文学通史，而且开始出现分类文学史。王国维的《宋元戏曲考》、鲁迅的《中国小说史略》、胡适的《白话文学史》等，都是在文学价值观念发生转变的新的背景下应运而生的。这批学术专著的先后问世，无疑标志着中国文学研究的新时期的开始。

作为中国戏曲史学的奠基人，王国维的贡献是多方面的。无论是他所取得的学术建树，还是他所运用的研究方法，在20世纪的学术史上都“足以转移一时之风气，而示来者以轨则”①。其深远意义，正如梁启超先生当年所言：“曲学将来能成为专门之学，则静安当为不祧之祖矣！”② 亦如郭沫若先生后来所言：“王国维的《宋元戏曲史》和鲁迅的《中国小说史略》，毫无疑问，是中国文艺史研究上的双璧。不仅是拓荒的工作，前无古人，而且是权威性的成就，一直领导着百万的后学。”③ 在人类即将跨入21世纪的今天，《宋元戏曲考》这一王国维的筚路蓝缕之作，仍不失其震古烁今之影响。

原载《文献》1998年第4期

---

① 陈寅恪：《王静安先生遗书序》，《王国维遗书》（一），上海古籍书店1983年版。

② 梁启超：《中国近三百年学术史》，东方出版社1996年版，第392页。

③ 郭沫若：《鲁迅与王国维》，《沫若文集》第12卷，人民文学出版社1959年版，第536页。

《文学小言》与王国维的学术风格

在20世纪的学术史上，王国维被认为是“情”与“知”兼胜的一流学术大师。而在王国维一生丰富的学术经历中，他曾对文学研究“情有独钟”。王国维的文学观念与美学思想不仅集中表现在《红楼梦评论》《人间词话》《宋元戏曲考》等划时代的论著中，而且也相当清晰地表现在他早期的学术随笔中。写于1906年的《文学小言》，全文共17则，不足三千字，在王国维丰富的学术著述中只能算是短章而已。但它学术内涵丰富，学术风格鲜明，提纲挈领地勾勒出了王国维早期文学思想的精华，从某种意义上亦可视为王国维的一篇文学宣言，其意义当不在《红楼梦评论》与《人间词话》之下。可以说，《文学小言》不仅涉及了王国维文学思想中的主要观点与基本特征，而且相当集中地体现了其独特的学术风格。

一

从形式上看，《文学小言》各则之间似乎并无直接的关联。但从内容上考察，则不难发现其内在的有机联系。它从本体论、价值论等不同的角度，阐明了王国维文学思想的核心内容。

王国维对文学本体性质的论述，是其文学思想体系的重要基础。强调文学的本体性、审美性和独立性，成为《文学小言》中最为引人注目的内容之一。王国维接受和借鉴席勒、斯宾塞等人的游戏说，认为文学本质上是一种游戏。

> 文学者，游戏的事业也。人之势力用于生存竞争而有余，于是发

> 而为游戏。婉娈之儿有父母以衣食之，以卵翼之，无所谓争存之事也。其势力无所发泄，于是作种种之游戏，逮争存之事亟而游戏之道息矣。唯精神上之势力独优，而又不必以生事为急者，然后终身得保其游戏之性质。而成人以后，又不能以小儿之游戏为满足，于是对其自己之感情及所观察之事物而摹写之、咏叹之，以发泄所储藏之势力。故民族文化之发达，非达一定之程度，则不能有文学，而个人汲汲于生存者，决无文学家之资格也。（第二则）

这里王国维对文学产生条件的论述当否权且不论，但其意在说明文学的产生源自情感与精神需要的主旨，显然是十分明确的。在《文学小言》中阐述文学的产生与条件，并不是王国维的真正意图，而只是为阐明文学本体性质所作的铺垫。因为“事物的起源也就是它的性质的本源。因此，追问艺术作品的起源，即追问艺术作品性质的本源”[①]。文学的产生源自情感与精神需要，也就是说文学的本质是情感的，是精神的。这一基本观点，不仅贯穿在《文学小言》的有关论述中，同时也体现在王国维的全部文学创作与文学研究中。王国维曾坦言：对于心灵与感情而言，“美术之慰藉尤以文学尤大”（《去毒篇》），“近日之嗜好所以由哲学而移于文学，而欲于其中求其直接之慰藉者”（《静安文集续编·自序二》）。对王国维来说，从热心于哲学转向热衷于文学，其根本原因是被文学的情感的、精神的内质所吸引，即被其审美性质所吸引。在王国维看来，文学的本体性，从本质上来说在于其审美性。所谓“对其自己之感情及所观察之事物而摹写之、咏叹之，以发泄所储藏之势力”，正是指的一种精神的、审美的活动。从以上论述中人们不难发现，无论是王国维与文学的关系，还是他对文学的认识，从一开始就是与他个人独特的人生与生命的体验交织在一起的。事实上，王国维的文学创作与文学研究，正是他的生命活动的重要内容。

与王国维对文学审美性质的认识密切相关的，是他对文学的超功利性的强调。在《文学小言》开篇第一则，王国维十分明确地道出了他判断真文学与伪文学的标准：“余谓一切学问皆能以利禄劝，独哲学与文学不

---

① 海德格尔：《艺术作品的起源》，转引自郑元者《艺术之根》，湖南人民出版社 1998 年版，第 256 页。

然……铺啜的文学决非真正之文学也。”（第一则）

何谓“铺啜的文学”？铺啜的文学者，“以文学为职业，铺啜的文学也；职业的文学家以文学为生活，专门之文学家为文学而生活。今铺啜的文学之途盖已开矣。吾宁闻征夫思妇之声，而不屑使此等文学嚣然污吾耳也”（第十七则）。

何谓真文学？真文学者，“一旦豁然悟宇宙人生之真理，或以胸中惝恍不可捉摸之意境，一旦表诸文字、绘画、雕刻之上，此固彼天赋能力之发展，而此时之快乐，决非南面王之所易也”（《论哲学家与美学家之天职》）。在王国维看来，文学的审美特征是其最根本的特征，它不仅决定了其本体性，同时也决定了其独立性。文学只有超越了直接的现实功利的目的，才具备了真文学的品质。正是从这一基础上，王国维进一步提出了“职业的文学家”和“专门的文学家”的概念，力图从根本上将真文学与伪文学区别开来。职业的文学家，“以文学为生活”，将文学视为干禄求荣的手段；专门的文学家则“为文学而生活”，以文学为目的，将生活审美化、艺术化。这里，王国维从创作动机和创作目的角度，着重阐明了文学超功利的独立性是实现其审美特征的重要保证。可以说，对文学的审美性与独立性的重视，不仅构成了王国维文学本体论的基本内容，同时也成为其文学思想的鲜明特色。

在20世纪初期的历史环境中，王国维文学本体论的提出，具有十分深远而独特的意义。首先，从历史的发展来看，这一文学观念的出现，是对儒家传统的重实用功利的文学观的一种反思。在中国文学发展史上，儒家“文以载道”，重实用功利的文学观始终处于主导地位，而文学自身的独立价值则往往得不到应有的正视。对此，王国维曾发出过深沉的慨叹：“呜呼，美术之无独立之价值也久矣。此无怪历代诗人，多托忠君爱国劝善惩恶之意，以自解免，而纯粹美术上之著述，往往受世之迫害而无人为之昭雪者也。此亦我国哲学美术不发达之一原因也。”（《论哲学家与美学家之天职》）王国维以纯文学的眼光审视中国文学的发展，其具体结论或许难免有失偏颇之处，但他对文学本体性的强调，对文学独立价值的重视，确实从一个不同的角度，突破了传统的文学观念，引入了一种新的学术理念，从而明显地与文学研究中旧的模式区分开来。正因为如此，无论是他的《红楼梦评论》《人间词话》还是《宋元戏曲考》，都给人以耳目一新的感觉。

其次，王国维的文学本体论的提出，也是对当时资产阶级改良文学观的一种超越。王国维曾十分明确表达过对当时“不重文学自己之价值，而唯视为政治教育之手段”（《论哲学家与美学家之天职》）做法的不满，与当时梁启超等人提出的“欲新一国之民，不可不先新一国之小说”等激进的文学主张相比，王国维对文学独立性的强调，显然有些不合时宜。因而，在众声喧哗的历史语境中，王国维的这一文学观念并没有获得广泛的共鸣。然而，从本质上看，王国维对文学本体性的论述，超越了现实的功利目的，无疑更深刻，也更符合文学自身的发展规律，其理论价值与意义不应轻视。

二

如果说王国维文学本体论的焦点，是阐述判断文学与非文学的标准，那么，其文学价值论的重点，则在于阐述判断文学成就高低的标准。

与王国维对文学本体论的阐释相比，在《文学小言》中，王国维对文学价值的判断及其论述，占有更大的比重。王国维确立自己的价值标准，审视诗人个体的文学成就，判断时代整体的文学价值，表现出其独到的睿智眼光与深刻的洞察力。因而，有关文学价值观的阐释，成为王国维文学思想中影响最为广泛的内容。

王国维从对具体诗人评价入手，提出了自己的价值标准：

> 三代以下之诗人，无过于屈子、渊明、子美、子瞻者。此四子者苟无文学之天才，其人格亦自足千古。故无高尚伟大之人格而有伟大之文学者，殆未之有也。（第六则）

尽管上述诗人被王国维称为“旷世而不一遇”文学天才，但他们得到王国维的高度评价更主要的原因则在于其“高尚伟大之人格”。这里，王国维所继承的显然是中国古代诗学中“诗品出于人品”的传统观念。在中国传统诗学中，虽然金代诗人元好问提出过“心画心声总失真，文章宁复见为人”的不同看法，但从孔子开始称“有德者必有言”（《论语·宪问》）到刘熙载提出“诗品出于人品”（《艺概·诗概》）的观念，在中国文学批评史上，“诗类其为人”（田艺蘅《香宇诗谈》）的主张始终处于主导的地位。叶燮的《原诗》对诗品与人品的关系有十分详尽的论述：

> 诗是心声，不可违心而出，亦不能违心而出。功名之士，决不能为泉石淡泊之音；轻浮之子，必不能为敦庞大雅之响。故陶潜多素心之语；李白有遗世之句；杜甫兴“广厦万间”之愿；苏轼师“四海弟昆”之言。凡如此类，皆应声而出。其心如日月，其诗如日月之光。随其光之所至，即日月见焉。故每诗以人见，人又以诗见。

不难看出，王国维所说的“无高尚伟大之人格而有伟大之文学者，殆未之有也”之语，正与中国诗学传统一脉相承。如果说王国维对文学本体论的阐释，更多地体现出他对传统的文学观念的超越，那么，在他对文学价值论的论述中，则更多地体现了他对中国古代文学传统的继承。然而，这种继承，并不是一种简单的重复，而是一种拓展与深化。从人品到人格，不是语言表述上的一字之差，而是一种关注重心的倾斜。

所谓人品，在汉语表述体系中通常指个人的品质；而所谓人格，则除了指个人的品质之外，还包含了一种个体的主体意识与独立精神，如孟子所说“富贵不能淫，贫贱不能移，威武不能屈”者。后者正是王国维特别重视与强调的内容，因而成为他评价作家与文学作品的重要标准。在《文学小言》第十四则中，他曾以此标准阐明元杂剧和《桃花扇》的特点：“元人杂剧辞则美矣，然不知描写人格为何事。至国朝之《桃花扇》则有人格矣。”而在第十六则中，他又指出：“《三国演义》无纯文学之价值，然其叙关壮缪之释曹操则非大文学家不办。《水浒传》之写鲁智深，《桃花扇》之写柳敬亭、苏昆生，彼其所为固毫无意义，然以其不顾一己之利害，故犹使吾人生无限之兴味，发无限之尊敬。况于观壮缪之矫矫者乎。”王国维所提出的“崇高人格论”的核心，即在于“以其不顾一己之利害”，在于个体的主体意识与独立精神。

与传统的文学观念相比，王国维的“崇高人格论”不仅是对创作主体而言的，而且也是对创作对象而言的，具有双重性。人们不难发现，无论是在对作家还是对作品的评价中，个体的主体意识与独立精神始终是王国维关注的中心。可以说，在王国维的“崇高人格论”中既包容了“诗品出于人品”的传统诗学命题，同时又将其拓展到了一个新的高度，具有了新的特点。

在王国维的心目中，文学的价值不仅取决于作者的“崇高人格”，而且也取决于文学作品的真实性与独创性。在《文学小言》中，他对这一问题作了一系列较为具体的阐述：

在第十则中，他写道：

> 屈子感自己之感，言自己之言者也。宋玉、景差感屈子之所感，而言其所言。然亲见屈子之境遇与屈子之人格，故其所言亦殆与言自己之言无异。贾谊刘向其遇略与屈子同，而才则逊矣。王叔师以下，但袭其貌而无真情以济之，此后人之所以不复为楚人之词者也。

显然，在王国维眼中，是“感自己之感，言自己之言”，还是“感他人之所感，而言他人之所言”，或是一味模拟，“莺偷百鸟声”，成为评价文学作品成就与水平的标志。也就是说，文学作品的真实性与独创性程度，决定了文学作品价值的高低。

这里，王国维所说的“感自己之感”与“言自己之言”，是不可或缺的有机整体。“感自己之感”，强调的是诗人独特的情感体验；“言自己之言”，则要求的是诗人语言表达方式的独创性。只有当二者水乳交融地融合在一起时，才能产生一流的文学作品。如果仅仅“能言其言矣，未可谓能其感所感”，如黄山谷之辈，是不能称为一流诗人的。因此，他讥“王叔师以下，但袭其貌而无真情以济之”，视新城王渔洋为“莺偷百鸟声”者，则亦是题中应有之义。可以说，王国维的文学评价标准集中地体现了他的学术立场。

在王国维的文学价值观念中，其文学评价的标准是一以贯之的。王国维不仅以此用来评价作家个体的创作成就，而且也用来评价一个时代的文学盛衰。在这一评价体系中，王国维对中唐以后的诗歌创作不无贬词：

> 诗至唐中叶以后殆为羔雁之具矣。故五季、北宋之诗，（除一二

大家外）无可观者，而词则独为其全盛时代。其诗词兼擅者如永叔、少游者，皆诗不如词远甚，以其写之于诗者不若写之于词者之真也。至南宋以后词亦为羔雁之具，而词亦替矣。（除稼轩一人外）观此足以知文学盛衰之故矣。（第十三则）

“羔雁”即小羊与雁，古代士大夫相见时以之作为礼品。王国维认为，诗歌创作到唐中叶以后，逐渐沦为美刺投赠、攀缘邀誉的工具，诗人失去了真实的情感与真实的个性，因而“无可观者”；当文人将其真性情寄之于词的创作中时，词便因此而进入“其全盛时代”。至南宋，词又沦为了“羔雁之具”，丧失了真性情成为文人炫耀才技、标榜风雅的招牌，于是词的命运也走向了衰落。在王国维看来，诗词沦为“羔雁之具”是文学异化，更是文学的悲哀，而决定文学盛衰命运的，仍然是文学作品的真实性与独创性。值得特别指出的是，这则论述，不仅出现在《文学小言》中，同时还出现在后来的《人间词话》未刊手稿中，足见其在王国维文学思想中的重要性。

无论是推崇“崇高人格论”，还是强调文学的真实性与独创性，王国维论述的对象并没有超出传统文学的范围，但他感自己之感，言自己之言，以一种新的眼光重新审视中国传统文学，终成一家之言。因此，王国维文学价值观的鲜明特征，在于他不是简单地重复传统，而是为传统注入了新的特质。它们来自传统而又超越了传统，在与传统的对话中，成功地实现了融会与贯通。

三

《文学小言》不仅体现了王国维对文学本体论、价值论等观念的思考，而且也显示出他对传统文学分类法的重构。王国维在考察文学现象的过程中，没有因袭传统的诗、词、曲、散文、传奇、小说等分类法，而是提出了抒情文学与叙事文学新的概念。

在《文学小言》全篇十七则论述中，前十三则集中论述的是作为抒情文学的诗与词，后四则主要论述作为叙事文学的戏曲与小说。从整体上来看，王国维认为中国的叙事文学“尚在幼稚之时代”；而在具体论述中，他则既注意到抒情文学与叙事文学的相通之处，同时也十分强调两者在创作过程等方面的不同特点。

在王国维看来，评价抒情文学与叙事文学成就的价值标准是相通的，即“崇高人格论”。他对元人杂剧及《桃花扇》《三国演义》《水浒传》的评价，始终贯穿着这一标准，关于这一点，上文已有论及，此处不再赘述。

在王国维对叙事文学的论述中，更为引人注目的，是他对抒情文学与叙事文学不同创作特点的强调。王国维认为：“抒情之诗，不待专门之诗人而后能之也，若夫叙事，则其所需之时日长，而其所取之材料富，非天才而又有暇日者不能。此诗家之数之所不可更仆数，而叙事文学家殆不能及百分之一也。”（第十五则）为了避免引起歧义，紧接着他又进一步申明：“吾人谓戏曲小说家为专门之诗人，非谓以文学为职业也。”（第十七册）正像对“以文学为生活”的职业文学家和“为文学而生活”的专门文学家泾渭分明的划分一样，王国维对抒情文学与叙事文学，诗人与小说家、戏剧家的区分，也是十分明确清晰的。事实上，在稍后的《人间词话》中，王国维将这种区别阐述得更为具体，他曾称《水浒》《红楼梦》的作者为“客观之诗人”，称李后主为“主观之诗人”，认为词人要不失赤子之心，所以生于深宫之中，长于妇人之手是其长处；小说家则要多阅世，阅世愈深则材料愈丰富愈变化。可以说，王国维对抒情文学与叙事文学不同特点的阐述是相当深入的，这种阐述，显然与他的文学分类法有着直接的关系。正是在重构文学分类法的基础上，王国维更精确地认识了对象的本质特征，更深刻地把握抒情文学与叙事文学不同的创作规律。

尤其耐人寻味的是，王国维对不同文学类型的认识，不仅清晰地表现在他的具体的文学观念中，同时也渗透在他的文学研究中。在王国维看来，不同的文体不仅有不同的写法，也有不同的读法、不同的研究方法。正如有的研究者已经注意到的：

> 1904 年，当他写作《红楼梦评论》时，曾一反以“考证之眼”读《红楼梦》的旧法……令人耳目一新，不少人也注意到他用的是“论文”的写作方式。然而事隔不久，当王国维再写《人间词话》，评述自李白迄于纳兰性德词作的时候，一下子便又回到了传统的老路，《人间词话》中的一些重要的概念，像有我与无我、造境与写境、隔与不隔，等等，一些论述语言……都带有鲜明的传统色彩，更为明显的是，这一次他又回到了传统的札记式文体。也许可以说，无

> 论是在写《红楼梦评论》，还是在写《人间词话》的时候，王国维一直都没有忘记词与小说的区别……或者就像反对用治经史之学的考证方法来读小说一样，王国维大概也不赞成用读小说的方法来读词，而他变化的本意，或者就正是要为不同的文体设计不同的阅读方法，又为不同的阅读寻找不同的表达途径。①

无论是在《红楼梦评论》《人间词话》，还是在《文学小言》中，王国维的文学分类观念显然是一以贯之的。这种文学分类观念，不仅形成了王国维文学思想的鲜明特色，同时也深刻影响了王国维文学研究的学术风格，成为王国维文学思想中不容忽视的重要内容。

中国文学分类体系有着悠久的传统，从曹丕的《典论·论文》开始，将“文”（包括纯文学和应用文）分为奏、议、书、论、铭、诔、诗、赋共四类八种；晋代陆机的《文赋》则为分为十种；梁代刘勰的《文心雕龙》与萧统《文选》又分为33种和38种；至明代，徐师曾的《文体明辨》更细分为127种。中国古代的文体分类方法，通常是以注重实用性为其总体特征的，然而，对文体的每次重新分类，都是对其不同特点重新认识的结果。不同的分类体系是不同的文学观念的重要基础。而在王国维的学术研究中，人们不难发现，他一贯具有十分明确的分类意识，始终十分重视分类问题。在《论新学语之输入》一文中，在比较中西思维方式的不同特点后，他说：“我中国有辩论而无名学，有文学而无文法，足以见抽象与分类二者皆我国人之所不长也，而我国之学术尚未达自觉之地位也”，很明显，王国维将科学的分类视为学术自觉的重要标志之一。他所运用的文学分类方法，显然是借鉴了西方的文学分类法，主要是从纯文学的角度划分的。但他并没有因此而忽视中国古代文学与文体的基本特点，而是因势利导，随步换形，游刃有余地“为不同的文体设计不同的阅读方法，又为不同的阅读寻找不同的表达途径”。从而为传统的文学研究提供了一个新的观照面。因此，分类体系与方法的变化，往往与文学观念的变化息息相关。尽管王国维所建立的分类体系是否足以涵盖中国古代文学发展的实际，他对中国古代叙事文学的评价是否准确等具体问题，今天在不同的层面上都还有进一步探讨的必要，然而，《文学小言》中所阐述的

① 戴燕：《“写实主义”下的文学阅读》，《中国现代文学研究丛刊》2002年第2期。

王国维的文学分类方法，无疑是人们认识和把握王国维文学思想脉络的重要途径。

四

应该说，无论是在王国维的文学研究中，还是在近代以来的中国古代文学研究中，《文学小言》的意义都是多方面的。它不仅奠定了王国维文学研究的理论基础，而且成为20世纪学术转型的典范。

王国维一生从事文学与研究的时间并不长，但在他所涉足的每一个领域中，都有显著的成就与卓越的贡献。《文学小言》则集中地体现了其主要的文学思想与基本的文学主张，成为王国维文学思想的逻辑起点。在王国维的学术体系中，无论是在此之前写作的《红楼梦评论》，还是在此之后问世的《人间词话》与《宋元戏曲考》等著述，在学术理念与基本思路上都与《文学小言》息息相通，是他的基本文学思想的具体化，而其主要学术建树在此也大都有迹可循。从这一意义上可以说，《文学小言》是王国维完整的文学思想体系的重要组成部分。

此外，《文学小言》同时也初步显示出王国维治学方法的显著特色与独特风格。从王国维关于文学观念的一系列论述中，人们不难发现，王国维的文学研究往往带有十分明显的生命体验的印迹。王国维提倡在文学创作中应“感自己之感，言自己之言”，事实上，王国维本人的文学研究也具有这一特点。王国维曾自称：“余之性质，欲为哲学家则感情苦多，而知力苦寡；欲为诗人则又感情寡而理性多。”（《静安文集续编·自序二》）可以说，王国维集诗人与哲学家的气质于一身，既有诗人的敏感，也有哲学家的深刻。正是他敏锐丰富的审美感情与睿智深刻的思辨色彩，形成了他极具特色的学术个性。他对自己所选择的研究对象，往往有一种深切的感受与深刻的体验，而他对文学观念的阐发，也常常是以个人独到的感悟为基础的。这不仅在他的文学本体论与“崇高人格论”中有十分明显的反映，而且还集中地体现在他著名的“古今成大事业大学问者的三种境界”的经典论述中。这则为后人极为推崇的至理名言，最初见于《文学小言》后又被作者收入《人间词话》。王国维于小词中道出事业、学问与人生，将学术研究视为个体的生命活动，大家手笔与大家风范由此可见一斑。曾经有学者指出："没有以悟性点醒的材料是死材料，没有以悟性化解的理论是空理论，悟性实际上是联结理论和材料的带有生命体验的心灵桥梁。"[①] 而王国维的文学研究的显著特色之一，便是其学术研究与生命体验二者的相互渗透与融合。这一特点，在《红楼梦评论》中已经显现，至《文学小言》则进一步系统化，到《人间词话》则日臻成熟。

如果说学术研究与生命体验二者的相互渗透与融合，更多体现出王国维与中国传统诗学的深刻的内在联系的话，那么，王国维文学研究中的双重视野，则主要显示出其与古典传统的根本区别。在《文学小言》中，无论是王国维对于文学本体性的定位，还是他关于文学价值观的思考，以及对文学分类法的重构，他所涉及的对象、论述的问题，无疑属于古代文学研究的范畴，但他所运用的观念，则是具有现代意义的。正是在双重视野的观照下，王国维成功地实现了现代学术意识与古典传统的会通融合，发现了前人没有发现的问题，得出了前人没有得出的结论。从总体上看，王国维的文学研究具有古典与现代的通融性。正因为如此，人们既可将他视为新文艺思想的奠基者，也可以将其视为传统文学批评的传承者。王国维的文学研究所具有的双重属性，正是近代学术文化转型的结果，这在20世纪的学术史上具有一种典范的意义。余英时论述科学史上树立"典范"之巨人，认为一般必须具备两种特征："第一，他不但在具体研究方面具有空前的成就，并且这种成就还起着示范作用，使同行的人都得踏着他的足迹前进；第二，他在本门学术中成就最大，但并没有解决其中的一切问题，恰恰相反，他一方面开启无穷的法门，而另一方面又留下了无数的新问题，让后来的人可以继续研究下去（即所谓'扫荡工作' mop-up work），因而形成一个新的科学研究的传统。"[②] 王国维正是这一意义上的"典范"，其影响不仅限于具体的学术领域，而且在学术理念与学术方法上具有更为普遍的意义，"足以转移一时之风气，而示来者以轨则"[③]。因此，尽管在王国维丰富的学术著述中，《文学小言》也

---

① 杨义：《文学研究走进二十一世纪》，《文学评论》2000年第1期。

② 余英时：《近代红学的发展与红学革命》，载《中国思想传统的现代诠释》，江苏人民出版社1998年版，第300页。

③ 陈寅恪：《王静安先生遗书序》，载《王国维遗书》（一），上海古籍书店1983年版。

许并不是他最重要的学术论著，但它却已具备了王国维文学思想的基本特质及其学术风格的主要特征，在他的学术体系中，具有不可忽略的重要价值。

原载《湖北大学学报》2004 年第 6 期
《中国社会科学文摘》2005 年第 1 期转载

郑振铎与20世纪戏曲研究格局的形成

在20世纪的戏曲研究史上，郑振铎的贡献无疑是多方面。历来人们关注最多的，是他在戏曲文献方面所做出的卓越成就，郑振铎也因此而被人们称为“文化界最值得尊敬的人”①。事实上，郑振铎的贡献并不仅仅是在一个或几个具体的学术领域中，而且是对整个20世纪戏曲研究格局的形成产生过根本性、实质性的影响。这种影响，至今仍然意义深远，给后世学人以丰富的启迪。

20世纪初，王国维开风气之先，以《宋元戏曲考》奠定了中国戏曲史学的基础。在王国维之后，戏曲开始与传统诗词、散文一样进入学者的研究视野，引起了研究者的关注。在众多的研究者中，郑振铎以其具有鲜明现代色彩的学理观念，明确倡导研究中国文学的新途径，建构戏曲研究的具体格局，为20世纪的戏曲学术史写下了重要的一页。

在郑振铎的学术生涯中，其戏曲研究的特色与成就，与他本人的学理观念和文学史观有着直接且重要的联系。从某种意义上说，不了解郑振铎的学理观念与文学史观内涵，也就很难准确把握、评价其戏曲研究特色与成就。

一　郑振铎的文学史观

郑振铎对20世纪戏曲研究格局的影响，首先是通过他的新文学史观体现出来的。《插图本中国文学史》被公认是“建国前最好的一部文学史

① 李一氓：《怀念郑西谛——兼谈〈古本戏曲丛刊〉的出版》，载陈福康编选《回忆郑振铎》，学林出版社1988年版，第353页。

专著”（陈福康《郑振铎论》）。这部文学史，从作者的写作动机到全书的内容与结构都充分体现了作者文学史观的鲜明特色。此书的写作动机，据作者自序中的叙述，是因为有感于此前的文学史“几乎没有几部不是肢体残废，或患着贫血症的”，而且，“不必说是那些新发见的与未被人注意着的文体了，即为元、明文学的主干的戏曲与小说，以及散曲的令套，他们又何尝曾注意及之呢？即偶然叙及之的，也只是以一二章的篇页，草草了之”①。正是在这部文学史中，郑振铎一反传统，最早把历来不为文人所重视的戏曲、小说、弹词、宝卷、变文等，被正统文学视为不能登“大雅之堂”的“俗文学”，以三分之一的篇幅写进了文学史，以其独到的眼光和魄力，为包括戏曲在内的“俗文学”正了名，提升了其文学史地位。如果说在此之前，王国维的《宋元戏曲考》的问世，确立了元人杂剧及戏曲的“一代之文学”的价值与地位，那么，郑振铎的《插图本中国文学史》的完成，则标志着古代戏曲正式进入文学史视野。可以说，郑振铎是在更广阔的背景下，重构了古代文学史的构局，将戏曲纳入并锁定在文学史的大链条中。在此之后的20世纪文学史著述，其基本框架都是在郑著基础上的延伸与发展。因此，从某种意义上可以说，郑著是一部具有世纪意义的文学史。而此书的诞生，显然是作者现代学术观念的产物，是运用新方法、寻找新途径的结果。

二　新方法的倡导

考察郑振铎戏曲研究的主要成就，不难发现，他对20世纪戏曲研究格局的影响，不仅与他的文学史宏观思考密切相关，而且也与他对新的研究方法的提倡及新的研究途径的具体探索联系在一起。

在郑振铎之前，王国维的戏曲研究中所运用的来自传统而又超越传统的方法，已经具有了现代学术的性质。但王国维本人对此既未明言，也未明示。郑振铎继承了由王国维开始的戏曲研究方法的变革，其现代学术理念更为明确自觉。郑振铎具有鲜明现代色彩的学理观念，在他早年《研究中国文学的新途径》一文中有十分清晰的表述。在这篇文章中，郑振

① 郑振铎：《插图本中国文学史》，人民文学出版社1982年版，第1页。

铎明确提出“所谓文学研究，也与作诗作剧不同，它乃是文学之科学研究”①。他十分明晰地意识到了现代学术与传统学术的区别，指出传统的学术方法是鉴赏的方法，现代学术则是研究的方法。在积极倡导“文学之科学研究”的同时，郑振铎提出了此种研究的“新途径”。即“归纳的考察”和“进化的观念”，具体路径则一是“中国文学的外来影响考”，二是“新材料的发现”，三是“中国文学的整理”（分类）。这里，事实上郑振铎已涉及了文学研究的方法与途径两个重要问题的思考。不久之后，在1933年发表的《中国文学研究者向那里去》的文章中，郑振铎作出了更为明确的回答：“向新的题材和向新的方法里去，求得一条新路出来。”② 后来的事实表明，除了“中国文学的外来影响考”未为学界普遍认同外，其余四者不仅均在郑氏的戏曲研究中有相当可观的成果，而且得到了学术界的回应与深化。郑振铎所概括的“新的材料”和“新的方法”不仅成为20世纪戏曲研究的重要内容，而且也成为20世纪戏曲研究的基本格局。

郑振铎的戏曲研究，正是选择新方法与新路径的具体实践。

早在20世纪20年代，郑振铎就十分明确地指出：“文学的研究之应用归纳的考察，是在一切的科学之后，有了这样的研究方法与观念，便再不能逞臆的漫谈，不能使性的评论了，凡要下一个结论，凡要研究到一个结果，在其前，必先要在心中千回百折的自喊：‘拿证据来！’”③ 正因为如此，郑氏认为，真正的研究者“他们不轻信，他们信的便是真实的证据；他们不轻下定论，他们下的定论便是集合了许多证据的归纳的结果”④。运用这种归纳考察的方法，郑振铎澄清了戏曲史上的一些悬而未决、含混不清的问题。对元杂剧楔子的考察等即是如此。写于1927年的《北剧的楔子》，是郑振铎运用归纳考察方法十分成功的例子。在郑文发表之前，人们对元杂剧中楔子的性质与作用，以及楔子运用的规律，一直

① 郑振铎：《研究中国文学的新途径》，《郑振铎文集》第6卷，人民文学出版社1988年版，第275页。

② 郑振铎：《中国文学研究者向那里去》，《郑振铎文集》第6卷，人民文学出版社1988年版，第302页。

③ 郑振铎：《研究中国文学的新途径》，《郑振铎文集》第6卷，人民文学出版社1988年版，第281页。

④ 同上。

存在着不少模糊乃至错误的认识。为了弄清楔子的真实面目，郑振铎对《元曲选》中所用的 72 个楔子进行了细致的考察与研究，得出了如下的结论：楔子是剧情的一部分，与折并无本质上的不同，只是形式上用小令，可以由正末和正旦以外的脚色演唱；同时，此文还归纳出楔子使用的五种情况，从而基本上弄清了楔子的真实面目，得出了明确的结论。其结论“便是许多证据归纳的结果”。至今为止，郑振铎对元杂剧楔子研究的结论，仍被学界广泛沿用。

在运用“归纳的方法”的同时，郑振铎还较早地在文学研究中引入并运用了“进化的观念”。以“进化”之眼审视文学的发展，郑振铎不无欣喜地发现：“文学史上的许多错误，自把进化的观念引到文学的研究上以后，不知更正了多少。达尔文的进化论，竟不意的会在基本上改变了人类的种种错谬的思想。”① 在郑氏看来，盲目拟古，便是这“种种错谬”之一。以“进化的观念”反对种种盲目拟古的倾向，确实是一种更为有力的思想武器，但仅仅以此武器来解决复杂的古代文学遗产问题，显然是过于简单化了。郑氏对“进化的观念”的深刻理解成功运用，主要体现在他对文学体裁与题材发展变化的双重关注之中。

在郑振铎看来，“所谓‘进化’者，本不完全是多进化而益上的意思。他乃是把事物的真相显示出来，使人有了时代的正确观念，使人明白每件东西都是时时随了环境之变异而在变动，有时是‘进化’，有时也许是在‘退化’”②。可以说，探求文学发展之轨迹，研究文学演变之影响，是文学研究中“进化的观念”的主要内涵。对于这一观念，郑振铎不仅具有理论上的明确与自觉，而且在实践中探索尝试，取得了令人瞩目的成就。《宋金元诸宫调考》一文便是郑氏以“进化”之眼审视文学的发展的产物。在这篇文章中，作者详尽地考察了诸宫调这一体裁的演变过程，着重探讨其对元杂剧体制的影响，指出：“诸宫调给予元杂剧的不可磨灭的痕迹：那就是，组织几个不同宫调的套数，而用来讲唱（就元杂剧方面说来，便是扮演）一件故事。”③ 并强调指出：诸宫调对

---

① 郑振铎：《研究中国文学的新途径》，《郑振铎文集》第 6 卷，人民文学出版社 1988 年版，第 283 页。

② 同上书，第 284 页。

③ 郑振铎：《宋金元诸宫调考》，《郑振铎文集》第 6 卷，人民文学出版社 1988 年版，第 127 页。

元杂剧的影响“原是整个的，不可分离的，不可割裂的。……我们简直可以说，如果没有宋、金的诸宫调，世间便也不会出现着元杂剧的一种特殊的文体的”[①]。不仅如此，作者还详尽地考察了《会真记》与《董西厢》的八点区别，目的则是要探索董解元“是如何把崔、张故事放大、更张”的痕迹。关注戏曲文学题材的演变，关注戏曲体裁的演进，这正是“进化的观念”介入文学研究、戏曲研究的结果，也是20世纪戏曲研究的重要内容。

在以“进化的观念”考订源流的同时，对文学现象的价值判断也成为郑振铎现代学术理念与方法的鲜明特色。这一特色集中地体现在郑氏的作家与作品的研究中，而尤以关汉卿研究最为突出。在所有的古代戏曲作家中，郑氏对关汉卿关注最多，用力最勤，论文最多，评价也最高。在王国维之后，郑振铎以更为丰富扎实的材料和更为全面具体的研究，将关汉卿的戏曲史地位提升到新的高度。尽管这一研究不可避免地带有特定时代“人民性”价值尺度的色彩，但郑氏对关剧的特征、分类及其评价等基本内容，仍不乏真知灼见而为学界所认同。此外，郑振铎的《论元人所写商人、士子、妓女间的三角恋爱剧》一文，对元代商人、士子的经济状况、社会地位与独特心理都有十分深刻的揭示，其评价亦十分准确到位，论断精辟，深得鲁迅先生的赞同：“顷见《文学季刊》，以为先生所揭士大夫与商人之争，真是洞见隐密。记得元人曲中，刺商人之貌为风雅之作，似尚多也，皆士人败后之扯淡耳。”[②] 时至今日，郑氏当年的这一独具慧眼、判断准确的长文力作，仍然给人以启迪。

毋庸讳言，作为较早运用价值判断的戏曲研究者，郑振铎的论述有时也有绝对化和简单化的不足，如对关汉卿七本喜剧的评价：“都是无瑕的杰作，简直没有败笔”（《论关汉卿的杂剧》），就不免因偏爱而过于武断与绝对化。但其大多数判断仍然是能够经受历史考验的。在价值判断已成为20世纪以来学界的一种主要研究方法的时候，郑氏在运用这一方法时的得失功过，对人们更有其重要的借鉴意义。

---

① 郑振铎：《宋金元诸宫调考》，《郑振铎文集》第6卷，人民文学出版社1988年版，第128页。

② 《鲁迅全集》第13卷，人民文学出版社1981年版，第14页。

三 新材料的发现

对20世纪戏曲研究格局产生重要影响的，不仅有新的观念与新的方法，还有“新材料的发现”。在这一方面，郑振铎的贡献不仅是巨大的，而且是空前的。

从20世纪初，到新中国成立，无论是作为一个学者，还是作为政府的文化官员，他都不遗余力地致力于戏曲文献的发现、收集、整理、刊刻工作，并取得了惊人的成绩。他自费影印明万历蒋氏三径草堂本《新编南九宫词》，抄录姚燮《今乐府选》全目、明蓝格抄本《录鬼簿》，影印出版了《长乐郑氏汇印传奇》第一集，编印《清人杂剧初集》、《二集》，购求《脉望馆钞校本古今杂剧》，主编《古本戏曲丛刊》初、二、三、四集等。可以说，没有郑振铎对上述重要戏曲文献的发现与整理，20世纪戏曲研究面貌是难以想象的。

尤其值得指出的是，郑振铎对于戏曲文献学的重要贡献并不是偶然的，而是与他的学术思想与学术自觉有着直接的、密切的联系。与前人相比，郑振铎具有一种与众不同的眼光，他所关注的对象往往是并不引人注目的，但却是有重要价值的。对于这一点，在《中国文学研究者向那里去》一文中，郑振铎有着十分清晰的表述：“我以为：我们现在该做的工作，是向不曾有人着意的荒原上去垦发耕耘。并不是好奇也并不是要人弃我取。实在是，未垦发，未耕耘的土地太多了。待整理的，待研究的，待把他们从传统的灰堆里扒掘出来的，几乎所在都是。如入宝山，满目皆是珠光宝气，实在没有功夫再去顾视向来天天陈列在外面的东西。”[①] 在郑振铎那里，“新材料的发现”，是新的观念与新眼光出现的必然结果，也是他现代学术理念的重要组成部分。

作为一个学者，郑振铎不仅深知“材料”本身在研究中的重要性，而且也十分重视“材料”在研究中的运用。在郑振铎看来，发现“材料”，只是研究的开始，而不是研究的终结。材料的意义在不同的研究者手中是不完全一样的。因此，他提出了“生材料”之说。在郑振铎看来，

① 郑振铎：《中国文学研究者向那里去》，《郑振铎文集》第6卷，人民文学出版社1988年版，第300页。

“过去的许多关于中国文学的研究著作，大都只是述而不作，没有发现过什么新意，或什么新的问题。年谱、传记都不过是‘生材料’……这一类‘生材料’，仍然还只是‘史料’，并不能算是成熟的研究成果”①。正如郑氏曾将文学鉴赏与文学研究严格区别开来一样，他也将“史料”与“成熟的研究成果”区别开来。正因为如此，他才能更为准确地判断“材料”与“史料”的价值与意义。当他几经周折，终于得到《脉望馆钞校本古今杂剧》时，他曾兴奋地向世人宣布：“这弘伟丰富的宝库的打开，不仅在中国文学史上增添了许多本名著，不仅在中国戏剧史上是一个奇迹，一个极重要性的消息，一个变更了研究的种种传统观念的起点，而且在中国历史都是，社会史都是，经济史都是，文化史上也是一个最可惊人的整批重要资料的加入。这发见，在近五十年来，其重要，恐怕是仅次于敦煌石室与西陲的汉简的出世的。”②20世纪以来的戏曲研究成果的取得与20世纪的戏曲文献学的发现密切相关，而在这一方面，郑振铎堪称20世纪第一人，功不可没。

四　意义与影响

综上所述，不难发现，在20世纪上半叶，郑振铎不仅在戏曲研究具体领域中取得了令人瞩目的成就，而且无论是他对新方法的提倡还是他的新材料的发现，都拓展了王国维以来的戏曲研究领域，对整个20世纪戏曲研究格局的形成产生了重要而深远的影响。它们充分体现了古典戏曲研究的现代学术性质，成为20世纪学术转型的成功案例，其历史意义与其现代启示都值得学界给予更为广泛的关注。

原载《湖北大学学报》2005年第5期

① 郑振铎：《中国文学研究者向那里去》，《郑振铎文集》第6卷，人民文学出版社1988年版，第301页。

② 郑振铎：《跋脉望馆钞校本古今杂剧》，《郑振铎文集》第7卷，人民文学出版社1988年版，第548—549页。

明清戏曲研究综述(1994—1995)

1994—1995年的明清戏曲研究与同一时期的小说研究相比，远不如后者热闹，但这块园地上辛勤的耕耘者仍然用自己坚持不懈的努力，为这一学术研究领域留下了清晰的发展与变化的轨迹，同时也对后来的研究者不无启示。

一

1994—1995年的明清戏曲研究无论在研究领域的横向扩展还是纵向深入方面，似乎都没有出现引人注目的突破，但在量的积累过程中，却表现出了一些明显的特点。

这一时期的明清戏曲研究在研究对象上，更多地继承了传统的视点，以文学现象和文学作品的评述为主流。一方面，以重点作家和重点作品为中心，形成了若干研究热点；另一方面，一些过去较少受到人们重视或未能进行深入研究的一些作品，也得到了一定的发掘。

首先，在这一时期的明清戏曲研究中，汤显祖及其作品的研究引起了许多研究者不约而同的兴趣，是一个十分耐人寻味的现象。据人大复印报刊资料《中国古代、近代文学研究》卷中所提供的论文索引统计，在其收录的两年共六十余种明清戏曲研究论文索引中，研究汤显祖及其作品就有13篇，占总数的五分之一强。这些论文，有的侧重于汤显祖的生平及文学思想研究，有的侧重于汤显祖剧剧本的评论，还有的则侧重于对以汤显祖为代表的文学现象的分析考察。在对汤显祖历来影响最大的代表作《牡丹亭》的研究中，有些研究者已不再仅仅停留在作品表层的人物、情节、语言的分析与评论上，而更注重对作品的整体意义的理解与把握。廖奔的《万历剧坛三家论》[①] 指出，汤显祖的出现，无异于给人们提供了一座庇护心灵的屋宇，收容下了众多田野上流浪者无依的灵魂。因此《牡丹亭》的意义，不仅在于盛开了戏剧领域里一朵奇葩，更在于为人们提供了一种新的人生境界，使人们在自身的生命历程中发现了生命自身的光彩和生气。而在对作品文本的研究中，何寅的《再说牡丹亭》[②] 对作品的主要人物及整体把握上并没有提供多少新的内容，而对作品的次要人物如杜宝、陈最良、石道姑等人则做出了比过去更符合作品实际的评价。同时，《临川四梦》中一向较少受到人们关注的《紫钗记》，在这一时期也受到了一些研究者的重视。朱捷《论汤显祖〈紫钗记〉》[③]、段庸生的《〈紫钗记〉与汤显祖的戏剧创作道路》[④]、黄文锡的《〈紫钗记〉与〈荆钗记〉》[⑤] 等文，分别从不同角度论述了《紫钗记》的意义及其在汤显祖创作中的影响。万斌生的《汤显祖忠君思想之衍变及汤剧皇帝形象》[⑥] 则从作者思想变化的轨迹指出：汤显祖的忠君思想有一个从愚忠到忠谏，由忠谏到不满，由不满到讽刺的衍变过程。这个过程像草蛇灰线，鲜明或隐微地反映在他的五部剧作中所出现的皇帝形象上。这些论文，都在一定程度上推进了对汤显祖及其作品的认识。

其次，“李渔研究”这一近年来学术界的热门专题，在这一时期仍然为相当多的研究者所关注。探寻完整而符合历史真实的李渔形象，恰当地评价李渔的戏剧思想、创作实践以及对古典戏曲的贡献，始终是人们关注的中心。徐保卫的《尘世之旅：李渔的“游荡江湖”和“打秋风”》[⑦] 一文，着重从人生道路与生活方式的角度，论述了李渔在放弃其仕宦生涯及“士”的价值观念时，所表现出来的选择的主动与自觉，使其成为一个知识型的商人。黄果泉的《李渔：集文士与商贾于一身——试论李渔戏曲

---

① 参见廖奔《万历剧坛三家论》，《河北学刊》1995 年第 1 期。

② 参见何寅《再说牡丹亭》，《山西师大学报》1994 年第 2 期。

③ 参见朱捷《论汤显祖〈紫钗记〉》，《江海学刊》1995 年第 3 期。

④ 参见段庸生《〈紫钗记〉与汤显祖的戏剧创作道路》，《重庆师院学报》1995 年第 1 期。

⑤ 参见黄文锡《〈紫钗记〉与〈荆钗记〉》，《抚州师专学报》1994 年第 2 期。

⑥ 参见万斌生《汤显祖忠君思想之衍变及汤剧皇帝形象》，《江西社会科学》1994 年第 10 期。

⑦ 参见徐保卫《尘世之旅：李渔的“游荡江湖”和“打秋风”》，《艺术百家》（南京）1994 年第 3 期。

创作的商业化倾向》[①] 一文则从李渔的生活道路与其创作思想和创作实践关系的角度，指出李渔戏曲理论中的观众本位、娱乐本位的创作思想，既是符合戏曲艺术发展规律的，又与其个人的创作动机有着密切联系，并认为李渔戏曲创作中的观众本位思想是对传统文人作者本位思想的反拨。而导致李渔由作者本位向观众本位转移的影响因素，显然是他创作思想中的谋利动机和商业倾向。李渔戏曲创作中的娱乐本位思想，是观众本位思想向戏曲商业化的进一步引申。尤其值得我们注意的是，研究者们的目光并没有仅仅停在李渔与传统文人的区别这一固定的视点之上，而是开始探究李渔现象与时代的联系。王昕的《论李渔的艺术人生》[②] 一文，着眼于时代的文化背景，指出李渔以其特殊的经历、人格以及出众的艺术才华，标举起异端的大旗。他所选择的卖文糊口、托钵干谒的生活道路和他讲求生活情趣与物质享乐的人生哲学，最为典型地体现了晚明文化风尚在清初社会里的印迹和影响。文章认为，如果说在晚明放任不羁的生活方式还可以看作精神叛逆的一种表现的话，那么，活跃于清初的晚明士风的继承者们却找不到多少可以自慰的冠冕堂皇的理由了。李渔是一个以其一生的骇俗道路与成功实践来承继、张扬晚明文化的巨匠，他的心理历程和社会境遇形象地体现了异端精神的没落和尴尬。结论或许并不是唯一的，但它却为人们提供了一个新的观照面。

最后，《桃花扇》研究在这一时期获得了较为明显的进展。虽然有关《桃花扇》的研究论文在数量上并不十分引人注目，但在质量上却有了一定的提高。其中值得注意的文章当推张燕瑾的《历史的沉思——〈桃花扇〉解读》[③] 和梁燕的《〈桃花扇〉及其改编本的美学意蕴——兼论悲剧意识的多元特征》[④]。张燕瑾的《历史的沉思》一文与《桃花扇》研究中的传统观点不同，强调指出《桃花扇》的意义不是在反映南明历史方面，因为文学并不负载真实描写历史的使命；不是在总结亡国教训，它超越了浅层次的功利的目的，没有为清王朝的长治久安出谋划策；也不是写宗

---

① 参见黄果泉《李渔：集文士与商贾于一身——试论李渔戏曲创作的商业化倾向》，《河南师大学报》1995 年第 5 期。

② 参见王昕《论李渔的艺术人生》，《文史哲》1994 年第 3 期。

③ 参见张燕瑾《历史的沉思——〈桃花扇〉解读》，《首都师范大学学报》1994 年第 2 期。

④ 参见梁燕《〈桃花扇〉及其改编本的美学意蕴——兼论悲剧意识的多元特征》，《文艺研究》1995 年第 4 期。

教，七位“作者”是避世而居的贤者，而不是斩断世情的道徒，侯李入道也只是理想破灭的迷惘困惑，“非入道也”。作品追求的是富有哲理性悲剧的目的而不是历史的目的。作者只是借历史的框架抒写“天崩地解”的历史巨变之后对士林群体人格的反思，成为吴敬梓的先导；作者也不是要重建社会人格，为社会提供疗治的药方，他意识到传统道德已无力挽救社会的危亡。作者是在用心灵感悟历史，借历史抒写心灵。写对人生、对历史、对社会的探求，充满了天才孤寂之感和痛苦的沉思。与《历史的沉思》不同，梁燕的文章着重阐发了《桃花扇》及其改编本的悲剧意蕴及其表现形式。文章认为，《桃花扇》是在表现南明历史的基础上，从儒家理想的幻灭构成全剧哲理性的核心，从封建政治理想的幻灭、爱情理想的幻灭、人生理想的幻灭三个层面，展示了一个封建时代走到终极边缘的种种必然。并着重论述《桃花扇》全剧始终贯穿着一种浓厚的悲剧气氛，孔尚任追求的是一种横跨历史的哲理性感受，但在戏剧中又是通过审美的方式表达出来的。文章指出《桃花扇》一反结局上的“团圆之趣”的意义，通过一对情侣的爱情悲剧，宣告了一个封建时代的终结。

孔尚任以牺牲侯、李爱情的完整性、现实性，来保持历史兴亡之感的完整性、现实性，表现了他在一种无可逆转的历史必然性面前的理性思索。剧本既有亡国破家的情感上的悲哀，也有人生虚无的哲学上的沉思。而《桃花扇》恢宏的历史气象、丰富的文化内涵、充满理性魅力的悲剧精神，正是它作为艺术精品的价值所在。此外在对《桃花扇》艺术成就的研究中，刘中光的《脉、势、韵——〈桃花扇〉艺术结构的传统美学观照》[①] 也在前人的基础上对剧本的结构分析做了新的尝试。上述论文中的一些具体观点也许不乏可斟酌之处，但作者们力图使学术研究深入展开的努力却是明显的。

清代另一部重要戏曲作品《长生殿》的研究在这一时期则仍然围绕着《长生殿》的主题——洪昇对情爱的探索以及洪昇的文学思想等问题展开，然均未出现明显的进展。

除了上述若干热点问题的研究之外，一些历来较少引起人们关注的明代杂剧，也引起了一些研究者的注意。龚喜平的《康海〈中山狼〉杂剧

① 参见刘中光《脉、势、韵——〈桃花扇〉艺术结构的传统美学观照》，《聊城师院》1994 年第 1 期。

的艺术特质》[①] 一文，从剧本的基本特征、艺术风格和戏剧手法三个层面入手，详尽论述其以哲理性、形象性、寓言性、讽刺性所构成的基本特征，以喜剧风格、童话色彩、泥土气息相结合的艺术风格，以及鲜明的冲突、强烈的对比、本色的关目为特点的戏剧表现手段，深化了人们对《中山狼》杂剧的整体认识与把握。汪超宏的《叶宪祖剧作的现实精神》[②] 则以作品为基础，对晚明剧作家叶宪祖提出了不同以往的评价。认为叶宪祖的剧作不仅具有反叛礼教的意义，而且还具有一定的现实批判精神。这种进步倾向是从以"团圆"结尾的作品中表现出来的，应当给予恰当而切实的肯定。

其他如蒋星煜的《黄图泌与他的〈雷峰塔传奇〉》[③]、许建中的《〈浣纱记〉结构论》[④] 也从不同的方面对作品进行了内容的评价与艺术形式的探索。

相比之下，这一时期的明清戏曲研究在文学规律的探讨与总结方面则呈现出较为沉寂的局面。其中值得注意的是郭英德的《叙事性：古代小说与戏曲的双向渗透》[⑤]。文章运用现代叙事学理论对古代小说戏曲的叙事性研究，做了新的尝试。作者从艺术的角度详尽考察分析了古代小说与戏曲的叙事时间、叙事视角、叙事话语等方面的特征，并进一步探讨了其审美内涵与文化基因。从一个新的角度揭示出中国古代叙事文学的总体特征及其渊源。

其他如许金榜的《中国古代戏曲的民族特征》[⑥] 从思想内容、文学表现形式、舞台表演形式等方面探讨了中国古代戏曲的总体特征。张玉芹的《论道教对中国古代戏剧影响》[⑦] 则以"灵魂不灭"、善恶报应等道教观念对戏剧内容的影响以及"形神论"对古代戏曲观念的渗透为中心，探讨了道教对古代戏曲从内容到形式的广泛影响。孔繁信的《试论南北曲

---

① 参见龚喜平《康海〈中山狼〉杂剧的艺术特质》，《西北师大学报》1995 年第 4 期。

② 参见汪超宏《叶宪祖剧作的现实精神》，《华中理工大学学报》（社科版）1995 年第 3 期。

③ 参见蒋星煜《黄图泌与他的〈雷峰塔传奇〉》，《上海师大学报》1994 年第 1 期。

④ 参见许建中《〈浣纱记〉结构论》，《盐城师专学报》1994 年第 2 期。

⑤ 参见郭英德《叙事性：古代小说与戏曲的双向渗透》，《文学遗产》1995 年第 4 期。

⑥ 参见许金榜《中国古代戏曲的民族特征》，《东岳论丛》1995 年第 3 期。

⑦ 参见张玉芹《论道教对中国古代戏剧影响》，《东岳论丛》1995 年第 4 期。

的合流与发展》[①]，则对明清传奇中南北曲合流的现象及其轨迹进行了考察。

最后，这一时期出现的一些戏曲研究专著也对戏曲文学创作的规律和成就进行探索。杨建文的《中国古典悲剧史》[②] 系统地探讨了中国古代悲剧的产生、发展及走向，并对其特点和规律进行了总结。谭帆、陆玮的《中国古典戏剧理论史》[③]，在广泛探讨中国古典戏剧形态演进轨迹的基础上，以中国古典戏剧理论宏观体系的三大理论分支：曲学理论和搬演理论为中心内涵，探索中国古典戏剧的审美理论和民族性格。郑传寅的《中国戏曲文化概论》[④] 以“戏曲文化的特殊道路”“古典戏曲的审美形态”“戏曲文倦神特质”等三篇八章的结构，探讨了古典戏曲的一系列重要问题。全书以比较方法贯穿始终，各篇都在中国戏曲文化与西方戏剧的比较中展开，探讨了中国古代戏曲文化的深层特点与规律。

二

1994—1995 年的明清戏曲研究在思路上出现了一些比较明显的变化。这一变化表现为，无论是在作家研究中还是在作品研究中，不少研究者不约而同地选择了宏观研究和综合比较研究的方法。

将文学家或者文学作品置于一种广阔的历史文化背景下，摆脱就人论人、就事论事的局限，在作家与作家、作品与作品的联系中评述文学现象，寻求文学发展变化的规律，是近年来文学研究中一种常见的方法。在这一时期的明清戏曲研究中，研究者们运用这一方法扩展文学研究的视角，力图使明清戏曲研究获得纵深的发展，成为一种十分引人注目的现象。廖奔的《万历剧坛三家论》[⑤]，从徐渭、汤显祖、沈璟三大戏剧家的思维模式、人格模式、生活模式的分析入手，勾勒出万历剧坛的整体面貌，揭示出戏剧家与时代密不可分的联系。李玫的“苏州作家群”系列

---

① 参见孔繁信《试论南北曲的合流与发展》，《河北师院学报》1995 年第 3 期。

② 参见杨建文《中国古典悲剧史》，武汉出版社 1994 年版。

③ 参见谭帆、陆玮《中国古典戏剧理论史》，中国社会科学出版社 1995 年版。

④ 参见郑传寅《中国戏曲文化概论》，台湾志一出版社 1995 年版。

⑤ 参见廖奔《万历剧坛三家论》，《河北学刊》1995 年第 1 期。

研究论文《关于明清之际“苏州作家群”的名称和成员》[①]《清初苏州作家考辨三则》[②]《忠臣和英雄之梦：明末清初苏州作家群剧作中的理想主义》[③]《特殊的“家人”身份和特殊的献身：明清之际苏州作家群“义仆戏”论析》[④]《略论明末清初苏州作家群剧作中的“戏中戏”》[⑤]在梳理继承前人关于苏州派作家研究成果的基础上，对这一创作群体的整体成就与贡献进行了多层次、全方位的考察。作者从对苏州作家群的名称和成员的细致考辨入手，详尽地论述了这一创作群体的作品中对忠臣、英雄与义仆呼唤的具体的时代内容以及理想主义色彩，同时对苏州作家群编剧手法中出现频率较高的“戏中戏”现象进行了探讨与总结。这组论文，可以说是近年来明末清初“苏州作家群”研究的新收获。

在文学现象的研究范围内，当一些研究者的目光开始由个体走向群体，由微观走向宏观的同时，另一些研究者则打破文体的限制，对文学创作中一些具有普遍意义的文学现象给予了关注。朱则杰《清初传奇和清代诗歌中的特殊意象：南京、江南、南方》[⑥]通过分析一组由敏感地域组成的特殊意象——南京、江南、南方在清初传奇和诗歌中的运用，指出：这种特殊意象在当时的作者和读者中已经形成了一条现成的思路。而这组特殊意象的意义则在于，它既有助于各种作品巧妙委婉地反映家国兴亡之感，也能够为人们的文学阅读提供一套细微有效的艺术解码——只是不能太机械。沈金浩的《清代诗歌戏曲小说间的联系渗透与互补》[⑦]则着重论述了清代文学创作与批评中不同文体的同根共源现象，即同一时代不同文学形式所表现的共同的社会生活内容，以及其中所蕴含的共同的情感形

---

① 参见李玫“苏州作家群”系列研究论文《关于明清之际“苏州作家群”的名称和成员》,《中国文学研究》1995 年第 2 期。

② 参见李玫“苏州作家群”系列研究论文《清初苏州作家考辨三则》,《殷都学刊》1995 年第 3 期。

③ 参见李玫“苏州作家群”系列研究论文《忠臣和英雄之梦：明末清初苏州作家群剧作中的理想主义》,《戏剧》（京）1995 年第 1 期。

④ 参见李玫“苏州作家群”系列研究论文《特殊的“家人”身份和特殊的献身：明清之际苏州作家群“义仆戏”论析》,《文学遗产》1995 年第 3 期。

⑤ 参见李玫“苏州作家群”系列研究论文《略论明末清初苏州作家群剧作中的“戏中戏”》,《文学评论》1995 年第 1 期。

⑥ 参见朱则杰《清初传奇和清代诗歌中的特殊意象：南京、江南、南方》,《文艺研究》1994 年第 3 期。

⑦ 参见沈金浩《清代诗歌戏曲小说间的联系渗透与互补》,《学术研究》1995 年第 4 期。

式、价值观念、文化底蕴。指出诗歌、戏曲小说间的深层联系正是文化上的联系。

宏观研究不仅为这一时期的文学研究者所重视，还受到曲论研究者的青睐。周维培的《沈璟曲谱及其裔派的创作》[①] 在曲谱研究中将沈璟、冯梦龙、沈自晋、查继佐、吕士雄等人编著的私家曲谱的特点及流变加以综合考察，在梳理、辩证、论析的基础上，为明清曲论研究提供了翔实的资料和坚实的基础。

在宏观研究日益受到重视的同时，综合比较研究成为研究者们越来越常用的方法。这一时期的明清戏曲研究中，出现了大量以综合比较为主要内容的研究论文。邹自振的《〈玉茗堂四梦〉与〈红楼梦〉》[②]、周子瑜的《〈红梅阁〉与明末传奇〈红梅记〉之比较》[③]、李玫的《面对商人世界：热情与冷漠——明末清初小说戏曲比较之一》[④]、游晶珍的《汤显祖和雨果的浪漫主义理论》[⑤]、陆联星的《〈红楼梦〉与〈桃花扇〉》[⑥]、王华的《论曹雪芹与汤显祖》[⑦]、梁燕的《〈桃花扇〉及其改编本的美学意蕴》[⑧]等，不一而足。在这些论文中，研究者或在同一作品自身的流变过程的比较中揭示其特征；或将同一时代的不同作品加以对照研究，比较其异同及意义；或以不同时代的不同作者的不同作品加以比较，指出文学传统的继承与弘扬方式。总之，研究者们所选择的比较对象和方式各不相同，文章的水平也各有高低，而选择比较这一角度切入作家与作品研究，这一点却是共同的。其中李玫的《面对商人世界：热情与冷漠——明末清初小说戏曲比较之一》一文，通过对“三言”“二拍”与同一时期或稍后出现的同一题材戏曲作品的细致比较发现，在对相同题材的处理上，白话小说的

① 参见周维培《沈璟曲谱及其裔派的创作》，《文学遗产》1994 年第 4 期。

② 参见邹自振《〈玉茗堂四梦〉与〈红楼梦〉》，《红楼梦学刊》1994 年第 2 期。

③ 参见周子瑜《〈红梅阁〉与明末传奇〈红梅记〉之比较》，《西南民族学院学报》1994 年第 2 期。

④ 参见李玫《面对商人世界：热情与冷漠——明末清初小说戏曲比较之一》，《武汉大学学报》1994 年第 2 期。

⑤ 参见游晶珍《汤显祖和雨果的浪漫主义理论》，《宜春师专学报》1994 年第 6 期。

⑥ 参见陆联星《〈红楼梦〉与〈桃花扇〉》，《淮北煤矿师院学报》1994 年第 3 期。

⑦ 参见王华《论曹雪芹与汤显祖》，《红楼梦学刊》1995 年第 2 期。

⑧ 参见梁燕《〈桃花扇〉及其改编本的美学意蕴——兼论悲剧意识的多元特征》，《文艺研究》1995 年第 4 期。

作者与传奇作者采取了截然不同的态度。“三言”“二拍”同一题材中作品中商人、手工业者的主人公地位，到了传奇作品中常常被文人士子所代替；而“三言”“二拍”同一题材作品中对商人生活的津津乐道，在传奇作品中则变为对文人处境的苦涩叹息。这种由于其他社会成分的加入壮大而造成的文人阶层的内心不平衡，被当时的剧作家写进他们的作品，记录的是当时文人艰难的精神历程。因此，这些传奇作品为文学园地提供了不同于同时期白话小说的珍贵内容。梁燕的《〈桃花扇〉及其改编的美学意蕴》则将《桃花扇》与十余种改编本加以对照比较，考辨其得失，阐发原著深刻的悲剧意蕴，揭示改编本悲剧意识多元化的形式，从一个侧面显示出中国戏剧艺术生生不息的精神魂魄。至于汤显祖与曹雪芹精神上的千丝万缕的联系，历来为人们所瞩目。邹自振《〈玉茗堂四梦〉与〈红楼梦〉》，通过作品的对照，在人们熟悉的《牡丹亭》与《红楼梦》的联系基础上，比较全面地论述了《红楼梦》对《玉茗堂四梦》的承继与弘扬。

尤其耐人寻味的是，比较方法的运用，不仅集中在一些以比较为专题的文章中，同时也常见于一些并不旨在比较的论文中。张燕瑾的《历史的沉思——〈桃花扇〉解读》中专门有一节谈《桃花扇》与《红楼梦》的比较。作者认为，十二支《红楼梦》曲与［哀江南］神似，是［哀江南］的余音；《红楼梦》流露的是王朝末日的哀伤，是希望破灭后的空幻感。《桃花扇》引人深思，《红楼梦》则是深思后的结论。《桃花扇》原批云：“《桃花扇》词成，谁听谁解？付之一哭！”曹雪芹说：“满纸荒唐言，一把辛酸泪。都云作者痴，谁解其中味！”都是充满天才孤寂、世无知音的感慨。《红楼梦》以宝玉出家入释作结，《桃花扇》则以主人公侯李入道作结。文章在两相对照中，揭示出作品所表现的共同的时代内容和相似的悲剧色彩。

毋庸讳言，在一些以比较为专题的文章中，缺乏明确意义的泛泛而谈仍然存在。为比较而比较所产生的生硬之处也间或可见。如何更好地运用比较方法产生最佳研究效果仍然是一个在理论和实践上都值得认真探讨的问题。

除了上述宏观研究与综合比较研究的方法之外，传统的考据学方法也仍然在研究领域里担负着特殊的使命。在为数不多的考证文章中，特别值得注意的是徐朔方的短文《谈海外孤本明代戏曲集》[①]。作者根据收集整理国内不见流传的一些南戏和杂剧等戏曲珍本，认为明代传奇之盛实际上集中于晚明的说法过于简明扼要而容易引人误入歧途。并指出，南戏与传奇的区分，并不取决于它们的唱腔。不是南戏和昆腔绝缘，而传奇也不为昆腔所专有。它们的主要区别在于南戏是民间戏曲，而传奇是文人创作，其他不同属性都由此而产生。而且，南戏通常被称为宋元南戏，实际上并不限于宋元，在整个明代并未衰歇。创作和流传都以同样的规模在延续，只是由于文人传奇的兴起，它失去了往日的垄断地位而使人误认为它已衰落。另外，杂剧的创作和演出在明代也没有如同人们想象中那么冷落。因此，作者认为，晚明以至整个中国戏曲史的轮廓至少在某些方面有待重新勾勒，某些印象或结论则有待澄清或修正。其他如俞为民的《南戏〈琵琶记〉版本及其流变考》[②]，则从版本学的角度对《琵琶记》进行了细致而系统的研究。

三

1994—1995 年的明清戏曲研究在研究对象与研究方法上，有其自身的特点，同时也存在着一些明显的不足。

首先，在这一时期的戏曲研究中，多数论文侧重于作品内容的分析与文学现象的评述，而对作品的艺术形式、审美特征、创作规律的探索与总结则显得相当薄弱。这种情形，既与研究者自身的素质和知识结构有关，同时也从一个侧面反映出这一研究领域的一般水平与整体特征及走向。

其次，方法的单一与观念的老化已成为越来越突出的局限。相当数量的研究论文仍然仅仅习惯于社会历史的批评方法和批语术语，习惯于“作家、作品研究中背景＋人物＋情节＋语言”的固定方式，以简单的概念化分析或直接的因果关系的分析代替对文学现象的深入考辨论析。

最后，大量因袭和重复劳动的存在。在本来就不算繁荣的明清戏曲研究中，真正能够提供新的学术信息、体现新的学术成果的文章实在不多。许多在已往的研究中早已解决了的问题，却一次又一次地出现在各种学术

---

① 参见徐朔方《谈海外孤本明代戏曲集》，《文学遗产》1995 年第 4 期。

② 参见俞为民《南戏〈琵琶记〉版本及其流变考》，《文学遗产》1994 年第 5 期。

刊物上。这种闭门造车的态度，不仅是对他人学术成果的轻视，同时也是影响学术水平提高的主要障碍。

简而言之，熟悉学术传统，健全学术信息交流渠道，规范学术研究，提高学术水平，已成为面临世纪之交研究者们的当务之急。

原载《中国文学年鉴》（1995—1996），作家出版社 1999 年版

20世纪的《桃花扇》研究

《桃花扇》研究是20世纪戏剧研究的重要组成部分，追溯20世纪《桃花扇》研究的发展历程，梳理其研究的基本方法与线索，对这一学术研究个案的抽样分析，不仅可以获得作品研究的具体结论，而且将有助于深化我们对戏曲文学研究的世纪思考。

众所周知，清代孔尚任的传奇名作《桃花扇》问世之后，立即引起了观众和读者的广泛注意，“新词不让《长生殿》，幽韵全分玉茗堂。泉下故人呼欲出，旗亭樽酒一沾裳”（商丘宋荦《桃花扇题辞》）。最早对《桃花扇》作出评论的，是与作者同辈的一批文人学士（如顾彩、刘中柱、李楠等人），他们大都有着与作者相似的经历和相似的思想感情，他们的评论，或揭示其内容要旨，或评价其艺术风格，多数都是即兴式的评点、随感式的议论，其中虽不乏真知灼见，但也不可避免地带有比较明显的随意性，还不能算作严格意义上的研究。应该说，对《桃花扇》的学术研究是从20世纪开始的。

一

20世纪最早的《桃花扇》评论，出现在王国维的《红楼梦评论》中。王国维在谈到中国文学尤其是叙事文学的乐天色彩后，指出：“吾国之文学中，其具有厌世解脱之精神者，仅有《桃花扇》与《红楼梦》耳。而《桃花扇》之解脱，非真解脱也；沧桑之变，目击之而身历之，不能自悟，而悟于张道士之一言；且以历数千里，冒不测之险，投缧绁之中，所索之女子，才得一面，而以道士之言，一朝而舍之，自非三尺童子，其谁信哉？故《桃花扇》之解脱，他律的也；而《红楼梦》之解脱，自律的也。且《桃花扇》之作者，借侯、李之事，以写故国之戚，而非以描写人生为事。故《桃花扇》政治的也，国民的也，历史的也；《红楼梦》哲学的也，宇宙的也，文学的也。”这里，王国维论述的重点，在于通过《桃花扇》与《红楼梦》之比较说明《红楼梦》的价值。但从中仍然可以看出王国维对《桃花扇》内涵的把握及悲剧特点的定位，都是十分准确的，且对后来的《桃花扇》研究亦有较大的影响。

对《桃花扇》的系统研究，应该说是从近代学者梁启超开始的。梁启超在繁忙的政治生涯和学术活动中，一直十分重视作为通俗文艺的小说与戏剧。在中国文学史中，他尤其推崇以真人真事为基础、惩创人心的杰作《桃花扇》，他是近代第一位致力于研究《桃花扇》的人。

1925 年，梁启超完成了《桃花扇》的注释和考订，一部新的《桃花扇》注本出现在读者面前。在这个注本前面，梁启超写了一篇《著者略历及其他著作》（后收入《饮冰室合集》），此文可以说是《桃花扇》研究中最早的专题论文。在这篇文章中，梁启超详细考订了孔尚任的生、卒年，《桃花扇》的创作情况及其他一些作品的情况。梁启超对孔尚任生平情况的研究成果，如对孔尚任生年的考订，至今仍为研究者们所沿用。在这篇文章中，最值得注意的是，梁启超第一次将孔尚任称为“历史戏剧家”，并指出孔尚任创作的特色是爱用历史题材，并且在技巧上有独到之处：“云亭作曲，不喜取材于小说，专好把历史上实人实事，加以点染穿插，令人解颐，这是他一家的作风，特长的技术。这种技术，在《小忽雷》著手尝试，到《桃花扇》便完全成熟。”① 这个看法无疑是十分内行而准确的。

梁启超的《桃花扇》注本，是第一个详细注释本。梁启超对《桃花扇》原著进行了大量的考释和订正史实的工作，并按照现代话剧的形式加以改写，目的是使剧本更加通俗易懂。梁启超的《桃花扇》注本侧重于对剧中人物从历史角度加以考证，其中的注释充分体现了他扎实的历史知识和考证功夫，同时也有助于人们对剧中人物的了解。梁注的最大贡献在于，它以大量的史料、详细的考证，为后人研究《桃花扇》、研究历史真实与艺术表现统一等问题，提供了丰富的、可资参考的历史材料。与此

---

① 梁启超：《著者略历及其他著作》，《桃花扇注》第 7 页，《饮冰室合集》第 11 册，中华书局 1989 年版。

同时，应该指出的是，梁启超毕竟更多的是一位政治家、启蒙家和学者，而不是一位艺术家，他在《桃花扇》评注中阐明的关于历史剧创作的看法和观点，有相当一部分是合理的和正确的，但从整体上来看，他更多的是用治史的方法来研究历史剧，由于研究对象的差异，使得他在注释中也出现了一些矛盾的地方。尽管如此，梁启超对于《桃花扇》及其作者所做的一切工作，仍为后人提供了丰富的、可资借鉴参考的资料，且开山之功，实属不易，梁启超的贡献，足以在《桃花扇》研究史上占有一席之地。

梁启超之后，在《桃花扇》研究中值得一提的是容肇祖的《孔尚任年谱》。该文发表于《岭南学报》第 3 卷第 2 期（1940 年）。该《年谱》梳理勾勒了孔尚任生平及著作的一般情况，其中有些结论仍为后人所采用。

可以说，近代以来的《桃花扇》研究，尽管还处于分散状态和表层上，但已经初步涉及了这一领域中的一些重要问题，在学术史上有着不可忽略的影响。

二

新中国成立之后，《桃花扇》研究受到了研究者的重视并取得了十分可观的成果。从 50 年代到 60 年代初期，无论是对《桃花扇》剧本内容的研究还是对其作者孔尚任的研究，都有十分明显的进展。

1959 年 4 月，王季思、苏寰中、杨德平合注的《桃花扇》新注本问世，以及王季思先生为此书所作的《前言》，是对新中国成立后《桃花扇》研究成果的总结，代表了当时学术界对这一文学名著的整体认识水平。

王季思等人的新注本根据兰雪堂本、暖红室本、梁启超本互校，后又以康熙戊子刻本为据，校正个别讹字。剧本形式按宋元以来的统一形式加以编排。在注释方面，除了注明原文中的典故、疑难字词外，有些地方还对整句，甚至整支曲子加以串释，指出作者的用意所在。此外，注者对明清传奇体例上的特点及演员角色等也都加以详尽的注释。因此，新注本对《桃花扇》的校勘、标点、注释等工作，为《桃花扇》的普及和通俗化做出了重大贡献，并成为新中国成立后印刷次数最多、发行量最大的通行版本。

王季思等人的《桃花扇》新注本不仅在《桃花扇》的版本中有着不

可替代的作用，而且王注本的《前言》在《桃花扇》研究中也有着十分重要的价值。

写于1956年6月的《前言》以对作品的准确把握和深刻分析为基础，系统地探讨了《桃花扇》研究从内容到艺术的一系列重要问题。首先，《前言》明确指出，《桃花扇》剧本中所表现的南明王朝内部的派系之间的矛盾，马士英、阮大铖等权奸的荒淫无耻、倒行逆施，史可法的困守扬州、孤独无助等，从不同的方面说明了南明王朝没落的必然性。同时还进一步指出，《桃花扇》的“兴亡之感”，也就是《桃花扇》的爱国主义精神，集中地体现在上述描写中，并通过男女主人公悲欢离合的故事贯穿始终。《前言》对《桃花扇》的准确概括与定位，曾在相当长的时间内得到了学术界多数研究者的肯定与赞同。

其次，《前言》对《桃花扇》的艺术成就也提出了十分精辟的见解。作者认为，《桃花扇》在人物处理上主次分明，头绪集中，并能抓住重点进行描写；无论正面人物或反面人物的描写，都能准确地把握分寸，各具特色。在关目处理上，全剧不仅紧紧围绕“离合之情”展开对“兴亡之感”的描写，而且结构严谨，针线细密。且情节转换灵活，既在情理之中，又在人们意料之外，“俱独辟境界”，充分体现了生活的复杂性与丰富性。而在曲词方面，曲词、说白各司其职，位置得当，给人一种骨肉停匀的感觉。同时，《前言》也指出了《桃花扇》在语言运用上典雅有余、当行不足，谨严有余、生动不足的弱点。

尤其值得注意的是，《前言》以十分开阔的眼界将《桃花扇》置于整个中国古典戏曲的发展过程中，考察其艺术的继承与发展，指出《桃花扇》“借离合之情，写兴亡之感”的结构方式以及艺术上的高度成就，一方面继承了从《浣纱记》到《长生殿》把个人命运与国家大事件相结合，借男女主人公的悲欢离合串演前代兴亡的写法，另一方面则继承了从《鸣凤记》到《清忠谱》表现时事、忠于史实的特点，扬长避短，形成了自己特有的风格，达到了新的高度。简而言之，王季思等校注的《桃花扇》及《前言》，是新中国成立后这一古典名著研究的丰硕成果。

与《桃花扇》新注本前后出版的《孔尚任诗》（汪蔚林辑，科学出版社1958年10月版）则直接为研究孔尚任的生平与思想提供了丰富、具体、可靠的材料。全书以时间为线索编排，共分为五辑：第一辑是孔氏早期的作品，从邓汉仪的《诗观三集》辑出；第二辑是《湖海集》，此书虽有重印本，但多缺漏，汪本则依善本补足；第三辑是《岸堂稿》，由蒋景祁选的《辇下和鸣集》中辑出；第四辑辑自孔氏与刘廷玑合刻的《长留集》；第五辑选自《阙里孔氏诗钞》。书后还附有《孔尚任著作目录》一份。此书后经作者修订、增补为《孔尚任诗文集》，于 1962 年由中华书局出版，是迄今为止收录孔尚任诗文最多的辑本。

在此之后，1962 年山东人民出版社出版的袁士硕著《孔尚任年谱》，则是《桃花扇》及其作者研究进一步深入发展的标志。

袁士硕的《孔尚任年谱》一方面以前人的成果为基础，另一方面则依据新中国成立后新发现的资料，内容十分翔实。《年谱》对前人做过考证的问题，结论正确者，均直接引用，并注明出处，以示尊重；对考证失实者，均加以辨正，说明其理由。同时，《年谱》对所引用的孔尚任事迹，有直接材料证明者，大多摘录原文，至少列举篇目；已为前人考证而无定论者，均援引其考证及根据，并酌情加以补正；重新论证、辨正者，尽量写出考证所依据的材料。除了收录与孔尚任生平有直接关系的材料之外，该《年谱》还收录了一些朝政大事，意在说明孔尚任所处的时代环境的特点。在该《年谱》正文之外，另附有《孔尚任交游考》一篇。《孔尚任交游考》既相互联系又各自独立。收录《交游考》者，皆为与《桃花扇》创作有一定关系或可能有关系的人物。为了照顾《孔尚任年谱》本身的完整，凡重要交游均于该《年谱》中著其事，故二者有互见之人物。总之，《孔尚任年谱》与《孔尚任交游考》互相补充，为人们研究孔尚任的生平及《桃花扇》的创作提供了清晰的线索和丰富的资料。

《孔尚任年谱》一书 80 年代经作者修订后，1987 年 4 月由齐鲁书社出版发行。修订后的《年谱》收录了一些新发现的资料，并在原《年谱》的基础上作了一些补充，对原本的一些失误，修订本也一一进行了订正。此书因此而成为孔尚任研究中有重要价值的参考书。

综上所述，不难发现，从 50 年代到 60 年代初期的《桃花扇》研究，基本上是在学术研究的范围内进行，沿着健康的道路发展的。无论是对作品的研究还是对作者生平的研究都取得了相当可观的成绩。《桃花扇》及孔尚任研究中的重要成果同时出现在这时期，形成了《桃花扇》研究的繁荣局面。然而，与此同时，也开始出现了一些与学术研究不和谐的音符。

1962 年 12 月《光明日报》以整版篇幅发表署名穆欣的文章《不应为

投降变节行为辩护》，指斥《桃花扇》“严重歪曲历史”，是为清王朝服务。随后，还有的文章则认为，孔尚任是以“权奸亡国论”掩盖了阶级矛盾和民族矛盾，实际上是在谴责马、阮的同时，无形中开脱了外来侵略者和其他汉族统治者的罪恶。也有人把《桃花扇》中所表现出来的历史观点与康熙皇帝修《明史》的政治目的联系起来看，从而得出《桃花扇》完全适应了清初统治者的政治需要的结论。这样，学术研究中不同观点和看法迅速上升为政治上的大是大非问题。到 60 年代中期开始的“文化大革命”中，《桃花扇》与一大批中国古代文学名著一样，被作为大毒草而受到批判，已无任何正常的学术研究可言。

三

从 70 年代末到 80 年代初期，结束了十年动乱后的学术界，开始回到正常的轨道上来。刚刚摆脱了文化专制主义与文化虚无主义双重桎梏的广大学术研究者，重新焕发了极大的学术热情。80 年代的《桃花扇》研究因此取得了相当引人注目的成就。

首先，一大批新的研究资料的发现，丰富了孔尚任的生平资料。《社会科学战线》1981 年第 4 期发表了黄立振的《孔尚任信札墨迹》一文，公开了作者在 1957 年于曲阜集市旧书摊上所得孔尚任给“西周老师”信札四封。黄文认为，这四封信虽未注明年月，但从内容上看，很可能是孔尚任出山之前所写。信札反映了孔尚任的交游及年轻时的一些想法，也展示了他对书法及字画古玩的爱好。

此外，《文献》1985 年第 1 期发表了刘辉的《所见孔尚任诗文二题》，公布了有关孔尚任的重要资料两则。一是孔尚任写于康熙十年（1671）的《焚余稿序》，此序《孔尚任诗文集》未收录，且各种年谱皆未著录。此序是孔尚任的一篇重要的文论，充分表现了他的文学思想。二是孔尚任所修《莱州府志》，此志为康熙五十一年本，藏于中央党校图书馆善本书室。此志在汪蔚林辑《孔尚任诗文集》附录《孔尚任著作目录》中未提及，袁士硕《孔尚任年谱》也只是推测，此志的发现使推测成为定论。不仅如此，该志中还载有孔尚任本人的诗五首、文两篇，均为《孔尚任诗文集》未录篇目。

其次，在拨乱反正的基础上，对《桃花扇》的内容进行深入探讨，是这一时期《桃花扇》研究的主要特色。

有关《桃花扇》内容的研究，主要围绕《桃花扇》主旨的探讨、“权奸亡国论”的内容与评价，以及侯方域形象与作品的结局展开。《桃花扇》的主旨是一个长期争论不休的问题。60 年代前后学术界的基本看法是《桃花扇》反映了南明王朝灭亡的历史，寄托了孔尚任的民族意识和爱国思想。后来受到极“左”思潮的影响，一度将学术问题上升为政治问题，造成了一些混乱。80 年代前后学术界对这一问题又展开了正常的讨论。概括起来，大致有三种意见：第一种仍然是表现民族意识说。赵景琛[1]、洪柏昭[2]等均持此种观点。第二种是拥护清朝说。井维增[3]、戴胜兰[4]等认为，《桃花扇》的写作年代已经是清政权建立 50 年以后的康熙盛世，其时爱国主义内容早已不同于汉族抗清之初。特别是剧作者的目的在于借鉴历史，为巩固和发展新政权提供参考，这就更不能用清兵入关时的眼光来评价。因此，怎样评价《桃花扇》不能以是否反清为标准。第三种是悼明诚清并存说。黄天骥[5]即认为：“孔尚任所谓‘惩创人心，为末世之一救’云云，从根本上来说，是要巩固清朝的统治”，同时，“《桃花扇》回避了明末清初国内民族矛盾的具体描写，却不等于作者无视当时的民族斗争，剧本字里行间，明显地流露出民族情绪，因此，《桃花扇》又有不适应清朝统治者需要的一面。”黄卓明[6]则深入探讨了孔尚任既颂清又悼明的原因。

随着讨论的深入，一些研究者开始选择新的角度对《桃花扇》的内容进行更深入的研究。张乘健[7]从哲学史的高度分析《桃花扇》，提出了一些新的见解。文章具体分析了《桃花扇》的纲领是儒教和道教，《桃花扇》的“春秋笔意”是“对士大夫阶层的失望和对儒教的反省”，以及“寄希望于下层，以道教为逋逃”。认为孔尚任“对儒教的痛切反省，违反了他的个人动机，已经预兆着近代对封建社会整个上层建筑及其意识形

---

① 参见赵景琛《实事求是地评价孔尚任和〈桃花扇〉》，《文学评论丛刊》第 7 辑。
② 参见洪柏昭《〈桃花扇〉思想评价问题》，《暨南学报》1985 年第 3 期。
③ 参见井维增《〈桃花扇〉的政治倾向及其评价问题》，《齐鲁学刊》1985 年第 3 期。
④ 参见戴胜兰《谈〈桃花扇〉的思想倾向》，《齐鲁学刊》1981 年第 6 期。
⑤ 参见黄天骥《孔尚任与〈桃花扇〉》，《文学评论》1980 年第 1 期。
⑥ 参见黄卓明《有关评价孔尚任的几个问题》，《文学评论》1981 年第 2 期。
⑦ 参见张乘健《〈桃花扇〉发微》，《文学遗产》1984 年第 4 期。

态进行总清算总批判的先声”。此外，孔瑾[①]也指出，作品“不仅写明王朝必亡，而且写了清为末世；不仅是明王朝的挽歌，而且也是整个封建社会的挽歌；不仅是民族的悲剧，而且也是时代的悲剧”。

与此同时，与《桃花扇》主旨密切相关的“权奸亡国”的内容及侯方域形象的评价等问题的讨论，也在拨乱反正的基础上取得了较大的进展，达成了更多的共识。

最后，《桃花扇》剧本的高度艺术成就，也开始引起了更多的研究者的重视。廖全京的《论〈桃花扇〉传奇的结构艺术》[②]，详细探讨了《桃花扇》的结构特点及成就，指出主线贯穿，史实敷衍，以龙引珠，起伏转折，多样统一，境界独出，以及关目处理上对比手法的运用，是《桃花扇》剧本结构的基本特点。认为剧本的整体结构上运用了多方面的对立统一，因而能给人一种完美的整体感与协调感，既充分表现了生活的复杂性与丰富性，也深化了主题的表达。而陈本俊[③]运用现代文艺学的观点，从戏剧冲突与戏剧情境的构成、戏剧动作与戏剧悬念的产生等方面，论述《桃花扇》戏剧性的多方面的成就。指出《桃花扇》不仅在历史真实方面达到了以往的时事剧、历史剧所未曾达到的高度，而且能不为史实所拘，充分运用了历史剧所允许的提炼、概括、虚构等艺术手段，在艺术真实方面也达到了以往传奇中所罕见的高度。

总的说来，80 年代的《桃花扇》研究，在学术史上具有承上启下的重要作用。这一时期的学术研究，从对十年动乱中极“左”思潮的拨乱反正开始过渡到新时期正常深入的学术研究的展开，其中既有老一辈学者坚持不懈的努力，也有众多青年研究者的开始崭露头角。尽管他们所运用的方法或选择的角度还不可避免地带有种种客观或主观的局限，他们的精力还主要集中在澄清极“左”思潮带来的学术混乱上，还没有来得及在学术研究上有更多的创新和建树，但不可否认，这些努力为后来的研究打下了坚实的基础，提供了宝贵的借鉴。

---

① 参见孔瑾《封建王朝的挽歌：孔尚任〈桃花扇〉的思想内容》，《中央戏剧学院学报》1988 年夏季号。

② 参见廖全京《论〈桃花扇〉传奇的结构艺术》，《戏剧论丛》1982 年第 1 期。

③ 参见陈本俊《〈桃花扇〉戏剧性初探》，《戏曲艺术》1985 年第 4 期。

四

进入 90 年代以后，《桃花扇》研究在原有的基础上取得了新的进展。在资料方面，新发现的孔尚任《续古宫词十二首》[①]，未标明年代，但写得情思婉转、情丽缠绵，表达了宫廷妇女的怨抑之情，也为人们展示了孔尚任创作的另一侧面。关于孔尚任的词作，汪蔚林编《孔尚任诗文集》附《孔尚任著作目录》谓："宫词百首，未见。"袁世硕《孔尚任年谱》列出了吴绮序，但说："疑未曾刊行。"十二首宫词的发现，为这一问题的确证，提供了重要材料。

对于《桃花扇》版本的源流考辨，也引进了一些研究者的注意，宋平生[②]和戚培根[③]分别从不同的方面对这一问题进行了各有侧重的探索。

对《桃花扇》主题与内涵探讨，是这一时期研究的重点所在。

关于《桃花扇》的创作倾向，一直是《桃花扇》长期存在争议的问题。吴新雷[④]力图从剧本的创作过程寻找答案。文章认为，从《桃花扇》"三易其稿而成书"的全过程来看，孔尚任的思想是有变化的。在他没有出山以前，其初衷只是单纯地悼明之亡，抒发兴亡之感。

出仕以后，因为感激康熙皇帝的知遇，所以又产生了颂扬圣朝的构思。但淮扬现实生活的磨难，冲刷了他的颂圣意识。而在南京、淮扬访问了南明的遗民与遗迹不仅获得剧本的题材细节，而且引发了民族意识的觉醒。他回北京以后，看到太平园的昆班新戏，促使《桃花扇》进入定稿阶段。从剧作的主观命意来分析，作者徘徊在"吊明"与"颂圣"的矛盾中，为了"吊明"，他不得不先行"颂圣"以免遭到文字狱的祸害。但客观意蕴却突破了主观命意的束缚，广大读者受到艺术感染的是亡明痛史激发出来的民族情绪。

90 年代的《桃花扇》研究中，最引人注目的变化是，研究视野的不断扩大和研究方法的多样化。研究者开始将剧本置于比过去更为广阔的文

① 参见孔尚任《续古宫词十二首》，《文学遗产》1993 年第 3 期。

② 参见宋平生《〈桃花扇〉传奇版刻源流考》，《中国人民大学学报》1992 年第 1 期。

③ 参见戚培根《〈桃花扇〉传奇版本源流考》，《图书馆学报》1992 年第 6 期。

④ 参见吴新雷《论孔尚任〈桃花扇〉的创作思想》，《南京大学学报》1997 年第 3 期。

化背景中，对作品进行全方位、多层次的考察，取得了相当可观的成果。

发表于90年代初期的梁燕的《儒家理想的幻灭——论孔尚任与〈桃花扇〉》[①] 一文，联系孔尚任一生的经历，探讨了《桃花扇》所表现的儒家理想幻灭的具体内容。文章认为，《桃花扇》剧本所蕴含的思想内涵较之作者的创作意图要广阔得多。在考察了孔尚任孜孜以求、悒悒不舒的一生之后，不难发现这部传奇是以儒家理想的幻灭感为全剧的主旋律的。从政治的幻灭、爱情的幻灭、人生的幻灭三个层面，表现了作者痛定思痛之后的思索和不可诉状的悲哀。全文由"孔尚任的一生是对儒家理想苦心追求的一生"和"《桃花扇》传奇展示了一个封建帝国走向灭亡时的种种必然"构成，而尤以后一部分的论述独具特色。在后一部分中，作者从中兴之梦的破灭、爱情方舟倾斜、人生归宿的抉择三个方面论述剧本丰富深刻的内涵，为人们把握《桃花扇》的内在意蕴提供了新的观照面。

与此同时，冯文楼[②]则运用文本批评模式对《桃花扇》进行了从表层次结构到内在深层结构的细致解读。文章着重论述了"桃花扇"的政治化和悲剧化，以及与此相关的双重主题。文章认为，剧中的"桃花扇"由"诗扇"变为"桃花扇"的过程，即爱情政治化的过程，表现的是剧本的第一主题，即以"桃花扇"诛乱臣贼子、以"桃花扇"正世道人心，警世主题是剧本的第一层含义。而剧本从赠扇、溅扇、画扇、寄扇到最后撕扇的悲剧化的过程，实际上隐含着一种国破家亡之后的人生虚无和历史悲剧感。因而在剧本的结局处安排侯、李跳出"幻景"，放弃爱情，双双入道，从而完成了对儿女之情和家国之恨的形而上的升华，即剧本的第二重主题——归隐。文章娴熟地运用文本本体分析论述的方法，紧扣文本的内容，抓住文本特征，阐发文本的内涵与意义，且既有开阔的视野，又有理论的深度，给人以耳目一新的感觉，不失为近年来《桃花扇》研究中的一篇力作。

此外，值得注意的是张燕瑾的《历史的沉思——〈桃花扇〉解读》[③]。文章与《桃花扇》研究中的一般观点不同，强调指出《桃花扇》

---

① 参见梁燕《儒家理想的幻灭——论孔尚任与〈桃花扇〉》，《社会科学家》1993年第1期。

② 参见冯文楼《一个复合文本的建构——〈桃花扇〉二重主题说兼其他》，《甘肃社会科学》1993年第1期。

③ 参见张燕瑾《历史的沉思——〈桃花扇〉解读》，《首都师范大学学报》1994年第2期。

的意义不是在反映南明的历史，文学不负载真实描写历史的使命；不是在总结亡国的教训，它超越了浅层次的功利的目的，没有为清王朝的长治久安出谋划策；也不是写宗教，七位“作者”是避世而居的贤者，而不是斩断世情的道徒。侯、李入道也只是理想破灭后的迷惘与困惑，“非入道也”。作品追求的是富有哲理的悲剧的目的，而不是历史的目的。作者只是借历史的框架抒写“天崩地解”的历史巨变之后对士林群体人格的反思，成为吴敬梓的先导；作家也不是要重建社会人格，为社会提供疗治的药方，他意识到传统道德已无力挽回社会的危亡。作家是在用心灵感悟历史，借历史抒写心灵，写对人生对历史的探求，充满了天才孤寂之感和痛苦的沉思。

上述文章虽然运用的方法和选择的角度以及得出的结论都不尽相同，但目的都是对作品的整体意义的阐发和深层意义的把握——探求作品的悲剧性与哲理性的内容，在这一点上，研究者们表现出了大致相同的倾向。由此也构成了 90 年代《桃花扇》研究不同于其他历史时期的鲜明特色。

20 世纪的最后一篇有关《桃花扇》研究的论文是卞孝萱的《〈桃花扇传奇〉与〈柳如是别传〉》[①]。文章认为，《桃花扇传奇》与《柳如是别传》都不轻视封建社会中地位低下的妓女而是表现出一种同情，是一个值得注意的文化现象。文章主要以实证的方法，比较研究两书之指导思想、资料来源、创作方法的区别，论证文艺作品与史学著作各有千秋。此文提供了《桃花扇》研究中的另一种视野，从一个侧面显示出了学术多元化的走向。

在对《桃花扇》的内容与艺术的研究不断深入的同时，孔尚任在《桃花扇》的创作实践中，对中国古代戏曲编剧方法的总结，以及在《桃花扇》创作过程中产生的《桃花扇小引》《桃花扇小识》《桃花扇本末》《桃花扇凡例》《桃花扇考据》《桃花扇纲领》等集中体现了孔尚任的文学思想和戏剧思想的文字，也引起了一些研究者的关注。早在 1959 年，戴不凡先生就在他的《〈桃花扇〉笔法杂书》[②] 一文中明确指出，“如果说李笠翁是从理论上总结了前人的编剧经验，那么，孔尚任事实上是在实

① 参见卞孝萱《〈桃花扇传奇〉与〈柳如是别传〉》，《文学遗产》2000 年第 6 期。

② 参见戴不凡《〈桃花扇〉笔法杂书》，载《戴不凡戏曲研究论文集》，浙江人民出版社 1982 年版。

践中，在剧作中，对前人的编剧方法进行了一次‘总结’”。这个看法，应该说是很有眼力的。但由于种种原因，此后的研究者们忽略了这一方面的研究。80 年代初期，王晓家在《戏剧艺术》1980 年第 1 期上发表了《〈桃花扇凡例〉释义》一文，对孔尚任在《凡例》中所表达的戏剧文学思想和观点加以归纳概括。并指出：“《凡例》是孔尚任接受前人经验的总结，也是他创作实践的艺术结晶。如果说《桃花扇》一剧是孔尚任继明代中叶以后文人戏剧家徐渭、梁辰鱼、李玉等人的一部承前启后的划时代的作品，可与洪升的《长生殿》并列，称为‘南洪北孔’，那么，《桃花扇凡例》则是这个时代戏曲理论在新的创作实践经验基础上的总结。”在此之后，从 80 年代末到 90 年代初期，朱伟明相继发表了《孔尚任史剧理论简论》[①]《孔尚任传奇理论初探》[②]《孔尚任戏剧结构理论初探》[③]《李渔与孔尚任戏剧理论之比较》[④]一组论文，对孔尚任的戏剧文学思想加以梳理辨析，系统地概括其主要特征，并将孔尚任的戏剧理论放在中国古代戏曲理论发展的纵向坐标，及同时代戏剧理论家李渔的横向比较中论述其独特的价值与意义，对孔尚任的戏剧文学思想进行了全面而中肯的评价。

不难看出，90 年代的《桃花扇》研究无论在广度和深度上都较过去有了不同程度的提高。一批高质量的研究论文的出现，提供新了的学术信息，体现了新的学术成果。然而，毋庸讳言，大量的或人云亦云，或因袭、重复，粗制滥造，缺乏学术价值的文章仍然存在。学术研究的整体水平还有待进一步提高。

综观 20 世纪的《桃花扇》研究，其整体学术走向，经历了由零星到系统，由分散到集中，由单一的作家、作品研究到多角度、多层次的综合研究的逐步发展提高的过程；经历了从单纯的思想性的判别，转入文本本身的审美研究，从单纯的文学研究，转入对文化现象与历史事实的描述或阐释的变化过程。在研究方法的运用上，不同时期的研究者则有着各自不同的偏爱与选择。这种情形，既与研究者自身的学术素养有关，又有时代

① 参见朱伟明《孔尚任史剧理论简论》，《湖北大学学报》1987 年第 2 期。

② 参见朱伟明《孔尚任传奇理论初探》，《文学与语言论丛》，湖北人民出版社 1989 年版。

③ 参见朱伟明《孔尚任戏剧结构理论初探》，《中国文学研究》1990 年第 1 期。

④ 参见朱伟明《李渔与孔尚任戏剧理论之比较》，《湖北大学学报》1990 年第 2 期。

思潮与社会政治背景的影响。作为 20 世纪戏曲文学研究的重要成果，《桃花扇》研究从一个侧面体现了这个时代学术思潮的嬗变，成为 20 世纪学术史的重要组成部分。

原载《湖北大学学报》2001 年第 4 期

人大复印报刊资料《戏剧、戏曲研究》2001 年第 6 期、人大复印报刊资料《中国古代、近代文学研究》2001 年第 12 期转载

英国学者杜为廉教授访谈录

被访者：杜为廉（William Dolby），早年获剑桥大学文学博士学位。执教于英国爱丁堡大学多年，为该校东亚学院中文系教授。

采访者：朱伟明，湖北大学中文系教授

访谈时间：2002 年 8 月 19 日、20 日

访谈地点：英国爱丁堡

朱伟明（以下简称朱）：杜为廉先生，您好！很早就听说过有一位英国学者写了一部中国戏剧史，是欧美大学的通行教材。此次来英国才知道作者就在爱丁堡，真是幸会！您长期执教于爱丁堡大学，从事中国古典戏曲研究四十余年，您和您的《中国戏剧史》在 20 世纪的西方中国古典戏曲研究中有着举足轻重的影响，被中国学者称为“欧洲汉学传统的继承人”“是英国唯一的一流的中剧研究专家”[①]，我想请您谈谈您的这部书和有关的研究情况。

杜为廉（以下简称杜）：很高兴能有机会共同讨论中国戏曲研究的问题。

朱：您是什么时候开始接触到中国戏曲，对它产生兴趣的？

杜：那还是我在上中学的时候，当时一年级的英文课程所用的书是 *Lady Precious Stream*（《王宝钏》），一出中国传奇戏曲的英译本。我看过以后，留下了很深的印象。这可以说是我第一次接触中国戏剧。像莎士比亚的 *Tempest*（《大风暴》），萧伯纳的 *St. Joan*（《圣女贞德》），我们后来也读过。我十六七岁时，学校时有戏剧表演的活动，我也参加过，演了一

① 孙歌、陈燕谷、李逸津：《国外中国古典戏曲研究》，江苏教育出版社 2000 年版，第 29 页。

些滑稽角色，亲身领略了那令自己陶醉、逗观众乐的“魔术”。校长是个戏迷，也参加了城市剧院团体的活动，激发了我们对戏剧的兴趣。学校本来有一个小图书馆，可是我还是常常在不用上课的时候离开学校，在一堵长墙的掩护下，跑进市中心市政厅里的免费图书馆，在那里借书、看书。那个图书馆像个宝库，书籍搜集很丰富，管理员也都乐于助人。我在那里看了不少剧本，还第一次见到了一本旧式的中文书，那本书纸墨的香味、汉字的莫名其妙和明显与潜在的美丽，给了我强烈的震撼，引起了我对汉语强烈的好奇。你要晓得，当时在那小城市里，没有外国商店，也基本上没有外国人，甚至遇到英国其他地方的人的时候，我们小孩子也觉得很稀奇。那里没有任何电视、广播，报纸、收音机里差不多完全是本国的新闻和资料，小孩子的实际知识的范围实在太狭窄了！

朱：从那以后您就一直保持了对汉语和中国戏剧的兴趣吗？

杜：应该说是的。大约在 15 岁的时候，我已经开始了尝试自修汉语，可是没有录音带，进步很慢，不久就中断了。说起来我应该感谢我的中学校长。那位校长很出色，志向很大，非常仁慈，除了管理学校以外，他还能关注个别学生未来的发展。他知道我对各种外国语言、文明特别感兴趣，所以鼓励我上大学念东方语言。我在大学里开头选了阿拉伯语，很快就改修了汉语。

上了大学，给我第一次上课的教师是刘若愚（James Liu）。他主要研究东西方的戏剧，曾经进行过中国元代杂剧和英国伊丽莎白时代戏剧的比较研究，自己还熟悉西方的传统歌剧，意大利歌剧唱得很美、很婉转。后来，他也成为了西方最杰出的宋词研究专家。我非常幸运的是，当时的伦敦大学，毫无疑问是西方汉学研究的中心。教师们几乎都是研究中国古代文学的：白之（Cyril Birch）、韩南（Patrick Hanan）后来都出版过第一流关于戏曲、白话文学的著作；程曦后来发表过自己写的杂剧，据我所知道的（当然很可能不是全面的观察），除了吴梅以外，程先生是近代唯一出版过自己创作的散曲的学者。Birch 博士和程曦教授课外还训练学生来演中国式的大规模戏剧，观众多达几百人，表演很成功。可见当时伦敦大学东方学院中文系的学术氛围，正适合于年轻而早就迷恋文学的学生，全神贯注地把一生的大部分精力用在研究、思考中国文学，尤其是戏曲。

后来，我进入了剑桥大学，前后专门研读了六年多的汉语。开头三年主要是文言文课程，教学方法严格强调的是语言上的精确。这为我毕业后进行博士学位的研究工作时开始收集、整理关汉卿的杂剧和散曲作品打下了坚实的基础。我的博士导师是荷兰人范德隆（van der Loon）教授，是一个有名的目录学专家，也对戏曲很感兴趣，几十年后出版了一本关于中国宗教性剧类的书。六年之后，我又在香港大学念了一年书，当时一对一的导师是北京人陈哲教授，他的仁慈让我至今难以忘怀。他帮助我理解话剧中难以捉摸的微细处，录下并且分析了某些相声作品和老舍的全部话剧。在香港学习期间，还看了像《梁山伯与祝英台》《十五贯》《关汉卿》等一流的影片，使我吸收了更多的中国传统戏曲的知识，加深了我对戏曲的了解。

朱：在您之前西方有英文版的中国戏剧史吗?

杜：没有。只有几个西方人写过几本一般介绍中国戏曲的书。如1899 年英国人 William Stanton 的 *The Chinese Drama*（《中国戏剧》）在香港出版。1925 年美国人 A. E. Zucker 的 *The Chinese Theated* 在波士顿出版。另外，还有 20 世纪初，清朝末代皇帝溥仪的英文教师庄士敦（Sir Reginald F. Johnston），回国后曾写过一本介绍中国戏曲的小册子 *The Chinese Drama* 在上海等地出版，很少有人知道他写过这么一本书，一般不易看到。

朱：您是什么时候产生写作一部中国戏剧史的想法的？当时西方的中国戏曲研究的学术背景有何特点?

杜：我的博士论文是关汉卿研究，在准备博士论文的过程中，我查阅搜集了大量的中国戏曲的史料，完成博士论文后，便产生了动手写一部《中国戏剧史》的想法。西方学者对中国戏曲的接受与研究，主要有三个方面，第一方面主要是翻译戏曲作品，第二方面是撰文介绍中国戏曲，第三方面则是专题研究。20 世纪的下半叶，专题研究相当活跃。1971 年我的《关汉卿》（*Guan Hanqing*）这篇文章在伦敦学术季刊上发表，被学术界公认为最全面、最可靠的关汉卿传记。在这样的学术背景和学术积累的基础上，我着手从事《中国戏剧史》的写作。

朱：在中国，提到外国人研究中国古典戏曲的成就，最为人们所熟知的是日本学者青木正儿的《中国近世戏曲史》。而您的《中国戏剧史》显然有您自己的不同视野。您对中国戏剧史的描述从远古一直到中华人民共和国成立以后，作为一部由西方人独立完成的《中国戏剧史》，您觉得此书最大的特点是什么?

杜：我想它的最大特点应该是系统和详尽。与之前和之后其他研究论著相比，它不仅规模更大，而且更加系统。它大量吸收了中国著名学者的研究成果，同时也大胆地采用了世界各国的一些一手和二手的资料。全书时间跨度很大，不仅是历史的，还有历史的延续。因此资料的搜集与整理工作量很大。更重要的是必须有自己的判断力。在西方，这应该是一部拓荒者的论著。

朱：我注意到，在您的戏剧史和翻译著作中，对戏曲的表述，有时用的是 Play，如“宋金杂剧”（Song and Kin Plays），《中国古今八剧》（*Eight Chinese Plays*），有时用的是 Drama，如南戏、传奇、昆曲（Nanxi Drama，Chuanqi Drama and Beggin of Kunqu Drama），也有时用过 Opera，对此您是如何考虑的？

杜：这个问题问得很好，特别有洞察力。我是经过了长期的思考，有意识地选择了不同的翻译名词。当然，我的解决方法也许并不一定是完美的。我用 Opera 大概限于 Peking Opera。好几年前，有学者发表了一篇统计性的文章（很可能是在 *Asian Theatre* 季刊上发表的）来分析“京剧”或“京戏”等的不同翻译法。他也觉得 Peking Opera 用得最普遍。一百六十多年来，西方旧书本上所用的，差不多都是 Peking Opera，结果西方的读者看熟了，一下子改变成 Beijing Opera 会使人反应不清楚。不过近来，特别是学界以外的人，也开始用起 Beijing Opera 来。其实，我两种翻译法都不满意。为什么？原因是 Opera 那个词儿！在我们英国这里，Opera 一般来说是一种限于小圈子的表演形式，大概人口百分之九十不去听，而且主要是“唱”，而“白”“做”的内容很少。而京剧的多元性与它历来的社会功能，使它比较符合于英语 Drama 的意义范围。将来，我也许会鼓起勇气，改用 Beijing Drama。

我之所以将唐、宋、金早期戏剧形式译为 Tang，Song and Kin Plays，把元代杂剧等叫作 Drama，是要区分早期的发展与后来的成熟。说实在的，我们现代人关于唐代参军戏、宋官本杂剧、金院本等剧类所知道的少极了，可是所有的历史资料，包括现存的剧本，都表明元杂剧从最初出现到后来的发展，经历了很大的变化。这种变化不是说一定就比以前的表演形式“好”，可是叙说上比它们复杂，能讲的故事范围大多了。英语 Drama 这个词儿可以用来表达某种技术上的优越性。当然，问题没那么简单：所有的 Dramas 都是 Plays，可是所有的 Plays 不一定是都 Dramas。我们可以说“关汉卿或莎翁的 Plays 或 Dramas”，不可以说参军戏是 Drama。这大概有关两种语言词源上的区别。再说，要翻译“中国戏剧或中国戏曲的历史”，虽然内容也谈到最原始的表演，还是非用概括性的 Drama 这个词儿不可，我的那本书所以叫作 *Eight Chinese Plays*，是因为书里也翻译有短促的院本、折子戏等。可见 Drama 这个词儿的定义通常也包括“作品要有一定的长度”的条件，虽然西方有的现代剧作家硬要把自己非常短的剧本叫作 Drama。

朱：我注意到您 1978 年在纽约出版的译作《中国古今八剧》（*Eight Chinese Plays*）很有特色，是西方唯一的不限于单一剧种的中国戏剧译本选集，不仅有杂剧、传奇，而且还有院本、南戏、花部短剧以及京剧、川剧等。这本译著与您的《中国戏剧史》的写作有着直接的关系、相互配套的，是吗？

杜：对，确实是如此。这本书从早期的院本到近代的京剧，如《双斗医》《宦门子弟错立身》《秋胡戏妻》《浣纱记》《中山狼》《霸王别姬》等，都有选择地进行了介绍，目的是希望西方读者能具体了解多样化的中国戏剧形式，认识中国戏剧不同阶段的特点。

朱：在您的《中国戏剧史》的前言中，您反复强调了中国古典戏曲对于各种不同阶层的人的“魅力”，用一个西方人的眼光来看，您认为中国古典戏曲的独特魅力是什么？

杜：中国戏曲的魅力多极了！无论是情节、音乐、歌唱，还是服装、化妆等，都十分神奇。西方人最初所欣赏的是中国戏曲的情节，而到了 20 世纪以后，西方人更经常看到的是京剧演出，观众好像更喜欢看武戏，像孙悟空之类的表演。我个人希望未来的西方观众能更普遍地欣赏中国戏曲神奇的故事和文学方面以及美感方面的价值。中国戏曲的情节是十分引人入胜的，能吸引全世界。全世界都可以欣赏中国戏曲而从中深受其益。

朱：我发现在您的这部《中国戏剧史》中，有两章较为详尽地论述了中国戏曲的演出形式，一是第四章“元代的表演者与戏剧界”，二是第九章“剧场与剧作家”，您似乎对这一问题十分关注，是吗？

杜：一般来说，有优秀的戏剧文学剧本，才有舞台上出色的戏剧演出。然而，演出的成功与否，还取决于各种社会环境与条件。因此，我也非常关注演戏的背景。任何一个国家的早期戏剧历史都没有保存完整的记录，所以要尽力寻找查阅一切可能找到的资料，使我们能够有比较连贯的印象。既然没有完整的记录，写一本中国戏剧史，就无法保持叙说平衡，在一定程度上只好随着记录的丰富与否去写。这是“外行”常常不了解的情形；他们硬要人写一本整齐而每个阶段都受同等注意的书！元代关于演员等等的资料相当丰富（如《青楼集》《录鬼簿》《中原音韵》等，那对我都很熟悉），清代有不少外国人观察中国剧场，留了记录，使我能够比较深入地分析那两朝代的演出情况。一般东、西方人都把京剧看作中国戏曲的典型剧类，可是我的目的之一是要强调中国有多样性的戏曲历史，因此特别强调其他早期剧种、各种戏剧现象。我认为，只有理解了那两个时期的表演情况，我们才可以更清楚地理解两个时期戏剧的创作特色。

朱：那么，对中国戏曲表演中的生、旦、净、末、丑等行当，这些特殊的术语，您是如何翻译介绍的，西方人能理解吗？

杜：生、旦、净、末、丑等行当，人们现在都很难完全理解角色的来源与原来的意义。20 世纪初叶、中叶的东方汉学家关于这个问题作了不少研究，可是有些方面原始材料难以让他们得到确定的结论。而且角色的定义历代也发生了一些重要的变化。比方宋、元时代的净角（滑稽角色）和清代的净角（反面角色、强硬角色等），舞台上的作用不一样，要使西方人比较深入地理解角色问题的复杂性，当然很难。我的《中国戏剧史》第 102—103 等页有初步的解释。其次，要使西方人理解角色制度基本的概念，那就更难了。我们必须给他们强调的是角色主要是有关演员训练、导演方便、观众认清人物性格等问题，而和文学性价值的关系并不十分直接。其实，当我们把中国戏曲翻成英文的时候，用角色的名字只会使西方一般的读者莫名其妙，所以最好是将张君瑞译作 Zhang Junrui、崔莺莺译作 Cui Yingying 等人名，不要用末、旦等角色。反正，最好的中国戏曲人物都是超过基本的角色范围，更复杂，创造得更有天才，所以西方人假如只得到关于角色的肤浅知识，也会阻碍他们理解人物的复杂心理，当然，我们汉学家还是尽力地继续想办法把角色的意义介绍给西方的公众。

朱：您最初看到中国戏曲表演是什么时候？您对中国戏曲的演出有何印象？

杜：我第一次去听中国戏曲，是在 50 年代末叶，伦敦大学老师刘茵程（音）太太带我去看来自东方的京剧团，想来是从台湾来的。在某一个我忘了名字的大剧院里，他们演了几出戏。因为我那时候关于中国戏曲的知识还很肤浅、很模糊，所以现在记不清到底演了哪些剧目，只清清楚楚地记得其中之一是《空城计》，人物微妙的心理活动，诸葛亮的智慧、勇敢和沉着，兵士的杂技、武术惊人的熟练技巧，服装、脸谱所散发出的美妙的异国情调，使人紧张的尖锐音调与伴随着情节变化的各种巧妙节奏，等等，都把我引入了另一个陌生而又神奇的审美环境。从那以后，我就不再相信那些老说京戏的特点只是表演技术而没有伟大文学价值的观点。

后来印象较深的是1987年上海昆剧团的《牡丹亭》的演出。当时上海昆剧团来英国，表演了莎士比亚的《麦克白》（*Macbeth*）、汤显祖的《牡丹亭》等戏。我记得爱丁堡的Leith Theatre剧场，场场满座，观众反应热烈。演《牡丹亭》时，舞台前面放映了白之（C. Birch）优美的英语译文，为观众的鉴赏提供了极大的帮助。此外，还有1986年北京第二京剧团来英国、爱尔兰，表演了《大闹天宫》《红娘》《拾玉镯》《盗仙草》等戏。最近的是1998—2001年美国、法国、澳大利亚、意大利、丹麦、奥地利、德国都上演《牡丹亭》，受到普遍的欢迎。

英国人对中国戏剧是很有兴趣的，1980年英国加的夫（Cardiff）的加的夫实验室戏剧公司（Cardiff Laboratory Theatre Company）热情地培育着中国戏曲在英国的表演，他们有自己的中国戏曲服装与著作博物院。这个公司1986—1987年与“京剧八六至八七探究组织”（Peking Opera Exp-lo-rations’86 -’87）合作举行了几次规模很大的会议，接待过中国来的剧团。

朱：英国人对戏剧的热情举世闻名，而在古代，也有很多中国人痴迷于戏曲。在这一点上中国人和英国人很相近。不过，我在查阅您的有关论文和著作过程中，发现您不仅在中国古典戏曲的研究方面卓有成就，而且还编写了不少中国古典文学方面的相关教材，翻译了大量的中国古代文学作品。在您的六十余种著述与译著中，您不仅翻译了《论语》这样的经典文献，还有中国古代的成语、格言、警句以及谜语等；不仅有《西厢记》《关汉卿剧作》等戏曲作品和中国古代的小说作品，还有中国楚辞、唐诗、宋词、散曲等，也有中国民间故事，以及中国轶事、笑话、随笔、小品等；看来您不仅对中国文学有很深的造诣，研究的范围相当广泛，而且十分重视翻译工作，是吗？

杜：对，翻译工作是很重要的。在我看来，最好的翻译者是最懂得汉语和中国传统文明的人，这种看法是有着坚固的逻辑基础的。翻译优秀的文学作品与翻译一般的资料是完全不同的，要求更高的水平。对于文学作品的翻译，我觉得有三点是很重要的。

第一，最好的翻译者，不仅应该热爱两种语言，热爱由语言所创造的文学的精神与优美的意境（这已经是很难得的了），而且还需要有高水平的文学创造力，非如此不可。

第一，翻译者一定要尽可能地忠实于原文。原文是宝物，既然是宝物，就要极端慎重地对待它。这种佩服与爱惜原文的态度，有助于人们掌握真正的翻译精神，避免过分地歪曲原文，而能够更充分地探测与了解原文。

第三，要想完美地翻译中国文学作品，特别是古代用文言文创作的文学作品，我们必须鼓起极大的勇气，有时甚至不得不承认是不可能做好的事情。汉语语音的微妙而潜在的魅力，它诗律的独特平仄节奏，诗句的精密与简洁，典故的丰富与含蓄（通常需要用篇幅长到一二页的注解来完成，可是用注解很容易失去原文之美），这一切都很难直接搬到外国语言中去，可以翻译出来的往往只是原文的基本内容。可以说，翻译是很重要同时也很困难的工作。

朱：在图书馆看到了您的《西厢记》英译本，能谈谈《西厢记》在西方流传的情况吗？

杜：《西厢记》在西方有过不同语种的好几种译本，许多学者进行过多次的努力。下面举几个最有影响的译本：

（1）法译本：*Si-siarng-ki*，朱利安（S. Julien）译，日内瓦米勒出版社（Geneva：T. Mueller）出版，1872 - 1880 年。

（2）法译本：*L' Amoureuse Oriole*，德莫朗（Soulie de Morant）译，巴黎弗拉马里翁出版社（Paris：E. Flammarion）出版，1928 年。

（3）德译本：*Das Westzimmer*，洪涛生（Vincentz Hundhausen）译，在北京和莱比锡（Peking and Leipzig：Pekinger Verlag）出版，1926 年。

（4）英译本：*The Romance of the Western Chamber*，熊式一（S. I. Hsiung）译，在伦敦梅休因（London：Methuen）出版，1935 年。（此本 30 年代在英美十分引人注目。）

（5）英译本：*The West Chamber*，哈特（Henry H. Hart）译，由加利福尼亚斯坦福大学出版社（California：Stanford University Press）出版，1936 年。

（6）英译本：*West Wing*，杜为廉（W. Dolby）译，由英国爱丁堡苏格兰出版公司（Cale-donian Publishing Company）出版，1984 年。

（7）英译本：*The Moon and the Zither*，韦斯特（S. H. West）和伊维德（W. L. Idema）译，由美国加州大学柏克利分校（Berkely：University of California Press）出版，1991 年。

相比较而言，我的译本主要特点是文学感更强些，当然也还需要进一步修改完善。

朱：听说您虽然已经退休了，但仍然在坚持研究中国古典戏曲，您最近在做哪一方面的工作？

杜：我现在正在进行的工作相当多，既有新的，也有旧的。比如昨天刚写完的是关于元杂剧版本的书，书中的主要内容是我四十年前所做的工作。另外有一些刚刚开始，一些即将完成，也有一些已经完成了但还没有发表，还有一些只是一种初步的设想。去年我完成了《浣纱记》和《唐诗三百首》的翻译，还修改了我的《早期散曲史》，扩充了我的《中国短篇小说集》《中国戏剧集》等。

朱：听了您的谈话，您对中国文学和中国戏剧的热爱，给我留下了深刻的印象，而您对研究工作的勤奋和执着更使我十分感动，同时也让我想起了曹操的诗句“老骥伏枥，志在千里；烈士暮年，壮心不已”。我想用这样的诗句来概括您的执着精神是十分恰当的。谢谢您接受我的访问，给我提供了一次认识西方中国古典文学与中国戏曲研究的机会，希望能早日看到您更多研究成果问世，让我们共同为中国戏曲走向世界而努力，谢谢！

附录：

一、杜为廉（William Dolby）主要著作目录

《中国戏剧史》 （*History of Chinese Drama*），伦敦 Elek 出版社，1976 年。

《钱秀才错占凤凰俦及其他故事》（*Perfect Lady by Mistake and other Stories/by Feng Menglong*），伦敦 Elek 出版社，1976 年。

《中国戏剧之父：关汉卿生平及著作概述》（*Father of Chinese Drama：A Sketch of the Life and Works of Guan Hanqing*），爱丁堡大学，1983 年。

《中国古今八剧》（*Eight Chinese Plays from the Thirteenth Century to the Present*），纽约：哥伦比亚大学出版社，1978 年。

《西厢记》(*West Wing/by Wang Shi-fu*),爱丁堡 Caledonian Publishing Company,2002 年。

《中国早期诗选》(*Early Chinese Poetry*: An Anthology),1984 年。

《关汉卿散曲全集》(*The Complete Poems of Guan Hanqing*),1991 年。

二、《中国戏剧史》目录

1. 戏剧的祖先与唐代戏剧
2. 宋金杂剧
3. 元人杂剧
4. 元代的表演者与戏剧界
5. 南戏传奇与昆曲的产生
6. 明代的戏剧界
7. 清代多样化的戏剧风格
8. 19 世纪京剧的产生
9. 剧场与剧作家
10. 西方戏剧风格的出现
11. 20 世纪的传统戏剧
12. 中华人民共和国时期的戏剧

附记:

2002 年暑假,笔者在爱丁堡小住,访问了爱丁堡大学东亚学院中文系。经汪居廉(Julian Ward)博士介绍,与杜为廉先生相见、相识。杜先生虽已退休,但仍长年笔耕不辍,不仅能用中文打字,而且能讲一口标准流利的汉语,颇有儒者风范。杜先生自嘲为“迂腐”之人,对世界的日益物质化不无微词,对中国文化、文学与戏曲,则极为推崇。应笔者之约,杜先生回答了中国古典戏曲研究及其专著《中国戏剧史》的相关问题。笔者回国后,又通过电子邮件多次与杜先生进一步讨论有关问题。本文经杜为廉先生本人审阅。

原载《文学遗产》2005 年第 3 期

人大复印报刊资料《舞台艺术》2005 年第 6 期全文转载

王季思与20世纪戏曲研究

——以《西厢记》研究为例

20世纪是中国古典戏曲进入现代学术视野的世纪，也是戏曲研究取得丰硕成果的世纪。在20世纪众多的戏曲研究者中，王季思（1906—1996）是特别值得关注的一位。在同辈学者中，王季思学术生涯最长，学术影响深远；他亲历了20世纪戏曲研究的发展与变化的完整过程，从学术理念到学术方法等多方面体现了20世纪戏曲学术史的显著特征。正是在这一意义上，王季思成为20世纪最重要的戏曲研究者之一。对于这一学术史个案的深入研究，将从一个侧面更为深入地把握20世纪戏曲学术史发展的基本脉络与主要特征。

一

在季思的学术生涯中，《西厢记》研究是他戏曲研究的起点，也是他最重要的学术成果之一，其学术贡献与影响在学界早有定论。然而，在20世纪戏曲学术史上，王季思的《西厢记》研究的影响，并不仅仅局限于其版本学及作品研究本身的意义，它同时还具有学理观念与方法论的丰富内涵，体现了王季思学术品格的鲜明特色。

在王季思的治曲经历中，《西厢记》显然是王季思最早接触到的戏曲作品，也是他用力最勤、成果最多的戏曲作品。他曾将自己的《西厢记》研究分为三个不同的阶段："第一阶段，是对方言俗语的考证，用前人治经的方法来考证戏曲小说。……第二阶段，是对故事源流的探索，可以说是用前人治史的方法来研究戏曲小说。……第三阶段，是对《西厢记》

的思想艺术评价。”[1] 具体而言，王季思最早读到的是金圣叹批点的《西厢》。王季思自云：“予自十二三，读圣叹外书《西厢记》而喜之。后从长洲吴瞿安先生治北曲，假阅所藏暖红室翻刻周宪王本《西厢记》，始觉圣叹改窜评注之处，有未能尽餍人意者。”[2] 王季思对金批《西厢》的成就与特色有着很高的评价，他指出：“圣叹批评戏剧小说，汪洋恣肆，言人所不能言，道人所不敢道；即离绝原书，亦复足以自见。”[3] 在充分肯定金批《西厢》价值的同时，王季思也敏感地发现了其美中不足之处：“（金批《西厢》）于元剧体制用语，间有未尽了了者，终无以免于扣槃扪烛之讥也。”[4] 正是这一发现，使王季思确定了自己《西厢记》研究的起点，找到了自身学术发展的空间。

从某种意义上说，王季思对金批《西厢》的不满，正是其学术理念的具体体现。如果说金圣叹的《西厢记》研究选择的是一种“六经注我”的方式的话，那么，王季思的《西厢记》研究则是以“我注六经”的方式开始的。

金圣叹是一个才子型的学者，他之所以将《西厢记》命名为“才子书”，与《离骚》《庄子》《史记》和杜诗相提并论，主要是从传统的“文章学”的观念出发，并且更多的是从纯文学与叙事文学的角度出发来解读《西厢记》的，十分强调自己独特的审美感受。正因为如此，金批《西厢》才被后来的李渔称为“文人把玩之《西厢》”。金批《西厢》的最为引人注目之处，在于金圣叹是以一种审美的态度，在多重阅读视野中获得了独特的审美感受，并将这种审美感受淋漓尽致地表达出来，亦如李渔所说：“自有《西厢》以迄于今，四百余载，推《西厢》为填词第一者，不知几千万人；而能历指其所以为第一者，独出一金圣叹。”[5]

然而，金批《西厢》所具有鲜明的个性色彩，其长处在于有天马行空之快意，“即离绝原书，亦复足以自见”，其短处则在于“于元剧体制用语，间有未尽了了者”，缺少了学者所追求的严谨。

---

① 《王季思全集》第1卷，河北教育出版社2005年版，第2—3页。

② 同上书，第14页。

③ 同上书，第13页。

④ 同上。

⑤ 李渔：《闲情偶寄·词曲部·填词余论》，载《中国古典戏曲论著集成》（七），中国戏剧出版社1980年版，第69页。

《西厢记》版本复杂，评点繁多，有学者将其分为三大不同的系统：从“徐士范本”发端，经“王骥德本”“凌濛初本”，至清初“毛奇龄本”，构成了“学术性”的评点系统；从“徐文长批本”发端，经过“李卓吾批本”至清代“金圣叹批本”为“鉴赏性”的评点系统；而《槃薖硕人增定改定本西厢记》和《西厢记演剧》则代表了“演剧性”的评点系统。① 这三大系统体现的正是《西厢记》研究的主要层面。王季思涉足于《西厢记》研究时，显然选择了《西厢记》学术性研究的传统，即以治经学的态度与方法治戏曲学。正是这种选择，奠定了王季思戏曲研究的坚实基础。

如果说王季思选择元曲与《西厢记》作为自己的学术起点和终身治学的目标，主要是受到吴梅的直接影响，那么他以经学的方法研究《西厢记》，则更多的是受到晚清著名学者孙诒让的影响。孙诒让与俞樾、章太炎并称为“清末三学者”，有“晚清经学殿后”“朴学大师”之称，一生共著述35部，在经学、文字学、甲骨学、金石学、校勘学、目录学、文献学等方面都有很高成就，历来为海内外学者所尊崇。中学时代，王季思曾借住在孙诒让家中，读过孙氏的《墨子间诂》《周礼政要》等著作，王季思晚年回忆这一时期的生活时曾说，当时“深佩他学问的渊博和治学态度的严谨。后来我对元人杂剧的校勘和考证，如果说态度还比较认真的话，最初是受到这位前辈学者的影响的”②。关于孙诒让的治学特点，章太炎曾有过十分精当的评价：“研精故训而不支，博考事实而不乱，文理密察，发前修所未见。每下一义，泰山不移。”③ 王季思先生所接受和追求的正是这种经学传统与学术精神。《西厢五剧注》及《西厢记》作者的考订，不仅体现了考证名实、“无征不信”“孤证不立”等具体的学术规范，而且也意味着王季思对一种治学方法的认同与选择。

需要指出的是，王季思的《西厢记》研究，除了上述传统学术背景的影响外，也是五四运动与新文化思潮影响的产物。王季思在谈到自己最初被《西厢记》所吸引时，曾说过：“我青少年求学期间，正值五四运动及第一次国内革命战争时期。当时我受到新思潮的影响，有追求恋爱自

① 参见谭帆《金圣叹与中国戏曲批评》，华东师范大学出版社1992年版，第150页。

② 《王季思全集》第5卷，河北教育出版社2005年版，第364页。

③ 《章太炎全集》第4卷，上海人民出版社1985年版，第120页。

由、家庭民主的愿望……是《西厢记》的反封建精神引起了我的共鸣。”①作为五四新文化运动的核心精神之一，反礼教与社会批判，在五四以后的相当长的时期内，成为戏曲文学批评的重要价值尺度。应该说，传统学术与新文化运动的双重影响——旧学与新知，构成了王季思独特的学术背景。不仅如此，在王季思后来的学术生涯中，二者彼此融合，显示出其学术视野的扩展与变化，形成了其戏曲研究的显著特色。

二

在20世纪的戏曲研究中，人们不难发现，王季思的《西厢记》研究是以注释为起点的，然而其引人注目之处则在于，他不仅是以注经的态度注戏曲，而且以阐释为中心，确立了《西厢记》的经典地位。因此，除了对《西厢记》的精心校注和对《西厢记》作者的考证外，王季思还发表了一系列《西厢记》的专题论文，着重探讨其文学价值与意义。

在中国古典戏曲的传播史上，《西厢记》的历史命运是特别值得关注的。一方面，这一作品不断受到封建卫道士的攻击与诋毁；另一方面，则备受历代文人学士的青睐，明人曾将其视为《崔氏春秋》②，清人金圣叹则将其与《庄子》《离骚》《史记》、杜诗、《水浒传》一起，列为才子书。可以说，在古代文人心目中，《西厢记》是一部不断被经典化的作品。这一过程，一直延续到当代高等学校古代文学史课程。然而，经典的生命在于阐释，没有对经典意义的阐释，就没有经典的生命。传统儒学中孟子所提出来的“以意逆志”的观点，所强调的就是既不能脱离具体的语境，孤立地解释经典文本中的词句，也不能以对词义的把握代替意义的理解。“书不尽言，言不尽意”，对于文本的理解，不能仅仅胶着于语词表面的意义，而是需要一种洞察的智慧，这种智慧是知识素养与领悟能力的有机结合。从这个意义上来说，阐释也是一种创造。

王季思的《西厢记》研究，对这一经典作品的阐释，也有其独到与深刻之处。正如有学者曾经指出的，王季思对《西厢记》价值的认识，

① 《王季思全集》第1卷，河北教育出版社2005年版，第1页。

② 参见李开先《词谑》，载《中国古典戏曲论著集成》（三），中国戏剧出版社1980年版，第271页。

有一个逐渐深化的过程。[①] 发表于50年代中期的《西厢记叙说》，对崔、张故事的流变与发展作出了较为细致的考察，重点阐述了其反封建的主题与意义。在阐释方法上主要运用的是社会—历史批评方法。而80年代以后，王季思则从新的视野和角度对这一作品作出了阐释。其中最引人关注的是《从〈凤求凰〉到〈西厢记〉》和《〈西厢记〉的历史光波》。与早年的《西厢记》研究论文相比，《从〈凤求凰〉到〈西厢记〉》显示出了完全不同的面貌。王季思从中国古代文学创作的实际出发，以人类文明的发展为背景，结合恩格斯相关论述，着重探讨了古代爱情文学作品的评价标准问题。在将个人性爱视为人类发展到文明时期两性关系中的进步因素的前提下，王季思充分肯定了《西厢记》主题的积极意义，因而从根本上解除了将这一作品视为"诲淫之作"的偏见，得出了更为科学的结论。对此王季思曾有过十分具体的说明："我发现仅仅用'男女平等'、'自由恋爱'的观点来评价中国古典文学中的爱情题材作品，还是浮于表面的，只有将恋爱、婚姻问题和一定历史发展阶段生产力与生产关系联系起来说明，才是比较科学的。"[②] 正因为如此，王季思的这一研究，无论是在广度上还是在深度上，都不仅超越了作者本人此前在这一领域中的研究水平，也超越了当时学术界的一般研究水平。

如果说在阐释的角度上，《从〈凤求凰〉到〈西厢记〉》更侧重于对其内容与意义的阐释，那么，《〈西厢记〉的历史光波》一文，则更多地表现出作者对《西厢记》艺术特质与价值的关注。无论是对《西厢记》人物性格、戏剧冲突和情节发展的具体分析，还是对其喜剧性及喜剧中的悲剧性意蕴的探讨，都是从戏剧的主要特征出发，以文学性为中心展开，充分肯定其不朽的艺术价值。在这一点上，王季思表现出了十分明确的自觉意识。早在粉碎"四人帮"之初，王季思就曾指出："林彪、四人帮空头政治的流毒在古典文学领域的反映，是片面强调思想批判，完全忽视艺术鉴赏。"[③] 在极"左"思潮的影响下，很长一段时间内，在古典文学研究中片面强调思想性，在思想性中强调人民性，在人民性中强调反抗性、

---

① 参见康保成《王季思先生的为人与为学》，载《王季思文集》，中山大学出版社2004年版，第8页。

② 《王季思全集》第5卷，河北教育出版社2005年版，第367页。

③ 《王季思全集》第1卷，河北教育出版社2005年版，第123页。

阶级性，研究的范围越来越狭窄，对文学作品的阐释最终陷入了庸俗社会学的泥坑，完全丧失了学术研究的严肃性与科学性，成为学术史上极为荒唐的一页。作为历史的亲历者和见证人，王季思显然有着更为切身的感受。因此，强调文学本位，关注艺术特质，便成为此后王季思阐释戏曲作品的重要特色。

值得注意的是，在充分肯定艺术特质的同时，王季思还对《西厢记》所具有的历时性的艺术魅力给予了特别的关注。《西厢记》不仅是特定时代的产物，而且"它跟我国文学史上第一流的文学作品同样具有强烈的光波，显示它不朽的艺术价值"①。这里，《〈西厢记〉的历史光波》所关注的正是其历时性意义。这种历时性意义，是经典性文学作品的主要特征。一部经典性的文学作品，往往既能以其鲜明的思想特征与审美特征获得当时的社会影响，得到同时代读者的认可，又能具有历史的超越性品格，以其经典性的魅力影响后世文学，感染不同时代的读者。这种历时性的艺术魅力是衡量文学作品经典性的主要尺度，也是王季思考察《西厢记》的重要角度。可以说，正是通过对作品文学特征和历时性特征等不同角度的阐释，王季思有力地确立了《西厢记》在中国古典文学中的经典地位。

不难看出，对《西厢记》意义与价值的阐释，是王季思《西厢记》研究的重要内容。如前所述，王季思不仅认同并选择了考证名实、"无征不信"的学术规范，而且从实质上把握并继承了清儒治学的精神与传统。这种传统的主要特征，正如清人戴震所云："经之至者道也，所以明道者词也，所以成词者未有能外于小学文字者也。由文字通乎语言，由语言通乎古圣贤之心志，譬之适堂坛之必循其阶，而不可以躐等。"② 重视考据而不囿于考据，潜心阐释而不止于阐释；不因考据而忽略识见，也不因阐释而放弃考据。从注释走向阐释，最终达到融会贯通。由此，王季思形成了自己独特的学术品格。

可以说，在王季思的《西厢记》研究中，当下学术界所倡导的文学本位意识、文献基础意识、理论创新意识，均能有迹可循。正因为如此，王季思的《西厢记》研究，不仅成为20世纪戏曲研究最重要的成果之

---

① 《王季思全集》第1卷，河北教育出版社2005年版，第130页。

② 《戴震全书》卷6，黄山书社1995年版，第378页。

一，其学术方法至今也仍然具有启迪意义。

三

王季思对20世纪学术史的重要贡献与深远影响，不仅集中体现在他对《西厢记》的系统而深入的研究方面，同时也体现在他为20世纪戏曲研究学术力量的培养与整合所做出的不懈努力上。如果将20世纪的戏曲研究划分为前后两个50年的话，那么，在前一个50年中，吴梅首先将戏曲引入了大学课堂；而在后一个50年中，王季思则在此基础上，在新中国的大学开辟了以古典戏曲研究为特色的学术空间，凝聚和培养了一批戏曲学术研究的中坚力量，取得了一系列重要的研究成果。

随着1949年10月1日新中国的成立，中国的政治、思想、文化与学术进入了一个新的历史时期。对于老一辈学者来说，他们所面临的不仅是学术观念的变化，同时还有治学方式的改变。这种变化就是由以个人著述向集体编著的转移。对于这种变化，王季思有着十分明确的认识与评价，曾专门撰写《集体编书的得失》一文加以总结。他说："我解放后出版的著作，除少数几部论文外，都是集体编著的。"[①] 尽管当时他也意识到"集体编书对个人的著作来说是有矛盾的，我个人的写作计划就多次为集体编书所打断。有的胎死腹中，有的半途夭折"，但他还是认为，"比之集体编书的成就来，所得仍大于失"[②]。这里，王季思所说涉及了个人著述与集体编书的关系，也许当时他还并没有明确意识到这种以集体编书形式出现的项目合作，会成为他所在的中山大学凝聚与培养戏曲研究人才的一种新的途径。从《桃花扇》的校注到《全元戏曲》的编辑，中山大学不仅逐渐形成了老、中、青三代学者合作研究的学术传统，而且也建立了一个具有鲜明学科特色的学术团队，并因此成为全国古典戏曲研究的学术重镇。

尤其值得一提的是，1980年，教育部委托王季思在中山大学举办中国戏剧史师资进修班，来自全国各高等学校的教师到广州研修戏剧史

---

① 《王季思全集》第5卷，河北教育出版社2005年版，第314页。

② 同上书，第317页。

（此举已被有些学者列入“20世纪中国戏剧学大事记”之一[①]）。在十年动乱结束之后，拨乱反正之初，由王季思主持的中国戏剧史师资进修班的举办，不仅解决了当时学术断层的燃眉之急，而且为80年代以后的戏曲研究建立了一支基本的学术梯队，同时也预示着新时期戏曲研究高潮即将到来。此后，高等学校作为一支重要的生力军，在古典戏曲研究及相关学术领域中发挥出了更为积极与明显的作用，20世纪的戏曲学术史也由此揭开了新的一页。

至此，人们不难发现，王季思近七十年的学术生涯，其独特的学术背景与卓越的学术贡献，清晰地显示出近一个世纪以来戏曲研究观念与方法的变化，堪称一部20世纪戏曲学术史的缩影。温故知新，将有助于人们对历史与现状的更深层次的思考，并为新世纪的戏曲研究寻找新的学术生长点。

原载《湖北大学学报》2007年第5期

① 参见解玉峰《20世纪中国戏剧学史研究》，中华书局2006年版，第280页。

傅惜华与20世纪元杂剧研究

在20世纪戏曲研究中，傅惜华以其独特的成就，为古典戏曲研究做出了重要的贡献。他的系列戏曲目录学著作及戏曲文献的整理，代表了20世纪戏曲目录学与文献学的最高水平，成为20世纪戏曲学术史上重要的成果之一，影响惠及几代古典戏曲研究者。从这一意义上说，在20世纪以来的古典戏曲研究领域中，傅惜华的贡献和影响是他人难以替代的。

傅惜华一生勤于耕耘，学术成果丰厚，其足迹遍及通俗文学的各个领域，而尤以古典戏曲研究用力最勤，影响也最大。在傅惜华的戏曲研究中，元杂剧不仅是他最早关注的研究对象，同时也是最能体现其研究特色的学术领域。无论是他卓越的学术建树，还是其独特的治学方法，至今仍然给人以重要的启示。

早在20世纪20年代，年轻的傅惜华就在五四新文化运动的影响下，与其兄傅芸子一起，开始了自己的学术生涯。首先进入其学术视野的便是元人杂剧。据不完全统计，从1927年到1944年，在编纂《缀玉轩藏曲志》等目录学著作的同时，他先后发表了一系列元杂剧研究的相关文章：①

《元吴昌龄〈西游记〉杂剧之研究》，《南金》1927年第1期；

《〈西厢〉剧本考》，《坦途》1927年11月第2期；

《元剧漫话》，《天津益世报》1929年4月12日；

《也是园所藏珍本元明杂剧之发见》，《朔风》1938年12月第2期，1939年1月第3期；

---

① 参见于曼玲《中国古典戏曲小说研究索引》，广东高等教育出版社1992年版。

《三国故事与元明清三代之杂剧》，《中国文艺》1939年第1期；

《元代杂剧作家传略》，《中国学报》1944年第2期。

新中国成立后，傅惜华的学术研究进入了总结和收获时期。在多年的学术积累的基础上，他推出了《中国古典戏曲总目》，编纂了一系列重要的戏曲目录学著作，而其中最先推出的则是《元代杂剧全目》[①]。傅惜华对元杂剧研究最重要的贡献，集中体现在《元代杂剧全目》的编撰中。

此书广采博收，规模空前。“勿论其有流传刊本、旧抄善本，或现已失传，仅于戏曲选集、各家曲谱中，录有散折零支残文者，或今已全佚不见、仅存其杂剧名目者，本编一概著录[②]。”所收剧目，较之姚燮《今乐考证》、王国维《曲录》增加近一倍。凡作者生平可考者，皆撰写了作者小传；无名氏之作，也记录了它们在各种曲目或著书目录中的记载情况。且现存每种作品，都列举其名目、版本、存佚情况和现在的收藏处所。仅《西厢记》一剧，书中即列举了32种明刊本、38种清刊本、6种近人校辑注释本的版本和现藏处。著录之详，非同类书目可及。可以说，傅惜华对元杂剧的高度关注是不言而喻的。正是这种高度的关注与细心的梳理，使《元代杂剧全目》形成了丰富性与准确性兼备的鲜明特色，具有较高的学术价值，成为戏曲研究者必备的专业参考书。

回顾20世纪的学术史，人们不难发现，20世纪的元杂剧研究，不仅是从目录与文献的整理开始的，同时也始终是以此为坚实基础的。对此，傅惜华从一开始就有十分明确的认识：“中国戏曲之学，年来始渐昌明，研考之道，端赖目录。”[③] 包括《元代杂剧全目》在内的《中国古典戏曲总录》的编撰，正是其学术思想的具体实践与丰硕成果。如果说王国维的《曲录》是20世纪第一部重要的戏曲目录学著作，形成并决定了王国维《宋元戏曲史》的主要特色与价值，揭开了20世纪戏曲研究的第一页，那么，傅惜华的《元代杂剧全目》则不仅是元杂剧研究的标志性成果，而且它与随后出版的几部戏曲目录学著作一起，使傅惜华成为20世纪戏曲目录学的集大成者。与此同时，随着一批集大成戏曲目录著作的问

① 参见傅惜华《元代杂剧全目》，作家出版社1957年版。

② 傅惜华：《元代杂剧全目》，作家出版社1957年版，“例言”之五。

③ 傅惜华：《北平国剧学会图书馆书目》，北平国剧学会1934年排印，“例言”首条。

世，也意味着20世纪戏曲研究的发展已达到了一个新的高度。

从王国维的《曲录》到傅惜华的《元代杂剧全目》，戏曲目录的搜集与整理，不仅为元杂剧研究提供了重要的学术资源，而且影响了元杂剧研究的整体面貌与特色。元杂剧研究之所以被认为是20世纪戏曲研究成果最为丰富的领域，正是以丰富的戏曲目录与文献资料为重要基石的结果。在20世纪的戏曲学术史上，抽掉了《元代杂剧全目》，结果是难以想象的。

在傅惜华的元杂剧研究中，需要特别提到的，还有发表于1958年的《关汉卿杂剧源流略述》① 一文。此文较为集中地体现了傅惜华对关汉卿杂剧创作的深入研究与高度评价。在傅惜华看来，“自宋代起，到清末止，在这约有八个世纪的久长时期的剧坛中，无论是杂剧、戏文、院本、传奇的任何形式的戏曲作家，现在可以肯定地说：从来没有一个作家有如关汉卿这样数量丰富的戏曲创作”。与此同时，他还十分明确地指出：“关汉卿的杂剧作品，对于元明以后，以至今天的各种戏曲、曲艺、小说的作品方面，确实给予了莫大的影响，起了巨大的作用，所以他在我国戏曲史上足以称得起是一个继往开来的伟大的戏曲家。”② 全文分现存作品、散佚作品、失传作品三部分，全面、系统而细致地考察了关汉卿杂剧的题材来源、版本流变、舞台演出及其在后世的流传与影响。此文不仅是傅惜华本人元杂剧研究的一篇力作，也是20世纪关汉卿研究的重要成果。

在编撰《元代杂剧全目》的同时，傅惜华还完成了一系列专题戏剧集和资料集：《西厢记说唱集》、《白蛇传集》、《水浒戏曲集》（第一集）、《十五贯戏曲资料汇编》。这些文献著作，其编选方式与学术研究联系更为紧密，它们共同构成了傅惜华戏曲文献著作的另一重要内容。其中直接与元杂剧有关的是《西厢记说唱集》、《水浒戏曲集》（第一集）中的相关内容，而以《水浒戏曲集》影响更为广泛和深远。

傅惜华、杜颖陶合编的《水浒戏曲集》（第一集）共收录元、明、清三代“水浒”题材杂剧15种，其中元人杂剧6种。在相当长的一段时间内，这6种杂剧成为人们认识、研究元杂剧“水浒戏”面貌与特色的主要依据。众所周知，元杂剧中的“水浒戏”相当丰富，元人钟嗣成《录

---

① 参见傅惜华《关汉卿杂剧源流略述》，《戏曲研究》1958年第3辑。

② 同上。

鬼》著录16种，近人王国维《曲录》著录近30种。而傅惜华在他的《元代杂剧全目》中著录的“水浒戏”更多，其卷一、卷二录“初期元杂剧作家作品”22种，卷四录“末期元杂剧作家作品”1种，共计23种；卷六又著录“元明间无名氏作家作品”11种。各卷相加，明初之前共有34种“水浒戏”流传，而其中完整保留下来的元人杂剧“水浒戏”，只有《李逵负荆》等6种，其价值可谓弥足珍贵。

《水浒戏曲集》一书前有傅惜华撰写的“题记”，对所收戏曲作品的作者、故事源流、历代著录、版本及本书所用底本整理情况，均有简明扼要的介绍与说明，其中亦不乏傅惜华本人的相关见解。如对《黑旋风双献功杂剧》的作者高文秀，傅氏给予了极高的评价：“高氏虽不幸早逝，然其作品已极丰赡，故时人号为‘小汉卿’，使假以年，则其成就，或驾关汉卿之上，亦未可知。”① 赞赏之情，溢于言表。至于版本的比较，更是其主要之特长。如《大妇小妻还牢末》杂剧，傅氏详细比较了《元曲选》本的异同后，指出：“其余词曲，亦大同小异。然脉望馆本宾白颇为丰富，盖此钞本乃明代舞台演出之实用台本。”② 凡此种种，随处可见，不一而足。与一般的研究资料相比，《水浒戏曲集》显然具有更高的学术价值，因而也产生了较为深远的影响。

不同于《水浒戏曲集》，稍早完成的《西厢记说唱集》，表现的是傅惜华元杂剧研究的另一种视野。全书搜集了自宋代以来各地流传的有关崔莺莺和张生恋爱故事的民间讲唱文学一百四十余种，艺术形式则包括鼓子词、马头调、岭儿调、莲花落、子弟书、跌落金钱、小曲、滩簧、南音等近十种。全书搜罗十分丰富，据此可以了解“西厢记”故事在民间的流传、演变与影响，为研究《西厢记》的传播与接受提供了丰富而宝贵的资料。

由此不难看出，在元杂剧研究中，傅惜华不仅立足于戏曲目录与文献，同时还具有开阔的视野和独到的眼光。他以自身丰富的学术积累为基础，在通俗文学的整体框架下，拓展了元杂剧研究的领域。在元杂剧研究寻找新的突破口的当下学术界，傅惜华先生当年的努力与成果，至今仍不无启迪，尤其值得人们给予更多的关注。

---

① 傅惜华、杜颖陶：《水浒戏曲集》第1集，上海古籍出版社1957年版，第4页。

② 同上书，第8页。

应该特别指出的是，在20世纪的元杂剧研究中，傅惜华的贡献，不仅在于《元代杂剧全目》的编撰与相关戏曲文献资料的整理，而且在于他所代表的学术传统与研究模式，既有极为鲜明的个人色彩，也是特定时代的产物。可以说，在20世纪的学术史上，傅惜华的意义是多方面的。

20世纪的元杂剧研究，在高起点上起步，在高水平上发展，成为戏曲研究中成果最为丰富的领域。究其根本原因，则在于从王国维开始建立的深厚的学术传统。这种学术传统的特征，正如早年孙楷第先生所云："大儒如王静安，以纯然经师的态度作了一部不朽的《宋元戏曲史》，又以纯然史家的态度作了一部有价值六卷的《曲录》。"① 这种以"纯然经师的态度"和"纯然史家的态度"治曲的学术传统，在傅惜华的戏曲研究中得到了充分的体现和进一步的发展。正如其兄傅芸子先生当年所指出的，在30年代的戏曲文献研究中，存在着两种各有侧重的研究方式，即所谓的"整理派"和"校勘派"。"整理派"即指以齐如山为代表的偏重戏曲文献、图片搜集、整理的学者；而所谓"校勘派"则指马隅卿、朱逖先、郑振铎、傅惜华等"治戏曲版本目录学及校勘工作之学"的学者。"此二派之研究方法虽略有不同（治校勘者亦有兼为整理之工作者），然其共同之目标，胥皆注重保存关于戏曲之文献图样。"② 傅惜华从"纯然经师的态度"和"纯然史家的态度"出发，以戏曲目录与文献为重点，在元杂剧研究领域中，最终形成了独树一帜的学术成就。

更为难能可贵的是，傅惜华不仅继承了从王国维开始的元杂剧研究的深厚学术传统，而且在学术理念与学术视野上都有了进一步的拓展。与前代学者相比，傅惜华的学术趣味与学术立场都有自身明显的特点。如果说在傅惜华之前，王国维更多的是从史学与文学的角度研究元人杂剧，吴梅更多的是从曲学的角度关注元人杂剧，那么，深受五四新文化运动影响的傅惜华，则更多的是从俗文学的角度与视野，力图从戏曲与其他通俗文艺的联系中，考察并研究其题材的流变与影响。因此，举凡常人较少留意的鼓子词、马头调、岭儿调、莲花落、子弟书、跌落金钱、小曲、滩簧、南音等诸种通俗文艺形式，都进入了傅氏考察《西厢记》的视野。这里，

---

① 孙楷第：《〈辑雍熙乐府本西厢记曲文〉序》，《图书馆学季刊》第7卷第1期（1933年3月）。

② 傅芸子：《中国戏曲研究之新趋势》，《戏剧丛刊》1932年第3期。

一方面是作者个人的学术兴趣所在；另一方面也是五四新文化运动影响的结果。而这种学术视野与方法，又是前辈学者较少关注与运用的。对此，尽管作者未曾有过明确的表述，但在客观上无疑丰富了元杂剧研究的方法，为元杂剧研究注入了新的生机与活力，其意义与影响是不应被忽略的。

简而言之，傅惜华元杂剧研究的特色，不仅是书目与文献资料的搜集与整理，而且也在于其自觉的学术立场的选择。综观傅惜华一生的学术研究，不难发现，深厚的学术积累，开阔的学术视野，明确自觉的学术立场，正是这三者的有机结合，使傅惜华为戏曲研究做出了卓越贡献，也在元杂剧研究领域内产生了重要而深远的影响。

回顾风起云涌、潮起潮落的20世纪元杂剧研究史，在极“左”思潮的影响下，曾经很长一段时间内，在元杂剧研究中片面强调思想性，在思想性中强调人民性，在人民性中强调反抗性、阶级性，研究的范围越来越狭窄，对元杂剧内容的阐释往往陷入了庸俗社会学的泥坑，大量低水平的雷同之作充斥于报纸杂志。而在相似的时代背景下，傅惜华坚守传统，辛勤耕耘，取得了令人瞩目的成就。一个世纪过去了，大浪淘沙，在人们总结与反思20世纪元杂剧研究得失之时，傅惜华的名字与他的元杂剧研究成就，显得格外醒目，尤为可贵。

一代有一代之文学，一代有一代之学术。在纪念傅惜华先生诞辰一百周年的时候，世界已经发生了翻天覆地的变化。人们或许已难以拥有前辈学者的学术资源与知识结构，但随着科技水平的不断提高，研究条件日益改善，研究方法日趋多元化，在新的时代条件下，继承前人的研究成果，整合学术资源，不断提高研究效率与研究水平，开创戏曲研究的新局面，既是后学对前辈最好的纪念，也是每一个学者应尽的职责。

原载《戏曲研究》第75辑

文学史：现状、问题与思考

20世纪以来，文学史研究持续繁荣。出现这种繁荣局面的原因是多方面的，其中一个特别值得关注的原因，应该是现代大学教育体制的建立。20世纪初最早出版的林传甲、黄人的两部《中国文学史》，就是分别配合当时的京师大学堂和东吴大学的有关课程而编写的；而20世纪影响较大的几部文学史，也与长期作为大学教材的性质有着直接的关系。正是现代大学文学教育的需要，为文学史的研究提供了生存的空间和发展的平台。

毋庸置疑，文学史在近代以来的大学文学教育中占有极其重要的地位。对于这种地位及其与现代教育体制的多重关系，已有学者给予了相当的关注。[①] 然而，目前，文学史研究与文学教育发展的不平衡，似乎还没有引起人们应有的关注。一些似是而非的问题，遮蔽了文学史的本来面目，长期困扰着大学体制内的文学教育，已成为一个亟待解决的现实问题。

一　解构历史与走近历史

客观真实地描述文学发展的历史，既是文学史研究与教学的目的，也是这门学科最大的困难。经过近100年的发展，中国古代文学史已发展成一门十分成熟的学科，取得了丰硕的学术成果。但是，由于种种复杂的原因，在一些文学史的描述中，常常为了叙述的方便与逻辑的严密，忽视了不应被忽略的历史事实。例如，在宋元以后的文学史描述中，雅俗之分是一个通常被讨论的话题，在这个话题中，小说、戏曲无疑是被归入俗文学

---

① 参见戴燕《文科教学与“中国文学史”》，《文学遗产》2000年第2期。

的范围，这似乎已成为一种共识。然而，人们可以把元杂剧、宋元南戏划入俗文学的范围，但如将明清传奇也划入俗文学的话，这种描述显然是不准确的，因为文人化正是明清传奇发展的重要特征。将传奇划入俗文学的范围，大约是为了肯定与提高其身价。五四以后，俗文学、民间文学、大众文化的研究曾受到众多学者的青睐，其中一个主要原因是它们是反传统、反封建的，是与官方文化和精英文化对立的，也就是所谓民间立场。其实，人们不应忘记，作为中国俗文学研究的主要代表人物，郑振铎先生早年虽然赞扬俗文学，指出了俗文学的进步性质，但他也明确指出，在俗文学中，“许多民间的习惯与传统的观念，往往是极顽强地黏附于其中，任怎样也洗刮不掉。所以，有的时候，比之正统文学更要封建的，更要表示民众的保守性些”①。也就是说，无论是“雅文学”，还是“俗文学”，都有一些作者是反传统的、与主流意识形态相悖离的，雅俗之分不应成为文学史的重要价值标准。正如一些学者已经注意到的：“就总体而言，俗文学诸如戏剧（而不只是剧本）的作者一般要比雅文学诸如诗歌、散文甚至非话本小说的作者更少表达的自由。尽管在传统社会中前者比后者更多‘人在江湖’，而不是在庙堂之内。这就意味着一个悖论，精英创作的阅读性的文艺作品一般说来反倒可能具有更多的个人性，更多反映了个人的特殊经验和感受，也更有可能突破正统意识形态；民间创作的主要供大众消费的文艺作品一般说来会更多受制于正统意识形态。”② 可以说，似是而非的观念、简单化或绝对化的描述，都可能形成认知的误区，遮蔽历史的真相。

与此同时，另一个需要指出的事实是，在文学史的描述中，明清传奇是一种价值与影响均被低估的文体。明人沈宠绥在《度曲须知·曲运隆衰》曾云：“粤征往代，各有专至之事以传世，文章矜秦汉，诗词美宋唐，曲剧侈胡元。至我明八股文字故无置喙，而名公所制南曲传奇，方今无虑充栋，将来未可穷量，是真雄绝一代，堪传不朽者也……曲海词山，于今为烈。”③ 胡应麟《少室山房笔丛·庄岳委谈（下）》也说：“今世传

① 郑振铎：《中国俗文学史》，商务印书馆 1998 年版，第 18 页。

② 苏力：《法律与文学：以中国传统戏剧为材料》，三联书店 2006 年版，第 246 页。

③ 《中国古典戏曲论著集成》（七），中国戏剧出版社 1980 年版，第 197 页。

街谈巷议，有所谓‘演义’者，盖尤在传奇杂剧之下。”① 这两则材料所具有的文学史价值，应该说是不言而喻的。但在一些影响较大的文学史著作中，对于传奇这种文体在当时的地位与影响的描述，显然是既不充分，也不到位。如果说还原历史是一种理想主义者的奢望，那么走近历史而不是远离历史的真相，应该是一种合理的要求。

二 灵性、悟性与文学性

文学史不仅描述文学的历史，而且也是人类审美创造的总结。要想认识“美的历程”，要想进入文学的殿堂，离开了文学本身，没有灵性与悟性的参与，是不可思议的。

朱光潜先生曾指出：“真正的文学教育不在读过多少书和知道一些文学上的理论和史实，而在培养出纯正的趣味。”② 一语道出了文学教育的真谛。然而，如前所述，现代大学教育体制的建立，为文学史的研究提供了生存的空间和发展的平台，与此同时，随着文学史的体系化与制度化，文学研究与文学教育也越来越强调知识性、理论性与学术性，文学本身所具有的感性化、个性化、生动性与独特性——文学的鲜活生命与趣味，却渐行渐远，淡出了人们的视野。文学研究与教学不可或缺的灵性与悟性也越来越成为一种珍稀元素。其结果则是，在僵硬理论框架下的过度阐释，文学教育中最重要的成分——文学性，却在不知不觉中被消解、被替代了。而丧失文学性的文学教育与研究不仅是可悲的，也是毫无意义的。

这里，我们无意贬低知识性、理论性与学术性的重要意义，多年来关于这类问题的讨论已经引起了学界的高度重视，形成了基本的共识。然而，在得到一些东西的同时，我们也正在失去一些东西。一方面，在日益物质化、功利化的时代，不仅年轻一代美感缺失，语言、文化感悟力缺失，我们的研究者们也由于情感的匮乏，审美感觉正变得越来越粗糙，审美经验也越来越贫乏。枯燥的说教、空洞的话语，充斥着我们的教材与课堂；另一方面，日益细密琐碎的专业分化使得文学成为“拆碎的七宝楼

① 黄霖：《中国历代小说论著选》，江西人民出版社 1982 年版，第 151 页。

② 《朱光潜全集》，安徽教育出版社 1987 年版，第 354 页。

台”，生命的精华与人生的丰富在技术化的考据与模式化的话语中被肢解得支离破碎。人们在不断刷新的论文与专著数字中，却难觅思想的锋芒与创造性的灵光。可以说，高度制度化与规范化的文学教育，已经开始从各个方面威胁到了文学本身。张扬文学性，养护自己的艺术感觉，培养广泛的艺术包容力和精细的艺术鉴赏力，强调文学教育与研究中的灵性、悟性，应该成为文学史研究者与教学者的基本要求。

需要特别指出的是，这一要求，不仅是大学文学教育的需要，同时也是文学史研究深入发展的需要。有学者曾经指出：“悟性是介于情感的形象思维和理智的抽象思维之间的特异的思维形态，它是理论与材料之间的桥梁。材料靠悟性来点醒，理论靠悟性而灵动，而进入化境。没有悟性的理论是呆理论，没有悟性的材料是死材料。唯有悟性才能打通理论和材料之间的间隔，也唯有悟性才能打通西方理论与中国经验之间的间隔。没有感悟的参与和化生功能，西方理论和中国经验之间终究隔了一层。”①

事实上，在文学史教学与研究中，可以有多种形式与多元化的方法，而无论有多少种形式与方法，悟性是最基础的，也是不可缺少的，文学性则是不能被取代的。只有明确了这一点，我们才能还原人与文学的真实联系，找到文学的本质内容。在这个意义上，“文学是人学”，是一个似是而非的命题。其实历史、哲学、教育学、社会学，包括体育、解剖学又何尝不是人学？文学不是一般地关注人本身，而是关注人的心灵与情感，关注人的生命体验。因此，文学是心灵的艺术，是审美的艺术，是语言的艺术。回归文学本体，建立充分张扬文学性的文学教育，已成为大学文学教育中的一项刻不容缓的任务。

三　文学作品与文本阅读

对文学本位的强调，必须落实到文学文本上才能真正实现。文学作品既是文学史的核心，也是文学教育的重点。因为“文学的历史是由历史上逐次产生的文学作品的系列体现出来的。描述文学的历史的文学史，从某种意义上说，属于史学的范畴。文学史与一般以政治事件为中心的史学

---

① 杨义：《“感悟”的现代转型》，《学术月刊》2005 年第 11 期。

不同，史学研究的对象是已经过去了的事情，首先的工作是借助记载历史事件的文献，即所谓史料，进行表述性的复原，而文学史研究的对象，即体现着文学的历史演变的文学作品，现在却仍然存在，基本上用不着作历史的复原"①。因此，在文学史的研究与教学中，文学作品无疑具有双重性质，即史料价值与审美价值。将研究的重点放在作品本身，树立以作品为中心的研究格局，已成为越来越多的有识之士的共同呼声。然而，现在的问题是，也许从理论上并没有人质疑文学作品的核心地位与重要性，但是在实践过程中却往往容易被置换以致落空。在文学史教学中目前最突出的问题就是只读教材，不读原著，只能应付考试，而缺乏对于文学的真实的感受与理解。现代大学的文学教育正在成为一种应试文学，这只能是一种文学的悲哀。

对于文学作品，阅读是前提，而怎样阅读则是关键。在这方面，中国古代文人积累了丰富的经验，尤其是明清的小说戏曲评点家，他们以"通作者之意，开览者之心"为己任，其成功阅读经验值得人们认真借鉴。仅以著名的金圣叹评点《第六才子书西厢记》为例，金批《西厢》最为引人注目之处，在于金圣叹是以一种审美的态度，在多重阅读视野中获得了独特的审美感受。对于《西厢记》，金圣叹首先是一个被吸引、被打动的忠实的读者，他评点《西厢记》，就是要表达自己的切身的审美感受。从审美的角度出发，金圣叹对《西厢记》的阅读态度，也提出了与众不同的要求："《西厢记》必须扫地读之。扫地读之者，不得存一点尘于胸中也。""《西厢记》必须焚香读之。焚香读之者，致其恭敬，以期鬼神之通之也。""《西厢记》必须对雪读之。对雪读之者，资其洁清也。""《西厢记》必须对花读之。对花读之者，助其娟丽也。"②

正是由于从审美视角的切入，金圣叹获得了前人所未曾发现的审美快感："细思作《西厢记》人，亦无过一种笔墨，如何便写成如此这般文字，使我读之通身抖擞，骨节尽变。"③ 从切身的审美感受出发，以审美为中心解读《西厢记》，强调个体的生命体验与发现，成为金批《西厢》

① 袁世硕：《中国古代文学作品选》，人民文学出版社 2002 年版，前言。

② 张国光：《金圣叹批本西厢记》，上海古籍出版社 1986 年版，第 21 页。

③ 同上书，第 168 页。

最为鲜明的特色，也因此得到了后人极高的评价：“自有《西厢》以迄于今，四百余载，推《西厢》为填词第一者，不知几千万人；而能历指其所以为第一者，独出一金圣叹。”（李渔《闲情偶寄·词曲部·填词余论》）可以说，对于作品的独特感受与准确认识，只能来自文本的细读与精读，来自丰富的文学经验与灵敏的审美能力。正如刘协《文心雕龙·知音》所云：“凡操千曲而后晓声，观千剑而后识器；故圆照之象，务先博观。阅乔岳以形培塿，酌沧波以喻畎浍。无私于轻重，不偏于憎爱，然后能平理若衡，照辞如镜矣。”没有对文学文本的独特感受与准确认识，正确评价文学作品的价值与意义，描述文学史现象与规律就只能是一堆空话与套话，最终影响甚至破坏人们对文学与文学史的真实感觉与理解。

四　文学作品的传播与文学史格局

任何文学作品都只有经过传播、被接受者接受之后，才能最终完成。对文学本位的强调，既离不开对文学作品的重视，也离不开对文学传播的关注。正因为如此，有学者认为文学史应该是一个动态的过程，并明确地提出了“进入‘过程’”的文学史观，认为：“文学被视为一个包括写作、传播、接受并产生影响的过程，这一过程中不只涉及作品的写作传播与批评，还包含文学观念的演变、作家的活动与交往、社会的文学教养和时尚。对曾经发生和存在的文学过程进行历史性的研究，就构成了文学史。”① 而早在20世纪末，一些新的文学史著作问世之时，编著者们就已经考虑到这种必要，明确指出：“文学创作是文学史的主体，文学理论、文学批评、文学鉴赏是文学史的一翼，文学传媒是文学史的另一翼，所谓文学本位，就是强调文学创作这个主体及其两翼。”② 然而，令人遗憾的是，这种设想，至今仍然未能成为事实。尽管已有学者开始从事相关研究，出版或发表了相关的专著与论文，然而，从总体上来说，文学作品的传播在文学史研究与教学中并没有受到应有的重视，并没有在文学史中形成实质性的“一翼”。这种情形，在某种程度上影响了人们对特定时代文

① 蒋寅：《王渔洋与康熙诗坛》，中国社会科学出版社2001年版，第1页。

② 袁行霈：《中国文学史》第1卷，高等教育出版社1999年版，第4页。

学活动与文学史概貌的准确理解与把握。这里，我们不妨还是以金圣叹为例，略加说明。

人们通常习惯于从小说与戏曲理论的层面上探讨金圣叹的意义与影响，殊不知从文学传播学的角度来考察，金圣叹更有其独特的历史贡献。金圣叹评点的《第五才子书施耐庵水浒传》《第六才子书西厢记》一经问世之后，立即广为流传，几乎淹没了其他版本，成为当时及后世影响最大的版本。据清人笔记记载："自金圣叹好批小说，以为文法毕具，逼肖龙门，故世之续编者，汗牛充栋，牛鬼蛇神，至士大夫家几上无不陈《水浒传》、《金瓶梅》以为把玩。"（昭梿《啸亭续录》）"今人鲜不阅《三国演义》、《西厢记》、《水浒传》，既无不知有金圣叹其人也。"（梁章巨《归田琐记》）"一时学者，爱读圣叹书，几于家置一编。"（王应奎《柳南随笔》）可以说，金圣叹的评点激发了当时社会各阶层人士对小说的兴趣，促进了小说的广泛传播。这一情形，不能不说是明清文学史上特别引人注目的文学现象之一。然而，文学传播学意义上的金圣叹，其价值似乎还没有完全进入文学史的视野，与之相关的文学传播与接受的研究成果，也还未能形成新的文学史格局。

事实上，正如有些学者已经指出的："古代文学作品的阅读、传抄、刊刻、改编等各个环节均属于传播活动。以传播的观念、方法研究古代文学作品的生产、流通、消费各个环节，以全新的视角、多方位、多层次地勾勒其发展演变的轨迹，发现不同历史时期不同文学作品的传播机制，必然会使人们对文学活动的把握提升到一个新的层面。"① 从这一意义上可以说，缺少文学传播内容的文学史，是不完整的。因此，在现有研究成果的基础上，早日完成文学史另"一翼"的建设，应成为21世纪文学史研究与教学的题中之意。

简而言之，在中国文学漫长的历史发展过程中，确实蕴藏着丰富的学术资源，然而，它们并不是封闭的、凝固的，而是开放的、极富生命力的。从20世纪初第一部文学史问世，到21世纪初琳琅满目的各类文学史的繁荣，中国文学史的研究与教学已走过了百年历程。其中所经历的曲折与所积累的经验与教训，正在成为一种历史的财富。在新的历史条件和新的学术背景下，无论是文学史的研究还是文学史研究与教学的

① 王平：《明清小说传播研究》，山东大学出版社2006年版，第1页。

关系，都还有不少问题值得人们认真思考与探索，而所有的思考与探索，其最终目的只有一个，那就是让人们更接近文学的本质而不是相反。

原载《湖北大学学报》2008 年第 6 期